新潮文庫

深川安楽亭

山本周五郎著

新潮社版

2155

目次

深川安楽亭

内《く》蔵《らの》允《すけ》留《る》守《す》

一

岡田虎之助《とらのすけ》は道が二岐《ふたまた》になっているところまで来て立ちどまり、じっとりと汗の滲《にじ》み出ている白い額を、手の甲で押し拭《ぬぐ》いながら、笠《かさ》をあげて当惑そうに左右を眺《なが》めやった。……その平地はなだらかな二つの丘陵のあいだにひらけていた。八月すえだというのに灼《や》けつくような午後で、人の背丈ほども伸びた雑草や、遠く近く点々と繁《しげ》っている森や疎林《そりん》のうえに、ぎらぎらと照りつける陽《ひ》ざしは眼《め》に痛いほどだった。ところどころ開墾しはじめた土地が見えるけれど、大多分はまだ叢林《そうりん》の蔓《はびこ》るにまかせた荒地で、ことに平地の中央を流れる目黒川は年々ひどく氾濫《はんらん》するため、両岸には赭《あか》い砂《さ》礫《れき》の層が広く露出していた。

「……さて、どう捜したものか」途方にくれてそう呟《つぶや》いたとき、虎之助はふと眼をほそめて向うを見た。白く乾いた埃《ほこり》立った道を、こちらへ来る人影が眼についたのだ、筍笠《たけのこがさ》を冠《かぶ》り、竹籠《たけかご》を背負っている、付近の農夫でもあろうかと思っていると、近寄って来たのは十七八になる娘だった、虎之助は側《そば》へ来るのを待って、

「少々ものを訊《たず》ねる」と、声をかけた。

「……はい」娘は笠をぬいだ。

「このあたりに別所内蔵允《べっしょくらのすけ》先生のお住居《すまい》があると聞いてまいったが、もし知っていたら教えて呉《く》れまいか」

「はい、存じて居《お》ります」娘は歯切れのいい声で、「……先生のお住居でしたら、あれあの森の向うでございます、彼処《あそこ》にいま掘り返してある土が見えましょう、あの手前を右へはいった森の蔭《かげ》でございます」

「忝《かたじけ》ない、足を止めて済まなかった」虎之助は会釈《えしやく》をして娘と別れた。

彼は近江国蒲生郡《おうみのくにがもうごおり》の郷士の子で、幼少の頃《ころ》から刀法に長じ、近藤斎《いっき》という畿内《きない》では指折りの兵法家の教えを受けていたが、この夏のはじめに皆伝を許され、これ以上は江戸の別所内蔵允どのに就いて秘奥《ひおう》を学ぶようにと、添書を貰《もら》って出て来たのであった。……別所内蔵允は天真正伝流の名人で、曾《かつ》て将軍家光から師範に懇望されたこともあるが、既に柳生《やぎゅう》、小野の二家がある以上は無用のことだと云《い》って受けず、その気骨と特異の刀法を以《もっ》て当代の一勢力を成していた。虎之助はむろんその盛名を聞いていたから、勇んで江戸へ来たのであるが、そのときすでに内蔵允は道場を去り、目黒の里に隠棲《いんせい》した後であった。それで旅装を改める暇もなく、直《す》ぐに此処《ここ》へ尋ねて来たのだが、予想したより辺鄙《へんぴ》な片田舎で、何処《どこ》をどう捜してよいか見当もつかなかったのである。

教えられたとおり四五町あまり行くと、右手に土を掘り返したかなり広い開墾地があって、半裸になった一人の老農夫が、せっせと鍬《くわ》を振っていた。虎之助は念のために、その老人に声をかけて道を慥《たし》かめた。

「そうでございます」老人は鍬をとめて振返った、「……それは此処をはいって、あの森沿いの窪地《くぼち》へ下りたところでございますが、先生はいまお留守のようでございますぞ」

「お留守、……と云うと」

「此処へ移ってみえたのが二月、それから五十日ほどすると、ふらっと何処かへお出掛けになったきり、いまだにお帰りがないようすでございます」

「然《しか》し門人なり留守の方がおられよう」

「門人衆という訳ではありませんが、先生のお留守に来た御修業者が五人、お帰りを待って滞在して居られますようで、ひと頃は十四五人も居られましたがな、いまは五人だけお泊りのようでございます」

「老人はこの御近所にお住いか」

「はい、あの栗林《くりばやし》の向うに見えるのが、わたくしの家でございます」

虎之助は老人に礼を云って、小径《こみち》へ入った。……ようやく尋ね当てたのに、此処でもまた其《そ》の人は留守だという、然し同じように尋ねて来た修業者たちが、内蔵允の帰宅を待って滞在しているというのなら、自分も待たせて貰えるであろう。そう思いながら、草の実のはぜる細い小径をたどって行った。杉の森について百歩ほど入ると、左手に閑雅《かんが》に古びた木戸があり、「別所内蔵允」と書いた小さな名札が打ちつけてある。それを入って、竹藪《たけやぶ》に囲まれた道をなだらかに窪地へ下りると、一棟の貧しげな農家が建っている。そしていましも、その前庭になっている広場で四五人の壮夫が、矢声《やごえ》烈《はげ》しく木剣の試合をしていたが、虎之助が笠をとりながら静かに近寄るのを見ると、一斉《いっせい》に手を控えて振返った。

二

「……なにか御用か」

色の浅黒い、巌《いわお》のような肩つきをした大きな男が、虎之助の方へやって来た。左の眉尻《まゆじり》に指頭《しとう》大《だい》の黒子《ほくろ》がある、彼は虎之助が鄭重《ていちょう》に来意を述べるのを、みなまで聞かず、手を左右に振りながら、

「ああ駄目《だめ》だ駄目だ」と、さも面倒くさそうに云った、「……せっかくだが先生はお

留守だ、また改めて来るがいい」

「御不在のことは承知です」無作法な挨拶《あいさつ》に虎之助はむっとしたが、それでもなお静かに続けた、「然し貴殿方もお帰りを待っておられるとのことゆえ、できるなら拙者もお住居の端なり、置いて頂こうと存じてまいったのです」

「いかにも、我々もお帰りを待っているには相違ない、然し此処はお救い小屋ではないからな、そうむやみに誰でも彼でも転げ込むという訳にはゆかんぞ」

まるで喧嘩《けんか》腰《ごし》の応待だった。

「ではなにか条件でもございますか」

「されば、別所先生はそこらに有触れた町道場の師範などとは違う、先生の鞭《むち》を受けようとするには、少なくとも一流にぬきんでた腕がなくてはならん、だから、もし達《たっ》てお帰りを待ちたいと申すなら、我々と此処で一本勝負をするのだ、そのうえで資格ありと認めたら、我々の門中へ加えて進ぜよう」

「それは先生のお定めになった事ですか」

「いいえ違いますぞ」ふいにそう云う声がして、向うから一人の老人がやって来た、恐らく此《こ》の家の老僕《ろうぼく》であろう、六十あまりの小柄《こがら》な軀《からだ》つきで、鬢髪《びんぱつ》はもう雪のように白かった、「先生はお留守にみえた方は、どなたに限らずお泊め申して置けと仰《おっ》しゃってござりました」

「うるさい、おまえは黙っておれ」黒子の男は暴々《あらあら》しく遮《さえぎ》った、「……たとえ先生がどう仰しゃってあろうと、こうして神谷小十郎が留守をお預かり申すからは、詰らぬ者をひき入れる訳にはまいらんのだ、我々と此処で立合うか、さもなくば出直して来るか、孰《いず》れとも貴公の心任せにされい」

「その生白い面《つら》ではよう勝負はせまいて」そう罵《ののし》る者があった。

「おおかた草鞋銭《わらじせん》でも欲しいのじゃろ、そんなら二三文呉れて追い払うがいい」

向うにいる連中が悪口を叩《たた》いた。虎之助は呆《あき》れた、そして怒るよりも寧《むし》ろ笑いたくなった、こんな相手と押し問答をしてもしようがない、「では、また改めてまいるとしましょう」そう云って彼はしずかに踵《きびす》を返した。

遠慮もなく罵り嗤《わら》う声を聞流して、森蔭の径を戻って来ると、先刻の老農夫はまだせっせと鍬を振っていた。虎之助は礼を述べて行過ぎようとしたが、その老人は鍬の手を休めながら、

「どうなされました」と不審そうに訊《き》いた、「……先生のお帰りをお待ちなさるのではなかったのですか」

「その積りでいったのだが」

「暴れ者になにか云われましたか」老人は案の定という笑い方をした、「……あのやゝまだち共は手に負えぬ奴等《やつら》じゃで、まあ喧嘩もせずに戻って来られたのがなによりでございましょう」

「御老人も知っておられるか」

「留守番の弥助《やすけ》どのからよく聞きまするし、此の辺をのし歩くので顔もよく存じております、あのようなあぶれ者が殖えるばかりで困りものでございます」

虎之助は去ろうとしたがふと、

「御老人」と思いついて云った、「……実は、先生のお帰りまで待ちたいので、ぜひこの付近に宿を借りたいと思うのだが、むろん雑用は払うしどんな家の片隅《かたすみ》でもよい、置いて呉れるところは有るまいか」

「御覧のとおり此の辺はまるで人家もなし、さようでございますな」老人は眼を細めて四辺《あたり》を見やったが、「……もし貴方《あなた》さまさえ御辛抱なさるお積りなら、汚のうございますが私の家にお泊りなさいませぬか、孫と二人暮しでお世話もなにも出来ませぬが、それで宜《よろ》しかったらお宿を致しましょう」

「忝ない、そう願えれば此の上もない仕合せだ、決して迷惑は掛けぬから頼む」

こうして思い懸けぬところで宿は定まった。

老人の家はさっき教えられた通り、其処《そこ》から荒地つづきに、二反ほど北へ入った栗林の中にあった。内蔵允の屋敷に近いから、帰宅すれば直ぐに分るだろうし、また老人と留守番の下僕とが往来しているようすなので、旅からの消息も聞くことができるであろう。これなら留守宅に待つのと同じことだ。虎之助はほっとしながら老人の家へ向ったが、栗林のあいだの道を、農家の前庭へ出たとたんに、右手の洗場から立って来た一人の娘と顔を見合せ、両方でおやと眼を瞠《みは》った。さっき道で内蔵允の家を教えて呉れた娘である、虎之助は直ぐに老人が孫と言ったのはこの娘だということに気づいた、それで、静かに笑いながら会釈した。

「思わぬ御縁で、今日からこちらへ御世話になることになりました、岡田虎之助という者です」

娘は僅《わず》かに頬《ほお》を染めながら、けれども歯切れのいい口調で答えた。

「ようおいでなされました、わたくし奈美《なみ》と申します」

三

「お客さま、御膳《ごぜん》のお支度ができました」

虎之助はそう呼ばれてようやく眼を覚ました。……だいぶ寝過したらしく、強い陽ざしの反射が部屋の中でも眩《まぶ》しく感じられる。骨が伸びると云いたいほどの熟睡の後で、軀じゅうに快い力感が甦《よみがえ》っているのを感じながら、虎之助は元気よく起きて洗面に出た。

「あんまりよくお睡《ねむ》りになっているので、お起こし申すのがお気の毒でございました」

「よく寝ました、ずっと旅を続けて来たのでいっぺんに疲れが出たのでしょう、ああ、栗がよく実っていますね」

「わせ栗ですから、もう間もなくはぜますでしょう」

娘は手水盥《ちょうずだらい》に、川から引いた清冽《せいれつ》な水を汲《く》み、甲斐《かい》がいしく虎之助の洗面の世話をしながら、この付近が栗の名産地であることを語った。……年はまだ十七八であろう、肉付のきりっと緊《しま》った、どちらかというと小柄な軀で、熟《う》れた葡萄《ぶどう》のように艶々《つやつや》しい表情の多い眸子《ひとみ》と、笑うと笑窪《えくぼ》の出る豊かな双頰《そうきょう》がたいそう眼を惹《ひ》いた。昨夜聞いたところに依《よ》ると、老人の名は閑右衛門《かんえもん》、豊島郡《としまごおり》の方に古くから百姓を営んでいたが、去年隠居をして孫娘と二人此処へ移って来た。隠居はしたが労働が身に付いているので、安閑と遊んでいることができず、果樹を育てたり、少しずつ耕地の開墾をしているのだということだった。――死ぬまでには一町歩も拓《ひら》けましょうかな。老人はそう云って笑った。

「お祖父《じい》さんと二人きりでは淋《さび》しくはありませんか」

「ええ淋しゅうございますわ」奈美は素直に頷《うなず》いた、「……ですから、岡田さまがいつまでも泊っていて下さるといいと思いますの」

「別所先生がお帰りになるまでは、三月でも半年でも御厄介《ごやっかい》になっていますよ」

「嬉《うれ》しゅうございますわ」娘は大きく眼を瞠りながら、「……先生のお留守宅に厭《いや》な浪人たちが来ていますでしょう、お祖父さまと二人きりですから心配でしようがなかったのですけれど、岡田さまがいて下されば安心ですわ」

「それでは番人という役ですね」

「いいえ、いいえ、そんな積りで申したのではございませんわ、ただ心丈夫だと思ったものですから」

「やっぱり同じことですよ」笑いながら二人は家に入った。

夏菜の汁と粟飯《あわめし》との朝食が済むと、娘は支度を改めて荒地へ出ていった。……独り残った虎之助は、さてなにをするという事もなく、縁先へ出てぼんやり野の方を見ていたが、やがて立上ると、家の周囲を見に出掛けた。

焚物《たきもの》の積んである小屋や、穀物の納屋《なや》、雑具小屋、その後ろは蔬菜畠《そさいばたけ》で、裏手はよく手入れの行届いた梨《なし》や柿《かき》や葡萄や、梅、桃、杏子《あんず》などの果樹がすくすくと枝をひろげている。地内は何処を見ても入念に除草がしてあって、迚《とて》も老人と娘の二人きりの仕事とは思えない。殊《こと》に果樹の林と母屋《おもや》と納屋と畠の配置には、口に云えない美しい落着きが感じられた。……有るべき物が、有るべき場所に有るべきようにある。果樹の枝の揃《そろ》え方も、畠の畝《うね》のつけようも、ゆったりと落着いていながら少しも無駄のない、統一された主人の意志をよく表現していた。——百姓というものは凄《すさ》まじいものだな。虎之助は本当に「凄まじい」という感じを与えられたのであった。

それから暫《しばら》くなにか考えているようだったが、やがてそこを離れると、雑具小屋の中から一挺《ちょう》の鍬と古びた筍笠を取出して来た、そして裾《すそ》を端折《はしょ》り、襷《たすき》を掛けてから、笠を冠《かぶ》って荒地の方へ出て行った。……閑右衛門老人は昨日の場所で荒地を耕していた。娘の奈美は老人が掘り返す側から、雑草を引抜いて捨てている、強くなった残暑の陽ざしに、二人ともびっしょり汗に浸っていた。

「やあ、その恰好《かっこう》はどうなさいました」

老人は虎之助の異様な姿を見て呆れた。

「お手伝いをしたいと思いましてね」

「それは御殊勝なことですが」老人は微笑した、「……然し、眼で御覧になるほど百姓仕事は楽なものではございません、慰み半分になさるお積りならお止《よ》しなさいまし」

「いや慰みの積りではない、遊んでいては軀がなまくらになるので、力仕事をして汗を出したいのです、邪魔にならぬようにするからどうか手伝わせて下さい」

「それならまあやって御覧なさいまし、だが三日も続きますかな」

「まあお祖父さま」

娘は咎《とが》めるように眼で制した。……虎之助はその間に、もう力を籠《こ》めて、雑草の蔓《はびこ》った荒地へ鍬を打下ろしていた。

四

三日も続くかと老人が云った。

その三日めに、虎之助の全身の骨が身動きもならぬほど痛みだした。幼少から武芸で鍛えた軀である。たかが土を掘り起こすくらいどれほどのことがあろうと思っていた。然し、いざやってみると、老人の言葉の正しいのに驚かされたのである。なにしろ鍬がてんで云うことをきかなかった、勁《つよ》い雑草の根の張った地面は、虎之助の渾身《こんしん》の力を平然とはね返してしまう、老躰《ろうたい》の閑右衛門にはごく楽々と出来ることが、彼の壮年の力量をまるで受付けないのだ。

「お躯が痛むでしょう、いやお隠しになっても分ります」三日めの朝老人が笑いながら云った、「……こんなことは貴方さまには無理でございますよ、まあ意地を張らずに是《こ》れでお止《や》めなさいまし」

「まあもう少し頑張《がんば》ってみましょう」虎之助は歯を食いしばって出掛けた。

苦しい一日だった、老人の言葉を押して来たことを何度も後悔した、けれど頑張った、もう意地ではない、彼は土に戦を挑《いど》んだのである、自分が負けるか土を征服するか、倒れるまでは鍬を手から放すまい、そう決心したのである。……午《ひる》が過ぎてからだった。

「岡田さま、ごらんなさいまし」と老人が鍬を休めて云った、「……や、や、やまだち共が水浴びをして居りますぞ」

「なるほど……」それどころではなかったが、虎之助は眼をあげて見た。

二町ほど離れた目黒川の川原で、別所家の留守宅にいた浪人たちが、逞《たくま》しい裸を曝《さら》して水浴びをしたり、磧《かわら》へ寝転がったりまた相撲《すもう》を取ったりしているのが見え、遠慮もなく喚《わめ》きちらす声が聞えた。

「勿体《もったい》ないものでございますな」老人が独り言のように呟《つぶや》いた、「……あんな立派な躯をした男たちが、詰らぬ木剣弄《いじ》りをしたり、水浴びをしたり、大飯を食ってごろごろ寝ているとは、一体あの男たちは世の中をどう考えているのでしょう」

「武術の修業は詰らぬものか、御老人」

「そう仰しゃられますと、まことにお答えに困ります、私は百姓でございますから自然と考え方も頑《かたく》なになるかも知れませんが」老人は再び仕事を始めながらそう云った、「もう徳川さまの天下は磐石《ばんじゃく》でございます、主持ちのお武家がたは格別、浪人衆は刀を捨てるときでございましょう、今は剣術のうまい百人の武士より、一人の百姓が大切な世の中になっております」

「ではもう兵法などは無用だと云われるのか」

「私の申上げた言がそのように聞えましたか」

虎之助は老人を見た、老人はゆっくりした動作で、然《しか》もひと鍬ひと鍬を娯《たの》しむもののように土を掘り起こしている、その姿はいかにも確《しっか》りと大地に据《すわ》って見えた。虎之助などの若い観念では、窺知《きち》することさえできない大きな真実が、老人の五躰から光りを放つように感じられた。

「あれ」除草していた奈美がそのときふいに声をあげた、「あの人たちがこちらへ来ますわ」振返ってみると、水浴びをしていた浪人たちが、声高《こわだか》になにか笑い罵《ののし》りながら此方《こっち》へ来るのが見えた。

「お祖父さま、またいつかのように乱暴をするのではないでしょうか」

「相手にならなければいい、構わなければ蝮《まむし》も嚙《か》まぬという、知らん顔をしておいで」

「よう……」果して、近寄って来た彼等は、大きな声で無遠慮に呼びかけた、「よく精を出して稼《かせ》ぐのう百姓」

「待て待て、見慣れぬ奴がいるぞ、その男はなんだ爺《じい》、貴様の伜《せがれ》か」

「それとも娘の婿《むこ》か」

「おいそっちの男」と先日応待に出た神谷小十郎と名乗る男が、角張った顎《あご》をしゃくりながら呶《ど》鳴《な》った、「貴様は眼が見えんのか、武士の前へ出たら冠物《かぶりもの》をとるくらいの作法は知っておるだろう、笠をとって挨拶しろ」

「そうだ、笠も脱がぬとは無礼な奴だ、やい土百姓、笠をとらぬか」

娘は気遣わしそうに虎之助を見た、虎之助は鍬を休めて静かに笠を脱いだ。小十郎は意外な相手なのであっと云った。

「なんだ、貴様はこの間の」

「さよう、その節は失礼仕《つかまつ》った」虎之助は微笑しながら、「……お留守宅を断わられたので、致し方なくこの老人の家に厄介になっております、諸公は水浴びがお上手でございますな」

浪人たちは息をのんだ。……そして一人がなにか云おうとした時、虎之助は再び笠を冠り、鍬を執って静かに土を起こしはじめた。

五

陽《ひ》ざしにも風にも次第に秋の色が濃くなった。別所家の留守宅からはときおり老僕《ろうぼく》の弥助が話しに来た、内蔵允の消息はまるで無い、北国筋を廻《まわ》っているのだろうというのも、弥助老人の想像でしかなかった。然《しか》し虎之助は、自分の気持がいつか少しずつ変ってきたことに気づいた、内蔵允に秘奥《ひおう》を問おうとする目的は動かないが、それよりも先に、そしてもっと深く、閑右衛門老人から学ばなければならぬものがあるように思う……、それが何であるかという事は口では云えない、然し老人の静かな挙措や、なんの奇もない平板な話題のなかに、虎之助が求めている「道」と深く相繋《あいつな》がるなにかが感じられるのだ。故郷にいたとき師の近藤斎《いっき》が、よくこういうことを云った。およそ此の道を学ぶ者にとっては、天地の間、有《あら》ゆるものが師である、一木一草と雖《いえど》も無用に存在するものではない、先人は水面《みのも》に映る月影を見て道を悟ったとも云う、この謙虚な、撓《たゆ》まざる追求の心が無くては、百年の修業も終りを完《まっと》うすることはできない。虎之助は毎《いつ》もその言葉を忘れなかった、そしていま老農夫閑右衛門の中に、師の言葉の真実を彼は認めたのである。内蔵允の鞭《むち》を受けるまえに、この老農夫と出会ったことは仕合せであったという気がするのだ。

十三夜の宵《よい》であった。川原の月が美しかろうというので、虎之助ははじめて奈美と一緒に、老人の許しを得て家を出た。すっかり穂になった芒《すすき》の原には、もう夜露が光りの珠《たま》を綴《つづ》っていた、径《みち》の左右は溢《あふ》れるような虫の音であった。

「岡田さまのお国はお遠くでございますか」

「近江です、近江の蒲生というところです」

そう云いながら、虎之助はふと、もう二十余日も一つ家に暮していて、まだ故郷の話もしていなかったことに気づいて驚いた。何処《どこ》へいっても先《ま》ず訊《き》かれ、またこちらからも語るべきことを、閑右衛門の家ではまるでその折がなかった。老人の人柄《ひとがら》だ。虎之助はそう思った、老人は気づかぬところに、そうしたふところの広さを持っているのだ、彼はまた一つ、閑右衛門の心を覗《のぞ》き見たように思った。

「お母上さまはお達者でございますか」

父親は、兄弟はと、もつれた糸が遽《にわ》かにほぐれだしたように、娘は次々と質問を始めた、今日まで訊きたいと思っていたことが、一時に口へのぼったのである。

二人は川原へ出ていた。虎之助は奈美と並んで、川原の冷たい礫《こいし》の上に腰を下ろしながら、亡《な》き父の事、達者ではいるがひどく子煩悩《こぼんのう》な母の事、孝心の篤《あつ》い弟思いの兄の事などを、問われるままに語った。……夜の流れの誘いか月の光りの悪戯《いたずら》か、或《ある》いはまた、娘と二人きりで話すという初めての経験のためか、そうして話していることが、次第に虎之助の心の底に温かい感動を呼び起こしてきた。彼は若かった、しかし二十五歳になる今日まで、武道一筋に修業してきたため、曾《かつ》て女性というものに意識を奪われたことがない、それがいま沸然と、心の底に鮮やかな血の動きを感じたのである、尤《もっと》もそれは極めて短い刹那《せつな》のことだった、生れてはじめて呼び覚まされたその新しい感動に気づくが否《いな》や、虎之助の脳裡《のうり》にはまざまざと閑右衛門老人の眼が映った。快く二人づれで外出することを許した老人は、なにを考えていたろうか。いけない。虎之助は水を浴びたように、拳《こぶし》を握りながら立ち上った。

彼が水を浴びたように感じたのは、然しもっと別の感覚からきたものだったかも知れない、それは虎之助が立ち上ったのと殆《ほと》んど同時に、とつぜん四五人の人影が二人の前へ殺到して来たからである。慥《たし》かめるまでもなく、それは神谷小十郎はじめ例の五人の浪人たちだった、虎之助は娘をうしろに庇《かば》った。

五人は二人の前に半円を作って立った。

「ふん……」神谷小十郎が白い歯を見せながら、「こんなところで野出合いか、我等と勝負する力はなくとも、百姓娘を誑《たぶら》かすことは得手だとみえる、当節は武士も下がったものだ」

「いや武士ではあるまい、この生白い面《つら》を見ろ、此奴《こやつ》はおおかた世間の娘を騙《だま》して歩くかどわかしであろう」

「いかにもそのくらいのあぶれ者だ」一人がぺっと唾《つば》を吐いた。

「やい、なんとか咆《ほ》えろ、返答あるか」

虎之助は黙っていた、黙ってはいたが、衝《つ》き上げてくる忿怒《いかり》の血はどうしようもなかった。彼等の現われる直前に起こった烈《はげ》しい自責の念は、そのはけ口を求めていたようなものである。彼は右側に近くいる一人が、手頃《てごろ》な太さの柳の枝を持っているのを見ながら、

「返答は是《こ》れだ」そう叫ぶや否や、彼を覘《ねら》っていた男の手から柳の枝を奪い、その面上を発止と一撃した。打たれた男は勿論《もちろん》、五人はあっと叫びながら半円の影を拡《ひろ》げた。

「止《よ》せ、慌《あわ》てることはないぞ」五人が一斉《いっせい》に抜こうとするのを、虎之助は微笑しながら制止した。

「こんな場所ではお互いに充分な立合いはできぬ、また気弱な娘をおどろかすこともあるまい、娘を送り届けてから場所を選んで充分にやろう」

「その手に乗るか、逃げる気だろう」

そう叫ぶ男の面上で、烈しく柳の枝が二度めの音をあげた。今度のは前のよりも痛烈だったとみえて、打たれた男は絞り出すような叫び声をあげながら、脇《わき》の方へよろめき倒れた。それと見て、四人は颯《さっ》と左右へひらきながら抜刀した。虎之助は柳の枝を青眼《せいがん》につけながら、

「奈美どの、家へお帰りなさい」と叫んだ、「貴女《あなた》がいては働きにくい、拙者のことは心配無用です、先に家へ帰っていて下さい」

「岡田さま……」

娘はなにか云いたげだった、然し虎之助の言葉を了解したのであろう、身軽な動作ですばやく草原の方へ走り去った。

六

彼等は動けなかった。……娘が走りだすのを見て娘のいるうちにかかるべきだったと気づいた、それで一人が跡を追おうとした。然し虎之助の青眼につけた柳の枝は五

人の気と躰《たい》を圧してびくとも動かさなかった。虎之助は微笑しながら、

「貴公、神谷小十郎と云ったな」と静かに眼をやった、「別所先生の鞭を受ける資格が孰《いず》れにあるか試してやる、此方は柳の枝だ、打っても命に別条はないから安心して斬《き》って来い」小十郎の足下で川原の礫が鳴った。けれども五本の白刃《はくじん》は月光を映したまま動かない。「小十郎、臆《おく》したか」虎之助が叫んだ、わっという呶声《どせい》が神谷小十郎の口から発した、礫を蹴返《けかえ》す音と、矢声とが、夜のしじまを破った、白々と冴《さ》えた川原に影が走り、刃が空へ電光を飛ばした。

勝負は直《す》ぐについた、強く面を打たれて、眼が眩《くら》んだ三人が倒れると、神谷小十郎と残った一人は、踵《かかと》で背を蹴るような勢いで逃げだしてしまった。虎之助はそれを見送っていたが、やがて倒れて呻《うめ》いている一人の側《そば》へ近寄り、柳の枝をその軀《からだ》の上へ投出しながら、

「さあ返すぞ」と笑いながら云った、「……貴公がよい物を貸して呉れたので、誰にも怪我《けが》がなくて仕合せだった、帰ったら小十郎に云え、彼とはまだ勝負がついておらぬ、改めて立合いにまいるからと、忘れずに云うんだぞ」

相手は息を殺して動かなかった。虎之助はそのまま何事もなかったように川原をあがった、すると直ぐそこの叢林《そうりん》の中から、「岡田さま」と云って奈美が走り出て来た。

虎之助は立止ってじっと娘の眼を瞶《みつ》めた。奈美の眸子《ひとみ》は、なにか訴えたげな烈しい光りを帯びていた。

「お祖父《じい》さまには内証ですよ」

「……はい」

「では帰りましょう、冷えてきました」

奈美は頷いてそっと虎之助の方へ身を寄せて来た、娘の黒髪に、小さな露の珠が光っているのを虎之助は認めた。

その明くる早朝であった。声高な人の話し声に眼を覚まされた虎之助は、声の主が別所家の留守宅の弥助老人だと分ったので、急いで着替えをして出た。もしかすると内蔵允の消息があったのかも知れない、そう思ったのである。手早く洗面を済ませて戻ると閑右衛門が独り縁側で茶を啜《すす》っていた。

「お早うございます、いま弥助どのが見えていたのではありませんか」

「いま帰ってゆきました」老人は可笑《おか》しそうに喉《のど》で笑った、「……面白い話を聞きましたよ、お留守宅にいたあの浪人共が、ゆうべ夜中に銭を掠《さら》って逃げたということでございます」

「……銭を掠って」虎之助は眉《まゆ》をひそめた。

「留守中に修業者が来て、路用に困る者があったら自由に持たせてやれと、通宝銭がひと箱置いてあったのです、今日まで一文も手を付けた者は無かったのですが、あのやまだち共、それを掠って逃げたのだそうでございます」
「なんと、見下げ果てたことを」
「いや、あれがこの頃の流行でございますよ」老人は茶碗《ちゃわん》を下に置き、眼を細めて栗林の方を見やりながら云った、「別所先生を尋ねて来るお武家方で、本当に修業をしようという者がどれだけあるか、多くは先生から伝書を受け、それを持って出世をしよう、教授になって楽な世渡りをしよう、そういう方々ばかりです」
「それは先生が仰《おっ》しゃったのか」
「百姓にも百姓の眼がございます」老人は静かに片手で膝《ひざ》を撫《な》でながら、「……たとえば岡田さま、貴方にお伺いいたしまするが、貴方さまはなんのために先生を尋ねておいでなさいました」
「それはもちろん、先生に道の極意をたずねたいためだ、刀法の秘奥を伝授して頂くためだ」
「ふしぎでございますな」老人は雲へ眼をやった、「……私どもの百姓仕事は、何百年となく相伝している業でございます、よそ眼には雑作もないことのように見えますが、これにも農事としての極意がございます、土地を耕すにも作物を育てるにも、是れがこうだと、教えることのできない秘伝がございます、同じように耕し、同じ種《たね》を蒔《ま》き、同じように骨を折っても、農の極意を知る者と知らぬ者とでは、作物の出来がまるで違ってくる、……どうしてそうなるのか、……口では申せません、また教えられて覚えるものでもございません、みんな自分の汗と経験とで会得《えとく》するより他《ほか》にないのでございます」

「岡田さまは若く……」と老人はひと息ついて続けた、「……力も私より何層倍かお有りなさる、けれども鍬を執って大地を耕す段になると、貴方さまには失礼ながらこの老骨の半分もお出来なさらぬ、行って御覧なさいまし、貴方さまが耕したところは、端の方からもう草が生えだしています、渾身《こんしん》の力で打込んだ貴方さまの鍬は、その力にもかかわらず草の根を断ち切っていなかったのでございます、どうしてそうなるのか、どこが違うか、口で申せば容易《たやす》いことでございましょう、けれど百姓はみな自分の汗と血とでそれを会得致します」

「…………」

「先日、岡田さまは私の言葉を咎《とが》めて、兵法は無用のものかと仰しゃいました」

老人は暫くして再び続けた。

「仰《おお》せの通りです、若《も》し耕作の法を人の教えに頼るような百姓がいたら、それはまことの百姓ではありません、いずれの道にせよ極意を人から教えられたいと思うようでは、まことの道は会得できまいかと存じます、銭を掠って逃げたあの浪人共が、そのよい証拠ではございませんか」

虎之助の背筋を火のようなものが走った。言葉や姿かたちではない、静かな、嚙《か》んで含めるような老人の声調を聴いているうちに、彼はまるで夢から覚めたように直感したのだ。

——此の人だ、別所内蔵允はこの人だ！

そう気づくと共に、虎之助は庭へとび下りて、土の上へ両手を突いた。

「先生……」

老人は黙って見下ろした。

虎之助は全身の神経を凝集してその眼を見上げた。かなり長いあいだ、老人は黙って虎之助の眼を瞶めていたが、やがてその唇《くちびる》に、にっと微笑を浮めた。

「内蔵允は留守だ」

「先生！」虎之助は膝をにじらせた。

「いやいや、もう二度と帰っては来ないかも知れない、それでもなお此処に待っているか、虎之助」

「私に百姓が出来ましょうか」

虎之助は悦《よろこ》びに顫《ふる》えながら云った。老人は愛情の籠《こも》った温かい眼で見下ろしながら、しずかな力のある声で、

「道は一つだ」と云った、「……刀と鍬と、執る物は違っても道は唯《ただ》一つしかない、是れからもなに一つ教えはせぬぞ、百姓は辛いぞ」

「先生……」

虎之助は涙の溢れる眼で、瞬《まばた》きもせずに老人の面《おもて》を見上げた。師を得た、真の師と仰ぐべき人を得た、自分の行く道は決った。今日まで四六時ちゅう縛られていた、「兵法」の殻《から》から、彼はいま闊然《かつぜん》と脱出した気がする。道は一つだ、無窮に八方へ通じている、それが大きく、のびのびと眼前に展開されたようだ、そして彼はその大道の一端に、確《しっか》りと立上ることのできた自分を感じた。

「お祖父さま、岡田さま」奈美が奥から出て来てそう云った、「……御膳のお支度が出来ました」

（「キング」昭和十五年十一月号）

蜜《み》柑《かん》

一

「大夫《たいふ》がお呼びなさる？」

源四郎はいぶかしげに問いかえした。

「大高《おおだか》はまちがいではありませんか、たしかに拙者をお呼びなさるのですか」

「いやまちがいではない」

使者はもどかしそうに、

「貴公を呼んでまいれと申しつかって来たのです。ゆだんのならぬご病状だからすぐに支度をしておいで下さい」

「相《あい》わかりました、すぐ参上いたします」

源四郎はとびたつように居間へはいった。

――大夫がじぶんを呼ぶ。

そう思うと胸がいっぱいになった。

紀州徳川家の家老、安藤帯刀直次《たてわきなおつぐ》は春から老病がつのるばかりで、この四五日は危篤《きとく》の状態がつづいていた。直次は慶長十五年に、家康《いえやす》から選ばれてその第十子長福丸、すなわち後の頼宣《よりのぶ》の家老となった。そのとき頼宣は九歳で駿府城《すんぷじょう》に封ぜられていたが、以来二十六年、よく主君を補佐して紀伊《きい》五十五万石の礎《いしずえ》をかためた人物である。

直次には多くの逸話があるけれども、いかにすぐれた人物だったかということは、家康がしばしば頼宣にむかって、

——直次をみること父の如《ごと》くせよ。

といましめたことが最もよく物語っているであろう。なお彼は田辺城三万石を領し、紀伊家の老職でいながら諸侯の待遇をうけていたし、江戸では一ツ橋外と、市谷《いちがや》左内坂とに土地と屋敷をたまわっていた。

源四郎は直次に嫌《きら》われていた。

彼は中小姓で、少年の頃《ころ》から頼宣の側近につかえていたが、主君のため、おいえのため、という一念に凝りかたまっているため、しばしば上役や同輩と争い、たびたび失敗をくりかえして来た。頼宣は彼の気質を知っているので、たいていのことは叱《しか》らなかった。

——しようのない一徹者だ。

そう云《い》われるくらいで済んだ。けれども直次にはよくどなりつけられた。

——そのほうはまことの御奉公というものを知らぬ、そのような我儘《わがまま》なことでいち

にんまえのお役にたつものではないぞ。

ほかの者にはそれほどでもないのに、源四郎にだけは事ごとに辛辣《しんらつ》だった、嫌われているより憎まれているとさえ思えた。それでしぜんと源四郎も直次には反抗の態度をとるようになったが、相手が無双の人物だけに、じぶんひとりが疎《うと》まれていると考えることは云いようのないさびしさであった。

直次が老病の床についたのは今年、寛永十二年の春からで、夏五月にはいるとともに再起はおぼつかなくなった、じぶんでもそれを感じたとみえて、毎日病床へ人を呼んでは亡《な》きあとの事を託した。

——きょうは誰それが呼ばれた。

——拙者にこういう遺言があった。

そういう話を耳にするたびに、じぶんだけがのけ者にされているようで、源四郎の気持はすっかりまいっていた。

だから、直次から迎えの使者が来たときはすぐにそうと信じ兼ねたし、たしかにじぶんが呼ばれたと知ったよろこびはひじょうなものだったのである。

源四郎は馬をとばして行った。

安藤家の上屋敷は一ツ橋外の代官町にあった、馬で乗りつけた源四郎は、汗をぬぐう間もそこそこに奥へみちびかれた。

病間は二十畳ほどの広さで、二方の障子があけはなしてあり、病軀《びょうく》の臭みを消すためであろう、部屋いっぱいに炷《た》きしめた香のかおりがただよっていた。……みとりの者は遠ざけられたとみえて、直次はただひとり、床のうえに起きなおり、脇息《きょうそく》にもたれかかっていた。小柄《こがら》ではあるが肉づきのいい老人だった。それがいまは見ちがえるほど痩《や》せ、鉢《はち》のおおきな頭がいたいたしくめだっている、尻《しり》さがりの両眼にもまえほどの逞《たくま》しい光はなかった。

――なんというおいたわしい姿だ。

源四郎はひと眼《め》見て胸がいっぱいになった。

――これがおいえのために生涯《しょうがい》を捧《ささ》げつくした人の姿だ。八十二年というとしつき、ただ君家の礎となって身命をなげうって来た人の姿だ。

そう思うと、日頃の反抗心などはなくなって、溢《あふ》れ出ようとする泪《なみだ》を抑えるだけが源四郎には精いっぱいであった。

「御用のひまを欠かせて相すまぬ」

直次は韻の嗄《か》れてしまった声で、けれども力のある調子で云った。

「このたびは、わしもいよいよおいとまだと思う。……ことしの蜜柑《みかん》はたべるつもりでいたが、もういかぬ」

「それで……」

低く息をつぎながら直次はつづけた。

「生前そのもとに、ひとこと申し遺《のこ》したいことがあって来てもらった」

「……はい」

「源四郎」

にわかに名を呼ばれて、はっと見あげる源四郎の眼を、直次は屹《きっ》とねめつけながら、

「そのほうは、まだ、まことの御奉公というものを知らぬぞ、そのような未熟なことではいちにんまえのお役にたたんぞ！」

思いもかけぬはげしい叱咤《しった》だった。

「紀伊五十五万石はまだ安泰ではない、お城の石垣《いしがき》の根はまだかたまってはおらぬ、これまでのような眼先ばしりな、我儘な御奉公ぶりでは、いざという場合のお役には相たたんぞ」

「恐れながら、うかがいます」

一瞬のうちに蒼白《そうはく》になった源四郎は、膝《ひざ》をにじらせながら云いだした。

「まことの御奉公を知らず、いちにんまえのお役にたたぬというお叱りは、これまでしばしばうかがいました。元より未熟者ですから御意《ぎょい》にかなわぬことが多いかも知れませぬ、けれどもわたくしと致しましては、御奉公のために身命をつくす覚悟は片ときも忘れたことはございませぬ」

はらはらと溢れおちる涙をぬぐいもせず、拳《こぶし》をふるわせながら源四郎は云った。

「今日もまた重ねてのお叱り、どうしたらまことの御奉公が相なりましょうか、恐れながらお教えをねがいたいと存じます」

「…………」

「これがさいごの御面晤《ごめんご》なれば、ふたたび御教訓をねがうことはかないませぬ、どうすればいちにんまえのお役にたちましょうか、枉《ま》げてお教えをねがいます」

無念さにふるえる声と、ひきつるような源四郎の表情を黙って見まもっていた直次は、やがてしずかに手をあげて左右に振った。

「……大夫！」

去れという身振りだと気付いて、源四郎は思わず叫びながら身をのりだした。しかしすぐに、走って来た家扶《かふ》が、

「大高どの、おひかえなさい」と制止した。源四郎はその声で、さすがにはっとわれ

にかえった。そして、会釈《えしやく》をするのもそこそこに、まるで逃げるような足どりでそこを去った。

――無念だ。無念だ。

どう考えなおしても彼の心はしずまらなかった。じぶんが生一本《きいっぽん》な性質で、堪《こら》え性のないことはよく知っている。上役や同輩とは折合いが悪いし、ひとに好かれるようなとりまわしも出来ない。わがままと云えばたしかにわがままかも知れないが、しかしそれは君家のおんためという一念におのれをつきつめているからである。御奉公の道をひとすじにまもるほかに、武士としてお役にたつ勤めかたがあるだろうか。――しょせん帯刀どのは己《おれ》を憎んでいるのだ、死ぬまで己の本当の気持はわかって貰《もら》えないのだ。

そう思いつめるにしたがって、いちにんまえの役にたたぬと云われたうえに、なお御奉公をつづけるのは武士として恥辱であるとさえ考えた。そしてついにはおいとまねがいをする決心さえした。

安藤帯刀直次はそれから数日ののち、眠るように安楽の大往生をとげた。寛永十二年五月十三日、齢《よわい》八十二歳であった。

その月は直次の葬祭のためにあわただしく過ぎた。七月には主君頼宣が紀伊へかえる、だからいとまねがいをするのならそのまえでなければ遅い。そう思っていると、六月にはいってまもない一日《あるひ》、源四郎は頼宣のまえに呼びだされて思いがけぬお沙汰《さた》をうけた。

それは、中小姓を免じ、今後はお太刀脇《たちわき》をつとめよというのである、更に役料として百石の加増をするという意外なおたっしだった。

「お太刀脇」というのは側衆《そばしゅう》のうちで、江戸表にも国許《くにもと》にも扈従《こじゅう》する役である、中小姓とは格段の出世であるし、食禄《しょくろく》も百石加増されれば五百五十石になる。退身しようと心をきめていた源四郎にとっては、まったく思いがけない恩命であったが、

「……恐れながら」と彼は平伏したまま答えた。

「お沙汰のほど面目至極にはございますが、源四郎めもはや御奉公はなりがたく、お慈悲をもっておいとまを頂戴《ちょうだい》いたしとう存じまする」

「いとまを呉《く》れと……?」

頼宣はいぶかしそうに問いかえした。

「異なことを申す、いとまを呉れとはどういうわけだ、太刀脇の役が不足だというのか」

「もったいない仰《おお》せ、けっして、けっして左様なしょぞんではございません、ただ」

と云いさして源四郎は口をつぐんだ。

二

「どうした、そのわけを申してみい」

「……恐れながら」

源四郎はしばらく躊躇《ちゅうちょ》したのち、思いきったように云った。

「源四郎め生来の未熟者にて、まことの御奉公ぶりを知らず、武士いちにんのお役にたたぬと申されましたゆえ、このうえおつかえ申してはいちぶんが相たちません」

「誰が左様なことを申した、誰だ」

「……それは申しあげられませぬ」

「申せずばよい、だが源四郎」頼宣はたしかめるような調子で、

「そのほうの主人は誰だ」

「……はっ」

「誰がどのように申そうとも、そのほうに奉公のまごころがあり、また主人がそのほうを役にたつべき男とみているからは、いささかも世に恥ずるところはないはずだ。それとも、……余の言葉よりその評判をする者のほうがそちには重いか」

源四郎は言句につまった。

「一徹者め」

頼宣は笑いながら云った。

「そのように眼先のことでとりのぼせるから、人にとかくの評判をされるのだ。一徹もよいが程にせぬといかん、よいからもうさがれ」

源四郎の胸は感動でふるえた。

――御主君はじぶんを知っていて下さる。

直次の言葉がどんなに堪えがたいものであったにしろ、頼宣の一言は源四郎を心の底からたちなおらせて呉れた。

――そうだ、誰がなんといおうと、じぶんの御奉公がひとすじであるかぎり恥ずるところはない、しかも御主君はじゅうぶんにじぶんを認めていて下さるのだ、じぶんはこの君のために死ねばよいのだ。

そう心がきまると、直次の頑迷《がんめい》な眼をみかえすことが出来たようにさえ思えて、源四郎の心はあたらしい力と勇気とでいっぱいになった。

七月二十日、頼宣は参覲《さんきん》のいとまが出て帰国の途にのぼった。お太刀脇として扈従する源四郎にははじめての帰国である。彼はあやまちのない勤めをしようとして一心だった。中小姓のときとはちがって、主君側近の奉公だから、気を労することも一倍であるがはりあいも多い、おのれの胸板を紀伊五十五万石の楯《たて》にしたような気持で、源四郎は旅路の日夜を力強く扈従して行った。

三河《みかわ》ノ国へはいると大風が吹きだした。ほんらいは三州《さんしゅう》吉田から伊勢《いせ》の松坂へ渡海するのが順だったけれども、その風ではとても船出はおぼつかないので、行列はそのまま尾張《おわり》の熱田《あつた》へすすめられた。

熱田で尾張家の馳走《ちそう》をうけながら二日ほど待ったが、風はすこしも勢をゆるめない。すると頼宣から、

——これしきの風を待つことはない、明朝は船を出すように。

という命令がでた。

そのとき源四郎は御前にいなかったが、ようすを聞くとお伽《とぎ》の藪七郎左衛門《やぶしちろうざえもん》の進言でそういうことになったのだという、三浦長門守《ながとのかみ》（家老職）からいろいろ諫止《かんし》したけれども、頼宣はどうしても船出をすると云って肯《き》かない、みんなもてあましているということだった。

七郎左衛門勝利《かつとし》というのは藪三左衛門の二男である。三左衛門は高名な武将で、もと細川家の浪人だったのを、寛永四年に紀州へ二千石で召抱えられたものだ。……い

ったい頼宣はさむらいを抱えるのが好きで、名ある武士は高禄をいとわずとりたてたし、すぐ随身を承知しない者にもどしどし扶持《ふち》を送っていた。新規《しんき》お召抱えになった者のうち名あるものを略記すると、大崎玄蕃《げんば》の八千石、村上彦右衛門《ひこえもん》の二千石、真鍋《まなべ》五郎右衛門の二千石、藪三左衛門の二千石、田中玄蕃、水野次郎右衛門、渡辺安芸《あき》等々。ことに大崎、真鍋、村上、藪などという人々は、諸方の大名から五千石、一万石で召抱えようと望まれたものであるが、頼宣が押してとりたてたものであった。

……なおまた随身しないで扶持だけ送られた者には、美濃《みの》に隠れていた後藤又兵衛の一族、山田外記《げき》、伊達《だて》作左衛門、三刀屋《みとや》監物《けんもつ》、亀田大隅守《おおすみのかみ》など、そのほか数えきれぬほどあった。これらの人々は頼宣の懇望で随身したのだから、新参《しんざん》ではあるが見識も高く、譜代の家臣に対してもへりくだるようなことはなかった。そのなかでも藪三左衛門の二男七郎左衛門は不屈のさむらいで、お気にいりを笠《かさ》に、傲慢《ごうまん》と思えるふるまいが多かった。

——七郎左衛門の進言で船出の沙汰が出た。

そう聞いた源四郎は、すぐに支度をあらためて御前へ出た。頼宣は源四郎の顔を見ると、はやくも察したようすで、

「船出のことなれば諫言無用だぞ」と先手をうつように云った。

「泰平の世なればこそ、風待ちもできる、いざ合戦という場合にこれしきの風で船出を待てるか、紀伊の面目にかけても必ず渡海しなければならんぞ」

「それでこそ」と、そばから藪七郎左衛門が口を添えた。

「それでこそまことのおん大将、武を練ること泰平に狎《な》れずの道でございましょう」

吹きつける強風が屋の棟をならし、燭台《しょくだい》の火がはためいた。源四郎は七郎左衛門の顔を屹《きっ》とねめつけたが、すぐに頼宣のほうへふり向きながら、

「船出をお止め申すのではございません」としずかな調子で云った。

「とかく士道が惰弱になりつつある折から、荒天を冒して御渡海をあそばすということは、世上への教訓にも相なり、またお国ぶりの名誉とも申すべきだと存じます。けっしてそれをお止め申しあげようとは存じません、……なれども」

源四郎はひどくまじめな口ぶりで、

「お上《かみ》のお召し船は堅牢《けんろう》でもあり、水主《ふなおさ》もかこもえりぬきの者どもでございますから、これほどの風をのりきるに雑作はございませんが、家臣の乗りまするものは造りもよほどちがい、また水主もかこもお座船のように揃《そろ》ってはおりませぬ、もし一艘《そう》でもくつがえった場合には多くの人命を損ずると存じますが、いかに思《おぼ》し召しましょうか」

「それはもっともな申しようだ、だがそれならば余の乗替え船と、尾張どのから馳走

に廻された関船《せきぶね》に、おもだった者だけ乗せて供すればよいであろう」

「仰せではございますが、大身《たいしん》重役のかたがたがお供をつかまつるのに、船が悪いからと云って軽き身分の者がお供をせずにおる道理はございません」

「ではこうすればよい」頼宣は折かえして云った。

「余の船と乗替えと関船とに直参《じきさん》を残らず乗せ、又者《またもの》や雑人《ぞうにん》は陸路《くがじ》をやるのだ。これなら仔細《しさい》はあるまい」

「左様なことが相なりまするか！」

源四郎は突然おお声をあげた、それは天床《てんじょう》へびんと反響したほどの声だった。彼はおおきく眼をみひらいて頼宣を見あげ、おのれの膝をはっしと打ちながら叫んだ。

「たとえ又者、雑人なりとも、紀伊の水を飲んだほどの者には骨がございます、おのれらの主人《あるじ》が荒海を冒してお供つかまつるに、じぶんだけ安穏《あんのん》の陸をまいるなどという臆病者《おくびょうもの》はいちにんもおりませぬ。やぶれ船にうち乗って海上に溺死《できし》をいたしましょうとも、必ず主人の供をするに相違ございません、かように忠義な者どもをころすのはいたわしゅうございますが、御意とあれば唯今《ただいま》より船出の支度をいたさせます、いかがはからいましょうや」

「…………」

頼宣の唇《くちびる》にそっと微笑がうかんだ。そしてしずかに頷《うなず》きながら、

「ようわかった」と機嫌《きげん》のなおった声で云った。

「風には恐れぬが、家臣を損ずるようなことがあってはもったいない、船出はとりやめるぞ」

「……はっ」

「佐屋《さや》へまわって川船でくだる。長門にそう申しておけ」

源四郎はもういちど藪七郎左衛門をねめつけてから御前をさがった。

行列はその翌日、宮を発し、佐屋街道をいって尾張の津島《つしま》から木曾《きそ》川を下り、無事に紀州和歌山へと帰国した。

この旅中に源四郎は考えた。

彼は新規お召抱えの人々について、かなりまえからすくなからず不満を持っていた。頼宣がさむらいを愛するあまり、名ある者は禄を惜しまず召し抱える、それは武将としてあたりまえなことだ。けれども抱えられる人々は譜代の者にとっては新参である、新参には新参の礼儀がなくてはならない、それにもかかわらず多くの人々は、高禄をもって召抱えられたのに得々として、とかく譜代の者を凌《しの》ごうとするようすがみえるのだ。

――なんだ新参者のくせに。そういう気持を感じるのは源四郎ひとりではなかった。血気の者のなかには、おなじ不満をもつ者がすくなからずある、どうにかしなくてはならぬと思っていた。

荒天渡海のお沙汰が、藪七郎左衛門の進言から出たということを聞いた源四郎は、どうにかする機会はこれだと考えた。彼が御前へ出たとき、七郎左衛門はいかにも豪放な態度で渡海をうながすような口ぶりをみせていた。そのときの七郎左衛門の不屈な眉《まゆ》つきが、和歌山へ着くまでずっと源四郎の眼から消えなかったのである。

帰国してまだ間もない一日、彼は藪三左衛門の屋敷をたずねて七郎左衛門に面会をもとめた。うるさいほど蜩《ひぐらし》ぜみの鳴く広庭をまえにして、客間に相対した主客ははじめからたがいの反感を露骨に示しあった。

三

「話というのは、御帰国途中、宮で御渡海のお沙汰が出たことです」

源四郎はずばずばと云った。

「あのお沙汰は、貴殿からお上へご進言申したためだと聞いているが、事実さような進言をなされたかどうかうかがいたい」

「さよう……」七郎左衛門は冷やかに、「それがしの言葉によって御渡海のお沙汰が出たかどうかは知らぬが、戦場なればあれしきの風に恐れてはおられぬと申したのは事実だ」

「もしも、それがもしもお上でなく、貴殿のご尊父であっても、おなじことを貴殿は申されたであろうか」

「異なことを云う、父ならばどうしたのだ」

「あの荒海に船を出すことが危険でないとはよも思われまい。その危険を承知でじぶんの父親に渡海をすすめることが出来るかどうかうかがいたいのだ」

「あれくらいな風が」と七郎左衛門は言葉を避けた。

「いのちにかかわる危険なものだとは、それがしは思わん」

「危険だと思うか思わぬかは水掛け論、げんに御渡海が中止になった事実だけでたくさんだ。拙者のうかがいたいのはそんなことではない、たとえ些《いささ》かなりとも危い海へじぶんの父親に渡れとすすめられるかどうかというのだ」

「左様なことを、いまあらためて答える必要はない」

「……そうであろう」

七郎左衛門の冷やかに見くだした態度を、源四郎はするどくねめつけながら云った。

「答えられないのがあたりまえ、それがなによりの返答だ。だが藪どの、……貴殿のご一家が高禄でお召抱えになったからとて、それはとくべつに我儘《わがまま》無法をゆるされたわけではないぞ」

「なにを云う、それはどういう意味だ」

「拙者の申すことを聞かれい、紀伊家譜代の者は、三河いらい徳川家につかえておる。父祖の代から御馬前に骨をさらし、身命をつくして御奉公をして来た。それらの者でも高禄を戴《いただ》いているのは僅《わず》かなかずで、多くはいまだに微禄小身のまま懸命の御奉公をしておる。……しかるに貴殿がたは、はじめから五百石、千石、八千石などという高禄でお召抱えになった。むろん貴殿がたは高名な武人であろう、これまで幾戦陣で名誉のてがらをたてられたに相違ない。けれども、紀伊家のおんためにかってなにかてがらがあったか？……千石、二千石の高禄を賜わるだけの御奉公を紀伊家のためにしておるか」

「待て待て、その一言、聞き捨てならんぞ」

「拙者は事実を申しておる」源四郎はかまわずにつづけた。

「代々おいえに砕骨の御奉公をした多くの者が微禄小身でいるのに、新規お召抱えの貴殿らに高禄を賜わるのは、これひとえにお上の思召《おぼしめし》だ。いいか、われらは貴殿がたの高禄を羨《うらや》みはしないぞ。ただ、高禄を戴くがゆえにじぶんたちを高しとし、小身微禄の譜代の者を見くだす態度はやめて貰《もら》いたい、おのれの豪勇を誇るがために、お上を危い場所へおさそい申すような無法はやめて貰いたいのだ！」

舌鋒《ぜっぽう》するどく、源四郎がそこまで云ったとき、隣室とのあいの襖《ふすま》があいて、髪のなかば白くなったひとりの老人がはいって来た。この家のあるじ藪三左衛門である。

「おはなしちゅうをご無礼」三左衛門はそう会釈《えしゃく》しながら、七郎左衛門を押しのけるように坐《すわ》って云った。

「それがし藪三左衛門でござる。いやご挨拶《あいさつ》には及びません、はからずもいまご意見をもれ聞き、伜《せがれ》になりかわってお詫《わ》びを申すためにまかり出ました」

「こやつ生来の無骨者でござってな」

と三左衛門は源四郎に言葉をさしはさむ隙《すき》を与えないでつづけた。

「つねに小言《こごと》を申しますが、ともすると血気のあやまちをしでかします。そのもとのご意見はいちいちごもっとも、今後かようのこと無きよう厳しく申しつけますゆえ、老人に免じてひらにご勘弁をねがいます」

「そのご会釈では、かえって恥じいります」

源四郎はいっぺんに昂奮《こうふん》から冷め、あわてて三左衛門に会釈をかえしながら云った。

「拙者もいささか過言がございました。よろしくお忘れのほどおねがい申します」

「心余れば言葉はしる、過言ではござらん、むしろ云い足らぬと思われよう、しかしご意見は老人が篤《とく》とお察しつかまつった。このはなしはもはや是《これ》でうちきり、おちかづきのしるしに一盞《いっさん》まいりたい、七郎左、たたぬか」

馳走になるのはいやだった、けれども老人のおだやかな挨拶をふりきって帰るのも無礼だと思ったので、源四郎は接待をうけることにした。

数日のち源四郎は御前へ呼び出された。

頼宣の眼はかつて見たことのない忿《いかり》をたたえていた。そして、源四郎が拝揖《はいゆう》して座につくよりはやく、つき刺すような声で、

「源四郎、そのほう藪へまいってなにを申した」と叱咤《しった》した。

「七郎左になにを申した、余のまえでもういちど云ってみい、なにを申したのだ」

「……殿」

「余が新規召抱えの者に高禄をやる、それがそのほうには不服か、余に依怙《えこ》の沙汰でもあると申すか」

「恐れながら、恐れながら殿」源四郎はびっくりしてさえぎった。

「左様の仰《おお》せはおなさけのうございます、わたくしはただ、ただ……」

「申せ、申せ源四郎。そのほうがなにを考えておるか、そのくらいのことがわからぬ余ではないぞ。紀伊のために身命を惜しまぬ覚悟はよい、余のため、五十五万石のためという一念はよいが、眼さきのことにはしって、おのれひとりを正しと思うのはみぐるしいぞ」

「…………」

「余が高禄を惜しまず、名あるもののふを召抱えるのを、そのほう今日までなんと思っていた、ただ余のさむらい好みとでも思っていたのか。そうだとすると、……余はそのほうを見損なっていたぞ源四郎」

「……申しあげます」

源四郎はきゅうにむせびあげながら、

「わたくし、お役御免を仰せつけられとうございます」

そう云って平伏した。

平伏したまま、くくと喉《のど》を鳴らして嗚咽《おえつ》する源四郎のようすを、しばらくのあいだ頼宣はだまってみまもっていたが、やがて、つと座を立ちながら云った。

「よい、そのねがい聞きとどけた、今日より奥庭詰めを申しつけるぞ」

そして奥へ去ってしまった。

大高源四郎はその日から太刀脇の役を免ぜられ、奥庭の菜園支配を命ぜられた。そこには頼宣直轄《ちょっかつ》の蜜柑畑がある。彼はその宰領をすることになったのだ。蜜柑畑といっても世間ふつうの蜜柑作りではない。紀州のいわゆる有田蜜柑は、もと九州肥後《ひご》ノ国八代《やつしろ》から移植したもので、土地が合ったものか色も香も味わいもすぐれて上品なものができた。それが天正二年のことで、いらい諸方に植えついで多くの産出をみるようになり、寛永十一年にいたってはじめて江戸へ売りだしたところ、伊豆《いず》、駿河《するが》、三河、上総《かずさ》などのものより格段に美味だったため、ひじょうな高値で売れたうえ多くの予約までむすばれたのである。

これを聞いた頼宣は、売れるからよいで品種が落ちるようになってはならぬと思い、城中の奥庭に畑を設け、手許《てもと》の費用でさらによき樹《き》を育てあげるよう、研究をはじめさせていたのだった。

頼宣から叱責されたとき、源四郎はかつて退身しようと考えたのを思いだした。

――やはりあのとき退身すべきだった。

そう思った。けれども「おのれひとり正しと考えるのはみぐるしい」という頼宣の言葉が無念だった。高禄で召抱えられる新参と、小身微禄の譜代の者とのあいだに、もし不測のあらそいがおこってはならぬと考えてしたことを、「眼さきのことにはしる」と云われたのも口惜《くや》しかった。

——そうだ、ここで退身してはならぬ、殿にじぶんのまごころが通ずるまでは、どんな微賤《びせん》なお役でもご奉公をしていよう。

源四郎はかたくおのれを信ずるがために、そしていつかはそれが主君にわかって貰えるであろうと思って、黙々と蜜柑畑ではたらきはじめた。しかし彼のあたまのなかは、

——いつかはわかって戴ける。

——やがてはこの心底がお上に通ずるであろう。

——いや、必ず通じさせずにはおかぬ。

そういう考えでいっぱいだった。

日は経《た》っていった、秋はしだいに深く、畑の蜜柑はつぶらな果皮につやつやと色をもちはじめた。

蟬《せみ》の声がいつかしら絶え、夜ごとの虫の音に思わず衿《えり》をかきあわせることが多くなると、空高く雁《かり》のわたる哀れな声も聞えだした。

源四郎ははじめまったく無感動で勤めていた。しかし毎日見ているうちに、働いている作人たちの仕事にだんだんと心をひかれるとき、ふと鋏《はさみ》をとって畑へはいってい

ったのがきっかけになって、いつかしら、じぶんでも気づかぬうちに、作人たちにまじって土まみれになるのもいとわず働きだしていた。

こうして七十余日経った。九月（新暦十月）も末にちかいある日、なんのまえ触れもなく、ふいに頼宣が蜜柑畑へあらわれた。

蜜柑畑のなかに、亭《ちん》づくりの腰掛がある、頼宣はそこへはいって掛け、人を遠ざけて源四郎をちかくへまねいた。

「どうだ源四郎、蜜柑作りは面白いか」

「……はっ」

「そのようすではすこしは慣れたとみえるな」

土まみれになった源四郎の姿を、頼宣は微笑の眼で見ながら云った。

源四郎はただおのれの膝《ひざ》をみつめたまま低頭した。

「きょうはそのほうに命ずることがある」

「…………」

「支度をあらためて江戸へ使者にたて」

「お使者」

「そうだ、大切な使いだ」頼宣はつと声を低くした。

「余が高禄を惜しまず名あるさむらい、諸国の浪人を召抱えていることが公儀のお疑いをまねいたようだ、そのほうその申しひらきをしてまいれ」

「殿……しかしそのお疑いは」

「老中のめくらどもが」

頼宣はきらりと眼を光らせた。そして忿懣《ふんまん》にたえぬもののように云った。

「かれらには余の心がわからぬ、宗家徳川の天下を思う余の心がわからんのだ。余が召抱えるさむらいどもは、みな戦場往来にぬきんでた勇士だ、いずれも諸国の大名が召抱えようとしてあらそっているつわものどもだ。……大阪の役《えき》おわって僅《わずか》に二十年、天下はまだ磐石《ばんじゃく》とは云えぬ、まんいちにも幕府に反旗をひるがえす者があって、これら一騎当千のつわものどもを擁していたとしたらどうする。万卒は得やすく一将は難しという、それを思えば一人でも多くお味方につけて置かなければならぬ、たとい五十五万石の分には過ぎようとも、敵にまわして恐るべき者はぜひとも召抱えて置かなければならんのだ、それが宗家千年のためなのだ」

源四郎はまるで殴り付けられたような気持だった。頼宣の言葉は予想もしないものだったし、そこに示された真実のおおきさは彼の心をうちのめした。

——そうだったのか。

眼さきのことにはしる。そう云われた言葉がまざまざと耳によみがえって来た。われひとり正しと思うのはみぐるしいぞ、そう云われたのも事実だった。これほどの主君の心が察しられず、じぶんひとりの狭い考えで無益に騒ぎまわるとは、なんというおろかなみぐるしいふるまいだったろう。

——申しわけがない。

そう思うとわれを忘れ、ひたと平伏しながら源四郎は面《おもて》をおおって泣きだした。

——そのおろかなじぶんに、殿はいまひじょうの大役を命じて下さった、殿はじぶんをすこしも疎《うと》んじてはおられなかったのだ。

抑えようとしても抑えきれぬ嗚咽のために、身をふるわせて泣く源四郎のようすを、頼宣も青ずんだ顔でしばらく黙って見やっていた。……頼宣の胸には、かつて和歌山城の高石垣《たかいしがき》を築いたときにも、幕府からおなじような疑いをかけられたことが思いうかんだのである、それは僅に石垣の高さが規定を越えたというので、頼宣に謀叛《むほん》のくわだてがあるという糺問《きゅうもん》だった。そのときは安藤直次が旅装するひまもなく江戸へかけつけ、

——紀伊家がもし謀叛をくわだてるなら大阪城へはいるであろう。辺陬《へんすう》の和歌山な

どで幕府の大軍と戦えるものではない。

　そういう一言でみごとに老中の疑いを解いた。

「よいか源四郎」頼宣はようやく忿《いかり》をしずめて云った。

「江戸へまいって、余の本心をしっかりと申し伝えるのだ、答弁のしようによっては和歌山城に草が生えるぞ」

「たいせつのお役目を仰せつけられ、かたじけのうござります」

　源四郎は涙を押しぬぐって答えた。

「身命を捨てて必ずしゅびようつかまつります」

「桑子村に帯刀《たてわき》の墓ができておる、途中だからまいってゆけ。……帯刀は誰よりもそちに望みをかけておった、誰よりもそちの身を案じていたぞ。このたびも帯刀が護《まも》ってくれるであろう、おろそかに思ってはならんぞ」

　源四郎はあっと眼《まなこ》をみひらきながら、夢からさめた人のように、頼宣の顔を見あげていた。

　三河ノ国桑子村の妙源寺に安藤家代々の墓所がある、寛永十二年十月はじめのある日、その墓所のまえに大高源四郎がぬかずいていた。……彼は泣いていた、いろいろな感情が胸いっぱいにつきあげてくる、しかしいまさらなにを云うことがあろう、ただ直次のまことの心づくしを、その生前に知ることのできなかったじぶんが口惜しいだけである。

しばらく噎《むせ》びあげていた彼は、やがて、和歌山城の菜園から持って来た、みごとに色づいた蜜柑の一枝を墓前にささげた。

「お城で作った、ことしの蜜柑でござります、大夫《たいふ》。源四郎が持参いたしました。お城の蜜柑でござりまするぞ」

危篤の病床で……ことしの蜜柑がたべたかった、と云った、あのときの直次の顔が、ありありと源四郎の眼にうかんできた。

「……大夫」ややしばらくして彼は云った。

「源四郎いちにんまえのお役を果すときがまいりました。これが本当の御奉公はじめだと存じます。わたくしのためではございません、紀伊家のおんためにご守護をおねがい申します」

それから間もなく、妙源寺の山門を出た源四郎は、江戸への道をいそいで行った。

（「キング」昭和十六年九月号）

おかよ

一

——ああこんどこそ。

おかよは縁台から立った。からだじゅうの血がかっと頭へのぼるようで、足がぶるぶるとひどくふるえた。跫音《あしおと》はまっすぐに近づいて来た。そして、すこし葭簾《よしず》のはねてある入口からしずかにはいって来たのは、やっぱり待っていた弥次郎《やじろう》であった。おかよは全身が燃えるように感じ、舌が硬《こわ》ばって、すぐにはものも云《い》えなかった。弥次郎も黙っていた。……そとは星空で、まだ宵明《よいあか》りものこっていたが、葭簾で囲った小屋のなかは暗かった。

「よう来てくださいました」

おかよがやっとそう云った。弥次郎はちょっと身うごきをし、いつもの気弱そうな、ぶっきらぼうな調子で口ごもった。

「すぐお屋敷へ帰らなければ……」

「ええわかってます」おろおろとおかよはうなずいた。

「御用が多いものだから」

「わかってますわ、それだからあたし」おかよは男の言葉をさえぎって、手早く袂《たもと》から小さな包み物をとりだした、「あたし、これを、これを持って来ましたの」

「……なんです」

「お札、お札なんです、戦場へいらしったらお肌《はだ》へ着けて頂きたいと思って」

「……いや、わたしは多分、……わたしは、行かないで済むかも……」

弥次郎はひどく狼狽《ろうばい》したように、手を振りながら口ごもった。それはちょうど子供が怖いものから逃げようとする身振りに似ていた、おかよにはそういう男の気持がよくわかった。

男は戦場へゆくのを恐れている。男は足軽だった、父の代から細川家の足軽で、十四の年に母を、その翌年に父を喪《うしな》った、もともと気の弱い、ひっこみ思案の性質だったのが、孤児になってから一層ひどくなり、仲間もなく、いつも独りで蔭《かげ》のほうに縮まっていた。おかよもやっぱり孤児だった。それではやくから伯母のやっている茶店で働いていた、茶店は木挽町《こびきちょう》の采女《うねめ》の馬場の傍《そば》にあり、すぐ前が細川越中守《えっちゅうのかみ》の中屋敷になっていた。……細川家の重臣たちはよく馬場へ馬をせめに来る、その供をしてくる足軽たちのなかに弥次郎もいた。

彼はいつも仲間から離れたところで、ひっそり腕組みをしては馬場を眺《なが》めていた。

そのようすがあまり淋《さび》しそうなので、ある日おかよが茶を持っていってすすめた。彼は赤くなって断りを云った。それはまるで継子《ままこ》が思いもかけず菓子でも貰《もら》うときのような感じだった。それがきっかけで二人は少しずつ知り合うようになった。馬場のほうへおかよが茶を持ってゆくこともあり、弥次郎もときたま茶店へたち寄った。どちらもあまり口数はきかなかったけれども、「みなしご」ということがお互いの気持をかたくむすびつけた。

――あの方の気のお弱いのは、いつも独り法師《ぼっち》だからだ、お心はあのとおりまっすぐだし、ご容子《ようす》だって平の足軽とはみえないおりっぱさだし、お顔だちもりりしいし、おかよはよくそう思った。――運さえまわって来れば、きっと槍《やり》ひと筋のご出世をなさるに違いない。

そこへ島原の乱がおこった、まず、板倉内膳正《ないぜんのしょう》重昌《しげまさ》を大将とし、石谷十蔵貞清《いしがやじゅうぞうさだきよ》をその副として討伐せしめたが、賊徒が思いのほか頑強《がんきょう》でなかなか落城せぬため、追っかけ松平伊豆守《いずのかみ》信綱《のぶつな》と戸田左門氏鉄《うじかね》を派《つかわ》し、さらに年を越えて寛永十五年正月には、細川越中守忠利《ただとし》、有馬玄蕃頭《げんばのかみ》、立花飛騨守《ひだのかみ》、小笠原《おがさわら》、鍋島《なべしま》、黒田等々、ほとんど全九州の諸侯をあげて、島原攻めに参加せしめた。――あの方の御武運がめぐってきた。

おかよはわが事のようによろこんだ、しかし弥次郎は迷惑そうだった。迷惑というより恐怖である。できることなら戦場へゆきたくないという気持がありありとみえた。いまも今「わたしは行かずに済むかも知れぬ」と云うようすには、それがあからさまに表われている。

「いいえ、いいえあなたは御出陣なさいます、だって」とおかよは烈《はげ》しくかぶりを振った、「いまこそ御出世の時が来たのですもの、あっぱれ功名お手柄《てがら》をなすって、どのようにも御立身あそばす時ですもの」

「でもおかよさん」

「あなたはまた、そんな勇士ではないとおっしゃるのでしょう、それはあたりまえです、誰だってはじめから勇士豪傑だという方はございません、初陣《ういじん》には、どなたでも気《き》後《おく》れがするものだとうかがいました、……印東《いんどう》さま、この中にあるお札は鎌倉八幡《かまくらはちまん》宮《ぐう》の御守りで、何人ものお方が戦場へ着けておいでになり、矢にも弾丸《たま》にも当らず、りっぱなお手柄をたてたものでございます、このお札さえお肌に着けておいでになれば決しておからだにけがはございません、どうぞ勇ましく御出陣のうえ、存分のおはたらきをあそばしてくださいまし」

「……わかりました、ではありがたく貰います」

「鎌倉八幡宮のお札でございますよ」

おかよの眼《め》は妖《あや》しいまでに燃えていた、その言葉つきにも、火のような情熱がこもっていた。それは十八の娘のものではなかった、姉となって弟を励まし母となって子を奮い起《た》たせる密《ひそ》やかな愛情であった。弥次郎はなにも云えなかった。――己《おれ》は征《い》かずに済むだろう。そう思いながらけれどもおかよの手から御守りの包を受取った。事実その時、細川越中守は島原出陣の幕命《ばくめい》を辞退していたのである、将軍家光からの直命であったのにかかわらず「その任に堪えず」と云って固く謝絶していたのである。

「きっとお手柄をあそばしますように」おかよは祈るように云った。「あなたは千人にぬきんでたお方です、おかよにはそれがよくわかっていました、どうかこのお札を着けていることをお忘れなさいますな、わたくしもお札といっしょにお護《まも》り申しております」

そう云いながら、つきあげてくる情熱を抑え兼ねたのであろう、おかよはよろめくようにすり寄った。あまく噎《むせ》っぽい娘の匂《におい》が、弥次郎を息苦しくさせた。

「お待ち申しておりますよ」

身も心もうちこんだひたむきな愛情が、そのとき弥次郎の胸に、どのような印象を彫りつけたであろうか。

越中守忠利は重ねての幕命をうけてついに出陣の決心をした。そして正月十二日、軍勢をそろえて江戸を発した。（本軍はもちろん熊本に在った）その出陣の前日、準備で忙しいなかを弥次郎はおかよに会おうとして駈《か》けまわった。茶店はしまったあとで、新銭座《しんせんざ》の裏に家があるというのをたよりに、そのあたりを及ぶ限りたずねあるいた。――ひと眼だけ会いたい、一言だけ礼を云ってゆきたい。みんな親類縁者たちに行の壮《さか》んを祝って貰うなかで、弥次郎を祝って呉《く》れるのはおかよひとりだった、武運長久を祈る守り札を呉れたのもおかよだけだった、生きて還《かえ》るつもりのない彼はどうかしてひとめ会い、ひと言わかれの言葉を交わしたかったのである。だがついに会うことはできなかった。そのときおかよは、采女ケ原のあたりで同じように、弥次郎の姿を求めあるいていたのであった。

二

午前三時、天地はまだ暗かった。

弥次郎は空を仰いだ、満天の星だった。しずかな東南の風が枯草をわたり、明けがたの寒気が小具足の隙間《すきま》から身にしみとおった。どこか遠くで馬の嘶《いなな》くこえがしたあとは、闃《げき》としてなんの物音もしない。

「もう合図がありそうなものだ」

横のほうで誰かが云った。

——七兵衛どのだな。

そう思いながら、弥次郎は無意識に槍を持ちなおした、心はすっかり落ちついていた。

島原攻略の合戦は、いま最後の段階に直面していた、伊豆守信綱はあらゆる戦法を用いて攻めた。(城中へ矢文を送って賊徒の士気を挫《くじ》き、また、和蘭《オランダ》船をして背面より砲撃せしめ、糧道を断ち人質を以《もっ》て脅迫する等々)しかし、賊徒の闘志は少しも緩《ゆる》まず、かえってしばしば反撃して来た。地下に道を掘って鍋島軍の陣へ火を放ったりした。その奇襲ぶりは巧妙をきわめ、寄手《よせて》はそのたびに相当な損害をだした。ことに二月二十一日夜の逆襲はすさまじいもので、味方の陣はところどころに火を発し、戦死者も夥《おびただ》しい数にのぼった。……かくて二月二十四日、総督伊豆守信綱は総攻撃の令を発し、全軍は原城へと無二無三に取詰めた。細川越中守は敵城に最も近く、北岡浜《きたおかはま》から西南二百歩のところに陣を布《し》き二城、三城へと攻撃の火蓋《ひぶた》を切ったが、敵は堅固な要害に拠《よ》って頑強に防ぎ、殊《こと》に二城の大手にある角櫓《すみやぐら》は、攻撃路を眼下にして銃撃の絶好位置に当り、その飽くことなき斉射《せいしゃ》をあびて、細川軍は手も足も出なかった。

——あの角櫓を沈黙させなければならぬ。軍議はその一点に集り、二十五日の夜、敢死隊が募られた、ひと組十五人ずつ三組である、そして印東弥次郎はその三隊に参加を申し出た。かくて二十七日暁天《ぎょうてん》を期して決行ときまり、三隊四十五人は夜半すぎに陣地を出で、いま丘の蔭《かげ》に伏して合図を待っているのだった。

「おい印東、印東いるか」

右のほうから低く呼ぶこえがした。

「はっ此処《ここ》におります」彼はそう答えて立った。

「そうか、……いたか」

植村七兵衛という男のこえである。そして誰かぼそぼそと、耳こすりをしながら笑った。それはまるで、「臆病者《おくびようもの》がまだ逃げずにいたよ」そう云っているようだった。弥次郎はきゅうと唇《くちびる》を結んだ……足軽で敢死隊に参加したのは彼一人だった。寛永も十五年になると武士の階級も確然と分って足軽などはひと口に「小者」と呼ばれるようになり、武士からはいちだん低い位置にすえられていた。弥次郎は父の代からの足軽であったから、江戸にいるあいだは自分がその低い位置に生れたことを不運に思うだけで、不平も不満も感じなかった。しかし島原へ出陣してきて、はじめて矢弾《やだま》の下に立ったとき、彼はおかよの言葉をまざまざと思いだした。――あなたは、千人にぬきんでた方です。そしてそう云ったときの、娘の燃えるような眼を思いかえした。

その場かぎりの励ましや世辞ではない、心からそう信じている者の眼だった。——そうだ、少くともおかよだけは、このおれが千人にぬきんでた男だと信じている。おれは一番首一番槍の手柄はできぬかも知れぬが、武士として身命を抛《なげう》つはたらきはしてみせる。

大将であろうと小者であろうと、身命を抛つ時と場所を見はぐらなければよいのだ、身分の高下が武士の面目を決定するのではない、死所を誤りさえしなければ恥ずることはないのだ。弥次郎が敢死隊へ参加を申し出たとき、——足軽などが、と一言の下に拒《こば》まれた。しかし彼は飽かず願ってついに許されたのである。隊士たちは白眼で彼を見た。「なに一時のから元気さ」「いざとなれば逃げだすだろう」誰の眼もそういう意味を語っていた。けれども弥次郎は決してそれに反撥《はんぱつ》はしなかった、「なんとでも考えろ、おれは自分にできることをするだけだ」そう思っていたのである、それはかなり辛抱を要することだったけれど……。

さっと枯草がそよぎ立った、風が強くなってきたのだ、その風といっしょに誰かこちらへ走ってくる者があった、「山」「川」合い言葉を呼び交わしながら。植村七兵衛たちはすわと起ち上った。暁闇《ぎょうあん》のなかを走って来た相手は、息をはずませながら云った。

「一隊二隊は出ました、三隊後詰めをねがいます」

「心得た、ご苦労」

七兵衛は、いざと手を振った。十五人の者は槍を伏せ、袖《そで》の合印《あいじるし》を直し、黙々と縦列になって丘をくだった、右からのびている崖《がけ》のかげをゆくこと十町、やがて暗い暁空のかなたに二城大手の城壁が見えだした。その時である、先行した二隊が敵に発見されたのであろう、例の角櫓からばらばらと火がとびだして来た。それは松明《たいまつ》であった、幾十百本となく無数の松明が、生き物のようにとびだして来て地に落ち、それが炎々と焔《ほのお》をあげた。今にすれば、探照燈か照明弾であろう、落ち散った松明の光は、いまや敢死隊の姿をあからさまに照しだした。

「かかれ」

という絶叫がきこえ、第二隊が隘路《あいろ》へとびこんだ。同時に角櫓からすさまじい一斉射撃がおこった。それは的確をきわめた狙撃《そげき》だった、とびこんだ第二隊は見るまにその半数をうしない、残った者は転げるように退却した。……そこへ第三隊が追いついた。

「待て待て、これではせいてもだめだ」植村七兵衛が制して云った、「あの火があっては此方《こっち》の体がまる見えだ、いくら突っこんでも狙《ねら》い射《う》ちにされてしまう、まずあの火を消すか、燃えつきるのを待つよりほかはない」

「だが待っているうちに夜が明けるぞ」

「消すとしても、しかしあの数では……」

云い合っているとき、第三隊の中から一人ぱっととびだした者がある、印東弥次郎であった。彼は槍を伏せ、身をかがめて、飛礫《つぶて》のように隘路へ突進して行った。

「あっ印東が……」「ばか者、どうするんだ」人々は呆《あき》れて眼をみはった。……弥次郎は駈けた、敵の櫓からは銃火が走った。十間、二十間、その弾雨のなかを身をかがめたまま、非常な迅《はや》さで弥次郎は駈けて行った。しかし、城壁まであと二十間あまりというところまでゆくと、彼は突きとばされたようにのめり、だっとはげしく顚倒《てんとう》した。「やられた」見ていた人々は、思わず声をあげた。……隘路のまん中に倒れた弥次郎は、いちどよろよろと起きあがったが、すぐにまたどっと倒れ伏した。そしてそのまま動かなくなった。

「ばかなまねをする奴《やつ》だ」植村七兵衛は吐きだすようにそう云った。それに答えるごとく、角櫓から「わあっ」と囃《はや》しどよめく声がきこえた。しかし、それから間もなく、第三隊の中でとつぜん妙な声が起った。

「おい待て、よく見ろ」

「……なんだ」みんなその男の指さすほうを見た。

「あの死体が動いているぞ」

「なに死体がどうしたと」

「印東の死体をよく見ろ、さっきの場所よりずっと前へ出ている」

みんなぎょっとした。みんなの眼が弥次郎の上に集った、……動いている、はっきりわかるほどではないが、弥次郎の死体は地面に俯伏《うつぶ》せになったまま、ほんの少しずつ、しだいに城壁のほうへと這《は》い進んでいた。

「おお、印東は生きているんだ」みんな息をのんだ。

さよう弥次郎は生きていた、彼は射たれさえもしなかったのだ、敵の弾丸が集中するのは、城壁の十間から此方だ、その距離を突破すれば弾雨を避けられる。彼はその距離だけ敵の眼をくらまそうとしたのだ。――これは鎌倉八幡宮のお札です。おかよの言葉が、ありありと耳に甦《よみがえ》った。――これをお肌に着けていれば、決して矢弾丸には当りません。どうかそれをお忘れにならないで下さい。彼はその札を肌に着けていた。矢弾丸に当らぬという神護をたのんだのではない、それに籠《こ》っているおかよの真心を離さぬためであった。彼は角櫓の正面にある矢狭間《やざま》を塞《ふさ》ごうと思っていた、それを塞ぎさえすれば死んでもよい、しかし塞ぐまでは矢弾丸に当ってはならぬと思った。

「なむ弓矢八幡」はじめて弥次郎は神に念じた、念じながら、じりじりと這い進んだ。五間、十間、いいようのない困難をもってついに目的の距離を突破した彼は、「よし」とみるなり臥破《がば》とはね起き、脱兎《だつと》の如《ごと》く城壁へ走《は》せつけた。……矢狭間から射ちだす弾丸は飛霰《ひさん》のように彼の上へ襲いかかった、しかし彼はすでに城壁へとりつき、ましらのようにそれを攀《よ》じ登っていた、そのとき隘路へは敢死隊の人数が「今をはずすな」と突っこんで来た、それで城兵の射撃は、そっちへ集中された。弥次郎はしゃにむ二登って、正面矢狭間へと片手をかけた。

「あっ、敵だ」という叫びとともに、中から賊徒の一人が身を乗りだした。弥次郎は片手で刀を抜き、その男の胸を力まかせに刺した。そして相手の胸倉をつかむとそれを手繰《たぐ》るようにして矢狭間の框《かまち》へ自分の身をのしあげた。だあん！　という銃火が目前で火花をとばした。弥次郎は烈しい衝撃を胸に感じたが、それには屈せずいま刺した敵の体を抱え、おのれの身とともにぴったりと矢狭間を塞いだ。

「やった、おれは正面矢狭間を塞いだぞ」

そう思ったのがさいごだった。だんだん！　と耳を劈《つんざ》くような銃声を聞き、またしても胸を殴られたように感じながら、弥次郎の意識は朦朧《もうろう》と薄れていった。

三

「すばらしい奇智《きち》だ、味方の我々でさえてっきり弾丸にやられたと思ったもの、敵が欺《あざむ》かれたのはむりもないさ」「それもそうだが、矢狭間を自分の体で塞ぐというのは戦記にもないだろう」「あれが勝ち目だった」「そうだ、あれで後詰めが突っこめたんだから」

弥次郎は、うとうとしながら聞いていた。——ああ勝ったのだな。そう思ったが、すぐにまた意識が薄れてわからなくなった。そして彼が本当に元気をとりもどしたのは、島原が落ちてから十日めのことであった。

「よろこべ印東、二百石をもって士分におとりたてだ」

彼が、はじめて聞いた言葉はそれだった。しかし弥次郎は、べつに悦《よろこ》ぶようすもなく、それから後の戦況を聞きたがった。……彼が正面矢狭間を塞いだので、敢死隊は一挙に櫓へとりつき、その人数の大部分を失ったけれども、ついに敵を沈黙させた。細川軍はその機をはずさず突っこみなんなく二城を乗り潰《つぶ》して三城まで押し破った。それが勝機だった、つづいて水野軍が内城を侵し、全軍なだれをうって城中へ斬って入り、ついに翌二月二十八日午《うま》の刻をもって原城はまったく落城したのである。「お上《かみ》、越中守さまにおいては其許《そこもと》の手柄をご賞美あそばされ、即日二百石おとりたてのお沙汰《さた》が出た、そして傷所をたいせつにせよと特に懇《ねんご》ろなお言葉があったぞ」そう云う植村七兵衛の態度は、人が違ったかと思うほど嬉《うれ》しそうな鄭重《ていちょう》なものだった。「しかしそれにしても幸運だな、五発も弾丸が当って、肉へ徹《とお》ったのは一発だけ、あとはみんな皮をそいだだけだぞ、その代り……御守り札が割れていたがな」

「お札、御守り札が割れていましたか」弥次郎は、ぎょっとして眼をみはった。

「傷の手当をするので脱《と》っておいた、枕《まくら》もとにあるから見るがよい」

弥次郎は首をあげた、それは枕の脇《わき》に胴巻のまま丸めて置いてあった。手に取ってみると弾丸の痕《あと》があり、はたして、中の御札は二つに割れていた。弥次郎は腹巻に作った布の中へ手を入れ、しずかに御守り札をとりだした。しかし、とりだしたのはお札ではなかった、小さな白木の板を二枚合せたもので、その間からばたりと落ちたものがある。なんだ、そう思ってとりあげてみた彼は、顔色の変るほどびっくりした。それは「ほぞの緒《お》」だった、おかよの生年月日を記した彼女の「ほぞの緒」だったのである。

弥次郎はあっと胸をつかれた。――おかよ、おまえは八幡宮のお札だと云った、何人もの人が戦場へ着けて出て、矢弾丸に当らず大功をたてたと云った……。しかしそういう物を彼女が持っているはずはない。手にいれることができたら、どんなにしても、霊験《れいげん》あらたかな御守りを贈りたかったにちがいない。おかよは孤児だし茶店の娘である。暇もなかった、手づるもなかった。――それでおまえは、自分のほぞの緒を入れたんだ、自分の身で己《おれ》を護ろうとしたんだな。

葭簾《よしず》がこいの小屋の中で、自分にとりすがったときのおかよの手の温かさが、ひたむきな愛情に燃える眼が、ふるえていたその声が、いま弥次郎のまえにはっきりと思いだされた。――お待ち申していますよ。そう云った声の祈るような響きが、そこにおかよを見るほど、まざまざしく記憶によみがえってきた。弥次郎の眼からはらはらと涙がこぼれおちた。

「……おかよ」と彼は空を見あげながら呟《つぶや》いた、「待っているんだぞ、己は……八幡宮のお札が無くとも、りっぱに戦った、矢弾丸を避けるのは神護ではない、戦う心だ、死所を誤らぬ覚悟が矢弾丸に勝ったんだ、おまえがそれを教えて呉れた、待っているんだぞ、もうすぐ会える、帰ったら己は、おまえを……おまえを……」

× × ×

「それで、そのかたは本当に二百石のご出世をなすったの」

「江戸へ凱陣《がいじん》なすってから三百石にご加増されたのですって、三百石になるとお槍を立てて歩けるんですってね」

「たいそうなご立身だこと」

目黒あたりは、その頃はまだ人煙も稀《まれ》なと云ってよいほど辺鄙《へんぴ》だったが、それでも不動尊のあたりは、町家もあり参詣人《さんけいにん》のために茶店なども出ていた。……島原の乱が鎮《しず》まった年の秋のある日、その茶店のなかの一軒で、店の女がふたり、客のない午《ひる》さがりの一刻を、さっきからしずかに話し耽《ふけ》っていた。

「それにしても」と年嵩《としかさ》の女のほうが眼をあげて、「その娘はどうしたの、話の順から云えばそのお侍と夫婦にならなければならない、ねえ、そうなったんでしょう」

「……いいえ」若いほうの女はそっと頭を振った、「そのかたが江戸へお帰りになるとすぐ、娘はゆきがた知れずになりましたわ」

「どうしてさ」

「娘は掛け茶屋の女でしょう、その方はもう三百石のお武家さまですもの、身分がちがいます」

「身分が違うっておかよさん、そうなるまでの事を思えば違うもへちまもないじゃないか、それにお互いに好き合って、ほぞの緒まで着けてやるほどでいて、それじゃ相手のかたが出世したってなんにもならないじゃないの」

「そんなことないわ、その娘はそれで満足していたんですもの」
「わからない、あたしにゃわからないよ」
「……女というものは」と若いほうが呟くような声でいった、「自分の一生を捧《ささ》げた人のためにいちどだけでも本当に役立つことができれば、それで満足できるものだとあたしは思います、……その娘は、自分が三百石の奥さまになれないことを知っていたんです、そうしてはそれから先その方の邪魔になると考えたんです、あたしにはその娘の気持がよくわかります、そうするのが本当だと思いますわ」
「はははは」年嵩の女はけらけらと笑った、「まるであんたは自分のことのように云っているよ、本当のところ、その娘というのはおかよさんじゃないのかえ」
「まあ……いやなお松さん」若い女は頰《ほお》を染めながらうち消した、「あたしがその娘なら、ええお松さんの云うように、その方の奥さまになっていたかもしれませんよ」
「あたしはそれが本当だと思うね」年嵩の女はそう云って、そばに置いてあった三味《しゃみ》線《せん》をひき寄せて、爪《つま》弾《び》きで調子を合せながら歎息《たんそく》するように云った、「でも、そのお侍さまは、いま頃きっとその娘を捜しておいでになるわ、そうとも、それだけの娘の心意気が忘れられるものかね」
「そうかしら、捜しているかしら」

「あたしはそう思うわね、そして、いまにきっと二人はめぐり会って……」

若い娘はふと往来のほうへ眼をやった。そのまなざしはどこかに人の来るのを待っているような色があった。

〽……花は咲けども

年嵩の女が、こんな場所には惜しいほど、さびのある澄んだ声でうたいだした。それは、もうすっかりすたっている隆達節《りゅうたつぶし》であった。

〽……花は咲けども、様は来もせず
　様なくてなじょの春ぞも
　おおやれ、様なくてなじょの春ぞも

（「講談雑誌」昭和十七年五月号）

水の下の石

一

「おそろしく暗いな……如法闇夜《にょほうあんや》とはこんな晩のことをいうのだろうな」列の五六人さきでそう云《い》うこえがした、だがそれに答える者はなかった。二列になって泥濘《でいねい》を踏んでゆく百余人の武者草鞋《わらじ》の音だけが、単調な、飽き飽きするくらいおなじ歩度で少しのとぎれもなく続いている、濃い闇《やみ》をこめて降る雨は霧のように粒がこまかくて、甲冑《かっちゅう》や具足の隙間《すきま》から浸《し》みこみ、膚《はだ》をつたって骨までじっとり濡《ぬ》らすかと思える。三日二夜ぶっとおしに、山を越え峡谷をわけての強行で、たれもかれも疲れきっていた、口をきくのもたいぎだった。われとひとのわかちもない、単調な、気のめいるような足音、粘りつくような泥濘を踏むその足音にひきずられる感じで、みんな黙々とただ歩くことに専念した。「……だが如法闇夜という言葉はどうもおかしい」さっきの声の主がまたそう云った、「法の如《ごと》く暗いというと、法というものがもともと暗闇だということになる、法が闇だなどということはない、そうだろう杉原、どうだ、きさまそう思わないか……」しかしやはり返辞はない、加行小弥太《かぎょうこやた》は肩の銃をゆりあげながら、――安倍大七《あべだいしち》も疲れてきたな、そう思ってふと微笑した。合戦のとき形勢が悪くなるとか、永陣《ながじん》で退屈しはじめるとかすると、まるでつかぬことを話しだすのが大七のきまりだった、少しまえ十人がしらにとりたてられてからは暫《しばら》くその癖も出なかったが、今ひさしぶりに用もないことを云いだしたのは、かれも相当こたえてきたのに違いない、意地の強いかれの顔が見えるようで、小弥太はもういちどそっと微笑した。それから五十歩ほどもいったであろうか、安倍大七がまたなにか云いだそうとしたとき、とつぜん列の先のほうでからからとはげしい物音が起った、それは鉄片や板きれや鈴などの打ちあうけたたましい音で、しかもその音が音を呼びつつ、糸を引くように左右へ遠くからからと鳴り伝わっていった、百余人の兵たちは愕然《がくぜん》とわれにかえった、「鳴子《なるこ》だ……」という囁《ささや》きが前のほうから聞え、列の動きがはたと停《とま》った、敵の張っている鳴子にぶっつかったのだ、――もうそんなに敵の間近に来ていたのか、そう思ってみんな身をひきしめ、鉄砲組は銃を、槍組《やりぐみ》は槍をひしと執り直した。「伏せろ」という命令が聞えた、「音をたてるな、ゆるすまでは動いてはならん……」それはこの隊の旗がしら竹沢図書助《ずしよのすけ》の声だった、そして兵たちが狭い泥濘の道へ膝《ひざ》をおろす間もなく、前方の闇をつんざいて閃光《せんこう》がはしり、だだーん、だだーんと、銃声がとどろきあがった、距離は思いのほかに近く、叢林《そうりん》をつらぬいてしきりに弾丸が飛んだ、位置がわからないとみえてめくら射《う》ちだったが、隊列の中へもかなり流弾が来て三人ばかり軽傷を負った者がある。「……畜生、斬《き》り込んで呉《く》れるぞ」杉原伝一郎のくやしそうな呟《つぶや》きが聞えた。伝一郎は安倍大七とおなじ十人がしらで、先鋒《せんぽう》槍組を指揮させては鳥居家でも指折りの者だった、幾たびも番がしらに抜かれようとしたが、――自分は十人がしらが適任だから。そういってもう、五年も栄《は》えない位置で闘っている。かれの呟きがいかにもくやしそうだったので、まわりでくすくす笑う者があった、敵の銃射は間もなく止《や》んだ、こちらが応射をしないし動くけはいもないので気をゆるしたものか、それともこのあたりは富士の裾野《すその》につづいていて猪《いのしし》や鹿《しか》などが多いからそれと思い違えたか、いずれにしても味方にはひじょうな幸運で、あたりは再び深夜の闃《げき》とした静寂にかえった。それでもなお暫く伏せていたが、やがて後退しろという命令が出た、「その位置のまま廻《まわ》れ、しずかに……」そして隊列はひそかに後退をはじめた。

列のしんがりには弾薬を積んだ小荷駄《こにだ》がいた、こんどはそれが先頭になったわけである、旗がしら竹沢図書助が兵三名といっしょに、列のそばを先頭へ駆けぬけていった。すると四五町ばかり戻ったところで、ふいにまた先頭の動きが停った、「どうした」そう云いながら安倍大七がそっちへ駆けつけた。なにがあったのか、小荷駄のあたりでざわざわと人の動揺するけはいが聞えていたが、やがて前へという声につれてようやく列は動きだした。そしてその騒ぎのあった辺まで来ると加行小弥太が呼びとめられた、「……列を出て待て」道傍《みちばた》に立っていた竹沢図書助がそう云った、小弥太は銃をおろしながら列を出た、そうして兵たちが通り過ぎるのを待っていた図書助は、隊列が去って暫くするとつと身をひらいて、大七とふたりでうしろにひき据《す》えていた人間を前へ押しやった、「……すっぱだ」図書助は低いこえで云った、「われわれを跟《つ》けまわしていたとみえる、預けるから始末をして来い」「銃はおれが持とう」安倍大七がそう云って銃を受け取った、そして図書助といっしょに去っていった。

二

小弥太は二人の去る足音を聞きすましてから、しずかにふり返った、諜者《ちょうじゃ》だという人物はひき据えられたかたちのまま、膝をつき頭を垂れて、わなわなと震えていた、「……立て」そう云ったが動かなかった、小弥太は肩を摑《つか》んでひき立てた、ふんわりと柔らかい肉付で、濡れた肌《はだ》から、熟れた果実のようなあまい躰臭《たいしゅう》が匂《にお》ってきた、「おまえ女か」「お助け下さい」女は再びそこへ膝をついてしまい、縋《すが》りつくような、けんめいな口ぶりで云った、「わたくしはこの向うの平沼村の者でございます、源助という百姓のむすめで初と申します、決して怪しい者ではございません、どうかおたすけ下さいまし」「こんな時刻にどうしてこんな場所をうろうろしていたのだ」「母の持病が起ったものですから、原までお医者を迎えにまいるところでございます」「……こんなに更《ふ》けているのに若いむすめ一人でか」「はい、もう去年からのことで馴《な》れていますし、ほかに頼む人もいませんので……」むすめたちは或《あ》るとし頃《ごろ》になるとその言葉つきや声に、隠れている性質をそのままあらわすことがあるものだ、初といううむすめの声音《こわね》にもそれが感じられた、若い牝鹿《めじか》の鳴くような少し鼻にかかる声、怖《おそ》れにふるえながら、けんめいに身の証《あか》しをたてようとする巧まない言葉つき、まだ震えのとまらないらしい、おどおどした態度にさえ、仮にも諜者などと疑えるところはみえなかった。小弥太は闇のなかにむすめの表情をさぐろうとしたが、まだとし若そうなまる顔のかたちだけはわかるけれど、塗りこめたような暗さで眼鼻《めはな》だちもはっきりとは見わけられなかった。「……そのわけをいまの二人に話したか」「申上げようと思ったのですけれどあんまり怖ろしくて、舌が硬《こわ》ばってしまいまして、どうしても……」「原へゆく道は大丈夫なんだな」「はい……」小弥太は頷《うなず》きながら去っていった隊列のほうへ眼をやった、それからつと刀の柄《つか》に手をかけて「ゆけ」と囁いた、「……こんど捉《つか》まると助からないぞ、ゆけ」そう云いながら刀を抜いた、その刃《やいば》の光りのおそろしさが力を与えたのだろう、むすめはあっと叫んではね起き、夢中でうしろの藪《やぶ》の中へ転げこんだ、小弥太は刀を右手にさげたまま、むすめが藪をかきわけてゆく物音をじっと聞きすましていた。そしてそれが遠く微《かす》かに消えていったとき、刀を押しぬぐって鞘《さや》におさめ、しずかに隊の去ったほうへ歩きだした。

松山の丘に左右を囲まれている低地で隊は休んでいた。小弥太はまっすぐに旗がしらのところへいって報告した、「……仕損じた」図書助の声は尖《とが》った、そして暴々《あらあら》しく喉《のど》を鳴らした。「女だとは知らなかったものですから」小弥太はそう弁明した、「……娘だと気づいてちょっとまごついたのです、その隙に逃げられてしまいました」

図書助は黙っていたが、やがて不機嫌《ふきげん》な声で「列へ戻れ」とだけ云った。安倍大七は銃を返すとき舌打ちをした、それから独り言のように、――あごはやっぱりあごかと云った、「せっかく機会を拵《こしら》えてやったのに」すばやくそう呟くのを小弥太は聞きのがさなかった、しかしかれは黙って自分の位置へと戻った。間もなく兵粮《ひょうろう》をつかえという命令が出た、兵たちは暗がりのそこ此処《ここ》に好みの場所をみつけ、濡れている草の上や樹蔭《こかげ》などに坐《すわ》って腰兵粮をひらいた。林の奥でときどき夜鳥の叫びが聞え、なにをまちがえてか蟬《せみ》がじじじと鳴いたりしたが、百余人の兵の食事はひっそりとしてすばやく、人のけはいすら感じられぬほど静かに終った。やや暫く休息してから、竹沢図書助が兵たちの間へ来て立った、そして力のこもった低い声で、当面している戦の目的を説明した、「……わが隊は明け七つを合図に興福寺城を攻める、攻口は搦手《からめて》、追手《おうて》には杉浦隊が当る、城兵はおよそ五百ということだが、鉄砲の数も多く矢だまの貯えも充分とのことだ、また城は深さ二丈の濠《ほり》で囲まれているから戦は骨がおれると思う、しかもわれわれはどんなにながくとも二日で攻め落さなくてはならない、すなわち御旗もと本陣が諏訪《すわ》ノ原《はら》攻撃の火蓋《ひぶた》を切るまえに戦を終るのだ」図書助はそこでぐっと言葉を強くした、「……追手の杉浦隊は兵二百、わが隊を合わせて僅《わず》かに三百余人だ、およそ攻城のいくさは城兵に倍する勢力が必要だとされている、その常法かららすればこの攻撃が苦戦だということは明瞭《めいりょう》だ、けれども各自が二人ずつ殪《たお》して死ねば興福寺城は確実に味方のものになる、敵を全滅させることができれば味方も全滅してよいのだ、石にかじりついても敵二人は殪せ、わかったか」必ず二人ずつという表現が闘志を唆《そそ》ったらしい、兵たちの上を眼にみえぬ風のようなものが颯《さつ》とはしった、図書助はそれを見さだめると、なお半刻《はんとき》の休息を命じて説明を終った。

三

時は天正三年六月はじめのことである。その年の五月、徳川家康《いえやす》は織田信長の協力を得て、武田勝頼《かつより》と三河のくに長篠《ながしの》に戦い、これをうちやぶって敗走させると、駿遠《すんえん》の地から武田氏の勢力を駆逐すべく、鉾《ほこ》をめぐらして二俣城《ふたまたじょう》を討ち、光明寺をやぶり、転じて諏訪ノ原へと陣を進めた。そこは今福丹波守《たんばのかみ》を主将として諸賀《もろが》一葉軒《いちようけん》、小泉・海野《うんの》・遠山など武田家に名ある武将が堅固に守っていたし、大井川を越えた駿河《するが》にはそのうしろ備えとして幾多の城砦《じょうさい》がある、家康本陣では攻撃にさきだってまずそのうしろ備えを叩《たた》く必要を感じ、旗本から三隊の兵をわけてひそかに駿河へ侵入せしめ、敵の後方攪乱《かくらん》と兵力の分散を謀《はか》ったのである。……鳥居元忠《もとただ》の手からは杉浦藤八郎と竹沢図書助とが選まれて興福寺城の攻略に当った、それは遠く府中城より東へ十余里もはいった駿東郡の足高山麓《あしだかさんろく》にあり、小城ではあるが深さ二丈、幅三十間の濠をぐっと周囲にめぐらした要害の地を占め、土屋善左衛門が五百の精兵をもって守備していた。杉浦、竹沢の二隊は折から降りつづく霖雨《りんう》のなかを三日二夜、不眠不休の強行で間道づたいに侵入し、追手と搦手から、同時攻撃の軍配で、その部署についたのであった。

兵粮をつかい休息しているあいだに、いつか雨はあがって、あたりは幕を張ったような濃霧がたちはじめた、まるでかれらの攻撃を掩護《えんご》するために自然が協力して呉れたような仕合せである。幸先《さいさき》よしと、図書助は立って前進の合図をした。兵たちは持ち物を小荷駄にわたして軽装になり、しとどに濡れた叢林をわけて、暁闇《ぎょうあん》のなかをしずかに城の搦手へと接近していった。「おい小弥太……」安倍大七が前のほうから来てそっと呼びかけた、「しっかり頼むぞ、こんどは小勢の合戦だから手柄《てがら》をたてるめには又とない機会だ、めざましくやって呉れ、いいか」「………」「ゆうべの失策だけでもとりかえすんだ、さもないと本陣へは帰れないぞ、わかっているだろうな」小弥太はうんとも云わず、前の兵の背中をみつめたきり黙って歩いている、大七はその顔をねめつけ、われ知らずまた舌打ちをした、ぐわんと一つ肩でも殴りつけてやりたいと思った。……かれらは幼な友達だった、どちらも旧《ふる》くから鳥居家に属する足軽の子で、大七のほうが二歳だけ年長であり、気質のうえからも兄のような立場にいた。ごく親しい友達というものはたいがい性情の違うものだ、せっかちな人間と悠暢《ゆうちょう》な人間が結びつき、陰気な男と楽天的な男がよく気が合う、しかしそういう違いは表面のことで、本質的には必ず共通する点がある、つまり互いに同じ感情をもちながら表現の相異なる者が親友になり易《やす》いのだ。大七は積極的な性質でぐんぐん前へ出ることを好む、小弥太は幼い頃から挙措《きょそ》が鈍重で、言葉つきもはきとしない、かれはすばらしく張り出た顎《あご》をもっていて、「あご」という綽名《あだな》をつけられたが、それがいつか「能なし」という意味に通ずるほど凡々たる存在だった、大七はかれのなかに秀《ひい》でた気魄《きはく》のあることを信じたので、いまに本領をあらわすぞ、と思っていた、――世間の眼にはみえないが晩成の質だ、やがてはみんなのあっというときが来る、そう思って表から裏から小弥太を庇《かば》い励ましてきた。小弥太は成長したが少しも変らなかった、平常でも戦場でも人の後手ばかりひいて損をする、このあいだに大七はたびたびの戦陣で功名をたて、殊《こと》にさきごろ長篠ではかくべつの手柄があったので十人がしらに挙げられたが、小弥太は今なお鉄砲組の兵にすぎない、そして年はもう二十二歳である、こんどの興福寺城攻めは小勢の合戦なので、この機会にこそと思っているのだが、当の小弥太はまるでそんな気概はないようだった。——やっぱりあごはあごだけのものか、大七がそう呟いたのは悪口ではなく寧《むし》ろ友情の鞭《むち》だったのである。けれども小弥太にはそれさえ痛痒《つうよう》を与えなかったようだ。大七はつかみどころのない小弥太の横顔をねめつけ、もうひと言どなりつけようとしたのをやめて、自分の列へと戻った。

夜はしらじらと明けてきたが、林野は濃い乳色の霧にとざされて十歩さきもおぼろにしか見えなかった。すでに予定の位置についていた竹沢隊は、午前四時、追手のあたりにあがった杉浦隊の狼火《のろし》を合図に、銃撃をもって敵に戦いを挑《いど》んだ。……前夜の深更に、うっかり鳴子に触れたので、敵には防戦の構えができていると思った、しかしそのようすはなくて攻撃はまさしく意表を衝《つ》いたとみえる、府中城を迂回《うかい》してここまで突っ込んで来ようとは予想もしなかったのであろう、卒如として向背に銃射を受けた城兵は、まるで逆上したもののように斬って出た。寄手には思う壺《つぼ》である、後退するとみせてこれをおびき出し、濃霧の中へひき込んで人数を分散させつつ押し包んでは討った。早朝の光りを含んだ霧は条《すじ》をなしてながれ、草原を掩《おお》い樹立を巻いた。斬り込んで来る敵と迎え撃つ味方の兵とは、その霧の中を縦横に走《は》せちがい、はげしくうち当った、近いものも影絵の如く少し離れるとまるで見えないが、すさまじい絶叫や、呶号《どごう》のこえや、打ちあう刀槍《とうそう》の響きなどが、前へ後へと移動してやまない、それはそのまま決戦にまで展開しそうだった、緒戦とはみえない烈《はげ》しい迫合《せりあい》になっていったのである。

四

けれど間もなく敵は寄手の意図に気づいた、おのれの戦法が寄手の壺にはまったことを知った、そこで直ちに兵を城中へとひきあげた。ゆらい甲斐《かい》軍は退陣のみごとさで名がある、その時も実にあざやかな采配《さいはい》だった、寄手は追尾して斬り込む折を覘《うかが》っていたのだが、その隙を与えずに颯《さつ》とひきあげ、すばやく濠の架け橋を焼いた。杉浦隊でも同じような結果となり、追手の橋板を剝《は》がれてしまったから、両者とも攻め込む足掛りを失うに至ったのである。……もうひと息というところで機会を逸した寄手は、ひとまず二段ほど後退して陣を布《し》き、兵たちに休息を命じた。

杉浦藤八郎と竹沢図書助は、いかなる戦法をとるべきかすぐに協議した、このままでは永陣になるだろう、ゆるされた時日はあと一日しかないのだ、どんな犠牲をはらってもあと一日のうちに攻め落さなくてはならぬ、――だがはたしてそれが可能だろうか、「問題はひとつ、あのめぐらした濠だ」図書助はそう云った、「あの濠を突破することができればあとに困難はない」「……どうして突破するか」「ごく平凡な手がある、ごくありきたりな手段だ、搦手の架け橋は焼かれたが橋桁《はしげた》は残っている、人間のひとりやふたりは渡れるだろう、今夜しかるべき者を五六人、橋桁づたいに潜入させて、矢倉、城館へ火をかけさせる、われわれは合体して追手へ詰めるんだ、追手は橋板を剥いであるだけだから、なんでもよい板を集めて置いて、かれらが城へ火をかけるのを合図に、これを桁へうちかけて斬り込むんだ」藤八郎は頷いた、なるほど平凡な手段ではあるが、時間を限られているからほかに方法はないだろう、「……やってみよう」「みようではない」図書助は断言するように云った、「これは絶対にやり直しはできない、みようではなくてやるんだ、やりぬくんだ」藤八郎はにっと微笑した、それで図書助もあまり意気ごみすぎたのに気づき、にが笑いをしながら立った、「合体は日没後ときめよう」「よかろう、それから……」藤八郎はさりげない調子で云った、「潜入させる兵は惜しい者になるな」「……そうだ」ふと図書助は眼を伏せた、「こういうときにはきまって、いちばん惜しい兵に死んで貰《もら》うことになる、これがなにより……」呟くように云いかけたが、図書助はふいと手を振り、会釈《えしゃく》をしておのれの陣へと帰った。

旗がしらに呼ばれた安倍大七は、仔細《しさい》を聞いているうちにわれ知らず微笑をうかべた、かれはその困難さを思うまえに敵城へ潜入して要所要所へ火をかける自分の姿を想像した、かれはいつもそうである、性質というよりも戦場の経験から得たもので、事に当るときまずその成就《じょうじゅ》を確信する、――広間に席がひとつ空いている、かれはよくそう云った、――それはそこへいって坐った者の席になる、合戦もおなじことだ、戦《いくさ》は生きもので決定的なところへゆくまで勝敗はわからない、そして勝敗を決するものは勝つという確信だ、勝つと信ずるものが必ず勝つんだ。いま図書助から大役を申しつかりながら、かれは少しも遅疑せず、早くも炎上する敵の矢倉の火を見る気持だった。「……つれてまいる者はわたくしに選ばせて頂けますか」「よかろう、しかし誰々をつれてゆくか」大七はすぐに五人の名をあげた、図書助は黙って頷いていたが、さいごに加行小弥太というのを聞くと眉《まゆ》をひそめた、そしてもの問いたげにこちらを見た、大七はその眼に気づかぬような顔で平然と相手を見かえしていた。

日が昏《く》れると間もなく、竹沢隊は追手の兵と合するため陣をはらって去り、あとには大七はじめ決死の者六人だけが残った。夜が更けてゆくと、ときどき怯《おび》えたように城から銃声が起った、城壁に火花のはしるのがみえ、弾丸が高く低く、空をきってひゅうひゅうと飛んだ、六人は「手雷火」というものを準備していた、簡単にいうと筒へ火薬を塡《つ》めたもので、口火をつけて投げると目的物に当って炸裂《さくれつ》し、強い火薬が飛散してそこへ火を放つ武器である。準備が終ると兵たちに横になれと命じて、大七は小弥太を脇《わき》のほうへ誘った、「……たいてい察しはつくだろうが、今夜は必死だ」かれはそう云って友の顔を覗《のぞ》いた、小弥太は黙って頷いた、「むろん死ぬだけでいいなら期したことだが、今夜の任務は死ぬだけではゆるされない、たとえ一人でも二人でも侵入して城中へ火を放たなくてはならぬ、……わかるな」「……うん」「誰が生きて敵城へはいれるかは神のしろしめすままだ、しかしたとえ運命を覆《くつがえ》しても一人は任務を果さなくてはならない、いいか小弥太、それはおまえかも知れないんだぞ」「…………」「おれがどうしてこんなことを云うか、それもわかって呉れるだろう、え……」小弥太はなんとも云わずにふと夜空をふり仰いだ、まだ霖雨は本当にあがったのではないとみえ、宵《よい》のうちは星がまたたいていたのに、空は再び曇って湿気の多い西風がきみわるく叢林をわたっていた。小弥太が卒然と云った、「……あのむすめはすっぱなどじゃなかったよ」それはあまりとつぜんだったので、大七はすぐにはその意味がわからなかった、小弥太はほっと溜息《ためいき》をついた、大七はその横顔をじっと見まもった。

五

「すっぱでないことがどうしてわかった」「……麦藁《むぎわら》の匂いがしていた、おそらく麦打ちをしていたのだろう、着物に麦藁の匂いがしみついていた、あれはただの百姓のむすめだよ、母親が急病で原まで医者を迎えにゆくところだったんだ」「それでは承知で逃がしたのか」小弥太は黙っていた、大七はもどかしいような焦《じれ》ったいような気持で、なお暫《しばら》く返辞を待ったが、蓋を閉めた箱のように黙ってしまった小弥太のようすが、いつもとは違ってどこかしら底の知れない、弘《ひろ》がりのある重さをもっているように感じられ、ふと肩でも叩いてやりたい友情の衝動にかられた、それでかれは踵《きびす》を返してそこを離れた。

午前二時と思える時刻にかれらは立ちあがった。雨雲は低く垂れさがって、昨夜とおなじように鼻さきも知れぬ闇《やみ》だった、初更のじぶんから吹きだした西風はいつか南へまわり、いまにも雨を呼ぶのかしだいに強くなりつつあった。殆《ほと》んど爪尖《つまさき》さぐりに濠端へたどり着いた六人は、焼け残っている三本の橋桁をたしかめ、二人ずつ三組にわかれて、ちょうど木登りでもするように両の手足で桁へとりついた、そうやって這《は》い伝ってゆくより仕方がなかったのだ。……右の端の先頭は安倍大七で、小弥太がそのうしろにいた、橋桁の長さは三十間ある、昼のうち遠くから見ただけなので、果してどこまでたしかに焼け残っているかわからなかった、その不安を証拠だてるもののように、ほんの二三間もゆくと半分以上も燃えたあとにぶつかって胆《きも》を冷やした、「……脆《もろ》いところがある、みんなよく注意しろ」大七はそう囁《ささや》きながら、緊張のあまり滲《にじ》み出た掌《てのひら》のあぶら汗を、なんども桁へこすりつけては拭《ふ》き拭きした。さすがにみんな気があがっているのだろう、抑えてはいるがどうにもならぬ暴々《あらあら》しさで息を喘《あえ》がせていた。……蝸牛《かたつむり》の歩みもこれより遅くはあるまい、一寸、二寸、吸盤のようにしがみついた四肢《しし》で平均をとりながら、ようやく桁の中ほどまで来たときだった、大七のうしろで突然めりっというぶきみな音が起り、愕《ぎょ》っとしてふり返るいとまもなく、折れた橋桁といっしょに小弥太の濠へ墜《お》ちこむのが聞えた。あっという間もない瞬間の出来事である、大七は咄嗟《とっさ》に「伏せろ、動くな」と呼びかけ、自分もぴたりと橋桁へ貼《は》りついた。

小弥太の墜ちた水音は大きかった、城壁に反響してぞっとするほども高く聞えた。

八幡《はちまん》——、大七は五躰《ごたい》もひしげるおもいで神を念じた。城門のあたりに火あかりがみえ、やがて敵兵が七八人あまり出て来た、かれらは松明《たいまつ》をふりかざして、そこ此処と濠の水面を覗きまわった、水音を聞きつけたので水面へ注意を惹《ひ》かれているのだ、そして小弥太の浮きあがって来た時が運命のわかれである、——潜って脇へゆけ小弥太、そう大七は心のなかで呼びかけた、苦しいだろうが潜っていって石垣《いしがき》へ貼りつけ、そこで浮くな、がまんしろ小弥太。できることなら喉《のど》も裂けよと絶叫したかった、今か、今かと身を寸断されるおもいで、浮いて来る小弥太の物音を聞きすましていた。しかし水面はひっそりとしていた、墜ちこんだ音がして、やがて水がしずまって、ずいぶん経《た》ってもなんのけはいもしない、浮きあがるようすはないし水も揺れないのである、城兵はただ水面にある焼けた橋桁の折れだけをみつけた、「あの桁が落ちたんだな……」「びっくりさせられたぞ」そんな話しごえがしずまりかえった濠を越えて聞えた、そして間もなく、かれらは城門の中へ去り、火あかりも見えなくなった。

大七にとってはその短い時間がたたかいの命だった、それに比べればそれから朝までの事はあっけないほど順調にはこんだ、五人はしゅびよく城中へ忍び入り、手わけをして矢倉や城館へ火をかけた。焔硝蔵《えんしょうぐら》をみつけてこれに火を放ったのが思い設けぬ拾いもので、その爆発のすさまじさが敵兵をまったく混乱におとしいれた。追手《おうて》からの侵入もうまくいった、城兵の混乱に乗じ、集めて来たさまざまの板を、裸になった橋桁へうち掛けうち掛け、寄手の兵はおもてもふらず斬り込んだ。図書助は二人ずつ殪《たお》して死ねと云ったが合戦は圧倒的な味方の勝で、燃えあがる火をくぐり渦巻《うずま》く煙を冒し、敵を到《いた》るところに追い詰めては討った、辛くも城を脱出したのは僅《わず》かな数で、さすがに降伏する者はなかったが殆んど城兵の大多数が斬り死にをし、夜の明けるじぶんには興福寺城はまったく味方の手に帰したのである。……勝鬨《かちどき》をあげる暇もなく、すぐに本陣へ使者を出した、燃えている火を消し、負傷者の手当を急いだ、それから兵の点呼をしたが、討死八十余名、負傷六十余という損害である。予想もしなかった好戦果で、はじめて城壁をゆるがす歓呼の声がどよみあがった。

六

大七は小弥太を捜しまわった、あのとき浮きあがらなかったかれは、どこからか這い登って戦場へとびこんだ筈《はず》である、呼集のときみえなかったのは負傷でもして動けずにいるのではないか、そう思ったので、城の中を隅々《すみずみ》まで走せまわって捜した、しかし小弥太はどこにもみえなかった。このあいだに敵味方の死者を集めて荼毘《だび》にした、そこでも一人ひとり検《あらた》めてみたがいなかった。――どうしたのだ、かれは諦《あきら》めきれない気持で自分の隊へ戻った。あと始末がひとまず終って、再び追手と搦手《からめて》とに隊をわけ、守備について兵粮をつかったのは午後二時ころのことであった。搦手へまわった竹沢隊では、久しぶりに甲冑《かっちゅう》を解きからだをぬぐい、城壁の日蔭《ひかげ》に席をとって寛《くつろ》いだ、そして桁づたいに城へ潜入した六人の話が出た、小弥太が濠へ墜ちたところではみんなあっと息をのみ、それでどうしたと一斉《いっせい》にのりだした。また焰硝蔵へ火をかけたとき、和田勝之丞《かつのじょう》という者が爆発の火に吹かれて死んだが、効果を確実にするため勝之丞が必要よりも接近し、寧《むし》ろからだごと焰硝蔵へとび込んだというのを聞くと、兵たちは思わず呻《うめ》き、歯を嚙《か》みしめた。……図書助は黙って聞いていたが、食事が済むと大七を呼んで立ちあがった、「誰か水練に自信のある者はないか……」そう云って見まわすと、ひとりの兵がすぐに立って来た、図書助は頷《うなず》いて搦手の城門のほうへ歩いていった。どうするんだろう、ほかの者たちも興を唆《そそ》られ、いってみろと十人ばかりあとを追っていった。

「小弥太の墜ちたのはどの辺だ」濠端へ来ると図書助がそう訊《き》いた、「……あの桁の折れているところです」大七の指さすほうへ人々の眼が集った、図書助はふり返って水練に自信があるという兵を招いた、「そのほう濠へはいって底をみてまいれ、水が濁っているようだからよく注意して……」その兵はすぐに石垣を伝っておりてゆき、しずかに水の中へ身を沈めた。いったい旗がしらはなにを求めているのか、みんな不審に思いながらじっと覓《みつ》めていた。巧みに水中へもぐり入った兵は、いちど息をつきに浮きあがり、二どめにはかなりながいこと潜っていた、そして次ぎに水面へあらわれたときには、ひとふりの短刀を口に銜《くわ》えていた。かれが城壁へ登って来るのを待ちかねて、大七はそばへ駆け寄り「どうした」と叫んだ、かれは水浸しの髪を両手で押え、銜えていた短刀を大七に渡した、「……小弥太はおりました」「…………」「あの水底にいます」「水底にどうしておる」図書助がそう訊いた、かれはぶるっと顔をぬぐい、妙な手ぶりをしながら答えた、「……死んでおります、水底にひと抱えほどの石があります、かれはその石をこう抱えて死んでおります」裸の腕を輪にしてそのかたちを示した、「両手でこう石に抱きついたまま、離そうとしたのですがどうしてもだめでした、それでその鎧通《よろいどお》しだけ抜き取って来ました……」集っていた兵たちのなかで誰か「あごらしいな」と云う者があり、くすくすと忍び笑いがおこった、かれらには顎《あご》の張りでた小弥太の顔と、石に抱きついたまま溺《おぼ》れ死んでいる姿とが、なんとも可笑《おか》しく想像されたようである。大七は胸を絞られる思いでその笑いごえを聞き、眼を伏せた、図書助は「その鎧通しを預かろう……」そう云って大七の手から短刀を受け取り、元の場所へとひき返した。

昏《く》れがたまえにところの者が祝いの酒や肴《さかな》を運びこんで来た、これは思いがけなかったので時ならぬ歓声があがり、すぐに両隊へ頒《わ》けてささやかながら祝宴がひらかれた。搦手でも桝形《ますがた》の広いところへ蓆《むしろ》を敷き、輪座に並んで杯をまわした、ふすぼっていた焼跡の余燼《よじん》もおさまり、雲のきれ間から時どき月が覗いて、柱だけ残った矢倉のものものけのようなかたちを照らしだしたりした。杯がひとまわりしたときである、図書助が手をあげて「……みんなちょっと聞け」と云いだした、「少し話したいことがある、そのままでいいからしずかに聞け……」改まった調子なので、人々はなにごとかとそっちへ向き直った、「さっき加行の死にざまを聞いたときおまえたちは笑ったが、あれは決して笑うようなことではないぞ」しずかに図書助はそう云った、「……小弥太は不幸にも焼けて脆くなった桁が折れて濠へ墜ちた、もし浮きあがれば、自分が城兵に狙撃《そげき》されるのはいうまでもなく、橋桁の上にいる五人も発見されるだろう、浮きあがってはならなかった、どんなことをしても、浮きあがってはならなかったのだ、それでかれは水底の石に噛《かじ》りついて死んだ」「…………」「ほかに方法はなかったか、たとえば水底を潜っていって遠い場所へ浮くとか、石垣へ貼りついて首だけ出しているとか、いまここで考えれば方法は無くはない、しかし……水底を潜って遠いところへいって浮いても、石垣へ貼りついて首だけ出していても、決して発見されないとは断言ができないだろう、ただ一つ、水底で死にさえすれば確実だ、そこで死にさえすればよい、万一の僥倖《ぎょうこう》をたのむよりおのれを殺すことがその場合もっともたしかな方法だった、かれはそのたしかな方法をとったのだ」

七

「戦場のまっ唯中《ただなか》で、敵と斬りむすんで死ぬことは、もののふにとってさしたる難事ではない……」図書助はしずかに続ける、「けれども水底の石に噛りついて、みずから溺《おぼ》れ死ぬということは考えるほどたやすくはないぞ、心はいかに不退転でもからだには苦痛に堪える限度がある、……呼吸が詰って来、耳、鼻、口から水がはいって、がまんも切れ神《しん》も悩乱するとき、それをふみ超えて溺れ死ぬというのはなみたいていのことではない、どんなに困難であるか、みんな自分をその水底に置いて考えてみろ」兵たちは眼を伏せ、頭を垂れた、図書助はふるえてくる声を抑えながらちょっと間をおいて言葉を継いだ、「……今日の勝ち戦は小弥太のたまものといってもよいだろう、そして戦場にはいつも、こういう見えざる死が必ずある、おのれを殺して味方を勝に導く、しかも人の眼にはつかない、小弥太の死にざまも水底を探らなければわからなかった、かれの死躰は誰にも知られず、石を抱いたまま水底の骨になるだろう、つわものの一人ひとりにこの覚悟があってこそ戦に勝つのだ、そしてこれこそはまことに壮烈というべきなのだ」隅のほうで堪《たま》りかねたように嗚咽《おえつ》のこえが起り、それが輪座した人々のうえに次ぎ次ぎと伝わっていった。

大七は立ちあがり、城壁の石へ身を投げかけて泣いた、かれは今はじめて小弥太の本当の姿をみるように思った、「あご」という綽名が無能の代名詞のように伝えられたのは、小弥太の表だけ見て心を知らなかったからである、大七は幼いときから功名を争い手柄を競った、十人がしらに挙げられたときは、部将になる日がすでに目前の事実としてみえ、満身の闘志に心が燃えるようだった、だがなんと小弥太の性根の違っていたことだろう、いつも人の後手をひくと考えたのは、かれが見えざるところで闘っていたからだ、水底の石に噛りついて死んだ、その死にざまは小弥太の平生のあらわれである、かれはつねにそういう闘いを闘って来た、ほかの者にはそれが見えなかっただけなのだ、――おれは耻《は》じなければならぬ、大七は拳《こぶし》で石垣を打ちながらそう叫んだ。

そのとき追手のほうから、松明を持った兵がひとりの娘を案内して来た、「……こっちに加行小弥太という者がいるか」「……どうした」こちらからそう答えたが、小弥太と聞いたので、大七は急いで涙を拭きながらそっちへ寄っていった、「……加行がどうかしたか」「いや尋ねて来た者があるのです」追手の兵はうしろにいる娘へふり返った、「この娘が会いたいと云っているんですが……」「おまえは誰だ……」大七は娘を見やった、十七八になる小がらな百姓風の者で、背中に大きな籠《かご》を負っていた、「……かぎょう小弥太さまというお名前だけうかがったのですけれど」娘は大きな眼でおどおどと大七を見あげながら云った、「加行になにか用か」「はい、……おとついの夜更《よふ》けでございましたが、もう無いものと思った命を助けて頂きました、夢中でしたけれどお名前が耳についていましたし、お勝ちいくさとうかがってお礼を申しにまいりました、……おめにかかれますでしょうか」大七は娘の言葉を聞きながら、麦藁の匂いがしたよといった小弥太のこえを思いうかべ、答えることができずに眼をそらした。……娘の背負っている籠の中には、夥《おびただ》しい枇杷《びわ》の実があって、つややかな眼にしみるような黄色に輝いていた。

（「新武道」昭和十九年五月号）

上野介《こうずけのすけ》正信《まさのぶ》

一

茂助《もすけ》は「爺《じい》さん」と呼ばれていた。年は四十を出たばかりだし、軀《からだ》も究竟《くっきょう》であるが、頑《かたくな》なほど無口なのと、仲間づきあいをしないのと、ひっそりとひとり離れて暮す容《よう》子《す》などから、そんな呼び方をされるようになったのかも知れない。彼が堀田家の庭番に雇われてから五年たつが、まだ誰ひとり親しくする者がない、庭番には庭番の長屋があって当時は六人そこにいたが、彼はこの屋敷で「藪《やぶ》」といわれる果樹畠《かじゅばたけ》の小屋にひとりで住んでいた。もとは雑具置場にでも使ったのだろう、たち腐れ同様になっていたのを、自分ですっかり手入れをし釜戸《かまど》なども作って、殆《ほと》んどそこに籠《こも》りきりで暮していた。用がなければ五日でも十日でも顔をみせない、朝晩の炊《かし》ぎの煙が立つので、ああ生きているよ、などと云《い》われるくらいだった。

茂助は果樹畠のせわをするのが役目であった。それは殿さまのおぼしめしで作られ、殿さまのお手許《てもと》から費用が出ている、そして繁《しげ》しげ殿さまが見に来られる。そのときは彼が御案内してまわるのだが、無口の癖はそんなところにもあらわれて、はじめのうちはよく御側《おそば》の人に叱《しか》られたものであった。今年になってから殿さまはよくお独りで見においでなさる。扈従《こしょう》のいないほうが御機嫌《ごきげん》がいい、茂助のぶあいそな風も気になさらず楽しそうに畠を見てまわり、時には彼の小屋を覗《のぞ》いてごらんなさるようなこともあった。

——殿さまは下総《しもうさ》のくに佐倉十二万石の御領主で、上野介正信《こうずけのすけまさのぶ》と仰《おお》せられる。その年ようやく三十歳であられたが、たいそうもの堅く御質素な方で、刀は飾りなしの柄《つか》に黒の鞘《さや》ときまっていたし、着物は木綿か麻、袴《はかま》は葛布《くずふ》そして素足に藁草履《わらぞうり》という粗末な姿をしておられた。茂助などに対してもごく率直な口をおききなされ、かさにかかるとか勿体《もったい》らしい御容子などは決してみられなかった。堀田家は殿さまの御祖父の代に徳川家へ仕えられたものだという、それは勘左衛門正利《かんざえもんまさとし》と仰せられ、金吾中納言《きんごちゅうなごん》殿の御家来であられた、御妻女は稲葉さどのかみ正成《まさなり》という方のお妹御である。中納言殿を浪人なされてから、御義兄に当る正成さまの御妻女、春日《かすが》の局《つぼね》のゆかりで初めて御家人になられたということである。……殿さまはそのお孫に当り、御生母は酒井空印《くういん》さまの御息女であられる、御自身の奥方は久松松平家からおいでなされた、空印さまは讃岐守忠勝《さぬきのかみただかつ》と申され、当代第一の功臣として将軍家の御信任が篤《あつ》く、その御威勢にはかなう者がないと評判が高い。こういう方を外祖父にもたれ、奥方を御連枝《ごれんし》から迎えられたのであるから、どのようにも御出世のできる仕合せな御身分である筈《はず》なのだが、茂助の眼《め》にはどうしてもそうみえなかった、畠へおいでなさるときは楽しそうでもあり、お顔も明るくはれやかであるが、お年に似ない額の皺《しわ》や、いつもきつく結んでおられる唇《くちびる》のあたりに、ふとすると孤独な寂しげな色があらわれる。――殿さまほどの御身分でもやっぱりお心のままにならないことがあるのだ、茂助はこう考えて、自分の悲しい過去に思いくらべることさえあった。

夏のかかりだったろう、畠の端にある葡萄棚《ぶどうだな》で葉につく虫を取っていると、すぐ向うの草場から殿さまの噂《うわさ》をする声が聞えて来た。見ると十人ばかりの若い侍たちが馬草を苅《か》っている。

「空印さまはこう仰《おっ》しゃったそうだ、おまえの云うことは理屈ではあるが偏狭に過ぎる、それは精ぜい小大名の家老ぐらいの者の考えで、十二万石の領主の云うことではない、もっと心をひろく大きくもたなければいかぬ」

「偏狭とは図星だろう」別の男が云った、「飯はふだんが麦七分で一汁一菜、菓子は稗団子《ひえだんご》、絹物は着ないし酒も煙草《たばこ》ものまず、側女《そばめ》の一人もないというのだから尋常じゃあない」

「御自分が好きでなさるぶんには構わないが、おれたちにまで押し付けられては堪《たま》らない、あんなまっ黒な麦飯や稗団子なんぞ、百姓だって喰《た》べてはいないぞ」

「ひどくいきまくが荻原《おぎわら》は喰べているのか」

「あいにくだがおれの胃袋は殿のように丈夫じゃないんでな」その男は笑った、「然《しか》しこの草苅りだって同じ例だぞ、田舎なら知らぬこと江戸の市中で、武士たる者が足軽小者のように馬草を苅る、まるできちがい沙汰《ざた》だ」

「まったく泰平の世に馬草を苅ることが武士の嗜《たしな》みとは恐れ入る、殿は時代をまちがえて生れてこられたんだ」

茂助は聞くに耐えなくなってそこを離れた。――なんということだ、侍ともある者が自分の殿さまの悪口を云うなんて。彼はそのとき情けなさに涙がこぼれた、侍のねうちも下ったものだ、それもいい、殿さまに御不行跡でもあって云うのなら別だが、麦飯を食う馬草を苅る、武家として当然のことじゃあないか、自分の口を可愛《かわい》がる骨を惜しむ、そして仕える殿さまの蔭口《かげぐち》をきく、いちど浪人してみるがいいんだ。茂助は柿畠《かきばたけ》のところで長いこともの思いに耽《ふけ》っていた。

二

その後も折にふれて同じような蔭口を耳にした。殿さまが城中でどこかの大名に意見をし、あべこべに同座の人たちから辱《はずか》しめられたとか、突然御膳所《ごぜんしょ》へみえて、侍たちの喰べ物をお調べになり、精《しら》げた米を炊《かし》いでいたのでお怒りになったとか。それでもやっぱり麦飯や稗団子を喰べるのは家中で殿さまと御相伴《ごしょうばん》に当る者だけだとか。御殿でお客をなすったとき、魚鳥なしで麦飯に一汁一菜を出されたが、お客の方々は帰りにどこかへ寄って、「精進《しょうじん》おとしをしよう」といい笑い草にしたとか。――殆んど人づきあいをしない彼にさえそれだけ聞えるのだから、人の集まる所ではどんなに酷《ひど》いことだろう、茂助は考えるたびに住み好《よ》い世界はないものだと溜息《ためいき》が出た。

秋にはいった或《あ》る日、仲間《ちゅうげん》らしい男が五六人で柿を取りに来た。早熟柿《わせがき》が色づいたので喰べたくなったのだろう、一つや二つなら見ない振をする積りで、彼は小屋の中で草鞋《わらじ》を作っていた、すると仲間たちは柿をもいで喰べながら、あたり構わず殿さまの蔭口を云いはじめた。それが下司《げす》にしてもひどい言葉で、こうずけではない、茶漬《ちゃづけ》だとか、吝嗇《りんしょく》で頭がどうかしたなどと罵《ののし》るのである。茂助はかっとのぼせ、戸口にある心張棒《しんばりぼう》を持ってとびだしていった。

「この泥棒《どろぼう》ども」彼は走っていってわなわな震えながら叫んだ、「殿さまから喰べる物を頂き、殿さまのお畠の物を盗みながら、いまの悪口はなんということだ、よく舌が腐らないもんだ、もういちど云ってみろ、ひとり残らず片輪にして呉《く》れるぞ」

「ほっほう勇ましいな爺さん」一人の肥えた若者がこっちへ来た、「片輪にして呉れ

ると は耳寄りだ、おらあしみったれた仲間奉公に飽き飽きしている、片輪になって乞食《こじき》でもしてえと思っていたところだ、遠慮はねえ、やってくんな」

「おれたちもついでに頼むぜ」みんなこう云いながら来て彼を取巻いた、「こんなみみっちい屋敷に勤めるより、因果者にでも出たほうが安楽だ、さあすっぱりと片輪にして呉れ」

「どうした爺《じじ》い、急に疝気《せんき》でもやみだしたか」

こう云って一人が喰べかけの柿も茂助の顔へ叩《たた》きつけた。茂助は棒を振上げたが、後ろから突きとばされてのめった、はね起きようとするところを押えられ、むやみにぽかぽか殴られた。いけない我慢しろ、またあのときのように間違いを起こすぞ、茂助はこう歯をくいしばって、彼等の殴るままになっていた、――だがそれほど長いことではない、一人がなにか云ったと思うと、みんな一斉《いっせい》にとびあがり、ちりぢりになってどこかへ逃げていった。茂助は俯伏《うつぶ》せになっていたが、

「どうした、どこか痛めでもしたか」

こう云われて顔をあげると、すぐ側に殿さまが来て立っておられる、茂助は吃驚《びっくり》して起きあがり、そこへ手をついた。

「いいえ、なんでもございませぬ、ほんの二つ三つぶたれましただけで、……まことに

お眼を汚《けが》しまして恐れいりまする」

「いったいなにがもとの喧嘩《けんか》だ」

「へえそれが」彼はちょっと詰った、「柿が色づきましたので、若い者のことですから、つい欲しくなったものでしょうが、その」

「もういい、わかっている、立てるか」

茂助は立った。膝頭《ひざがしら》をすり剥《む》いたらしい、そのほかにはかくべつ痛むところもなかった。殿さまはなにか仰しゃりたい容子であったが、そのまま畠をまわりもなさらずに、御殿のほうへ帰ってゆかれた。

それから中一日おいた夜、もう十時ごろになってとつぜん殿さまがみえられた。月のいい晩で、茂助はまだ戸を明けたまま、行燈《あんどん》の側で縄《なわ》を綯《な》っていた。その小屋の戸口へすっと殿さまが入ってみえたのである。戸惑いをし途方にくれている彼に、そのままでいいという手振をなされ、上り端《はな》に腰を掛けて「ここは月がよく見えるな」と仰せられた。茂助は身の置きようもなく、ただそこへ手をついて頭を垂れていた。すると殿さまは振向いてごらんになり、

「遠慮しなくともいいぞ、月を見に来て寄っただけだ、少し休んでゆくから構わないで仕事をするがいい、――此処《ここ》は静かだな」

こう云ってふと太息《といき》をつかれた。その夜はほんの暫《しばら》くいてお帰りなされたが、明くる晩もおいでになって、こんどは茶を欲しいと仰せられた。茶好きの彼は寝るまで火を絶やしたことがない、粗末な葉ではあったが、淹《い》れて差上げると、殿さまはお気に召した容子で三杯も代えられた。

「いやな世の中だとは思わないか」殿さまは急にこう云いだされた、「富んでいる者、ちからのある者は、奢侈《しゃし》ぜいたく淫逸《いんいつ》に耽《ふけ》る、いま泰平を謳《うた》っているのはこういう人間ばかりだ、そのほかの多数の者は困っている、三年まえには米一石が三十九匁《もんめ》だったのに、今年はもう六十九匁と倍ちかい値になった、それに準じて物価の昂騰《こうとう》はひどい、貧しい多数の者の暮しは苦しくなる一方だ、――茂助、おまえにもこんなことを云うおれが可笑《おか》しいか」

三

「これは上に立つ武家の責任だ」殿さまはすぐに続けられた、「武家は自分がなに者であるかということを忘れた、祖先が戦場のてがらで頂いた食禄《しょくろく》をなんの不審もなく受け継いで、自分の欲を満足させることだけしか考えずに生きている、政治はひと任せだ、茶湯を習ったり骨董《こっとう》を蒐《あつ》めたり、大金を出して町絵師に屏風《びょうぶ》を描かせたり、衣《い》裳《しょう》持ち物に綺羅《きら》を張ったり、宴会の趣向に奇をきそったりしている、困窮している庶民のことなどは見むきもしない、——これでいいだろうか、こんなありさまで武家だと云えるだろうか」

殿さまは持っている茶碗《ちゃわん》の中を見ながらこう云われたが、そのときはらはらと涙をこぼされた。茂助は綯いかけた縄の手を止めて、怖《おそ》ろしいような気持で殿さまの言葉を聞いていた。

「おまえが仲間共に打たれたとき」暫くして殿さまはこう云い継がれた、「あの者たちの悪口をおれは聞いていたのだ、初めてではない、城中ではもちろん、おれを知るほどの人間、家来たちまでがおれの悪口を云う、——かれらには泰平が信じられるのだ、最も多数の者の犠牲で贅《ぜい》を尽しながら、わが世の泰平を謳っていられるのだ、……おれはその夢をさましてやりたい、できることなら謀叛《むほん》をしてでも」

殿さまはその後もよく小屋へみえられたがその夜ほど激した容子をみせられたことはない、ひと言ひと言が肺腑《はいふ》をついて出るという感じだった。——殿さまの顔にふとあらわれる寂しげな色の意味が、いまは茂助にもわかるようになった。殿さまが本気になって仰しゃることを、空印さまでさえ「家老ぐらいの者の考え方だ」とお叱りなさる、粗衣粗食をすすめても武士らしい嗜みを示されても、事ごとに嘲笑《ちょうしょう》と軽侮を買うばかりである、ついには、茂助などに御心うちをお話しなさるほど、孤独でお寂しいのだ。

「おれがもうちっと気はしのきく者なら、お慰めの言葉ぐらい申上げられるんだが」

茂助はこう呟《つぶや》いては溜息をついた、「女房に逃げられるようなぶまな人間だからそれもできない、お気のどくな、——どうしてあげたらいいだろう」

十月にはいってから干柿を作った。まだよく干し上っていなかったが、殿さまがみえたとき差上げると、たいそう喜んで召上られた。

「格別に甘いようだが、秘伝でもあるのか」

「まだ干し上っておりませんので、お舌ざわりでそうおぼしめすのでしょう、本当の甘味はやはり干し切ってからでございます」

「初めてだ、このほうが美味《うま》い」

いかにも美味そうに召上るので、ふだんどんなに御質素かが思いやられ、またお慰めの一つが協《かな》ったという嬉《うれ》しさで、茂助は危うく涙がこぼれそうになった。——それではなま干しのを選んで置いておみえになるたび喜んで頂こう、そう思ったその翌日である、組頭が呼ぶというのでいってみると、「御都合があってお暇が出た」と意外なことを云われた。彼は口をあいた。思いもよらないし、そんなことがある筈はない。

「それは殿さまのおぼしめしですか」茂助は問い返した、「私は殿さまから畠をお預かり申しているので、殿さまの仰せなら」

「おれに文句をつけたってしようがない、お暇が出たから出たと云うだけだ、それ、これが給銀だ、——不承知なら殿さまへ直訴《じきそ》でもするさ」

但《ただ》し小屋からはすぐ出ろと突っ放すような云い方だった。茂助は怒りと悲しみと絶望のために、眼の前が暗くなるような気持でそこを立った。——やっぱり同じことだ、こんどはおちつけると思ったが、これが持って生れためぐりあわせだ、そんなことを呟いた。どうしようもない、小屋へ戻《もど》って荷物を纏《まと》めた。いかにも出てゆくのが辛《つら》い、然し組下の者がついて来て急《せ》きたてた、茂助は選んで置いたなま干しの柿をわかるように取出して並べ風呂敷包を肩に小屋を出た。庭番の長屋へ挨拶《あいさつ》に寄り、もういちど組頭に会いにいった。

「小屋に干柿が出してあります、なま干しですが殿さまの御好物ですから、私のあとへ来る者にそうお云いなすって下さい」茂助はこう云ってから組頭の眼をじっと見た、

「だがいったい、どうして私にお暇が出たんですかな」

「これからのこともあるから云っといてやろう」組頭は莨盆《たばこぼん》できせるをはたいた、

「人間は分ぶんを守らなくちゃあいけねえ、古い文句だが出る杭《くい》は打たれる、覚えと

くんだな」

「出る杭、――私が杭ですって」

茂助は思わず高い声をあげた。けれどもすぐに頭を垂れ、逃げるように外へとびだしていった。

茂助はその足で下目黒へ向った、そこには彼の生れた家がある、大きい植木職でいまは甥《おい》の市兵衛が当主だった。ゆき着いたのはもう昏《く》れがたで、井戸の辺りでは職人たちの手足を洗う賑《にぎ》やかな声が聞えていた。

四

冬支度の藁《わら》をみていた市兵衛が、はいって来た茂助の姿にほうと声をあげた。

「おいでなさい、珍しいこってすね」

「暫く厄介《やっかい》になるよ」彼は包を下ろしながら云った、「隠居は明いてるかな」

そして茂助はそこに居ついた。

隠居所は母屋《おもや》と二十間ほど離れている、父親の仁助が建てたもので、材料は雑だが茶室風に造ってある。茂助は煮炊きもそこでやるようにし、殆《ほと》んどひき籠《こも》って暮した。

――父も母もずっとまえに死んだ、兄の源助も四年あとに亡《な》くなって、いま家族は五十幾つかになる兄嫁と、甥夫婦の三人だけであった。かれらは茂助をそっとして置いて呉れた、ときに来ても長くはいない、なにか持って来ればそれを置いて、ふた言み言あいそを云って帰る。むろん職人たちの寄りつくこともなかった。

移って来て四五日した或る夜、風の音を聴きながら茂助はお屋敷のことを想《おも》った。あの小屋へおいでなすって茂助のいないことをお知りになったら、殿さまはどんなに寂しそうな顔をなさるだろう、勿体《もったい》ないが殿さまはあの小屋にいらっしゃる時はお楽しそうだった、あんなにずばずばとなにもかもお話しなすった、茂助をお気にいって下すったのだ、それがもう小屋へはいらっしゃれない、――どうしておいでなさるだろう、今どんなお気持でこの風の音を聴いていらっしゃるだろう。こんなことを思いながら、長いこと寝つかれない刻《とき》を過した。

午後からしぐれて来た日のことである、切炉に寄って茶を啜《すす》っていると、雨のなかを甥の市兵衛がとんで来た。「叔父さんたいへんな事が起こった」こう云って炉の側《そば》へあがりこんだ。

「堀田の殿さまが御謀叛をなすったということってすぜ」

茂助は気のぬけたような眼をあげた。

「殿さまが、どうなすったって」

「御謀叛ですよ、精《くわ》しいことはわからねえ」市兵衛はせきこんで云った、「うちの職人が柳生《やぎゆう》さまの下屋敷へ仕事にいってる、そいつが聞いて来たんですが、堀田さまは五六日まえに佐倉へお帰りになって、お城へ立籠んなすったが、戦《いくさ》にあならねえで降参なすった、こんな話なんですがね」

「まさか、殿さまが、――」

「柳生さまのお屋敷ですから、根もねえこっちゃあねえでしょう、叔父さんはいいときに出て来なすった、いたら側杖《そばづえ》をくうところでしたぜ」

茂助はぐらぐらと軀《からだ》が揺れるような心持だった。そうだ、――いつか殿さまのお口からそんな風なことを聞いた。泰平を謳っているかれらの夢をさましてやりたい、できることなら謀叛をしてでも。ああと茂助は呻《うめ》きごえをあげた。そうだ、殿さまはそれをなすったのだ、歯がかちかち鳴りだす、どうしよう、とうていじっとしてはいられなかった。

「どうするんです、叔父さん」

「蓑《みの》と笠《かさ》を、いや合羽《かっぱ》があった」茂助はうろうろと立った、「ちょっとでかけて来る」

しぐれの中へ出ていった茂助は、三日めの午後に帰って来た。すっかり憔悴《しょうすい》して、帰るとすぐぶっ倒れるように寝た。明くる日いちにち寝ていたが、それからまたでかけて、五日めの夕方、また降りだした雨に濡《ぬ》れて帰り、食事も甥の嫁に頼んで寝こんだ。

「どうかなすったんですか叔父さん、お加減が悪いなら医者を呼びますよ」

「なになんでもない、二三日寝ればいいんだ」

「おっ母さんに夜だけでもこっちへ寝て貰《もら》いましょうか、夜中に不自由で困るでしょう」

「心配しなくてもいい、病人じゃないんだから」

茂助は精のぬけた顔で天床《てんじょう》を見ていた。——彼は佐倉の出来事をすっかり聞いて来た、いたましい出来事であった。上野介正信は老中へ諫書《かんしょ》を出したうえ、甲冑《かっちゅう》を着け槍《やり》を持ち、馬に乗って江戸邸《やしき》から佐倉へ帰った。参覲《さんきん》のいとまを取らず、無断で帰国することは叛逆《はんぎゃく》とみなされる、側近の者は正信の挙動でなにが起こるかを察し、主君に先だって佐倉へ急使をとばした。国家老は驚愕《きょうがく》して、直ちに大手の城門を閉め、その前に坐《すわ》って待った。正信は馬を乗りつけて来て「開門せよ」と命じた、家老はその馬の轡《くつわ》に縋《すが》って嘆願した。

——家臣どものことをお考え下さい。ひっしにそれだけを繰り返した。御謀叛となれば家臣どもも大罪に問われます、千余人の家臣とその家族をふびんとはおぼしめさぬか。

正信の表情が僅《わず》かにくずれた、家老はその機をのがさず槍を受取って侍臣に渡し、自分が馬の轡をとって、そのまま菩提寺《ぼだいじ》へ伴《つ》れていった、そして謹慎の趣を幕府へ通じた。——幕府の驚きは云うまでもない、然し伊豆《いず》のかみ松平信綱の説が勝って「上野介発狂」ということに定った。酒井空印の外孫であり、夫人が連枝の出であることも影響したであろう、十二万石は召上げ、正信は脇坂淡路《わきざかあわじ》へ預けられることになった。

「狂気、——殿さまが狂気」茂助は思いだしてはこう呟いた、「あんまりだ、いかになんでも狂気とは、狂気とは……」

五

最も多数の人間の犠牲に依《よ》る一部の者の泰平、奢侈《しゃし》と淫逸に汚されたごまかしの泰平、正信はそれに一石を投じようとした、——上野介謀叛、ただその声だけでよかった、十二万石も自分も投げ出して、その声ひとつを天下に叩きつけたかったのだ。然しそれは揉《も》み消された、正信は発狂した、それで万事けりがついたのである。

「これが世の中だ」茂助はその後よくこう呟いた、「これが世間というものだ」

正信が脇坂家の手で信濃《しなの》のくに飯田へ送られたということは十二月になって聞いた。

脇坂家の当主は淡路守安吉といって、正信の弟が養子にいったものである。――二年おいて寛文《かんぶん》二年、正信は改めて酒井忠直に預けられ、若狭《わかさ》のくに小浜《おばま》へ移った。そしてそれからはふっと消息が聞けなくなった。

茂助はずっと甥の家で暮した。忙しい季節には職人といっしょに働くこともある、日暮里《にっぽり》にいる同業の知人に頼まれて、一年ばかりそっちで職人の面倒をみたこともあるが、たいていは甥の家の隠居所で日を送った。

――彼が五十になった年の秋、もう冬にかかろうとする冷える日のことだったが、兄嫁のお直が茶をのみに来て、暫く話すうちにふと「お菊さんがうちへ帰ってるんですよ」

と云いだした。茂助は黙って炉の灰を掻《か》いていた。

「帰ってからもう半年くらいになるんですって、あたしはついこないだ逢《あ》ったばかりだけれど、もう幾つかしら、そう、四十二か三になるんでしょうね、長いこと独り身でいたようなことを云ってましたっけ、縹緻《きりよう》よしはとくですよね、艶《つや》つやして三十四五にしきゃみえない、ずいぶん苦労したらしいけれど」

「よくねえさんの顔が見られたもんですね」

茂助はそう云ったが、云ったことを悔《くや》むように炉の側を立っていった、お直はそっちを見ずにさりげなく続けた。

「茂助さんに済まない、できたらどんなにでも詫《わ》びがしたいって、泣いてましたよ、あのときの罰でいいめはみなかったって」

「もう止《よ》して下さいねえさん、あいつの話だけは、――どうか」

むかしのいたでが返って来た。茂助は四五日また眠れない厭《いや》な日を送った。――お菊は茂助の妻であった、此処《ここ》から遠くない谷山村の百姓の娘で、十七の年に茂助と一緒になった、縹緻がよすぎるのと陽気な性質で、兄の源助は首を捻《ひね》ったが、お直がむやみな惚《ほ》れようで貰ったのである。だがやっぱりいけなかった、二年めになって、この家の職人とできていることがわかった。殆んど嫁に来るとすぐからのことだという、不幸なことに茂助は自分の血肉のようにお菊を愛していた、夢にも妻を疑うようなことはなかった。

――二年も、二年もそんなことを。

愚直なほどいっぽん気な茂助は逆上した。薪割《まきわり》を持って相手の男へとびかかった、ほかの職人や兄の源助が駆けつけ、男は右腕を切られただけで済んだ、茂助はその場から家をとびだしたのである。彼は人も世も信じられなくなった、お菊が二年ものあいだ裏切っていて、けぶりにもみせなかったということが、堪《たま》らなかった。はずみで出来た間違いならまだいい、二年もいっしょに寝起きをしながら、同じときまったく別の相手とそういうことを続けている。人間にはそんな裏切り方もできるのだ。……茂助は渡り職人になって七年ばかり家へも寄りつかなかった。三十五の年に胃を病んで帰ったが、まえにも増して陰気な、口数の少ない男になっていた、それからは今いる隠居所に住んで、兄の手伝いをしたり、屋敷へ雇われたり、すすめる嫁も貰わず、人づきあいもせず、やがて堀田家へ雇われるまで、此処《ここ》でもずっと独り籠って暮したのであった。

「だがそれも、殿さまの御不幸に比べれば大したことはない」茂助はやがて厭な思い出からぬけだした、「おれのはてめえ独りのこった、殿さまは御自分のことじゃあなかった、あれだけ本気に世間のことを考えて、十二万石も御自分も抛《ほう》りだしておやんなすった、それでさえ気違いにされておしまいなすった、どんなお気持だったろう——ふん、おれのことなんかお笑い草だ」

寛文が十二年続いて延宝《えんぽう》となった。——このあいだに茂助は、干柿を作って売りだすのを自分の仕事にした、兄嫁のお直が亡くなり、その代りとでもいうように甥の妻が子を産んだ、嫁に来て九年めである。こうして年月が経《た》っていった。

延宝八年の三月、甥の市兵衛が松平阿波《あわ》さまの屋敷へ仕事にいって、絶えて久しい堀田の殿さまの消息を聞いて来た。

「ずっと若狭にいらしったんだが、公方《くぼう》さまにお世継ぎが生れるようにと、京の男山《おとこやま》八幡《はちまん》へ願を籠《こ》めにおいでなすった、それが知れてお咎《とが》めが重くなったんでしょう、阿波守さまへまたお預け替えになったということってす」

「お預けになったのはどこだ」

「なんとか云ったけ、――あわ、ああ淡路島か、そういう島だってえこってすよ」

六

茂助は西へ向って江戸を立った。もう六十五という年だし、だいぶ軀も弱っているので、夫婦が頻《しき》りにとめた。どうしてもゆくなら誰かひとり若い者を伴れてゆくようにと云ったが、茂助は独りで旅立ったのである。「島」ということがあんまりおいたわしかった、信濃から若狭、そしてとうとう見も知らぬ島へ流されておしまいなすった、ひとめ会ってお顔を拝みたい、自分の軀も弱って来ている、思い立ったいまゆかなければ、もう一生おめにかかる折はないだろう、矢も盾も堪らず、手作りの干柿を土産に持っただけで、とびだした。

市兵衛の縁で阿波さまから便宜を計って貰った。天気にも恵まれて、無事に東海道を上ったが、池鯉鮒《ちりゅう》の宿で下痢にかかり、そこで半月ほど寝てしまった。ほんの腹をこわしたくらいのものだったのだが、旅の疲れで恢復《かいふく》が遅かったらしい、五月になってようやく宿を立つことができた。

淡路島へは兵庫から船でゆく、そこは阿波守の所領ではなく預かっているので、洲《す》本《もと》というところに城があった。船をあがっていちど宿を取り、順序を訊《き》いて番所をたずねた、正信の謫居《たっきょ》は城中にあるという、会いたいむねを願うと、支配が留守だから四五日待てと云われた。――とにかく此処まで来た、殿さまはこの土地においでなさる。こう思うと待つこともさして苦にはならなかった。炬口《たけのくち》という処《ところ》にある男山八幡へ参詣《さんけい》したほかは、殆んど宿で寝たり起きたりして暮し、六日めに干柿の包を持って番所へいった。……すると覚えていた番士が「ちょっと待て」といってどこかへゆき、間もなく中老の侍を伴れて戻った、その侍は近寄って来てこう訊いた。

「そのもとは堀田殿で士分を勤められたか」

「いいえ下僕《げぼく》でございます、庭番で五年ほど御厄介になった者でございます」

「士分でなければ――」侍は頷《うなず》いた、「また御支配がお留守で表むきには計らい兼ねるが、下僕ということでもあるし、それに……いやよかろう、こちらへまいれ」

その侍が先に立って歩きだした。桝形《ますがた》を二つ曲り、石段を幾つも登った。そして台地へ出ると櫓《やぐら》をまわって、こんどは湿っぽい石段を下る、暗くなるほど樹《き》が生い繁《しげ》って、石段を下りると、蘚苔《こけ》で滑りそうな道になった。

――四半刻《しはんとき》も歩いたろう、やがてやや広い庭がひらけて、一棟の小さな建物の前へ出た。広縁のところに侍が三人ばかりなにか話していた。案内して呉れた中老の人は彼等になにか囁《ささや》き、振返って茂助を招いた。

「ここから上って会うがいい、その部屋の内においでなさる」

こう云って閉めてある障子を指した。――茂助は激しい動悸《どうき》で息苦しくなり、礼を述べて広縁へ上った。殿さまにおめどおりするのだ、みぐるしい恰好《かっこう》では、……衿《えり》を掻《か》き合せる手が震える、髪へ手をやってみて、包を持って、「ごめん下さりませ」と障子際《ぎわ》へ手をついた。

「いや構わずはいってよい」中老の侍が後ろからこう云った、「お声はない、――」

茂助はなんのことかわからず、もういちど繰り返してから障子を明けた。

殿さまは寝ておいでなすった、夜具を重ねた上に仰向《あおむ》いて、御病気なのだ。しかし枕許《まくらもと》に白木の台がある、香の煙があがっている、部屋のなかいっぱいに噎《む》せるような香の匂《にお》いだ。――そのとき、中老の侍が後ろでこう云った。

「堀田殿は今朝未明に自害をなされた」

「――――」

「気が昂《たかぶ》っておられるので、切れ物はすべてお側に置かなかったのだが、どこでみつけられたものか、鋏《はさみ》の折れで喉《のど》を、……台の上にあるのがそれだ」

茂助は白痴にでもなったように、その言葉を聞き、殿さまのお顔を見ていた。――今朝、夜明けに、では昨日なら間に合ったのだ、夜明け前なら今日でも間に合ったのだ。そんなことを思い、やがてそっと枕許へすり寄った。そして白木の台の上にある鋏の折れを見た、赤く錆《さ》びている、どこかに捨ててあったものだろう、殿さまはそれで喉を、……惘然《もうぜん》とそこまで考えたとき、茂助はとつぜん「あんまりだ」と声を放って号泣し始めた。

「幾らなんでもこんなことが、――上野介さまともあるお方に、錆びた鋏の折れで御自害をおさせ申すなんて、……この世には神も仏もないのか、あんまりだ、あんまりだ」

喉を絞るように叫び、身を揉《も》んで泣いた。終《しま》いにはそこへ突伏し、片手の拳《こぶし》で畳を打ちながら泣いた。――だが暫くして、茂助は殿さまのお声を聞いた。

――もういい、わかっている。

それはいつか果樹畠で、仲間たちに殴られたとき、殿さまのお口から出た言葉である、二十年のとしつきを経て、まざまざとその声を聞いたように思う。茂助は身を起こし、涙を拭《ふ》いた。それから包をひき寄せ、もうひと膝すり寄った。殿さまは骨のように痩《や》せておいでなさる、頬《ほお》から顎《あご》へ髭《ひげ》が伸びて、お髪《ぐし》には白いものがまじっている。またこみあげてくるのを抑えながら、彼は包をひらいてそっと白木の台へ載せ、そこへ両手をついた。

「御好物の干柿を持ってあがりました、――殿さま、茂助でござります」

（「小説新潮」昭和二十三年六月号）

真説吝《りん》嗇《しょく》記《き》

一

飛田門太《とんだもんた》はたいそう酒が好きである。よく世間で朝、昼、晩に飲むということを聞くが、彼のばあいは朝昼晩の三度に飲むのではなく、朝昼晩へ糸を通して輪に結んだかたちである、これをわかり易《やす》く云《い》えば、眠るときのほか一日じゅう飲んでいる訳だ。勘定方書役で百五十石取っているから、勤めに出ることは云うまでもない、もちろん勤めていても飲む、役所で燗徳利《かんどくり》と盃《さかずき》は使えない、土瓶《どびん》と湯呑《ゆのみ》でやる。はじめは上役によく叱《しか》られた。叱られれば止《よ》すが、その代り事務がてんではかどらなくなる。元もと勘定役所とか会計検査院とか統計局などというところは、計数に無能な役人を集めると定《きま》ったもので、さればこそ三十日で足りる事務に一年の日子《にっし》を要する仕組になっているのだが、わが門太は算数の天才であって、およそ十五人ぶんの仕事を一人で片づける。勘定役所には支配を別にして十二人しかいないから、詰るところ門太に仕事をさせて置けば、あとはみんな勤勉に遊ぶことが出来るという実情だ。ところが酒を禁じられるとたんに彼の能力は停止して、同僚とおなじく勤勉になる、それでは役所の機能が停《とま》ってしまうので、ついには彼の土瓶と湯呑は黙認のかたちになった。

「十九歳のときでしたが吐逆《とぎゃく》というものを病みましてね」

門太はこう解説する。

「それ以来これなしでは済まなくなった訳です、これが切れると吐逆の毒で頭がぼんやりしてしまうのですな、私としては実に迷惑なはなしです」

役所のほうは割かた簡単であったが、家庭をそこまでこぎつけるには技巧を要した。不利なことに彼は婿《むこ》養子である。鑓田《やりた》という三百五十石御宝庫番頭《ばんがしら》の二男に生れ、二十二歳で飛田家へ入婿《いりむこ》した。飛田には孫九郎という舅《しゅうと》によのという娘があり、それと結婚したのであるが、孫九郎が一滴も飲めないくちだし、よのも酒の匂《にお》いを嗅《か》ぐと脚《かっ》気《け》が起こるというくらいで、情勢は鬼窟裡《きくつり》に珠《たま》を偸《ぬす》むほど困難であった。門太は画策し計略を案じ秘謀をめぐらしたが、度重なる失敗の結果「将を獲《え》んと欲せば馬を射よ」の金言に想到し、攻撃法の大転換を行なって専《もっぱ》ら乗馬術の訓練にいそしんだ。酒精分の末梢《まっしょう》神経に対する麻痺《まひ》作用はヒポクラテスの昔から医家の証明するところである、かくて彼はその鍛錬し得た乗馬術が酒精分の吸飲によってさらに倍加し、時間の持続性と技法の変幻自在性に於《おい》て平時に隔絶するという事実を証拠だてた。よの女は武士の妻である。良人《おっと》の乗馬術が飲酒によってかくも顕然と効果をあげるとすれば、万難を排してもこれを提供するのが婦道であろう、もちろん彼女は欣然《きんぜん》として勧奨に努めた。なに、——飛田家に馬がいたかと仰《おっ》しゃるか、とんでもない、馬などは一頭もおり申さぬ。彼は敵の搦手《からめて》を陥《おと》し、おもむろに陣がためをして本塁攻略にかかったが、舅孫九郎の病死によって、意外に早く飲酒の自由を確保したのである。

酒飲みは人情家だという例にもれず、門太は事務以外にも同僚の親愛を集めていた。気がくさくさするとき人は彼を訪ねる、失敗したとき、絶望したとき、困惑し途方にくれるとき、泣きたいとき、笑いたいとき人は誰でも門太を訪ねて慰安と解放を与えられる。

「うん、それは困ったね」彼はこう云ってまず盃を持たせる、「ま、とにかく一杯いこう、そういう具合だとすると考えなくちゃならないからね、ひとつ二人でゆっくり案を練るとして、——まあ重ねないか、困るで思いだしたんだが、あの虎《とら》というやつね、もちろん毛物《けもの》の虎さ、あれがその実になんなんだね、その——」

こうして半刻《はんとき》ばかり経《た》つと、客は困っている事情をさっぱりと脱ぎ捨て、こころよき酔いと虎のぬいぐるみに包まれ、幸福円満な気持になって帰ってゆく。

「ああそいつにはおれも苦しんだものだよ」別のとき彼はほっと同情の溜息《ためいき》をつき、盃を持たせてまず酌《しゃく》をする、「ひとつぐっとやらないか、なにしろそういう問題は複雑だからね、焦《あせ》ってはいけないものらしい、まったくやりきれないがね、ま、もう一

つ、——それに就いて思うんだが、海の水がさしひきするね、そう、満潮干潮という
あれさ、あれはなんだとさ、それほど簡単なものじゃないんだとさ」
そして半刻ばかり後には、客はその複雑な煩悶《はんもん》をはながみの如《ごと》く破棄し、潮の干満に就いてのぞくぞくするような知識を抱いて、いかなる楽天家より楽しそうに帰ってゆく。

さはさりながら僅《わず》か百五十石の俸給《ほうきゆう》で、そんなに酒を飲んだり、友情に篤《あつ》くむくいたりすることができるであろうか。勿論《もちろん》できません、殆《ほと》んど不可能であります。ではなにがゆえに彼はそれをなし得るか、さよう、それにはそれだけの理由がある、ひと口に云うと彼には借款《しやつかん》のできる甥《おい》があったのだ。甥、——名は鐙田宮内《くない》、即《すなわ》ち門太の兄の子で、現在その家の当主になっている。だがまえにも記したとおり鐙田は御宝庫番頭の三百五十石だから、ただそれだけでは他家へ婿にいった叔父に金を貸すほど裕福ではない、ここにも一つ理由がある。然《しか》しまず、——一杯まいろう。

二

鐙田宮内は隠れもない「吝嗇家《りんしよくか》」であった。試みに訊《き》いてごらんなさい。どんなに不縹緻《ぶきりよう》な娘をもつ親でも、「あの男にはやりたくない」と云うに定っている、それほ

ど彼の「吝嗇家」としての名声は高く、且《か》つ徹底的であった。

宮内の吝嗇は三歳にして始まった。なにしろ幾ら玩具《おもちゃ》を買ってやってもすぐに失《な》くしてしまう、これは高価なものだからと、よほど念を押してやっても、半日と経たないうちにもう失くして、よその子の玩具で遊んでいる。また客から色いろと珍しい物を貰《もら》うが、これも満足に一日と持っていた例《ため》しがない、つい眼をはなしたと思うとどこかへ失くしてしまう。親たちはよほど頭の悪い児《こ》だと思って憂《うれ》いに沈み、毘沙門天《びしゃもんてん》のお札をのませたりお賓頭盧《びんずる》さまとこつんこをさせたりしたそうである。ところが六歳の年の二月一日に、このちびが母親のところへ来て、「自分に長持を一つ貸して呉《く》れ」と要求した、どうしてもきかないので、一つ空《あ》けてやったうえなにをするかと見にいった。すると彼は袋戸納《ふくろとだな》の奥からなにか出して来ては、丁寧に一つ一つ長持へしまいこむのである。……母親は訝《いぶか》しさの余りこれを良人に告げ、父親はすぐに息子のところへいって事態を糾明した。ところがなんと、それは曾《かつ》てそのちびが紛失したと信じられていた凡《すべ》ての物であった。有らゆる種類の玩具が新しいままで、ぴかぴか光り彩色鮮やかに、手垢《てあか》ひとつ付かずに、現われたのだ。

――だって毀《こわ》れたり汚れたりしちゃ勿体《もったい》ないからね、ちびは父親の訊問《じんもん》に対してこう答えたそうである。遊ぶときには誰かのを借りるほうが得だよ。

そこにある玩具の最も古いものから推算した結果、彼が「所有に就いての功利的経済観念」にめざめたのは実に三歳の春であったということが判明した。お賓頭盧さまや毘沙門天を煩《わずら》わす必要は些《いささ》かもなかったのである。

彼は年と共にその天賦《てんぷ》の才をあらわした。十四五になると早くも親子の経済関係は逆転し、浪費の害に就いて、倹約に就いて、蓄財の美徳に就いて、物資尊重に就いて、粗衣粗食の奨励に就いて、父母はその子から屡《しば》しば訓戒を受け、譴責《けんせき》をくわねばならなかった。――父上、食事は腹七分ですぞ。彼はこう云いながら食事ちゅうの父に向って指を立てる。お気をつけなさい、美食は浪費でもあり胃腸を損ねる因《もと》です。――母上この暑いのに風呂をたてるのは無駄です。こう云って彼は母の袖《そで》をひく。これから夏のうちは水風呂と定めましょう。

彼が二十歳のとき母親が亡《な》くなり、二十三歳で父親を喪《うしな》った。彼は家督を相続し、父に代って御宝庫番頭を拝命すると、断然家政の改革を行い、三代まえから仕えている老家士を残して、召使のぜんぶを解雇した。残された家士は矢礼《やれ》節内《せつない》といい、年は七十八歳で、消化不良と不眠症の痼疾《こしつ》がある、ということは食事の量が僅少《きんしょう》で、消化のために身躰《しんたい》活動を厭《いと》わず、眠れないから夜業《よなべ》を励むし朝が早い、詰り一人にして四徳を兼ねる又となき忠節の士であった。――それ以来ずっと二人で暮している、妻帯などは考えたこともないし、娘をやろうという親もない、金の出る交際は凡てお断わり、商人は出入りをせず、台所を覗《のぞ》く犬もなく鼠《ねずみ》さえいない、塵《ちり》を掃き出すのも惜しそうにここを先途と貯《た》める。

——ああ勿体ない。彼は髭《ひげ》を剃《そ》るたびにこう溜息をつく。この髭の一本一本に喰《た》べた物がはいっているんだ、それを剃り落すなんて実に勿体ない話だ。

——まあこのくらいで止《よ》そう。風呂舎《ふろや》で軀《からだ》を擦《こす》りながらこう呟《つぶや》く。この垢だって無《た》代《だ》で出来る訳じゃないんだ。

家中《かちゆう》の評判はもちろん悪い。くそみそである、御宝庫番にいる下役の者でさえ、公用以外には口もきかず問い訪れもしない、そのほかに知己友人の無いことは云うまでもなかろう。——然るにたった一人、彼を愛し彼を憂い彼を戒飭《かいちよく》し、そして彼をしぼる者がいた、即ち前章で紹介した叔父の飛田門太である。彼もまたこの叔父だけは昔から好きだった。彼が十四五歳で一家の経済主権を握った当時、この叔父はまだ鑓田に部屋住みでくすぶっていた、すでに酒を飲みだしたじぶんで、小遣が足りなくなるとせびりに来た。十も違う叔父さんが十四か五の甥のところへ来て、「ひとつ頼む」などと片手を出す風景はみものである。宮内は笑い乍《なが》ら若干《いくばく》かの金を出してやった。いちども頭を横に振ったことがない、勤倹貯蓄に関して父母を説戒するほどの彼が、この叔父にだけは厭《いや》な顔ができなかったのである。

彼等のこの美《うる》わしい関係は、門太が飛田家の人になってからも続いている。門太に長男が生れたとき、この甥は誰より先に祝いに来た、その長男は琴太郎といってもう七歳になるが、持っている玩具の殆んど全部が宮内から贈られたものである、——勿《もち》論《ろん》それが宮内三歳のとき以来の退蔵品であることは云うまでもない。また門太も屢しば鑓田を訪ねる、然しそれは多く次のような形式と内容を兼備していた。

三

飛田門太は麻裃《あさがみしも》をつけ、扇子を持って、鑓田の表玄関に立つ。かの忠節な老家士が出ると、謹厳なる音声を以《もっ》て甥に面会を求める。そして謹厳に客間へとおり、威儀を正して坐《すわ》り、謹厳に咳《せき》ばらいをする。——甥が出て来る、坐って挨拶《あいさつ》をするが叔父殿は威儀を崩さない、こんどは厳粛に咳ばらいをして次の如《ごと》く始める。

「いかんな宮内、これではいかん、世評はくだらない、好きなことを勝手なように申す、けれども世評は、やっぱり世評だ、名聞ということがある、武家にはなおさら、けちんぼはまだしも吝嗇はいかん、曾て源昌院《げんしょういん》さまの御治世に、——」約半刻あまり訓話が続く、それから厳粛にこう結ぶ、「そういう訳であるから、いいか、今後はきっと心得て、吝嗇だけは慎むようにするがいい、えへん、では今日はこれでいとまをする」

門太は静かに立ち、謹厳に表玄関へ出て、別れを告げる。そこで謹厳は終るのである。彼は麻裃を脱いで供に渡す、供はそれを受取って挟箱《はさみばこ》の中から常の袴《はかま》を出し、麻裃を納《しま》う。門太は袴をはき替えると、すぐに鐺田の脇《わき》玄関へいって案内を求める。忠節な老家士が出ると、こんどはたいそう柔和に甥を呼んで呉れと頼む。――いま表玄関から麻裃で帰った客が、忽《たちま》ち常の恰好《かっこう》で脇玄関へ現われた訳だ。甥の宮内が出て来ると、門太は酸《す》っぱいような眼をして云う。

「まことに済まないが」そして例の調子で片手を出す、「ちょっとまた五両ほど貸して呉れ、俚諺《ことわざ》にも小言は云うべし酒は買うべしというくらいだ」

「叔父さんは間違えてますよ」甥は笑う、「それは小言を云った者が酒を買うんでしょう」

「然しおれとおまえの仲だからな、叔父と甥の仲だから俗人とは幾らか違う、済まない、ちょっとひとつたのむ」

宮内は笑いながら、云われるだけの物を取って来て渡すのである。――この羨《うらや》むべき親近関係は、少しのかげりもなく続いて来た。

門太はつねに甥を憂い甥のために心痛している、その吝嗇癖と、その性癖による悪評に就いて、そしてまた甥に妻が無く、縁組みの望みもないことに就いて。……然し世には破鍋《われなべ》になんとやらいう諺《ことわざ》があり、眼の寄るところに玉ということもある。門太は捜した。口で尋ね眼で眺《なが》め耳で聞き足の労を厭《いと》わずに捜した。

前述したとおり門太は人に好かれている、つきあいも広い、彼の熱心な嫁捜しはようやく知友の同情をよび、有らゆる方面へ捜索の手がのびた。かかる努力の酬《むく》われざる道理はない、やがて最も宮内に相応《ふさわ》しく、寧《むし》ろ宮内のためにのみ存在するような婦人がみつけだされた。

「今日は意見や借金をしに来たのではない」甥を訪ねた門太はこうきりだした、「おまえに恰好な者をみつけたから嫁にどうかと思ってな、いやわかっている、おまえがどういう気持でいるかはよく知っている、だから今日までいちどもおれはこんな話はしなかった、これならたしかに似合だと思ったから来たのだ」

「それは縹緻のいい娘ですか」

「気の毒だが縹緻は悪い、はっきり云えばまあ醜婦だろう」

「醜婦は結構です、縹緻がよくったって一文の徳にもなりません、おまけになまじ姿のいい女は、化粧だの衣装だのと浪費をしがちですから、――で、年は若いんですか」
「いやおまえと一つ違いの二十六だ」
「その点も悪くはないですね、若い娘はとかく辛抱が足りないし、詰らないみえを張ったり遊山《ゆさん》見物をしたがったりするものです、然し二十六にもなれば将来のことを考えますからね、欲も少しは出るでしょうし経済観念もあるでしょう、ところで、——その年で初縁ですか」
「気の毒だが三度だ、嫁に三度いって三度とも一年足らずで帰っている」
「いい条件ですな、ふむ、結構です、三度も嫁にいったとすれば経験者で、少なくともいろはから教える手数はないでしょう、そのうえ出戻りなら謙遜《けんそん》もするでしょうしね、——で、健康はどうです、もしや病身じゃありませんか」
「生れてから薬というものを知らんそうだ」
「なるほど、ふむ、なるほど」甥は頗《すこぶ》る嗜欲《しよく》を唆《そそ》られ、腕組みをして唸《うな》った、「これで身分がつりあい、性質が勤倹だとすれば申し分なしですがな」
「身分は足軽組頭の長女で、倹約質素と働くことは評判だそうだ、とにかくいちど伴《つ》れて来るから会ってみるか」
「ええ会いましょう、ぜひ伴れて来て下さい」

それから数日して、門太は妻のよの女と共に該婦人を鑓田へ伴れていった。彼女は名をかつという、背丈は四尺九寸そこそこであろう、小さいが固肥《かたぶと》りの逞《たくま》しい軀《からだ》で叩《たた》けばかんかんと音をたてそうな、健康と精気に満ち溢《あふ》れてみえる、髪毛は茶色で縮れている、眉毛《まゆげ》は薄い、鼻は充分に肉づいて福ぶくしく据《す》わり、唇《くちびる》の大きさと厚味からくる量感は非凡である、だが我われの最も惹《ひ》きつけられるのはその眼である、形は俗に鈍栗《どんぐり》というやつで小さいが、眸子《ひとみ》はらんらんと光りを放って、その烈《はげ》しさと鋭さは類のないものだ、眼光紙背に徹するというけれども、彼女のものは恐らく鉄壁を貫いて石を砕くに違いない、之《これ》を要するに、門太は些《いささ》かも食言しなかった訳である。

四

門太とその妻に伴れられて、かつ女は鑓田家の玄関に立った。そしてまだ案内も乞《こ》わないうちに、その慥《たし》かな眼光でじろりと眺めまわし、ひょいと肩を竦《すく》めてこう云った。

「まあ、驚いた、この家は倹約だと聞いていたのに、玄関へ障子を立てていますね、おまけに紙まで貼《は》って、へむ」

これはたいへんな声だ、太くて嗄《しゃが》れてがさがさして、罅《ひび》のいった土鍋の底を掻《か》くようである。側《そば》に立っていたよの女は吃驚《びっくり》して周囲を見まわした。あとで聞くと熊《くま》かなにかが咆《ほ》えたのかと思ったそうである。――三人は玄関へ上った。かつ女はその炯々《けいけい》たる眼を光らせながら、廊下を見、天床《てんじょう》を見、壁を見、襖《ふすま》を、障子を、有らゆる家具造作をねめつけながら、客間へ通った。

「へむ、無駄《むだ》が多い」坐るとまずかつ女はこう呟《つぶや》いた、「あれも、これも、贅沢《ぜいたく》ですね、くしゅん、気に入りません、無駄です」

宮内が入って来た。彼女を見且つその声を聞いた。どうやら不審げである、彼は念のためよの女の耳へ口を持っていってこう訊《たず》ねた。

「女でしょうね」

双方を紹介すると門太の役は終った。未来の婿と嫁は門太などにお構いなく、直ちに意志を通じあい所見の交換にとりかかった。尤《もっと》も主導権はどちらかというとかつ女にあるようだ、それは概略つぎの如く展開した。

「ああ――、へむ、ああくしは出戻りです、隠しだてはしません、そうですとも、三度ゆきましたが三度とも出て来ました、なんのひけめがありますか、くしゅん、からだは処女《むすめ》です」かつ女は太い指で一種のしぐさをする、「男というものは無知でみえ坊です、無計画で浪費者です、無思慮で怠け者です、無算当で欲を知りません、くしゅん、欠陥と弱点の集合です、いいえ黙ってて下さい、ああくしは三人の男で慥かめました、どうして良人と呼べますか、可笑《おか》しいくらいです、がー、へむ、へむ、貴方《あなた》のことを聞きました、幾らか望みがありそうです、ということはですね、いいですか、貴方はああくしの良人としての資格がありそうだという訳です」

「よくわかります、はっきりしてなにもかも明瞭《めいりよう》です」宮内は膝《ひざ》を乗出した、「そこで私のほうからもお断わりして置きますが、私は元来かなり倹約な生活を――」

「いいえお待ちなさい、いけません、大きな思いあがりです、へむ、倹約ですって、くしゅん、くっしゅん、倹、くしゅん」

かつ女は袂《たもと》からなにかの布切を出して洟《はな》をかむ、凄《すさ》まじい音である、天床と四壁にびんと反響し、門太などは耳がどうかして暫《しばら》くはなにも聞えなかった。彼女は続ける、「――御無礼しました、そこでですね、貴方はいま倹約と仰《おつ》しゃった、笑いたいくらいです、とんでもない、倹約とはですね、いいですか、へむ、倹約とは無駄を省くこと、生活から身のまわり一切の無駄を省き去ることです」

「いかにもお説のとおりです、私もそのために、――」

「いいえお待ちなさい、それなら伺いますがこの畳はなんでしょう」かつ女はその太い指で畳を突つき、検事のように宮内を睨《にら》んだ、「百二十年まえまでは武家では畳は敷きませんでした、へむ、現に水戸光圀《みつくに》公は生涯《しょうがい》板敷へ蒲《がま》の円座を敷いてお過しあそばされました、畳は草を編んだものです、色がやけ、擦切《すりき》れます、裏返しや表替えをしなければならない、それを貴方は敷いていらっしゃる、なんのためでしょう、くしゅん、へむ、まだまだです、とんでもない、倹約というのはですね、いいですか」

門太は頭がちらくらしてきたので、そっと廊下へぬけだした。よの女もすぐに追って来た、夫妻は庭へ下り、そのいちばん端までいって立停った。けれどもやはり聞えてくる、嗄れた太いがさがさしたかつ女の声が、「どういう訳です、なぜでしょう、無駄です、経済というものはとんでもない、いいですか、違います」などという風に、合間あいまにくしゅんとへむを混えながら、――よの女は身震いをした。

「あなた、わたくし脚気が起こりそうですわ」

「おれもだいぶ妙な具合だ」門太も頭をゆらゆらさせた、「夜中に魘《うな》されなければいいが」

縁談は纏《まと》まった。すべての作法は当人同志が定めた、仲人《なこうど》は見ていればよかった。当日になると花嫁は風呂敷包を背負い、父母に付添われて堂々と歩いて来た、招かれたのは飛田夫妻だけである。祝儀の膳《ぜん》は一汁一菜、それも花嫁自身で作り、花嫁自身で運び、花嫁自身で給仕をした。母親にもよの女にも、いっさい手出しをさせなかった。そして人々が箸《はし》を置くなり、さっさと自分で片づけた。

婚礼のあと暫く門太は近寄らなかった。

だが決して安心した訳ではない、安心どころか絶えず疑惧《ぎく》に悩まされた。「あなた大丈夫でしょうか」妻女もやはり心配らしい、「いちどいって容子《ようす》を見て来て下さいましな、わたくしなんだか胸騒ぎがして――」

「おれもそうは思うんだがね、うん、そう思ってはいるんだよ、然しねえ」

五

決心しては挫《くじ》け、思い立っては止し、ずいぶん迷ったあげくに門太はでかけていった。下僕《げぼく》に酒肴《しゆこう》を持たせ、妻からかつ女へ贈る白絹を持って、――どうせ酒になるだろうからと、でかけていった門太は、半刻もしないうちに帰って来た。

「いや心配するな、なんでもない」彼は着替えをしながら云った、「済まないが酒をつけて呉れ、話はそれからだ」

酒の膳が出来て坐った。門太は黙って四五杯ばかり飲んだが、

「いやとても話せない」と首を振った、「畳が無くなったことは想像がつくだろう、

きれいに無くなった、一枚もない、障子も骨だけだ、紙なしの素通しだ」
「まさかあなた、幾らなんでもまさか」
「なんのためです、という訳さ」門太は手酌《てじやく》で飲む、「健康には日光と風とおしが大切だ、障子はそれを二つとも閉出す、おまけに紙だから破れ易《やす》い、破ければ切貼《きりば》り、二年に一回は貼替えもしなければならない、なあーんのためです、という訳さ」
「わたくしまた足がむずむずしてきますわ」
「いや脚気になる値打はあるよ」門太はくすくす笑いだす、「考えられるかねよの、可哀《かわい》そうに宮内のやつ咳《せき》も満足にできないんだぜ」
「なにがお出来にならないんですって」
「咳だよ、ごほんごほん、こいつさ、これを止められたんだ、汚ない話だが唾《つば》を吐くこともいけない、なぜならばだな」門太はまた手酌でぐっとやる、「なぜなら、咳をごほんと一つやると卵なら一個半、飯なら五杯以上の精分が飛んじまうんだ」
「まあ――、どこから飛ぶんでしょう」
「おれに訊いたってしようがない、かつ女がそう云うんだ、また遠く唾吐くべからず、気減るッてさ、貝原益軒《かいばらえきけん》の養生訓にちゃんと書いてあるそうだ、勿論《もちろん》これもかつ女が云うんだ」

「あら厭《いや》ですわ、気が減るとどうなるんでしょう」
「益軒に訊けばいい、宮内はすぐ実践躬行《じっせんきゅうこう》した、なにしろ飛んじゃうとか減るとかいうことは我慢しないからな、それで旺《さか》んにへむとくしゅんをやっている」
「まあ――、あの方のが伝染《うつ》ったんですのね」
「いや教えたのさ、あれは咳を鼻へすかす技術なんだ、ごほんとやれば精分が飛ぶけれども、ああやって鼻へすかせば、……いや本当の話さ、嘘《うそ》を云ったってしようがない」
「それで宮内さまは御満足ですの」
「満足以上だね、礼を云われたよ、実にまたと得《え》難《がた》き嫁だってさ」門太はここで声をひそめる、「琴太郎はいないね、よし、――もう一つだけ話すが、二人はだね、……だとさ」
「なんですかまるで聞えませんですわ」
「よく聞かなくちゃいけない、いいか、あの夫婦はだね、結婚以来、――てんで、……ということだ」
「まあ――」
よの女は眼をまるくし、同時にぽっと赤くなる、「だってあなたそんな、――でもいったいなぜでしょう」

「子供が出来るからという訳さ、子供が生れれば喰《た》べるし着るし遣うというんだ、一文の足しにもならない、然《しか》も世間には人間が余ってる、なにもこのうえ自分たちが殖《ふ》やす義務はない、無駄だッという訳さ」

「でもそれならどうして」よの女は赤くなった顔で眩《まぶ》しそうに良人を見る、「――それならなんのために結婚などなすったんでしょう」

「考えないほうがいい、脚気になる」門太はこう云って三杯ばかり呷《あお》った、「もっとあるんだが止そう、話すだけでも頭がちらくらしてくる」

遮莫《さもあらばあれ》。無事におさまっていればこれに越したことはない、唯《ただ》一つの問題は借款《しゃっかん》の綱の切れたことだ。門太は酒飲みだが馬鹿でも白痴《こけ》でもない、かつ女の前には叔父甥の美わしい関係など七里けっぱいだということが歴然である。――しようがない、おつきあいにこっちも少しつめるさ。門太はこう思って無心にゆくことを諦《あきら》めた。然しそれだけで済むと思ったのは軽率だった。少し酒でも倹約しようと、殊勝なことを考えていると、或る日かつ女が独りで訪ねて来た。

「先日は祝儀を頂きましたから、その御返礼にあがりました」かつ女は鈍栗形の眼を炯々と光らせて云った、「ですがこんなことは虚礼にすぎません、贈られれば義理にでも返さなければならない、お互いに無駄です、やめましょう、おわかりですね、――ではお受取り下さい、御返礼です」

よの女は恥ずかしさの余り赤くなり、叱られた子供のようにおどおどと箱包を受けた。――かつ女はそこで門太のほうへ向直り、懐中から一通の書付を出してそこへ拡《ひろ》げた。

「へむ、ああ――飛田どのですね」

「さよう、ええ無論」門太はちらと自分の後ろを見た、逃げ道を捜すような眼つきである、「さ、さよう、正《まさ》に飛田門太です」

「なにも怖がることはありません、これを見て下さい」彼女はその太い指で書付をとんと突ついた、「十三年間に三百八十二両と二分一朱、ああたは鑓田からこれだけ借財をなすった、へむ、間違いないですね」

六

門太はそれからのち嚔《しゃっくり》におそわれるたびに、眼をつむってそのときのことを思いだす、その書付を見せられたときのことを、――するとどんな方法より的確に嚔はぴたと止るからふしぎだった。

「叔父どのと甥の仲ですから」かつ女は続ける、「決して利息は、へむ、頂戴《ちょうだい》しますまい、いいえお礼には及びません、が然し元金はです、この元金はですね、いいですか、月割三分ずつ返して頂きます、それとも壱両ずつにしますか」

「とんでもない、けっして、そ、それには及びません」

「へむ、そうでしょう、では三分ずつとして、ああくし名儀の証文を書いて頂きます、もちろん宮内は承知のうえですから」

　門太は十日あまり吃驚したような眼つきが直らなかった。肝臓だか膵臓《すいぞう》だかわからないが、なんでもそのへんが擽《くすぐ》ったいような痒《かゆ》いような気分で、おまけに毎晩つづけさまに鬼の夢をみた。よの女は悲嘆にくれ、絶望のあまり泣き続けた。

「月づき三分、どこからそんなお金を出したらいいのでしょう、どこから」こう云っては啜《すす》り泣く、「もうおしまいですわ、これまでだって足りないのですもの、――あの人は取りに来ます、あなた、どうしたらいいでしょう」

「とにかく、まず、あれだ、まずおれは酒をやめるよ」門太は自信のない口ぶりで云う、「それにその、宮内はおれの、甥だからな、あれは吝嗇だけれども、然し根はおれを好きなんだし」

「宮内さまになにが出来ますの、あの方はもう咳さえ満足になされないじゃございませんか」

門太は眼をつむって呻《うめ》く。さよう、愛すべき甥は、いまや咳を鼻へすかす、家は家で畳を剝《は》がれ、障子は素通しにされた、この叔父は三百なん十両という借金持ちになった。なぜだろう、以前はあんなにうまくいっていたのに、それこそ八方まるく納まっていたのに、うむ、……門太はもういちど呻く、なぜだろう。

この物語に「真説」と傍題した以上、この不愉快な厭らしい部分こそ詳述の要がある、この部分を省略することは、物語作者として無責任の謗《そし》りを免《まぬか》れないだろう、然し作者は詳述の省略を採る、なぜならかかる不愉快な厭らしさは、われ人ともに不愉快であり厭らしいからだ。そこでこの暗い時間が半年続いたこと、かつ女が毎月きちんと借金をはたりに来たこと、そのため敗戦以前であるにも拘《かかわ》らず飛田一家はたけのこ生活のやむなきに至ったこと、そのうえ鑓田家の忠節なる老家士、即ちかの矢礼節内を引取ったこと――というのは、食餌《しょくじ》と労働との言語を絶する相反的条件悪化により、老家士は生死関頭に立って飛田家へ出奔し来《きた》ったのである、「貴方さまも私にとってはもと御主人でございます」節内はこう云って泣いたと伝えられる、――そしてこの間、愛すべき甥はいちども叔父に顔を見せなかったこと、以上を記して暗黒時代にお別れと致す。

さて半年という月日が経《た》った。

或る日、――鐚田宮内が頓死《とんし》した。

正史に偽りなく真説に虚構はござらぬ、宮内は役所から帰って、着替えをしかけたとたん、うんと呻って頓死したのである。息をひきとる際に、「たたみ、たたみ」と云ったそうだ、かつ女は少しも騒がず、「いいえ大丈夫です、床板の上です」

こう答えたという。

「畳の上で死ぬことは武士の本分でないと申しますが、あなたは立派に武士の道を踏んで死ぬのです、御安心なさい立派な死に方です」

かつ女が烈女であったことは右の言葉で証明されるだろう。……当時の武家定法では、世継ぎのないうち当主が死ぬと家名断絶である、妻には相続権がないから実家の戸籍に戻る訳だ。むろん便法ぬけ道のないことはないが、悪評満々たる鐚田宮内のことで、そんな心配をするものがなかったのだ。……烈女は実家から持って来た物を風呂敷に包んで、また自分で背負って、歩いて実家へ帰っていった。いやまっすぐにではない、かつ女は寄り道をした、飛田家へたち寄って門太に面会を求めた。

「念のために申上げますがね」彼女は門太にこう云った、「鐚田は断絶しましたが、然しなにもかも帳消しになった訳じゃありません、あなたの借金は残ってます、いいですか、あの証文はああくしの名義ですから、おわかりですね、月末には来ます」

門太が甥の頓死をどんなに悲しんだかお察しがつくだろうか。彼は心から、さめざめと男泣きに、泣きました。尤《もつと》もそれほど長く泣いていた訳ではない、彼には重要な仕事が待っていた、それは鑓田の家財整理ということである。

七

家名断絶は財物公収を兼ねる。門太はその整理をするために五日あまり鑓田へ泊り込んだ、世間は喝采《かつさい》した、快哉《かいさい》の拍手をした、「いいきみじゃないか、食う物も食わずに貯めこんだのを、ごっそりお上《かみ》へ没収だ」「吝嗇漢のいいみせしめさ、その点では名が残るよ」云々《うんぬん》という類《たぐい》である。

財物公収の日となった、大目付佐田四郎が主任検視で、勘定方元締の数尾《かずお》主税《ちから》が副《そえ》役《やく》である。主税は門太の上役である。……積出しは午前十時から始まって午後五時に及んだ、これには勘定方の者が五人がかりで、実に七時間三十五分を要したという。

——ところでその貯蓄金の中から意外なものが出て来た、主任検視の佐田殿がみつけたのであるが、奉書紙に「上《じよう》」と書いた遺書なのである、佐田殿は数尾主税を片隅《かたすみ》へ呼んだ。

「こんな物が出てまいった、上と書いてあるが遺書のように思う、どうだろう披見《ひけん》してみてよかろうか」

「御検視ですから差支えございますまい」

佐田殿は主税を立会人にしてそれを披《ひら》いた。正《まさ》しく遺書に違いない、それは墨痕《ぼっこん》鮮やかに、まず藩家の恩を謝し自分の不勤を詫びて、次のような意味へと続いていた。

――自分の吝嗇は己れのためではない、三百五十石の武士が倹約にすればこれだけの貯蓄《たくわえ》ができる、その事実を示したかったのである、自分亡《な》き後は生涯の蓄財をあげてお上へ献上する覚悟だ、不勤な自分にとって忠節の一つだと信ずる。

これは思いもよらぬ告白だ。主税も読んで眼を瞠《みは》り、もういちど読んで主任検視の顔を見た。忠節という字がある以上は棄てては置けない、家財積出しを中止させ、佐田殿は城へ馬を飛ばさせた。――果然、事情は逆転するようでござる、半刻ほどすると城から急使が来た、財物公収は停止、積出した物は戻せとある、そして門太に保管の命が下った。

藩侯は重臣会議を召集された。遺書の内容は一般に公開され、吝嗇漢の看板は「武士の亀鑑《きかん》」と塗替えられた。

「おれはそう思ったよ」人びとは感に耐えてこう云い合った、「あの男が訳もなく吝嗇である筈《はず》がない、おれは蔭《かげ》ながらにらんでいたのさ、これは仔細《しさい》があるッてさ」
「今だから云うがおれは鑓田の肚《はら》を知っていたよ、おれはね」
「あいつは人物だった、おれは断言するが鑓田は人物だった、我が藩家創業以来随一の人物だ」

云々というありさまである。——御前重臣会議に於《おい》ては重大な決議がなされた、即ちかかる忠烈の士は長く藩史に遺《のこ》して模範とすべきである、然りとすれば鑓田を断絶させるのは正当ではない、宜《よろ》しくその血筋をあげて家名の存続を計るべきだ。誰にも異議はない、みんな双手《もろて》を挙げて賛成した。そこで血筋の詮議《せんぎ》をすると、門太が最も適格である、彼は飛田家を継いでいるが、琴太郎という男子があるから、飛田はこれに継がせ、門太は戻って鑓田の家名を相続するがいい、ということに決定した。……お声がかりである、琴太郎は成人するまで養育するということで、夫妻は鑓田家へ引移っていった。

最早《もはや》たけのこ生活は終った、かつ女へは遺産の分配の意味として、三百余両の金をすっかり返した門太は今や鑓田家三百五十石と共に、甥の遺した巨額の資産を相続したのである。……移ってから七日めに、門太は知己友人を招いて盛大な相続披露《ひろう》の酒宴をひらいた。

その酒宴もたけなわの頃《ころ》、勘定方元締の数尾主税が来て、にやにや笑いながら、「千慮の一失だね」と門太に囁《ささや》いた。

「あの遺言状さ、あれほどの吝嗇が奉書紙という贅沢《ぜいたく》な紙を使うのはおかしい、そう思わないかね、——いや云う必要はない」主税はにっこりと笑う、「私は字をみてすぐにわかった、そして合点した、其許《そこもと》は鐺田を可愛《かわい》がっていたからな、あんな悪評を負わせたままで死なせたくなかった気持、私にそれがよくわかったよ、さすがに叔父甥だ、こう思ってね、涙がでそうで困ったよ」

「始めは迷いました」門太はこう答えた、「世を欺《あざむ》くことですからね、然し家中の武士に吝嗇漢がいたということはいけません、これは藩として威張れることではない、こう考えたのです、それに仰しゃるとおり、——あれは私にだけはよくして呉れました、私にはまことにいい甥でした、せめて死後の名だけは武士らしくしてやりたかったのです」

「まことに」主税は頷《うなず》いた、「——まことに」

（「新読物」昭和二十三年六月号）

百足ちがい

一

江戸の上邸《かみやしき》へ着任した秋成《あきしげ》又四郎は、その当座かなり迷惑なおもいをさせられた。用もないのにいろいろな人が話しかける。役部屋にいると覗《のぞ》きに来る者がある。御殿の出仕《しゅっし》にも退出にも、歩いていると通りすがりの者が、すれちがいざま同伴者に、

「あれだあれだ、あれだよ、百足《むかで》ちがい」

などと囁《ささや》く。するとその同伴者が、

「あれかい、へえ、そうかい、あんな男が」

などというのが聞えるのである。

また彼は勘調所出仕であるが、それとはまったく関係のない役所の、奉行《ぶぎょう》とか、元締とか、頭取などという人たちによく呼ばれた。べっして用事があるわけではない、見るような見ないような、さりげない妙な眼《め》つきでこちらを眺《なが》めまわし、

「国許《くにもと》のほうはどういうぐあいのものか、そこは種々《いろいろ》となにもあるだろうが、自分もいちどはいってみたいと思うが、どんなものか」

まるで愚にもつかないような質問をして、それからなにやら一家言めいたことを述

べて、ではまた、などというのが終りであった。

勘調所は老職総務部に属し、政治の監査と、藩主の諮問《しもん》機関を兼ねている。又四郎はその記録係の責任者であるが、五人いる下僚たちからも、当分のあいだ悩まされた。かれらはそれほどひねくれた人間ではないらしいが、下僚根性は多分にあった。又四郎がなにか命ずると、実に巧みにわからないふうをよそおう。

「はあ、どれそれを、……はあ、なんですか」こんなぐあいにきき返す、なんどもきき返し、お互い同志で眼を見交わし、首を捻《ひね》り、またきき返して、ようやくわかると、

「ああそうですか、そういうことですか、それでわかりました」

　そしてなあんだという顔をするのであった。

総務部では五日に一回ずつ重臣の寄合がある、これは定例の茶話会のようなもので、年度更《がわ》りとか、なにか重要な懸案のない限り、雑談をして二時間ばかりで解散になるが、そのときは勘調所の各課から、司書と呼ばれる責任者が出てそれに加わる。……ただ陪席するだけで、たいていおえら方のつまらない座談を聞くばかりだが、ここでも又四郎はずいぶん辛抱しなければならなかった。

　重臣たちの多くは、四十から六十くらいの甲羅《こうら》をへた連中で、みんななかなかあつかましい。それらが多かれ少なかれ又四郎に興味をもっているらしく、まことに益もな

いことを話しかける。

「おまえのことは知っておる、うん、又四郎か、なかなか人物だということだが、慢心はいかんぞ、人間万事慢心はよくない、だがまあ、なんだ、うん、遊びにまいれ」

「ひとつ精を出すんじゃな、はっはっは、国許と江戸とは違《ちご》うて、江戸というものは、そこは一概にはいえないけれども、これを要するに国許とは格別なもんじゃ、論より証拠、江戸は天下のお膝元《ひざもと》じゃ、はっはっは」

そしてしまいには遊びにまいれという。中島仲左衛門、倉重六郎兵衛《くらしげろくろべえ》、梅永《うめなが》千助、巨井内蔵助《おおいくらのすけ》などという人々が、なかでも「なになにじゃ、はっはっは」という倉重老と、しきりに話のなかへ「うん」を入れる梅永老が厄介《やっかい》な存在であった。

以上は勤め関係のほうであるが、これは時期が経《た》つにしたがってこちらも慣れ、先方の好奇心も減退していった。しかし寄宿先では、べつに、それ以上に困惑すべき相手があって、又四郎の立場としては相当程度にねをあげざるを得なかった。……というのが、彼にはまだ住宅がないので、五正《ごじょう》作左衛門という勘定奉行の家に寄宿した。お小屋が空きしだい移る筈《はず》であるが、空きそうな住宅もなさそうだし、二十六歳の独身者なので、当分は五正家に置かれるものらしい。尤《もっと》も母屋《おもや》とは別棟になった茶室のような離れで、食事も運んで来て呉《く》れるし、身のまわりの世話はすべてやって呉れるので、その点はまあ便益があった。

五正家には定次郎という男子と、みつ枝という十六になる娘がいた。定次郎は学問好きで、顔が合うと挨拶《あいさつ》するくらいだし、作左衛門はこれはもう勘定一方の、家人と話をする暇もないという人で、どちらも彼とは殆《ほと》んど関係がなかった。……しかし主婦の素女《もとじょ》とみつ枝、なかんずくみつ枝であるが、この令嬢は又四郎が在宅する限りそばに付いていて離れない。出仕のとき退出のときの着替え、食事のあげさげ、すべて彼女がやって呉れる。夕餉《ゆうげ》のあとで「ごめんあそあせ」などと云《い》って来て、――初めは母親もいっしょだったが、――こちらが断わりを云わなければ十一時でも十二時でも話しこんで帰らない、これには又四郎は正直のところ兜《かぶと》をぬいだ。

「わたくし貴方《あなた》のことをよく存じあげていますわ、いろいろなことを、これで貴方がうちへいらっしゃると聞いてとびあがってよろこびましたの、むか……いいえ、秋成又四郎さまがいらっしゃる、まあうれしいって、本当にとびあがってよろこびましたのよ」

そもそもからそんな調子であった。

二

みつ枝は背丈は高くない、五尺そこそこであろう。だがそれほど小さくはみえない。腰まわりが恰好《かっこう》よく発達している割に、手足のさきが緊《しま》って小さく、頭部も小さく、その頭部にある眼鼻だちがまた中央に寄っている。悪口を云えばちんくしゃ的であるが、褒《ほ》めて云えば愛嬌《あいきょう》たっぷりで、特に眼と唇《くちびる》が吸いつきたいように愛らしい。

「ちょっとお立ちになって、ちょっと、なにも致しはしませんから、ねえ、お立ちになってよ」彼を立たせて、自分が脇《わき》へぴったりと身を倚《よ》せて立って、ふり仰いで眼をまるくする、「まあずいぶん違うのね、秋成さまはお立派ねえ、わたくしこんなにちび、恥ずかしいわ」

要するに背較《せいくら》べで、又四郎としてはくさらざるを得ない。背較べだけではない、足と足を押しつけて較べたり、手の平と手の平を合わせて較べたりする。これを幾たびとなく繰り返して、そのたびに眼をくるくるさせて「まあ驚いた」と云って顔をきらきらさせるのであった。

――いったい江戸では子女の教育方針について、どのような基準があるのであろうか。

又四郎はしばしばこう思ったくらいである。

「わたくし千本松のお話知っていますわ」或《あ》る夕餉のとき、給仕をしながらみつ枝がこう云って、肩を竦《すく》めて、くすっと笑って、いたずらそうな眼でこちらを見た、「三月経ってからいらしったのでしょう、御馬廻《まわ》りと扈従《こしょう》組の喧嘩《けんか》に、……両方から三十人ずつも出て決闘をしたんですってね、貴方はそのとき三月も経ってから、ほほほほ」

袂《たもと》で口を押えて笑うので、又四郎は憮然《ぶぜん》として、食物を嚙《か》むのをやめた。

「なにか怒ることがあっても貴方はそのときはがまんなさるのですってね、ずいぶんがまんして、そうして相手が忘れたころになって、がまんが切れて、それからお怒りにいらっしゃるのですってね、わたくしちゃんと聞いてますわ」

「——いや、そうではないのです、そのときはべつに、怒りにゆくわけではないのです」

「あらあ、わたくし聞きましたわよ」

「誤伝です、そうではないのですよ」

「では、ではそのとき」みつ枝は大いに興味を唆《そそ》られるらしい、「——そのとき怒らないでなにをしにいらっしゃいますの」

「——そこは、それは、簡単には云えません、しかし……茶を下さい」

又四郎は辛《かろ》うじて躱《たい》を躱《かわ》すのであった。だがみつ枝は一般よりも好奇心の強い性分らしく、こちらが躱を躱そうと、かえりみて他を云おうと、めげずたゆまずつきまとい、絶えず新鮮な愛らしい表情で話しかけ、質問を繰り返した。

「ほほ、ごめんあそあせ、貴方には百足ちがいという綽名《あだな》があるそうですけれど、それはどういう故事から出たのでございますか」

「——うう、私は、それは……」

「もしかしたらそれは百足とげじげじをお間違えにでもなったんですか」

このときは彼は娘の顔を見た。

「あなたは、その、たいへん、……いろいろなことをご存じのようですが、いったい、そのどこから、……うう、どうしてそんなことを知っておいでになるのですか」

「あらもちろん赤井さまからうかがったんですわ、石谷さまや双木《もろき》さまからも、……三人とも御親友なのですってね、御勤番ちゅうたびたびいらしって、秋成さまのお噂《うわさ》をよくなさいましたわ、ですからこの上邸で貴方のことを知らない方はないでしょうけれど、いちばんよく存じあげているのはわたくしよ、わたくしなにもかもうかがいましたの、お三人が同じ事を五度仰《たびおっ》しゃるまでゆるしてさしあげなかったのですから」

又四郎としては挨拶の言葉に窮した。赤井喜兵衛、石谷堅之助、双木文造、三人ともいちおう親友である。かれらは三年まえに江戸詰になり、又四郎といれちがいに国許へ帰ってきた。かれらは又四郎のことをよく知っている、かれらが三人で話したとすれば、……なかんずく赤井喜兵衛は話を面白くする点で達人ともいうべき才をもっているから、これはもはやじたばたしてもしようがない。

——そうか、うう、赤井のやつが、……それでわかった、うう、よくわかった。

彼は納得をして、唸《うな》った。着任以来、周囲の人々がなぜあんなに自分に関心をもったか、関係もなく用もないのに、なぜ人が自分を呼んで話しかけたりつまらないような質問をしたか、初めて又四郎にはわかったのである。

「百足ちがいというのはですね、それは誤伝です、要約すると、私に関する話は、うう、概してそういうふうに誤って伝えられているようで、多少はこれは迷惑なんで」

「あらあ間違いですの、あらいやだ、間違いでしたの、まあいやだ」みつ枝は愛らしく眼をくるくるさせる、「——では百足ちがいのどこが違いますの、本当はなにちがいなんですの」

「——うう、それはですね、百足ではない、……百足、……それは多分その、字、手紙かなにかで間違えたと思うんですが、百足ではなく、ひゃくあしちがいというわけです」

「あらいやだ、どうしましょう、ほほほ、すると駆けっこでもなすったんですのね」

「――いやそうではないのです、駆けっこではない、うう、しかしこれは、また、いつか話します」

又四郎は手の甲で額の汗を拭《ふ》いた。

いつか話す。彼の本心としては逃げを打ったのであるが、そんなことではぐらかされる相手ではなかった。膝詰めである、うっかりすれば腋《わき》の下を擽《くすぐ》りかねない。こういう点にかけては、由来、男は女性の敵ではないのである。というしだいで、又四郎はやがて自分の生立《おいたち》について、みつ枝の満足するまで話さなければならなかった。

彼の父は秋成又左衛門といって、身分は寄合、運上所元締《うんじょうしょもとじめ》をしていた。又四郎は父が四十歳のとき生れた一人息子である。又左衛門は稀《まれ》にみる性急《せっかち》な人で、「せかちぼ」という綽名があった。せっかちん坊というのを縮めたものであって、畢竟《ひっきょう》するに綽名まで縮められるくらいせっかちだったわけで、そのために種々《いろいろ》と失敗をやり後悔することが多かった。

――これではいかん、絶対にいかん。

又左衛門は又四郎が生れたときに、その赤児《あかご》の寝顔を眺めながら考えた。

――伜《せがれ》だけは沈着な人間に育てよう。

気のながい、寧《むし》ろぐずなくらいな乳母《うば》を捜して与え、五歳になると早速、太虚寺《たいきょじ》という禅寺《ぜんでら》へ預けた。といっても坊主《ぼうず》にするつもりではない、寺の住持の雪海和尚《せっかいおしょう》に養育を頼んだわけである。

和尚はそのとき六十七くらいで、信じられないくらい肥満し、いつも酒の匂《にお》いをぷんぷんさせていた。若いころ支那《しな》へ渡り、広東《カントン》韶州《しょうしゅう》の雲門山《うんもんざん》で二十年も修業し、その道では人がよもやと思うくらいの師家《しか》だという。たぶんそのためだろう、俗眼で見ると徹底的な怠け者で、年がら年じゅうなんにもしない、檀家《だんか》の人々がお説法を聴きたいと云って来ると、肱枕《ひじまくら》で寝ころんだままこう答える。

「人間は死ぬまでは生きるだよ、なんにも心配することたあねえだよ」

そうして酒臭いげっぷをするだけである。また不幸があって招かれても決してゆかない。

「死んじめえばそれでおしめえだよ、おらがいってもしょあんめえ、じゃあ、まあお布施《ふせ》でもたんまり持って来るだね、お釈迦《しゃか》さまのほうへはおらがよろしく云っとくだから」

お勤めなんぞはしたためしがないし、法要があっても自分ではお経を読まない。

「お経はむずかしくってねえよ、そのうちに読みかたあ習うべえさ」

こう云うのが常のことで、さすがに本場修業だけのことはあると、檀家の人々は舌を巻いて、信仰ますます篤《あつ》いということだった。又四郎はその和尚に預けられたわけで、和尚としては又左衛門の頼みの趣意をよく了解したらしい、それにどうやら又四郎が好きでもあったとみえ、その訓育ぶりにはかなりな程度まで身を入れたものである。

「せくこたあねえだよ、せくこたあ、……どたばたしたってよ、春が来ねえばさ、花あ咲かねえちゅうこんだ、おちつくだよ」

それから哲学を述べた。

「世の中あすべて参だてば」

肱枕をしてこう云うのである。

「――天地人で参よ、火と水と空気、この参が集まって出来たが参千世界だあ、飯を食うにゃあ膳《ぜん》と茶碗《ちゃわん》と箸《はし》、天にゃあ日と月と星だべさ、人間は冠婚葬、男と女が夫婦になって子がひり出るだあ、作る者がいて売る者がいて買う者がいる、顔にゃあ眼と鼻と口と、……耳はこれあ別だてば、耳なんぞは、こんなものあへえ有るから有るようなもんの、まあそれあ、有れば有るでまあいいけれども、……まあそういったわけのもんだ」

　人生すべて「参」という説、これを又四郎は曖気《おくび》の出るほど教えこまれた。

「この世にゃあへえ、男が本気になって怒るようなこたあ、から一つもねえだよ、怒ると腎《じん》の臓が草臥《くたび》れるだ、いちど怒ると時間にして一刻《いっとき》が命を減らすだあ、おらが証人、怒りっぽい人間はみんな早死だてば」

　合の手に土瓶《どびん》の口から冷酒を飲む。もちろん横になったままで、それからげっぷをして、肱枕の腕を替えて、ということは寝返りをうつわけで、こんどは又四郎のほうへ巨大な背中を向けて、欠伸《あくび》をして続ける。

「どんなことがあってもへえ怒るじゃあねえ、仮に誰かがおめえをぶっくらわすとすべえ、なんにもしねえによ、いきなりぶっくらわされるだあ、そんなときでも怒っちゃあなんねえ、家へ帰《けえ》って三日がまんするだあ、いいだな、三日、……それでもまだ肚《はら》がおさまらねえだら、三十日がまんするだあ、三十日して肚がいえねえだら三月よ、それから三年までがまんしてみて、それでもまだ承知できねえときは、……そんときはゆくがいいだ、そのぶっくらわした者のとけへよ、なあ、そいつのとけへいってきくだあ、どうしてあのときおらをぶっくらわしたか、その魂胆がききてえってよ、おらが証人、それでてえげえのこたあ、おさまるだあよ」

三

なにごとにもがまん、せくな騒ぐな、じたばたするなという。三日、三十日、三月、三年。ここでもまた「参」つなぎの処世訓を骨の髄まで敲《たた》きこまれたのであった。

雪海和尚の養育法による効果であるか、それとも又四郎自身にそういう素質があったものか、やがて彼には「百足《ひゃくあし》ちがい」という定評がつけられた。世間でよく、ひと足ちがいだったねえ、などということを云うが、それが彼のばあいはいつも「百足ちがう」というわけで、つまるところまにあわない、用が足りないという意味なのである。

彼は十二歳のとき赤井喜兵衛に鼻を捻《ねじ》られた。遊び仲間の少年たちの見ている前のことで、彼は或る程度以上に恥ずかしかったし、かなり屈辱的な感じをうけた。だが彼は和尚の教訓を守った。そうして三年がまんしたうえ、なお承服しかねたので、喜兵衛を訪ねて質問した。

「おまえどうしておれの鼻を捻ったのかね」

「——おまえの鼻を、おれが……」喜兵衛は眼をまるくした、「——いったいそれは

「なんのことだ」

「なんのことかわからないから来たんだ」

又四郎はむろんまじめである。喜兵衛は彼の云い分を聞いた、そしてそれが今から三年まえの、みんなで竹馬遊びをしていたときのことだと説明されてびっくりし、今日までがまんしたが、どうしても堪忍《かんにん》できない気持なので、やむなくその意趣のほどを知りたくて来た、と聞いてもういちどびっくりした。喜兵衛は唸った、……鼻を捻ったことはよくは覚えていなかったが、今でも又四郎のにえきらない態度には苛々《いらいら》させられているので、そのくらいのことはしたかも知れないと思う、だがそれをがまんにがまんしたうえ、三年も過ぎた今日になってその意趣をききに来たとは。……喜兵衛は唸り、感に堪え、そうして又四郎の前に頭を下げて云った。

「おれには意趣もなにもない、そんな記憶もない、だがたぶんおまえの鼻を捻ったことは本当だろう、勘弁して呉れ、おれはお先走りの軽薄者だった、これからは気をつける、そしておまえの友として恥ずかしくない人間になってみせる」

双木文造や石谷堅之助とも、ほぼ同様なゆくたてがあった。そうして赤井をいれてこの三人と、親友の盟《ちかい》をむすんだのである。次に千本松の件であるが、又四郎が十九歳になったとき、馬廻りの青年たちと、かれら扈従組とのあいだに紛争が起こり、それが景気よくこじれて、ついに両者の団体的決闘ということになった。

「明日の朝五時、亀島の千本松へ集まれ」

又四郎はこういう伝達を受けた。理由も経過も概略わかっていたが、彼はとりあえず熟慮にとりかかった。当時すでに父は亡《な》くなり、母一人子一人であったが、もちろんそのためにどうこうというのではない、雪海和尚の教訓を実践したわけで、しかし事が事であるから他のばあいほど時間にゆとりがなく、三月めになって断行の決心をした。そこで入念に身支度をしたうえ赤井喜兵衛のところへでかけてゆくと、喜兵衛はよろこんで、

「よう暫《しばら》くだな、どうした」

などと暢気《のんき》なことを云った。

「うん決心がついた、おれもやるよ――」

「――おれもやるって……なにを」

「なにをって、……むろん千本松の件さ、馬廻りのれんちゅうと例のことをやる件さ、おまえ知らないのか」

「――ええと、まあ掛けないか」

喜兵衛はこう云って自分から縁側へ腰を掛けた。

又四郎は聞いた。例の集団決闘は三月まえに済んでいた。両方に三四人ずつ負傷者が出たところを、両方の支配役が馬で駆けつけて中止を命じ、両方とも主謀者は五十日、他の者は三十日の謹慎という罰をくった。喜兵衛は主謀者の一人なので、このほどようやく謹慎が解けたところだ、ということであった。

そのとき又四郎がどんなに当惑したか、それは彼自身よりほかに知ることはできない。喜兵衛の話を聞き終ると、彼はやや暫くなにか考えていた。

「――すると、あれだね、……うう、つまりもう、みんな済んだわけだね」

「まあ済んだわけだね」

「――すると、つまり、もうその、千本松へゆく必要は、うう、ないわけだ」

「まあそうだろうね」

又四郎はそろそろと縁側から腰をあげた。だがそのまま帰るのもぐあいが悪い、喜兵衛は気まずく思っているかも知れない。そこで眺《なが》めまわすと、「赤井の柚子《ゆず》」といわれるくらい巨《おお》きな柚子がたくさん生《な》っていた。樹《き》が巨きいので枝も高い、又四郎は救われたように微笑して、そっちを指さしながらきいた。

「あの柚子は、採るときには、三叉《さんまた》で採るかね、それともまた、梯子《はしご》など掛けて……」

だが喜兵衛はもうそこにいなかった。又四郎は暫く待ってみたのち、漠然《ばくぜん》と別れの身振りをして赤井家を辞した。そうして門外へ出ると、そこでつくづく嘆じたのであった。

「——みんないそがしいことだなあ」

又四郎が身の上ばなしをここまで進めるのに、約一年の時日を要した。むろんこの間《かん》ずっとみつ枝に督励されてのことであるが、話がここへ来たとき、みつ枝は毎々のことながら眼をくるくるさせて、感に打たれて、かなりな程度情熱的に膝をすり寄せた。

「わたくし貴方のこういうお話だあい好き、胸のここのところが熱くなってきますわ、それからどうなさいましたの」

「——おどろいたわけです」手の甲で額を拭きながら彼は云った、「——なにしろですね、私が熟考しているあいだに、かれらはというと、すでに団体的決闘をやり、支配役に差止められ、処罰され、主謀者は五十日の謹慎を命ぜられ、その謹慎も終っていた、……こういうわけでしょう、これだけのことがですね、私の熟慮しているあいだに経過し、完了していた、要するに、私としてはおどろいたわけです」

「わたくし赤井さまたちのほうがもっとお驚きになったと思いますわ、きっとそういうところから百足ちがいなどということが出たんですのね」

「——つまり、かれらとしても、そのくらいのことを云わなければです、うう、そこはやっぱり、肚《はら》がおさまらなかったでしょうなあ」

同じような例はいくらでもある。しかしそれを紹介する暇はない。彼は悠々《ゆうゆう》と成長していった。「参」つなぎの処世法は慥《たし》かに一徳があって、この教訓を守る限り、彼のばあいには紛争も喧嘩も起こらなかった。その点は証明してもいいけれども、反面には不都合がないわけでもなかった。というのが、友達や周囲の者は——それだけの才もあるのだろうが、——ずんずん出世してゆくのに、又四郎ひとりだけはいつまでも平《ひら》の扈従《こしょう》組で、誰もひきたてて呉れる者がない。身分は代々の寄合で、家格は相当なものだし、食禄《しょくろく》も四百石あまり、祖父は勘定奉行を勤めた。……父の又左衛門は「せかちぼ」のため運上元締で終ったが、彼は沈着泰然としている。親類のなかには重職もいるので、そこはなんとか考えて呉れる筈《はず》なのに誰も手をさしのべて来る者がなかった。

——みんなはおれを忘れているのかもしれない。

又四郎はこう思った。母もそこが心配だったとみえ、もっと親類や権威筋へ顔出しするようにといった。彼は母の忠言を尤《もっと》もであると頷《うなず》いて、それぞれ思わしい方面へできるだけ顔出しをするように努めたのであるが、総合したところは松家《まついえ》おかね嬢を知ったのが、収穫といえば唯一《ゆいいつ》の収穫でしかなかった。

「あらちょっと、ちょっとお待ちになって」

この話のときにはみつ枝はやや色をなした。それは一般に若い妻が良人《おっと》のポケットから女名前の手紙を発見したときの挙動に似ていた。

「そのまちかねえという方、なんですの、女の方なのでしょ、どんな方、もちろん若い方でしょ、おきれいにちがいありませんわね、御親類とか従兄妹《いとこ》とか、貴方とどんな関係がおありですの」

「それはです、まちかねではないのです、正確には松家おかねというのですが、この人については、うう、また次に話すとしましょう」

ともかく、各方面へ顔を出してみた結果、人々が彼を忘れているのではなく、彼が「百足ちがい」であるために、誰も責任を負って推薦する勇気がない、ということがわかった。

——彼はまにあわない、用が足りない。

こういう定評があり、しかも現に幾多の実績を持っている。というのは、つづめていえば「参」つなぎの処世法によるのであって、ここにおいて又四郎としては或る程度の疑惧《ぎく》をもたざるを得なくなった。そこで太虚寺の雪海和尚を訪《たず》ねて、その点を敲《たた》いてみた。……和尚はすでに八十八歳になっていたが、ますます健康で、日に二升の酒を飲み、冬は猪鹿《ししか》の類、夏は鯉鰻《こいうなぎ》を欠かさず喰《た》べ、相変らず方丈《ほうじょう》に寝そべって、肱《ひじ》枕《まくら》をしながら酒臭い息を吐いていた。

「あれほどおらが教《おせ》えたによ、もうそんねなことといって来るようじゃしょあんめえじゃあ」和尚はこういってげっぷをした、「それがへえじたばたのせかせかちゅうこんだ、みんなが出世する、……したかあするがいいだ、なに構うべえ、みんなはみんな、おめえはおめえよ、……人それぞれ世はさまざま、宰相《さいしょう》もいれば駕舁《かごか》きもいるだあ、桜の枝に夕顔は……それはまあ蔓《つる》を絡《から》ませれば咲くだあけれど、梅の枝にゃへえ桃は咲かねえもんだあよ」

「——ではその、そういうことでしたら、従前どおりやっていって、いいのでございますか」

「おらが証人、それでいいだともさ」それから和尚はこっちを見て、こっちの顔を珍しそうに眺めて、そうしていった、「まあなんだ、三十まじゃあがまんするだね、嫁っ子を貰《もら》うも、出世をするもよ、……おめえの顔にそう出てえるだ、これあへえ諍《あらそ》えねえこんだからねえ、そうすれあ……」

身の上ばなしがあらまし終ったのは二年めに近いころであった。

四

「初めからもういちどお聞かせになってよ」

みつ枝はそうせがんだ。彼女はまえにも、赤井や石谷や双木たちに、又四郎の話を各自に五遍ずつ話させたという。これは母の胎内からもって生れた性癖らしい、……一種の不可抗力なので、又四郎もやむなく補足的にもういちど身の上を話した。

彼はこんどはまえのときより時間をかけた。それは松家おかねの件にかかるまえに、江戸勤番を終るようにしたかったからである。……役目のほうは依然として可もなく不可もなく、平々凡々たるものであった。下僚の者たちは意地悪をしないが、それはする張合《はりあい》がなくなったものらしい。重臣れんちゅうももう呼びもしないし、話しかけもしない、遊びにまいれなどとは誰もいわない。名所見物などもしたいとは思うが、独りでは気がすすまないし、誘って呉れる者もない。そこでしぜんみつ枝嬢のとりこになる順序なのだが、……彼に対するみつ枝の関心、ないしその挙措《きょそ》言動はいよいよ親密になり、ときに甚《はなは》だ濃艶《のうえん》を呈するようになった。

「わたくし貴方《あなた》のことをすっかり知りたいんですの、なにもかも、これっぽっちの事も残らず、ありったけ知りたいんですの」こういうかと思うと、また恍惚《うっとり》としたような眼で彼を見あげ、躯《からだ》じゅうが恍惚となったような声音でいった、「わたくしたち、もう身も心も、ぴったりといっしょですわねえ」

こういう表現はどちらかというと穏やかでない。又四郎としてはできるだけ無邪気な角度でうけいれることに努めているのだが、それでもかなりたじたじとならざるを得なかった。

――だがもう暫くの辛抱。

彼はこう自制した。勤番の期限はもうすぐに切れる、もう少しの辛抱。それまでは事を荒立てる必要はない、相手もまだわけのわからぬ娘のことであるから、……こう思っていたのであるが、驚いたことには、二十九歳になる藩主の側《そば》へあげられ、御用係心得を命ぜられた。これは妙な人事であった。その藩の職制によれば、勘調所出仕は奉行役方面へ進む筈で、御用係はまったく系統外れである。……彼としてはかなりな失望であった、もしかすると人ちがいではないかと思い、辞令の出たとき当該老職にきいてみた。

「うん、わしもその点ちょっと気になるのだが」梅永千助老も腑《ふ》におちないような顔をした、「しかしともかくも、これは上意である、うん、上意であるからには、そこ

は、そこはともかくお受けをして、万一その間違いであったならばだ、そのときはまあそのとき……わしもたぶん殿のお考えちがいだろうとは思うが、まあしようがないだろう」

甚だ心ぼそい挨拶《あいさつ》で、梅永老職にすればそんなことはどっちでもいいじゃないかというわけらしい。

――これは驚いた、せっかく勘調所の司書までこぎつけたのに、また新規蒔《ま》きなおしとは驚いた。

又四郎はここでもういちど雪海和尚を怨《うら》めしく思い、「参」つなぎの処世訓に疑惧の念をいだいて、独りこう呟《つぶや》いたくらいであった。

「――ことによるとあれは、単におせっかいな坊主だったのかしれない」

ところが唯《ただ》一人、五正家《ごじょうけ》のみつ枝嬢だけは意見が違っていた。彼女は歓《よろこ》びの余り昂《こう》奮《ふん》し、母と自分の心づくしであるといって、尾頭《おかしら》付きの膳に酒を添えて祝って呉れた。

「いよいよ御出世の時がまいりましたわね、御用係といえば殿さまのお側勤めでしょ、きっとすぐお眼にとまって、大事な役を仰付《おおせつ》けられるにきまっていますわ」

「あなたはなにもご存じないのです」彼はこういいかけた、しかし弁解してもむだだと思い、溜息《ためいき》をついていった、「――しかし、まあとにかく、それはそれとして、私はこの秋には、国許《くにもと》へ帰れると思っていたんですがね」

「あらどうしてですの」

「——どうしてって、……だってこの秋で、勤番の期限が、私は切れるんですから」

「あら、そうすればそれで、お帰りになるんですの」

「——だって、それは、……どうしてですか」

「どうしてって、なにがどうしてですの」

みつ枝は頬《ほお》を赤くし、愛らしい眼をいっぱいにみひらいて、真正面からしんけんにこちらを見まもった。又四郎は窮した。この種の含みのある言葉のやりとりは、彼には元来がにがてである、それでさりげなく話題を変えようとしたが、女性の敏感でいち早くみつ枝はその先手を打った。

「だってもし貴方が予定どおり帰国なさるおつもりなのでしたら、もうあの話を父か母にして下さっていなければならない筈ですわ」

「あの話、……っていうと、つまり、それは」

「もちろんあの話ですわよ、いやですわ、ご存じのくせに」

こういってみつ枝嬢はもう何割かしら頬を赤くした。又四郎は彼女のほのめかすものがなんであるか、朧《おぼ》ろげに了解し、これは比較的にいって問題が軽くないと思った。

しかし彼はまたすぐに、かかるさきぐりが相手を侮辱するものであることに気づき、非常な勇気をふるい起こして反問した。

「――間違ったら、その、お赦《ゆる》しを願いたいのですが、そのう、ですねえ、今の、……そのお話というのは、つまるところ、縁談のような……」

「ようなではなく縁談ですわ」みつ枝嬢は言下にはっきりと答えた、「――父は存じませんけれど、母はもうずっとまえからお待ちしています、わたくしからおよそのことはいってあるのですから、もう一年もまえでしょうかしら」

「ちょっとお待ち下さい、どうかちょっと」又四郎は狼狽《ろうばい》し当惑していった、「どうも私には、どこでそんな、いつそんなぐあいに、その、……なったものか、その点がよく記憶にないのですが、ですねえ、つまり、うう、はっきり申上げますけれども、要するに、私には国許に約束した人があるのです」

「まあっ、……まあっ」みつ枝はその眼をくるっとまわしたが、それはいつものように愛らしくはみえなかった、「お約束なすったって、貴方がですか、お国許で、……まあ驚いた、わたくし初めてうかがいますわ」

「ええ、私も話すのはこれが初めてです」

「だってまさか貴方が、まさか」みつ枝は坐《すわ》りなおした、「――いいえ、ではうかがいますわ、そのお約束なすったというのはどういう方ですの、お名前はなんと仰《おっ》しゃいますの」

「どういう人かということは、ちょっと説明に困るんですが、簡単にいえば、老職の娘でして、名は松家おかねというのです」

「まあどうしましょう、まあ、……まちかねさまとかなんとかって、あんな方とですの」

「あなたはご存じなのですか、あの人を」

「知っていたら此処《ここ》でこんなことをいってはいはしません、まっすぐにいって申しあげますわ、でもそれは、……そのお約束はいつなさいましたの、その方いまお幾つなのですか」

「――うう、それはです、約束したのはですね、それは今から、……まる七年まえ」

「まあっ、まる七年もですって」

「私が二十二、その人が、そうです、……私より一つ上で、二十三のときでした」

「そうするとその方、今はちょうど……」

　みつ枝嬢の顔がいいようのない柔らかさを帯び、その眼は再び愛らしい色に包まれた。そうしてこんどは温雅な、おちついた表情で、寧《むし》ろ哀れむようなまなざしで、彼の説明を聞いたのである。

彼はまえにも記したように、母の勧めもあり、彼自身も発奮するところあって、有力な親族や各方面の権威筋へ、しきりに顔出しをしてまわったとき、松家加久平《かくへい》という老職の家で、その家の二女のおかねに会った。松家は子だくさんで五男四女あったが、そのなかで容色と才を兼備したのは自分ひとりだと、おかね嬢は彼にうちあけた。……どうした順序でそんな話に進展したものか、やがておかね嬢は彼に結婚の要求をした。みつ枝のように含みやほのめかしぬきの、いってみれば膝詰《ひざづ》め談判であった。

——ではとにかく、母に相談しまして。

又四郎はこういってその場を脱出した。なぜかなら、そのとき彼は雪海和尚から「三十まですべてを待て」といわれていた。嫁取りも出世も、三十までがまんしろと、人相に顕《あら》われているというのである。……そこで適当な時間をおいておかね嬢を訪問し、かくかくであるからと理由を述べたうえ、三十になるまで待って貰いたいと条件を出した。おかね嬢は些《いささ》かの躊躇《ちゆうちよ》もなく応諾し、かなり積極的な態度で、あでやかに媚笑《びしよう》し、すり寄って、彼の手を握った。

「わたくしあなたをお信じ致しますわ、殿方はお信じしないことにしているのですけれど、でも秋成さまはお信じ致しますわ、あなたはほかの方とはどこかしら違っていらっしゃるのですもの、……ええ、お待ちしますわ」

すっかり聞き終ってから、みつ枝はやさしく頷き、弟を労《いたわ》るように微笑した、「そしてその方とは、その後もずっとお信《たよ》りを交わしていらっしゃいますの」

「――信りですって、いいえ、信りなんていちども、……しかし、どうしてです」

「いいえなんでもございませんわ」みつ枝はやさしい眼で彼を眺めた、「来年は参覲《さんきん》のお暇《いとま》ですから、あなたも殿さまのお供で国許へお帰りになりますわね、そのときその方を訪ねていらっしゃいませ、わたくしにはおよそ想像ができますけれど、……でもあなた御自身で、その方がどうしていらっしゃるかごらんになるがいいと思いますわ」

「ええそれは、それは必ず訪ねます」又四郎はかなりはっきりと頷いた、「ほかにも用のある人間がいるんですから」

五

「ほかにもって、……まだ約束した方がいるんですの」

「いやそうではないのです、まるで違う、その、……要するにですね、三年まえの、……いろいろと、……しかしこれはまたあとで話します」

「どちらでもお好きなように」みつ枝はこういって艶然と微笑した、「それから、申上げておきますけれど、……まちかねさまがどんなになっていらしってもですわね、江戸にはわたくしがいるということを、お忘れにならないで下さいまし」

「はあ、それは、うう……承知しました」

「きっとでございますよ」

彼女は一種の動作を起こそうとしたが、それをやめて睨《にら》むだけにした。ことによると松家おかね嬢と同一の行動に出ようとしたのかも知れない。又四郎はまぶしくなって、庭のほうへ眼をそらして、いった。

「――そろそろ夏になる模様ですねえ」

それから年を越えて三月になるまで、みつ枝の彼に対する世話ぶりは、これまでとは一段と技巧を凝らしたものになった。或る期間は母親のように到《いた》れり尽せりで、痒《かゆ》くないところまで手が届くような趣である。が、他のある期間はそっけなく、冷やかで、たいへんすまして、つんと気取ってみせる。

「あらそうでございますか、それならたぶんそうでございましょ」

などといってきちんと正面を見ている、といった調子であった。するとまたどんな からくりになっているのか、急に狎《な》れ狎れと親切になって、眼尻《めじり》でじっとこっちを見たりする。

「秋成さまがいらしったとき、みつ枝は十六でしたわ、あれから三年、……わたくしもう十八ですわねえ、……十八、わたくしすっかりおばあさんになってしまいましたわ」

十六からまる三年経《た》っている、それで十八という勘定はちょっと腑におちなかった。しかし敢《あ》えて異議を立てるにも及ばないので、又四郎はそのときは感慨ありげな顔をして、早いものですねえと答え、

――なんと無邪気な娘であろう。

と思うのであった。

翌年の三月、藩主摂津守治定《せっつのかみはるさだ》の供をして、秋成又四郎はあしかけ五年ぶりに帰国した。三人の親友や、親類知人たちの歓迎のありさまは省略する。ただ親友や知人たちの多くがそれぞれ出世していること、赤井も石谷も双木もすでに結婚し、石谷には男の子、双木文造は女の双生児《ふたご》を儲《もう》けたこと、そして太虚寺の雪海和尚《おしよう》がまえの年の冬に大往生をとげたことなど、いろいろ思いがけない変化を聞いたことは収穫であった。

「そうかね、太虚寺の和尚は死んだかね」

又四郎は少しばかり失望的な感じをうけた。彼としては、こんどは多少強硬に文句

がいいたかったのである。

「あんな大往生はまず古今絶無だろうな」赤井喜兵衛がこう話して呉れた、「なにしろもう九十という年でさ、毎日酒を二升五合は欠かさず飲んでいた、相変らずなんにもしない、お経も読まない、方丈に寝ころんで、肱枕をして、一日じゅう酒を飲んで、いつ病気になったか誰も知りあしない、いや、病気なんぞなかったかもしれない、……ある日、寺男を呼んだ、いってみるとやっぱり肱枕で、こう寝ころんでいてだな、寺男のほうを見てげっぷと酒臭い息を吐いた。

——ああおめえ弥兵衛か、来ただかね。

和尚はこういったそうだ。

——おらもう飽きただよ、もうこんねえにしててもしようねえ、……すっかり飽きただから、おらこれでお暇にするだから、げっぷう、……檀家《だんか》の衆によ、そいってもれえてえだ、みなさん、ええへへへん、だんだおうぎゃあ、……わかっただかね。

そうしてだな、寺男がびっくりして、もしか病気なら医者を呼ぼう、どこか苦しいところでもあるのかときいたところ、和尚はけげんそうな眼をして、それからうっとりと眼をつぶって、さも気持よさそうに溜息をついたそうだ。

——世の中に、死ぬほど楽は、なきものを、うき世の馬鹿は、生きて働く、……ああ、いい気持だなあ。

そして息をひき取ったということだ」

又四郎は暫《しばら》く黙っていた。それから、その妙な引導のようなもの、檀家の者に伝えろといった「ええへへへん」なる言葉には、いったいどんな深遠な意味があるのかと反問した。

「それがさ、そこにはいろいろ説があるんだが」喜兵衛もよくわからないようすだった、「梵語《ぼんご》だろうという者もあるし、出羽国《でわのくに》の山の奥の方言で、こんにちはごきげんはいかが、という意味だという者もあるんで、……あの和尚はふだんいろいろな土地の方言をごた混ぜに使っていたし、どうも後者の説のほうが正しかろう、まあ一般にそういう解釈のほうへ傾いているよ」

どちらにせよ又四郎には関係がないことらしい、彼は憮然《ぶぜん》として、自分ひとりいい心持そうに大往生をとげたという雪海和尚に対して、ひそかに反感をいだいたのであった。

「おまえ嫁の話があるのだけれどねえ」

母親は頻《しき》りにそのことをもちだした。彼には彼の方寸《ほうすん》があるので、その話は少し待って下さいといい、ひとおちつきすると、帰国の目的であるところの、かねての懸案に着手した。……彼はまず手帖《てちょう》を出して調べた、あしかけ五年まえに、彼は五人の相手から不当の侮辱をうけた。それを左に摘要すると、

一、簡野《かんの》左馬之助《さまのすけ》　城代家老三男

某年某月某日。衆人環視の中において、とつぜん余に向い「おれの履物《はきもの》を揃《そろ》えろ」と云い、余が欲せざる旨《むね》を述べるや「えらそうなことを云うな」と罵《ののし》り、なお味噌汁《みそしる》で顔を洗って来い、などと嘲弄《ちょうろう》せし事。

二、大村田伝内　槍組番頭《やりぐみばんがしら》

某年某月某日。下城の途中において、酔いに乗じ、同伴者に向って「あの百足ちがいの頭がどんな音をたてるか賭《かけ》をしよう」と云い、余の迷惑をもかえりみず、右手の拳骨《げんこつ》をもって余の前頭部を殴打《おうだ》し、同伴者より賭け金を取得せし事。

三、唐川《からかわ》運蔵　年寄役運兵衛殿長男

某年某月某日。城中詰の間において、支配役その他の同席するにも拘《かかわ》らず、「無能も秋成くらいになると扶持《ふち》ぬすみに近いですな」と放言し、同席者と共に大いに哄笑《こうしょう》せし事。

四、苅賀《かるが》由平二　鉄炮《てっぽう》足軽組頭

某年某月某日。大手門外において、余の頭上に蝗《いなご》をとまらせ、「ほれ見ろ、こうし

てもこの人は怒らない」と組下の者共に云い、さらに該蝗《がい》を余の衿首《えりくび》の中へ入れて、「こうしたって怒らない」と者共を振返り、「だがこれは忍耐づよいのではなくずつない、というものである、おまえたちも決してこうなってはいけない、わかったな」こう云って余を教誨《きょうかい》の実物見本にせし事。

五、乙原丙午《おとはらへいご》　御厩奉行《おうまやぶぎょう》二男

某年某月某夜。老職鹿野寧斎《かのねいさい》殿、新宅祝いの宴席において、丙午は余の膳部より「百足ちがいに鯛《たい》などは贅沢《ぜいたく》だ」と称して焼鯛を横領、之《これ》が代りにごぼうを入れ「これでよく似合う」とそらうそぶきし事。

右の如《ごと》くであった。

以上のほかにも十数件あるが、三年以上がまんして、どうしても肚《はら》に据《す》えかねたのが右の五つだった。しかも今や雪海和尚はいない、和尚はええへへへんと云ってこの世を去った。もはや又四郎は自由である。

「ひとつ簡野から、うう、始めてやろう」

身内のむず痒いような気持で彼はこう呟いた。

簡野は今でも城代家老をしているが、訪ねてゆくと左馬之助はすでに分家して、桶《おけ》屋《や》町に住んでいるということだった。そこでそっちへいってみたが、そこは名の示すとおり職人町のごみごみした一画で、ひと口に云うと貧民窟《くつ》のようなところであり、左馬之助の住居はその裏店《うらだな》の、ひん曲ったような長屋の端にあった。……又四郎はちょっと躊躇《ためら》いを感じたが、思いきって案内を乞《こ》うと、妖婆《ようば》のような女が顔を出して、

「なんの用だい、掛取りなら銭なんかないよ、出なおしといで、ちぇっ、不景気な」

いきなりこう喚《わめ》いた。又四郎はここで自制心と克己力《こっきりょく》を活動させ、姓名や身分を告げたうえ、ようやく女の許しを得て家へあがった。

左馬之助は寝ていた。枯木のように痩《や》せ、蒼黒《あおぐろ》い顔をして、綿のはみ出た薄い蒲団《ふとん》にくるまって、はっはと苦しそうに喘《あえ》いでいた。彼は又四郎を見ると黄色い歯をみせ、ひどくしゃがれた声でこう云った。

「ああおまえ、……秋成か、来て呉れたんだね、ああ、済まない、……おれの親友、心の底からの友達、おれは泣けるよ、……うれしい、これだよ」

左馬之助は骨だらけのような手で合掌した。それひと間きりの部屋はぼろとがらくたの山で、その中に三人の幼児が撲《なぐ》りあったりひっ掻《か》いたり、泣いたり喚いたりしていた。饐《す》えたような、云いようのない不愉快な匂《にお》いが充満し、崩れたような壁の向うでは、酔った男がわけのわからないたわ言をだみ声で叫びちらしていた。

「人の面倒はみておくもんだ、おれはおまえだけには出来るだけの尽力をしたから

な」左馬之助はなお続けて云った、「——ときに金を少し貸して呉れないか、一両、いや三両くらいあればいい、じっさい、こんこんこっほん、いやじっさいあの頃《ころ》はお互いにむちゃな事をしたものさ、ああ、……まったく愉快だった、おまえのためにはおれは、ずいぶんと散財した、こんこんこん、……三両なければ、二両でも、いいんだが、一分でも、……あとは次でいい、とにかくおれはおまえだけは親友だと思っているんだ、……じっさい今でも忘れないが、おまえの云ったことさ、うっ、……困ったらきっと駆けつける、簡野には世話になったからな、ってさ、……うれしい、おまえおれを泣かすぞ、……金は今は一分でもいい、あとはいつでも、なるべく早いほうがいいが、……おれは親友の情だけにはまだ、失望していない」

又四郎はそくばくの物を包んで置いて、嘔《は》きたいような気持でその家を出た。

六

その帰途、彼は赤井の家へ寄って、喜兵衛から左馬之助のことを聞いた。……その話によると、左馬之助はいちど林数右衛門という物頭《ものがしら》の家へ養子にゆき、一子をあげたが、遊蕩《ゆうとう》のため離別された。次に越田久内《こしたくない》、三番めに六出秀平《ろくいで》といううぐあいで、養子にいっては不縁になった。そのあいだに川端の博奕宿《ばくちやど》の女とでき、子供まであるということがわかって、父からも勘当されたということであった。

「その女の産んだ子だって、本当にあいつの子かどうかわかりゃしないのさ、なんでも半年ばかり前から悪い病気にかかって、もう長いことはなかろうという話だが、……あいつになにか用でもあるのかい」

「——いやなにも、用なんかは、ないんだが」

又四郎はいやな気持で家へ帰った。ときとばあいでは果し合もするくらいの心組でいったのに、根も葉もない恩を衣《き》せられ、親友と呼ばれ、僅《わず》かながら金まで置いて来た。

「——これは迂《う》闊《かつ》にはでかけられないぞ」

彼がそう思ったことに無理はないだろう。とにかく左馬之助訪問のような、にがにがしいめにには二度とあいたくはない。そこで残りの四人に対してはいちおう事前探査をやった。彼はこのことは我ながら賢明であると思った、というのは乙原丙午であるが、御厩奉行の二男である丙午は、暴食のあまり胃が裂けて、半年ばかり病んで死んだという。また大村田伝内は賭け事のために公金を費消し、足軽におとされて、酔って旧同僚を訪ねては、

——おい賭けよう、明日は雨か天気か。

などと云《い》い、賭を拒絶されると泣いて貧窮を訴える。おいおいと泣いて、そうして妻が急病だとか、子供が飢えているとか、いろいろでまかせなことを述べたうえ、必ずなにがしかせしめて帰る、ということであった。

「――これもかなり危ない、この二人も抹殺《まっさつ》としよう」

又四郎は丙午と伝内の名を手帖から消した。

第四に苅賀由平二である、これは人を教誨するだけあって、いまだに健在であり、鉄炮足軽の組頭から支配にぬかれていた。また第五の唐川運蔵はたいそう出世をし、八百石の普請《ふしん》奉行で、美人と評判の高い妻を迎え、内福で平和な生活を楽しんでいる。

「――これなら用心することはあるまい」

そして又四郎は苅賀を訪問した。

苅賀の家は組屋敷の中にあり、支配役のことで、厩や長屋や三棟の土蔵などを擁して、なかなか堂々たる構えであった。……由平二は在宅で、すぐに又四郎と客間で対坐した。まえより色が黒く、眼がぎょろりとして、鼻の下と顎《あご》に濃い髭《ひげ》をたくわえ、そうして、まるでどこかの家主のように反りかえってみせた。

「多忙であるからして、むだな挨拶《あいさつ》はぬき、簡単に用を云って貰《もら》おう、簡単に」由平二は日あしを見やって続けた、「――これから奉行職と会って食事をせねばならぬ、明日は三名の御老職に招かれておる、迷惑であるが、時間の浪費であるが、そこはやはり、……簡単に、用事はなんであるか、自分は多忙であるからして」

「用は簡単なんだ、五年まえのことを思いだして貰えばいい」

「――五年まえのこと、……なんだ」

又四郎は静かに大手門外の件を語った。あの蝗を使った教誨の件を、……苅賀はすぐ思いだしたらしい、だが相変らず反りかえって、こちらを睨《にら》んで、指の先で鼻下髭の端を捻《ひね》った。

「――ふむ、それで、……それがどうした」

「あれから五年経《た》つんだが」又四郎は低い声で云った、「――私はあのときの屈辱を忘れることができない、それで、あのときいた人間をすっかり集めたうえで、そこもとに陳謝をして貰いたいんだ」

由平二はもう一段と反った。

「いやだ、……と云ったらどうする」

「日と時刻を定めて呉れればいい」

「――決闘かっ」

由平二は食いつきそうな眼をした。それから鼻下と顋の髭を動かして笑い、「これは面白い」と叫び、さらに軀《からだ》全体を揺すって笑った。

「このおれを相手に、この苅賀由平二を相手にか、わっはっは、盲人蛇《へび》に怯《お》じず、藪《やぶ》を突ついて蛇、毛を吹いて傷を求め、飛んで火に入る夏の虫か、蟷螂《とうろう》の竜車に向う斧《おの》、いやはや、いやはや、おかしくって臍《へそ》が茶を沸かすぞ」

大略このように嘲弄《ちょうろう》したうえ、日は明後日、時刻は朝五時、場所は水車場の河原ということに定めた。そして又四郎が立つと、そのうしろからさも面白そうに次のように活溌《かっぱつ》に愚弄した。

「――命が惜しかったら断念しろ、恥は忍べるが死んで生きかえることはできんぞ、ばかはあとで後悔する、転ばぬさきの杖《つえ》、笑止せんばんの抱腹絶倒、先哲のいわく……」

そのあと大賢は大愚に似たりとか、ほかにもいろいろと並べたてたようだが、又四郎はさっさと出て来たので聞えなかった。……苅賀へいった日の夜になって、彼は唐川運蔵を訪ねた。明日にしようかと思ったのだが、御用が多くてぬけられなくなる惧《おそ》れがあったのである。

いったい御用係心得を拝命してから、彼はずっと多忙が続いてきた。役目は側用人《そばようにん》の副秘書のようなものだが、どういうわけか側用人の代理のように使われ、藩主との応接も多くのばあい彼が当らされた。そのときの側用人は矢橋隼人《はやと》といい、たいへんな酒豪で、家でも役所でも酒を側から離さない。いつも飲んで、赭《あか》い顔をして、そうして坐《すわ》って居眠りをしていた。……役所では机の前に坐って姿勢をきちんとして、眼をちゃんとあいたまま眠るのである。しばしば藩主の前でもそうやって眠る。

——これこれの事はどう致したか。

——はあ、御意《ぎょい》のとおり。

——ではどれそれの事はどうした。

——まことに仰《おお》せのとおり。

こんな問答のやりとりがあって、藩主が気がついて、「隼人を伴《つ》れていって寝かしてやれ」というようなことになる例が稀《まれ》ではなかった。そのためばかりでもないらしいのだが、隼人の事務はしだいに又四郎が任され、ことに帰国してからはいっそうその傾向がつよくなった。定刻の退出は四時となっているが、三日にいちどは定《きま》って六時か七時でないと下城ができなかった。

明後日は苅賀と果し合がある、明日は城でどんな用ができるかもわからない、こう思って、彼はその夜でかけていったのである。

「おう秋成、よく来て呉れた、さあどうぞ」

唐川は自分で玄関へとびだして来た。色が白くぽちゃぽちゃ肥え、顔いっぱいにあいそのいい笑いをうかべ、どうかすると揉《も》み手もやりかねないほど腰が低く、自分ひとりで饒舌《しゃべ》っては笑うのであった。

「江戸から帰ったというので挨拶にゆこうと思っていたんだよ、こっちへ、どうぞこっちへ、此処《ここ》がいいだろう、どうか楽に、自分の居間にいるつもりでね、構わないから膝《ひざ》を崩して、どうぞ、どうぞ遠慮なく、そうか来て呉れたのか、こっちから顔出しをしなくちゃいけないんで、それはもう会いたくってね、秋成が帰ったという話、聞いたとたんにうれしくってね、秋成のことだからきっとすばらしい人間になったろう、なにしろ江戸は本場だし、その本場の江戸で五年もいて、秋成ほどの人物だとすれば、これはもうなにも云うことはない、男子三日相見ざれば、というくらいだが、そこはまた秋成は格別さ、現にもう御側用人じゃないか、出世も出世、ほかの者とは桁《けた》が違うからね、五段跳び十段跳び、男子が出世をするとなったら、かくありたきものだね、なにしろ昔は百足ちがいなどと云われてさ、御当人は自分を知っているから平気の平左でいる、云いたければ云え、というわけでね、しかしおれは睨んでいたね、秋成は人物が違うってね、われわれとは人間が別格なんだ、あれはいつか必ず名を成すに相違ない、まあ盲人は黙って見ているがいいってさ、これは誓って云うが事実なんだ、いつかも大森にそう云ったんだがね、あれに聞いて呉れればわかる、おれは日も覚えているが本当にそう云ったくらいだ、そして今は現に御側用人、千石者さ、とすればおれもまんざら眼がないわけでもないというわけだろうじゃないか」

言葉の合間ごとにさもうれしそうに笑い、鈴を鳴らして茶をせきたて、こっちが手をつけないのに自分だけはせかせかと啜《すす》り、立っていったかと思うと戻ってきて坐り、そのあいだひっきりなしに饒舌ったり笑ったり、ほとんど口を入れる隙《すき》というものがなかった。

「——ちょっと待って呉れないか、今日は少し話があって来たんだ」

「いやあとあと、話なんかあとだよ」運蔵は手を振って膝をすすめて続けた、「なにはともあれ祝杯を挙げなくっちゃあ、久方ぶりじゃないか、遠慮して呉れると恨むよ、どうぞ楽に、どうぞ膝を崩して、自分の家と同じ気持になってね、おれはうれしくって、こっちから挨拶にゆく筈《はず》なのに来て呉れてさ、しかも御側用人に出世したのにさ、出来ることじゃないよ、それは秋成だから」

「待って呉れないか、いや待って呉れ、おれは祝杯などは出しても受けないよ」

これではきりがないので、又四郎はかなりてきびしい調子でこう遮《さえぎ》った。唐川はびっくりし、眼をまるくしてこちらを見た。

「――祝杯を受けて呉れないって」

「初めに断わっておくが、おれは決して側用人ではない、単に御用係心得だ、次に、おれがきた用件を云おう、面倒かもしれないが、ちょっと五年まえのことを思いだして呉れないか」

「――それはいったい、五年まえっていったい、……」

「城中の詰の間で、支配もいたしほかにも十人ばかりいたと思う、そこでおれを辱《はずか》しめたことがあるんだ」

無能も秋成くらいになると扶持ぬすみに近いという放言。運蔵は覚えていたらしい、さっと、額のほうから蒼くなり、

「へえ、そんなことがあったかね」

と笑ってごまかそうとしたが、顔が硬《こわ》ばって醜く歪《ゆが》んだだけであった。

「私はあれから五年間がまんした」又四郎は平静な声で云った、「――だがどうにも堪忍《かんにん》がならない、どうしても、忘れることができないんだ」

「わかるよ、よくわかるよ、しかしおれは決してそんな暴言を吐いたことはないと思うがね、だっておれはそこもとの人物を知っていたし」

「はぐらかすのはよして呉れ、たくさんだ」

彼はやや高い声でこう云った。例のないことである、運蔵は口を噤《つぐ》んだ。

「それでおれは今日、条件を二つもって来た、その一つは城中で、あのときの人たちを集めて、そこでみんなの前で謝罪して貰いたいんだ」

「だってそれは、そんな、それはひどい、少なくとも普請奉行ともある身で、それは自殺するのと同じだよ、それはひどいよ」

「では次の条件だ」こちらは穏やかに云った、「——明後日はいけないけれども、ほかの日と、時刻と、場所とをそっちで定めて呉れないか」

「——だって、どうしてそんな、……そんなことを定めてどうするのさ」

「果し合だよ、わかってるじゃないか」

唐川はとびだしそうな眼でこっちを見た、もう一段と顔が歪み、唇《くちびる》が白くなって震えだした。それからごくっと唾《つば》をのみ、喉《のど》になにか詰ったような声で云った。

「まさか、まさか、……そんなことを、ははは、……からかってるんだね」

「私のことを云うのなら本気だよ」

運蔵はとつぜんぱっと座を立った。あんまりとつぜんだったので、又四郎は思わず刀のほうへ手を伸ばした。しかしそれよりも遥《はる》かに早く、運蔵はまるで燕《つばめ》のように、廊下から庭へとすっ飛んでいた。

――この庭でか、よし。

又四郎は刀を持って廊下へ出た。ところが唐川運蔵は庭へ土下座をしていた。両手を地面の上へつき、その白い額を地面にすりつけ、敏速におじぎをしながら、哀訴するような声でべらべら詫《わ》びを云うのである。

「このとおりだ、赦《ゆる》して呉れ、おれには妻がある、妻はおれを愛している、おれは死にたくない、悪かったらこの頭を踏んでくれ、蹴《け》とばして呉れ、唾をひっかけて呉れ、おれは三文の値打もないやつだ、妻を可哀《かわい》そうだと思って呉れ、金ならある、いくらでも出す、赦して呉れ、どうか勘弁して、おれの一生の恩人になって呉れ、どうか、どうか、……」

七

それから中一日おいた早朝の五時。淀井《よどい》川《がわ》の河原で又四郎は苅賀を待っていた。すでに四月で、季節は晩春。河原はいちめんに草が萌《も》え、葦《あし》の芽がつんつんと伸びている。俗にそこは「水車場」といわれるが、水車はない、あったとすればずいぶん昔のことだろう。城下町からは小一里も離れているし、淀井川の対岸はもう隣藩領であった。

「――あいつ相当なものかもしれない」又四郎は川波を眺《なが》めながら呟《つぶや》いた、「――自信がなければ、あれほどは云えないものだ、……たぶん決闘などの経験もあるんだろう、ことによると、……しかしおれだってそう脆《もろ》くは、これで、負けやしないさ」

彼はふと眉《まゆ》をしかめた。筋骨の逞《たくま》しい、髭の濃い、眼のぎょろっとした苅賀の相貌《そうぼう》と、あの豪放な嘲弄とを思いうかべたのである。それはそのまま威圧的で、力感に充《み》ちて、闘志の固まりのように感じられた。

「――そうさ、それほど脆くは負けやしないさ、……おれだってまさか、……だがどうしたんだろう、もう来そうな時刻なんだが」

又四郎は振返って土堤《どて》のほうを見た。それから立っていることにやや疲れ、河原の乾いているところを捜して、そこへ腰をおろした。

源空寺のらしい、八時の鐘を聞くまで待ってから、彼は諦《あきら》めて河原をあがった。苅賀はとうとう来なかったのである、けれども又四郎としては、なにか急用でも起こったか、家に病人でも出たのだろうと思い、帰りに二条町の苅賀へまわってみた。そこで初めてわかったのであるが、由平二は家財を売りとばし、昨夜半、妻子を伴れて出奔したということだった。

「私どもはなにも知りませんので、へい」愚直らしい下僕《げぼく》がそう云った、「朝になったら旦那《だんな》もどなたもいらっしゃらねえので、へい、家の中はごらんのとおり、一刻《いっとき》ばかりまえに屑屋《くずや》だの古道具屋がまいりまして、昨日すっかり値踏みもし代物も払ってあるということで、へい、なにもかも持ち運んでっちめえまして、わたくしなんぞの給銀のほうはどうなるのか、どこへ願って出たらいいものか、そこのところをどうかひとつ、へい」

又四郎は黙って苅賀の門を出た。

――信じられない。

あれほどの大言壮語、胆力そのもののようなあの豪傑笑い。あれだけの男が果し合を恐れて逃亡する、家財を売りとばし、下僕の眼をさえ忍んで、妻子と共に夜逃げをする。

「――いやいや、おれには信じられない」道を歩きながら独りで又四郎は頭を振った、「――これにはなにかわけがあるのだ、なにか」

だが彼は信じないわけにはいかなかった。苅賀由平二が出奔したということは、忽《たちま》ち家中一般の評判になり、その原因について根もないような話が次から次へと伝わった。

又四郎はひそかに溜息《ためいき》をついた。

——なんということだ。

溜息をついては浮かない顔をしていた。けれども考えてみるに、これで五年来の懸案はきれいに片がついたわけである。憂鬱《ゆううつ》になる理由は少しもなかった。そこでようやく肚《はら》をきめ、本条町の松家邸へおかね嬢を訪ねたのであった。……松家加久平はまえに亡くなって、今は長男の加久平が家を継ぎ、末席の老職を勤めている。

「やあよくみえられた、どうぞお通り」加久平は自分で玄関まで出迎え、自ら客間へ導き、茶菓《さか》を命じ、対坐するまで饒舌《しやべ》り続けた、「こんどはたいそうな出世で、まあ当然のことではあるが、少しは遅すぎるかもしれないが、俗に大器晩成ともいうくらいで、こちらでも内々は噂《うわさ》に出ていたんだが、なにしろ側用人とまでは思い及ばなかったが、殿はやはり中興といわれるだけ御鑑識の高いお方で、それにはわれわれも御敬服しておるのだが」

ここでもまた側用人という言葉が出た。唐川のはおべんちゃらとしても、加久平は末席ながらも老職であるし、おせじを遣うような必要もない。そうだとすれば、……又四郎はこう気がつき、相手の饒舌《じようぜつ》の隙をみて反問した。

「私が御側用人に出世したとか仰《おつ》しゃったようですが、私はまだなにも存じませんが、それはどういうことなのですか」

「ああまだ知らぬかもわからない」加久平はいい心持そうに頷《うなず》いた、「——殿から御《ぎょ》意《い》のあったのは七日ばかりまえのことで、それからわれわれ重臣一統の閣議があって、そこでよかろうと決定したんで、正式の任命は四五日うちということになっているんだが、重臣方面にも評判はごく好《よ》いようなんだが……」

又四郎はさすが悪い気持はしなかった。けれども用向は用向である。彼はまた暫《しばら》く加久平の饒舌の切れ目を覘《うかが》ったうえ、ようやくその機を捉《とら》えて訪問の目的を述べた。

「ああおる、家におります、妹は独身でおります」話の腰を折られて相手は妙な顔をした、「なにか用事があるなら呼ばせましょう」

「はあ実は」又四郎は眼を俯《ふ》せた、「——実はですね、あの方と、お二人きりで、その、折入ったお話が、その、したいのですが」

「ああいいとも、いいですとも、折入った話結構です、すぐ呼ばせましょう」こういいながら加久平は立った、「——あれも困った女で、困ったといってはなんだが、あれは哀れな、可哀そうな女なんで、まだ独身なんで、ひとつ、……いやすぐ此処《ここ》へ来させます」

加久平が出てゆくと、又四郎はかなり傷心の態《てい》でじっと俯向《うつむ》いた、「まだ独身なんで——」といった、あれから十年ちかく、約束を守っておかねは独身をとおしていて呉れた、あのときの約束を守っておかねは独身をとおしていて呉れた、あのときの約束を守って、この又四郎のために。

「――あのときみつ枝の話を断わっていいことをした」

又四郎は敬虔《けいけん》に、そっとこう呟いたのである。

彼の精神としては、そのとき正しく敬虔であった。おかねのまごころに対し、その変らざる誓いに対し、そのひと筋な純情に対し、心から低頭する気持であった。……その純情の主はまもなく現われた。かなり時間を要したのは化粧をして着替えをしたものらしい。美しいはでな、模様というか柄《がら》というか、眼のさめるような色合の着付けで、白粉《おしろい》を濃く塗り、口紅をさしていた。そこへ坐ると濃厚な香りがぱっとひろがって、あたりいちめんに充満して、又四郎は危うくくしゃみが出そうになった。

「ようこそ秋成さま、ようこそいらっしゃいました、覚えていて下さいましたのね、有難う、うれしゅうございますわ」彼女はこういって媚《こ》びたながし眼で、大胆にこちらをみつめ、片手で髪をそっと撫《な》でつけるようなポーズをし、またじっとみつめた、「貴方《あなた》もうわたくしのことなんかお忘れになったと思っていましたわ、わたくしのほうではお噂を始終うかがっていましたの、悲しゅうございましたわ、わたくしがどんなに悲しい身の上だか、貴方にはおわかりになりませんわねえ」

「いやそれで来たのです、決して忘れたわけではありません、私は約束を忘れるような人間ではありません」

「そうですとも、お約束したんですものね」

彼女はこのときもう一方の手で、髪のもう一方をそっと撫でた。撫でながら横眼でこちらを見た。それは優美なポーズであったが、同時にかなり濃艶《のうえん》であり、一種むせるような官能的なところもあって、又四郎としては計らずも赤くなった。

「あの頃もそうでしたけれど、今でもやっぱり貴方は御美男よ、ありきたりの意味でいう御美男じゃなく、お顔やお姿よりお軀《からだ》ぜんたいね、こうして拝見していると胸の奥のほうがむずむずするような、血が熱くなるような、軀じゅうをめちゃくちゃにして貰いたいような、口でいうのが恥ずかしいような気持におさせになるの、江戸ではきっとたくさん御婦人をお泣かせなすったのでしょ、知っていますわ、白状なさいましよ」

「そんな、私は、決して」又四郎は狼狽《ろうばい》していよいよ赤くなり、舌が硬ばってきた、「――お願いします、そんなことは、どうか、私は、その、お約束をはたすために、……その、はっきり申しますが、あのときのお約束では、慥《たし》か」

「そうそう、お約束がございましたわね」

「三十になるまで待って頂きたい、私はあのとき、こうお願いしました」

「──三十になるまで……」

「そうです、今年はそれで、私は三十になったものですから」

まあという叫びが嬢の口紅の濃い唇のあいだからもれた。驚きと歓《よろこ》びと、そうして一種の感嘆のこもった声である。彼女は大きくみひらいた眼でこちらを眺め、かなり長いことうち眺め、それから初めてすべてを了解したとみえ、にわかに眼を輝かし、ちょっと身を揉《も》むようにして、大きく深く喘《あえ》いだ。

「やっぱり、ああ、やっぱり貴方でした、わたくし貴方だけはお信じしていましたの、貴方だけはお信じできる、男という男は利己主義で我儘《わがまま》で卑怯《ひきょう》だけれど、貴方お一人は、秋成さまだけはお信じできる、そう思っていましたのよ、うれしい、やっぱり貴方は又四郎さまでしたわねえ、わたくしもう……」

彼女は身を揉み、両方の袂《たもと》で小娘のように顔を包んだ。なまめかしく色めいた身振りである、そこへ、……廊下から一個の、まだごく小さい赤児《あかご》が這《は》って来た。

「ぶぶぶ、ああう、ばあばあ」

こういう意味不明瞭《ふめいりょう》なことをいいながら、頗《すこぶ》る特徴のある這いかたで這って来た。その道の人が見ればそれだけで将来を占うことができそうな、ごく特殊な這いかたで

ある。そうしてちらと又四郎のほうを見て、なにか気にいらぬとでもいったふうな顔をし、

「だあ、ぷう、だあだあ」

こう怒ったうえ、おかね嬢の膝へ這いあがった。もちろん嬢はこの間ずっと話し続け、袂で顔を掩《おお》ったり、身をくねらせたり、また話したりしていたが、赤児が膝へ来ると、

「まあしようのない子ねえ」

といいながら抱きあげ、はでな色合の美しい着物の衿《えり》へ手をかけ、巧みにぐいと押しひろげ、すばらしく豊満な乳房を出して、樺色《かばいろ》をした大きな乳首を赤児に吸いつかせ、なおこちらへ媚《こび》のあるながし眼を呉れて続けた。

「わたくしいつもそう思ってましたの、又四郎さまは信頼のできる方だわって、夢にも二度か三度みましたわ、本当よ、どんな夢かってことは恥ずかしくっていえませんけど、三度、いいえ五度ぐらいみましたわ、あっ痛い、そんなに強く吸っちゃだめよ、めっ、こっちのお手は出して、ええ本当ですわ」嬢はそこで艶然と笑った、「わたくし信じていましたの、男という男は信じられないけれど、貴方だけはお信じできる、きっと約束を守って下さるって、信じて下さるでしょ」

又四郎は唾をのみ、眼をそらした。頭がちらくらして、さっきよりも舌が硬ばって、喉《のど》の中が痒《かゆ》くなった。……そこへまた一人、ようやく歩き始めたくらいの、ひどく肥えた男の幼児がはいって来た。

「ああたん、んめよう、んめよう」

幼児はこういって嬢のほうへよちよちと近寄ってゆき、べたべたの手でその肩へ摑《つか》みかかった。

八

そのときの又四郎の心理を正確にあらわすことはむずかしい。自分でもずっと経って、よほど年月をけみしてから、それが一種の恐怖に類するものらしいということを、ごく朧《おぼ》ろげに推察できるくらいが精々のところだった。

なにしろ闖入者《ちんにゆうしや》はそれだけではなく、肥えた幼児の次には三つくらいの、痩《や》せた、赭毛《あかげ》の女の児があらわれ、そのあとから四歳と五歳ばかりになる男の子が二人、互いに相手の頭髪のむしりあいをしながら来、さらに驚いたことには、二番めにあらわれたのと瓜《うり》二つ、ひどく肥えている男の児が、やはりよちよちした歩きぶりであらわれた。んめようという鼻声までそっくりで、又四郎は思わず同一人物かと疑ったくらいである。

右の六人がおかね嬢をとり巻き、摑みかかり、軀をぶっつけ、お互いに殴ったり頭髪を挽《むし》ったりひっ掻《か》いたりし、泣き、喚《わめ》き、鼻声をだし、どたばたと駆けっこをし、組打ちを始めて叫び、……いやもうたくさん、もういい、又四郎は口のなかで、（どうせその騒ぎでは聞えまいとは思ったが）ともかく熟考のうえでという意味のことを述べ、おかね嬢がひきとめるのを聞きながしてその座から脱出した。

あとでわかったことであるが、嬢はあれから嫁に三度ゆき、三度とも不縁になって帰ったのだという。第一回に男の子を二人、二回めに女の子と男の双生児《ふたご》、三回めがあの乳を飲んだ赤児で、これは離縁してから百日ほどにしかならないということであった。

——六人の子持ち、三度離婚。

又四郎としてはなんともいいようのない感じのものであった。白粉と口紅の濃い化粧、はでな色調の着付け、むっとするほどの強い香料の匂《にお》い。そっと髪を撫でたり身を揉んだり、両方の袂で顔を包んだり、小娘のように色めいたながし眼を呉れたりする姿態。

——お信じしていましたのよ、貴方だけはお信じして、お信じ、お信じ、お信じ……。

又四郎の耳の奥のほうでは、ながいことその言葉が絶えず聞えていた。おしんじ、おしんじ、おしんじ……。それは晩夏の候に鳴く一種の蟬《せみ》のこえに似ていた。「五正家《ごじょうけ》へ早飛脚をやらなければならない」彼はこう自分にいった、「早くしないと危ない、これだけは早くしないと、あの人はそんなこともあるまいが、しかし出府してみてまた嫁にいっていたり、双生児を産んだりしているとすると、うう、それは自分としても、そこまでは付合えない、早速、とにかく求婚だけ、ひとつ早飛脚で……」

あの親切な、心のこもった、痒くないところまで手の届く、みつ枝の温たかい世話ぶりを思いうかべながら、又四郎はまず、みつ枝とその父親とに求婚の手紙を書き、ついで、一世の勇気をふるっておかね嬢に謝絶の手紙を書いた。もういちど面会し、口頭で断わるほどの胆力は、とうてい彼にはなかったからである。

「――御側用人に仰せつけられ候《そうろう》」

こういう辞令が正式に発表された日、又四郎は帰国して初めて太虚寺《たいきょじ》へいった。雪海和尚《せっかいおしょう》の墓はすぐにわかった。代々の住職の墓の並んでいる、若葉の樹々《きぎ》に囲まれた一画で、卵塔《らんとう》型の大きな墓石はまだ新しかった。……又四郎はその前へいって立ち、おじぎをして、ちょっと笑っていった。

「しばらくでしたねえ、和尚さん、いかがですか、墓の下のぐあいはどんなものですか」彼はそっと片方の手を振った、「今だからいいますがね、私は実は、ひところは和尚さんをおせっかい坊主《ぼうず》だと思いましたよ、正直にいいますがねえ、……ところがあれから五年、帰って来てみてですねえ、いろいろ現実面に接してみて、驚きましたよ、まったくのところ驚いたんです」

又四郎は桶屋《おけや》町の裏長屋を思い、足軽におとされた伝内を思い、胃がやぶけて死んだという丙午を思った。豪傑笑いをして夜半に逃亡した苅賀由平二、庭へ土下座をした運蔵。これらの人々の、身の上の転変と盛衰、……しかもすべては五年間のことである。このあいだ又四郎は「参」つなぎの百足《ひゃくあし》ちがいで、人にばかにされながら悠々《ゆうゆう》とやって来た。そしてかれらが或《ある》いは生活にやぶれ、堕落し、或いは死し、出奔して、すでに人生をなかば遣いはたしているとき、逆に又四郎は側用人にあげられ、結婚しようとしている。彼の人生は、実にこれから始まろうとしているのである。

――せくこたあねえ、せくこたあ。

又四郎には雪海和尚の声が聞えるようであった。肱枕《ひじまくら》をして、ごろっと寝て、酒臭いげっぷをしながらのんびりと和尚はいったものだ。

いてやるだよ。

——じたばたしたとって、春が来ねえば、へえ花は咲かねえちゅうこんだ、おちつ
そうだ、なんにもせかせかすることはなかった。ゆっくりと腰を据《す》えて、するだけの事をこつこつとやっていれば、それだけのものはいつか必ず身にめぐって来るのだ。

「世間の人たちはせかせかし過ぎる、眼のさきの事でじたばたし過ぎるんですねえ、和尚さん、それで却《かえ》って肝心のものを摑みそこねるらしい、……今になって和尚さんのいったことがわかったような気がします、仮にもしあのとき私が、あの松家おかね嬢を……うう、その」

又四郎の眼にはふと松家邸の客間の、あの賑《にぎ》わしい光景が思いうかんだ。彼はぞっとして、それから片方の手を振っていった。

「いやとんでもない、とんでもない、私はやっぱり、この点でも、参つなぎに待って、うう、いいことをしたと思いますよ」


（「キング」昭和二十五年八月号）

四《よ》人《にん》囃《ばや》し

一

二階のその部屋は六帖《じょう》であった。

三流どころの料理屋に共通のごくざっとした造りで、安普請《やすぶしん》のうえにもう古いから、ぜんたいに煤《すす》ぼけているし、隙間《すきま》だらけである。障子をあけるとすぐ前が薬研堀《やげんぼり》で、斜め左のほうには家々の屋根を越して、隅田川《すみだがわ》がちょっと見えるのだが、いま障子を閉めてあり、その障子いっぱいに四月下旬のもうかなり傾いた陽《ひ》が、赤っぽいだるそうな光りを投げかけていた。……床の間の白ちゃけた砂ずりの壁は、大きくひび割れが出来、醜く剝《は》げていて、紙本仕立ての山水の軸が懸けてある。絵は思いきって筆を略した水墨で、よほど丹念に見ないと、なにが描いてあるのかわからなかった。

床の間の脇《わき》は納戸《なんど》になっているが、その前のところに小屏風《こびょうぶ》が立ててあった。小屏風はこっちへ裏を向けて、部屋の隅のところを囲うように、あちら向きに立ててあった。そして、その小屏風の端から、女の着物が少し覗《のぞ》いていた。白っぽい滝縞《たきじま》の着物の、裾《すそ》さきらしいのが、ほんの僅《わず》かばかりはみ出ていた。

薬研堀を隔てた向うから、神田囃《かんだばや》しの音が聞えて来る。祭礼ではなく、稽古《けいこ》をしているらしい。太鼓二つと笛と大太鼓とで、鉦《かね》の音はなかった。稽古だということは、同じところを繰り返したり、途切れたり、また初めに戻ったりするのでわかる。それは低くなったり、急に高くなったと思うと途絶えたり、暫《しばら》くしてまた始まったりした。

「なんとか云《い》いねえ、いやかおうか、どっちだ」

「私は店へ帰らなくちゃならないんだ」平吉は云った、「今日はほかの日とは違うんだ、今日は早く帰らなくちゃならないんだ」

「なんとかいえってんだ」正太郎が云った、「おれの云うことに返辞をしろってんだ」

　平吉はむっと口をつぐんだ。

　平吉は色が浅黒く、軀《からだ》はやや肥えていた。こまかい縞の着物に小倉《こくら》の角帯をしめ、紺の前掛をしめている。腫《は》れぼったいような細い眼《め》や、はっきりしない眉《まゆ》や、厚くて小さな唇《くちびる》など、ひっこみ思案で口の重そうな性分にみえるが、その身妝《みなり》やきちんと坐《すわ》った恰好《かっこう》には、お店者《たなもの》の実直さと、しんの強さがあらわれていた。

　正太郎は痩《や》せていた。濃いはっきりした眉と、引込んだ眼と、くいしばっているような薄い唇とが、骨ばって頰《ほお》のこけた顔を、いっそうするどく意地っぱりにみせた。彼はくたびれた紬縞《つむぎじま》の着物にひらぐけをしめ、酒肴《しゅこう》の並んだ膳《ぜん》に向ってあぐらをかいていた。……はだかった裾から出ている毛深い脛《すね》を、片方の手でつかみ、右手で盃《さかずき》に酒を注《つ》いだり、それを乱暴に呷《あお》ったりした。

平吉は長くは黙っていられなかった。正太郎はそれをみこしていた。正太郎は盃を手にしながら、自分の獲物をたのしむ若い野獣のように、すばしこい惨忍《ざんにん》な眼で平吉を眺《なが》めていた。平吉は弱よわしく顔をあげた。

「そんな無理なことを云って困らせないでくれよ、そんな金が出来ないことはわかっているじゃないか」

「それがおめえの返辞か」

「いくらなんだって無理だよ、私に十両なんていう金が出来るわけがないよ」

「出来るわけがなくっても、つくるわけはあるんだ」

正太郎は肴《さかな》を口に入れてゆっくりと嚙《か》んだ、まるで平吉の困惑を味わっているかのような嚙み方だった。

「おらあどうしたっておめえから十両取ってみせるぜ」

「だって正さん、私は太物《ふともの》問屋のたかが雇人だよ、堺屋《さかいや》は大きな店だけれど、私は下っぱの手代で、十両はおろか一両の金だっておいそれと都合はつきゃあしないよ」

「つけようと思えば都合はつくさ、今日はほかの日とは違うんだろう」

平吉は疑わしそうな眼をした。その眼を嘲《あざけ》るように見て、正太郎は云った。

「おれが木戸の処《ところ》で待っていたのは今日という日だからだ、あそこの番小屋で饒舌《しゃべ》りながら、おらあ一刻《いっとき》以上もおめえの帰るのを待っていたんだ、今日は晦日《みそか》で、おめえが掛取りにまわる日だからな」

「正さん」平吉は反射的に、膝《ひざ》の右側にある掛取り袋へ手をやった、「おまえ、まさか、まさかそんなことを、本気で云うんじゃあないだろうね」

「おめえは掛取りの帰りなんだ、そこにはまとまった金がある筈《はず》だ」

平吉の顔色が変った。不安というよりも恐怖に近い表情があらわれ、右手で袋を取ると、思いきって立とうとした。

「私は帰らしてもらうよ」

「いいだろう、帰るなら帰れ」正太郎はふところへ手を入れた、「その代りこいつが、あとで高価《たか》いものにつくぜ」

彼はふところから出した物を、こう云ってそこへ投げだした。それはくの字形に結んだ結び文であった。平吉は立てなくなった。息の止ったような顔になり、なにか云おうとして、吃《ども》った。正太郎はその結び文を指さして、云った。

「おたみの袂《たもと》から出たんだ、覚えがあるだろう」

「とんでもない、そんな、正さん」

「知らねえってのか、おい、しらばっくれてもだめなんだぜ」正太郎は自分の脛を手で叩《たた》いた。「おたみはおれの女房だ、てめえとは幼な馴染《なじみ》かもしれねえが、おたみはおれの女房だ、てめえは他人の女房へ文をつけた、しかもこれで三度めだぜ」

「待ってくれ正さん、そんなふうに云わないでくれよ」平吉はまた吃った、「それは手紙をやったには違いないが、このまえすっかり話したとおり、なにもいやらしいわけがあったんじゃなし、おたみさんの愚痴を慰めただけなんだ、ほんの幼な友達という気持で、慰めの手紙をやっただけなんだ、それは正さんもわかってくれた筈じゃないか」

「だがこれっきりという約束もした筈だぜ、二度とこんなことはしねえ、てめえそう約束した覚えはねえか」

平吉は唾《つば》をのんだ。そこにある結び文をちらと見て、すぐに眼をそらして、頭を垂れた。

「そう約束した覚えはねえのか」

正太郎は手酌《てじゃく》でゆっくりと飲んだ。怒っているようにはみえなかった。けれども怒るよりも不気味な、仮借のない凄《すご》みが感じられた。

「十両そこへ出しねえ」

　正太郎がまをおいて云った。

「いまさら文のことで二人が論をするにゃ及ばねえ、論をするにゃ及ばねえさ、おたみがすっかり白状しちゃってるんだから」

「――おたみさんが」

「そこを覗いてみな」正太郎は部屋の隅を顎《あご》でしゃくった、「その小屛風の中をよ」

　平吉は小屛風のほうへ眼をやった。小屛風の端からはみ出ている着物の、白っぽい滝縞が眼を惹《ひ》いた。彼はどきっとして、正太郎の顔を見た。

「どうした、見るのが怖《こえ》えのか、怖かったら見せてやろうか」

　正太郎は立って、左手に盃を持ったまま立っていって、小屛風を脇へずらした。そこに女が倒れていた、手足を縛られ、猿轡《さるぐつわ》を嚙まされ、軀を曲げて横ざまに倒れていた。解けた帯の端が畳の上に延び、髪がむざんに崩れていた。そんな姿を見られるのがいやなのだろう。小屛風をずらせたとき、女はいっそう身を縮め、顔をそむけた。

　平吉は短い呻《うめ》き声をあげて立とうとした。

「なんだ、どうするんだ」正太郎が振向いた、「どうしようってんだ、てめえおれの前でこいつといちゃつこうとでもいうつもりか」

「だって正さん、そんなおまえ乱暴なことをして」

「できるならやってみろ、こっちへ来て助けてやれ」正太郎は左手の盃を呷った、「それから二人で抱き合うなり、泣いてくどき合うなり勝手にしろ、やってみろ平吉」

「——正さん」

「いちゃついてみる気はねえのか」

正太郎は膳の前へ戻って坐った。そのとき、神田囃しの音が、高く急調子に聞えて来た。正太郎は徳利《とくり》を取って振ったが、それにはもう酒はなかったので、並んでいるべつの徳利を取って注いだ。平吉は肚《はら》をきめたらしい、ふところから革財布を出して、その中から紙に包んだ金を取出し、小判を三枚だけ数えた。正太郎は盃を呷った。

「ここに三枚ある、正さん」平吉は紙の上に金をのせて出した、「あと二枚なんとかして来る、こんな時刻だから、すぐに店を出られないかもしれないが、待っていてくれれば必ずあと二枚持って来る、これが私にはぎりぎりだ、これ以上は本当にどうしようもないんだ、正さん、頼むからこれで勘弁してくれないか」

「店へいくこたあねえだろう、そこにずっしり持ってるじゃねえか」

平吉は掛取り袋をかたく摑《つか》んだ。それは店の金であった、どんなことがあっても、その金にだけは手をつけるわけにはいかないのである。平吉は頭を下げて云った。

「頼むよ正さん、どうかそういうことで勘弁しておくれよ、このとおりだよ」

「――そうすると、五両ってわけか」

「このとおりだよ」平吉はまた頭を下げた。「済まないがどうかがまんして、おたみさんのことも解いてやってくれないか」

「こいつのことに口を出すな」正太郎は手を伸ばして金を取った、「通り相場でも七両二分のところを、五両に値切るとはけちな野郎だ、が、まあいいや、今日のところは眼をつぶってやろう、だが平吉、あとの二両に嘘《うそ》はねえだろうな」

「早ければ一刻うち、おそくとも八時ごろまでにはきっと持って来る」

「よし、いって来い、てめえいい商売をしやあがったぜ」

平吉はじっと正太郎を見た。なにか云いたそうであったが、思いなおしたとみえて、投げだしてある結び文を取ろうとした。

「じゃあこの手紙はもらってゆくよ」

「いけねえ」正太郎がどなった、「残りの金を持って来たら返してやる、それまでは触っちゃあならねえ」

「だっておまえ、正さん」

「いけねえったらいけねえんだ」

平吉は頭を垂れた。それから立って、倒れている女のほうを見て、ぐったりしたように、障子をあけて出ていった。肥えた肩が跼《かが》んでいるようにみえた。

二

階段を下りてゆく平吉の足音が消え、この家の女中の、彼を送り出す声が聞えた。堀の向うの囃しの音は、急調子からぷつんと途切れて、ゆるやかな笛だけが、鳴り続けていた。正太郎は立ちあがり、女の側《そば》へいって猿轡をとり、手足を解き放した。口が自由になるとすぐ、女はまだ横になったままで、荒い息をしながら云った。

「ああ苦しかった、なんてひどいことをするの、おまえ本気で縛ったんじゃないの、息も満足につけやしない、あたしほんとに死んじゃうかと思ったわ」

「大げさなことを云うな」

正太郎は笑いながら、女の頰を指で突いた。

「ちょいと汗をかいたばかりじゃねえか、おかげでぽっと桜色に上気して、ほつれ髪のこぼれたところなんぞ色っぽいもんだ、女っぷりがぐっとあがったぜ」

「いいかげんにおしよ、冗談じゃないわほんとに、ごらんな、帯まで汗じゃないの」

女は二十二三になる。白粉《おしろい》やけのした、小麦色のひき緊《しま》った肌《はだ》で、おもながのきかぬ気らしい顔だちに、女にしては濃すぎる眉が眼立った。形よく口尻《くちじり》の切れあがった柔らかそうな唇や、阿娜《あだ》めいた眼づかいなどには、勝ち気でいて情に脆《もろ》い性分がうかがわれた。

「下へいって水で拭《ふ》いて来ねえ、さっぱりするぜ」

「いやなことだわ」女は髪を直しながら、「こんな崩れたあたまで汗を拭きになんぞいって、なにをしたかと思われるじゃないの」

「ばかあ云やがれ」正太郎は膳の前へ戻った、「今まで平公がいたじゃねえか、三人いっしょにいて誰がなにをしたと思うもんか、てめえ独りで気をまわしてりゃ世話はねえや」

女は含み笑いをしながら、小屏風をひき寄せ、その中で着替えにかかった。

「そういえば平さんて人、あたしが替え玉だってことに気がつかなかったかしら」

「その着物はおたみの一帳羅《いっちょうら》だからな」正太郎は手酌で飲んだ。

「気がつけば金を出す筈もねえだろう」

「でもあたし心配だったわ、幼な馴染だというし両方で好きあってる仲だというから、みつかったらどうしようかと思って、ほんとに気が気じゃなかったわ」

「梅むらのおつま姐《ねえ》さんともある者が、おぼっこいようなことを云うぜ」

「気が気じゃなかったわよ、ほんとに」

おつまは立った。小屏風に隠れて腰から下は見えない、こんどは薄い藍色地《あいいろじ》に大柄《おおがら》の棒縞を染めたのを着て、衣紋《えもん》をぬきながら衿《えり》を揃《そろ》えた。正太郎は手を叩いた。

「あら待ってよ、まだ着替えてるじゃないの」

「お里は知れてるんだ、なにも羞《はに》かむこたあねえや」

「あい、どうせ水茶屋の女ですからね」

女中があがって来て、障子を二寸ばかりあけ、そこで注文を聞いて、すぐに去った。

「それで」おつまは帯をしめながら去った、「おかみさんはどうするの、あんた、このまんまやっぱりいっしょにいるつもり」

「そのことに口を出すなと云ったろう」

「みれんがあるのね」

「口を出すなってんだ」

正太郎の調子は烈《はげ》しかった。おつまは横眼で彼を見て、黙った。

「みれんなんかじゃあねえ」正太郎は呟《つぶや》くように云った、「みれんどころか、本当はちゃんちゃら可笑《おか》しくって可哀《かわい》そうみてえなもんだ」

おつまはこっちへ出て来た。小屏風で脱いだ物を囲って、こっちへ来て、正太郎の脇へ坐った。正太郎は盃をやり、酌をした。それは三本めの徳利であったが、もう盃一杯には足りなかった。

「可哀そうみてえなんだ、本当のところは」彼は繰り返した、「平公のやつもおたみも、……可哀そうみてえで、それで憎らしくってならねえんだ、二人のことを考げえると癪《しゃく》に障ってしようがねえんだ」

「それは癪に障るのがあたりまえだわ」

「そうじゃあねえ、そのことじゃあねえんだ、話はそれとは違うんだ」

正太郎は徳利を取ろうとして、気がついて手を叩いた。酔ってきたとみえ、むやみに高い叩き方だった。すると、階段の下で返辞がして、すぐに女中があがって来た。おつまは立っていって障子をあけた。

「おそくなって済みません」

女中は膳を持って来た。肴の皿小鉢《さらこばち》と、徳利がまた三本のっていた。それをおつまに渡すと、おあいそを云って、女中はすぐに下りていった。

「お取膳でいいのに、水臭いわね」

おつまは正太郎のに並べて膳を置き、自分は彼により添って坐った。

「はいお一つ、お燗《かん》が熱うござんす」

おつまの動作はなまめいていた。口のききようも男を見る眼つきも、軟らかになまめかしく、色めいていた。男とそうしていることが、いかにも嬉《うれ》しそうであった。正太郎はそのことには気がつかないようだった。彼は自分のことで頭がいっぱいだった。彼は女に酌をしてやることも忘れて、独りで口早に話した。

「平公のやつはこね屋の伜《せがれ》だった、横網《よこあみ》の、おれの家の裏の長屋に住んでいた」

「横網ってどこなの」

「此処《ここ》にいて横網を知らねえのか」正太郎はおつまを見た、「そうか、おめえ上総《かずさ》の生れだって云ったっけな」

「来て二年になるけど、まだあたしどっこも知らないわ」

「横網は本所で、両国橋を渡ったすぐ向うよ」

正太郎の家は横網の表通りで、伊賀屋という金物問屋をしていた。その裏の長屋に、平吉の家があった。平吉の父親は左官の手間取りで、俗にこね屋という、ごく下《した》っ端《ぱ》の仕事をし、むろん生活は貧しかった。

「あいつの親父《おやじ》は吉造といったっけ、どこかの田舎から食いつめて来たらしい、いかにも田舎者らしく、平吉もそうだが、いやにむっつりとおちついてやがって、どんなに困ってもねをあげねえ、へこたれねえといったふうだった」

正太郎は顔をぐっとしかめた。吉造はこね屋をし、その妻は賃仕事などをしながら、一人っ子の平吉の将来に望みをかけていた。平吉は温和《おとな》しい子で頭もよかった。近所でも褒《ほ》め者だったし、小泉町の寺子屋でも成績のいちばん良い子でとおした。そのじぶんそんな裏長屋の子で、寺子屋へゆく者などは極めて稀《まれ》だった。吉造夫婦はずいぶんむりをしてやったものらしい、けれども平吉には望みをかけていたし、平吉にはそれだけの値打があった。彼は両親や近所の人たちの期待するとおりに育っていった。

「平公はがまんすることができた」正太郎は少しもつれてきた舌で云った、「これはしてはいけねえと思うことは、どんなにやりてえ事でも決してしなかった。欲しくって堪《たま》らねえ物があっても、じっと辛抱することができる、欲しいような顔もしねえで、すましていることができるんだ」

「あんたとはまるっきり反対なのね」おつまが盃を取りながら云った、「あたしが嫁にゆく筈だった男も、そんなふうなしんねりした性分だったわ」

「まるっきり反対だったさ、おらあ手に負えねえがきだった」正太郎は反抗するように唇《くちびる》を歪《ゆが》めた、「自分じゃそうは思わねえ、自分には理屈があったんだ、けれども手に負えねえやつだと云われた、そうかもしれねえ」彼はぐらっと頭を垂れた。

「わがままで暴れん坊で、小遣いばかり遣って、寺子屋なんぞへはてんでゆく気がなかったし、喧嘩《けんか》はするし、銭箱から銭はつかみ出すし、ふん、まったく手に負えねえがきだったかもしれねえ」

「いいえわかるわ、あたしにはわかるわ、あんたは手に負えない子なんかじゃなかったわ」

「知りもしねえで、なにょう云やあがる」

正太郎は長男で、下に弟が二人妹が一人あった、彼は四つ五つのじぶんから腕白で、我が強くて、始終みんなから悪く云われていた。彼は一旦《いったん》こうしたいと思うと、がまんすることができなかった。そして、彼がすることは大抵いけないことであった。

彼は銭箱から銭をつかみ出した。それは、裏の長屋にひどく貧乏な家族がいて、食う物がなくなって、子供が芥箱《ごみばこ》をあさっているのを見たからであった。自分の家には金があった、伊賀屋は表通りに間口五間の店を張っていた。店の銭箱にはいつも銭があった、彼はその銭を持っていって、芥箱から喰《た》べ物をあさっている子に、遣《や》ったのである。五度くらい遣ったろう、もちろんたかの知れた額であったが、わかったときは父も母も血相を変えた。親たちには親たちの理屈があり、正太郎のしたことは、「赦《ゆる》し難《がた》い」ものであった。

彼は右手の拇指《おやゆび》に灸《きゅう》をすえられ、金物庫《かなものぐら》の中へ一日じゅう閉じこめられていた。

「親父は云うんだ、おまえは手に負えないやつだ、ろくな人間にはなるまいってよ」正太郎は顔をあげて盃を取った、「ふん、おれもだんだん、そうかもしれねえと思うようになった」

正太郎の喧嘩は烈しかった。今でも瘦《や》せているように、彼は瘦せて小さな子だった。それが自分よりずっと大きい子とよく喧嘩をした、大抵は強いと評判のあるやつで、必ず相手を血だらけにし、瘤《こぶ》だらけにし、着物までずたずたにした、決していいかげんということがなかった。

「だが理屈なしにやるんじゃあねえ、こっちには理屈があるんだ」正太郎は云う、「そいつがたちの悪い悪戯《いたずら》をする、女の子や弱い者いじめをする、おらあ見ていられねえ、どうしたって、石置き場へ来い、って云わずにはいられねえんだ」

一つ目橋を渡った大川端に、水戸家の石置き場があった。そこが喧嘩にはいい場所で、そこなら邪魔をされずにやることができたし、留める者がないということで相手をひるませる役にも立った。正太郎はいつも石置き場でやった。彼にはやるだけの理由があったし強い相手とやるには、徹底的な手段に出なければならなかった。かげんをすれば負けるのである。彼は幾たびもみじめに負けた経験があった。しかし勝っても負けても、またこっちにどんな理屈があっても、悪いのは正太郎ときまっていた。

なぜなら、彼は「手に負えない子」であったから……。

「正さんは手に負えない子じゃないわ」おつまが酌をしながら云った、「あたしにはわかっててよ、あんたは曲ったことが嫌《きら》いで、曲ったことを見るとすぐに嚇《かっ》となるのよ、曲ったことに眼をつぶれないだけだわ」

「知りもしねえで、きいたふうなことを云うな」

「あんたはまっすぐすぎるんだ、そして、そういう気性はこんな世の中とは、決して折り合ってゆけるもんじゃないわ」

「きいたふうなことを云うなってんだ」

彼はたて続けに酒を呷《あお》って、またぐらっと頭を垂れた。そのとき、暫《しばら》く途絶えていた囃《はや》しが、初めに返ってゆっくりと鳴りだした。こんどは鉦《かね》も加わって、正しい調子で続けて聞えた。

彼は自分でも、自分が始末にいかない人間だと思うようになった。自分の考えることやすることには理由がある、自分では間違ってはいないと思う。だが世間のほうが間違っていると主張するには、世間はあまりに大きく広かった。彼がどんなに自分を主張したところで、世間はびくともしないのであった。

「おれにとっては平公が相手だ、いつも裏の平さんをみろ、平さんを見習えと云われどおしだった」正太郎の持った盃から酒がこぼれ落ちた、「あいつは必要ならなんにでもそっぽを向くことができたし、自分のすることをちゃんとのみこんでいた、堺屋へ奉公にいったのは十一の年だが、それからまる十三年、これっぽっちの間違いもなく勤めあげて、今じゃありっぱな手代さまだ、世間はああいう人間を欲しがってる、平公のような人間を集めたのが世間てえもんだ、おれにとってはあいつは世間の代表なんだ」

「そんな二人が近くにいたというのが、因果なのね、どっちの罪でもない、めぐりあわせが悪かったんだわ」

「あいつはいい野郎だ、それはおれがいちばんよく知っている、あいつは珍しいくれえいい野郎だ、けれども癪なんだ、どうにも癪に障ってならねえんだ」

平吉とおたみがお互いに好きで、平吉が店を持つときには、二人は夫婦になるだろう。そういう噂《うわさ》を聞いたのはおと年の十月のことであった。それを聞くとすぐ、正太郎はおたみを自分のものにしようと思った。

おたみの家は松坂町にあり、父親の文五郎は版木師だった。いい腕をもっているそうだが、職人気質《かたぎ》の激しい性分で、いつも生活に困っていた。そして正太郎の家へよく金を借りに来た、どういう知合いだかわからないが、父が貸してやっているのを正太郎は知っていた。――おたみを嫁にもらって下さい、そうすればまじめになります。彼は親たちにそうねだった。

簡単にはいかなかったが、正太郎はくいさがった。やがて親たちの気持も動いた。女房を持たせれば事によるとおちつくかもしれない。慥《たし》かに、正太郎自身もおちつけそうに思えた。文五郎には迷惑だったろう、断わりたい縁談だったろうが、彼は伊賀屋には義理があった、そして伊賀屋はかなりな身代であり、正太郎は（行状さえおさまれば）伊賀屋の相続人であった。

「自分のことを思いだすわ」おつまがしんとした声で云った、「あたしはこんな性分だから、とびだしちゃったけど、おたみさんという人にはできなかったのね」

「あいつにはできなかった、断わることもできず、とびだすこともできなかった、本当はそうすべきだったんだ、おれのためにもおたみのためにも、縁談はぶち毀《こわ》すほうがよかったんだ」正太郎は頭を振った、「そのほうがよかったんだ、本当はそのほうが……」

結婚してみてわかった。おたみは正太郎とは違う世界の女だった、彼にはおたみの考えていることがわからず、おたみのすることがなにもかも気にいらなかった。祝言《しゅうげん》をして十日と経たぬうちに、彼はおたみを殴り、家をとびだして五日間帰らなかった。

そのあいだずっと酒びたりで正躰《しょうたい》もなく酔い続けた。

「元の木阿弥《もくあみ》てえのは、一遍はよくなったことをいうんだろう、おらあ木阿弥のまんまだった、そのまんまというより、おたみのいるだけ、余計にいけなくなったというところだろう、当りきよ、ならずにいられるかって云いてえや」

「そのじぶんだわね、あたしが梅むらへ住みこんだのは」おつまが云った、「おと年の十一月、……そのじぶんだわ、そしてあたし、初めて正さんと逢《あ》ったときすぐに思ったの、この人は忘れられなくなるだろうって」

三

「ふざけるな、なにょう云やあがる」

「一生忘れられない人になるだろうって、あたしそう思ったわ」

正太郎は蒼《あお》くなった顔で、せせら笑いをし、ふらふらと首を振《ふ》った。もうひどく酔ったらしい、片手で口のまわりを拭き、盃を取ろうとしたが、取るのをやめて云った。

「おたみのやつが、初めに平公へ手紙を出したらしい、道でゆき逢って話したのかもしれねえ、いっしょになってから一年めの、去年の暮のことだった」

彼は平吉の手紙を二通みつけた。

正太郎は字が読めなかった。まさかと思ってよほど迷ったが、腑《ふ》におちないこともあるので、下谷《したや》のほうにいる知人のところへゆき、二通の手紙を読んでもらった。それが平吉の手紙だった。

二人は小泉町の寺子屋で知りあい、それからずっとつきあいが続いていたらしい。平吉の手紙は恋文などではなく、おたみを励まし、慰めるものだった。人間は辛抱がかんじんである、夫婦の仲に愛情が出てくれば、正太郎の気持も変るにちがいない、どんな不幸も必ずいつかは終るものだ。二通とも似たような文句だった、恋文ではなかったが、因縁をつける口実にはなった。正太郎は平吉を呼び出して、一刻《いっとき》ばかり油をしぼった。文面が文面なので思いきったことはできなかったけれども、平吉には一言もなかったし、少しは溜飲《りゅういん》をさげることができた。

それから約半年。つい昨日の夕方のことであるが、また正太郎は手紙をみつけた。

「そこにある結び文だ」正太郎はこう云いながら、だらしなくそこへ横になった、「おたみのやつの針箱の中に入ってた、おたみのやつはおとついから松坂町へいってる、親父が風邪で寝ているんだ、おらあ小遣を捜そうと思って、そこらをかきまわしていて、針箱の中からそいつをみつけたんだ」

「それじゃあ平さんのだかどうかわからないじゃないの」

「平公は金を出さなかったか」

おつまは立っていった。座蒲団《ざぶとん》を折って、それで正太郎に枕《まくら》をさせた。

「あいつは金を出した、あとでもう二両持って来る筈《はず》だ、こんどはおらあ、ふんだくってやろうと思った、これからもふんだくってやる、あの野郎をしくじらせてやるんだ」

「あんたがみじめになるだけだわ」おつまはなだめるように云った、「あんたはおたみさんをそんなにも嫌ってるんじゃないの、隠してもだめよ、ほんとはあたしのことを好きなんじゃないの」

「うぬ惚《ぼ》れるな、ちゃんちゃら可笑《おか》しいや」

「あんたはあたしが好きなんじゃないの」

おつまは自分で酒を注《つ》いで飲んだ。正太郎は顔をそむけ、ばたんと足を投げだした。陽《ひ》はすっかりかげって、障子は寒いような黄昏《たそがれ》の色に染まっていた。

「そうよ、あたしはっきり云うわ、あたしは初めて逢ったときからあんたが好きになったし、あんたтака だってあたしが好きなんだわ」

「おめえがこのおれを好きだって」

正太郎はいきなり起きあがった。おつまは反射的に、挑《いど》みかかるような姿勢をとった。

「おれを好きだっていうのか」

「知ってるじゃないの、ちゃんとわかってるじゃないの、でなければあんただって、さっきのようなまねをさせやしないだろうし、あたしだって人のおかみさんの替え玉になんぞなりゃしないわ」

「よしゃがれ」正太郎は酔いすぎて、もうすっかりわけがわからなくなっていた、「勝手なことを云ってりゃ世話あねえや」

彼はまた仰反《あおの》けざまに倒れた。

「このままではみじめになるばかりだわ、おたみさんも、平さんも、そしてあんたが誰よりみじめになるわ、ねえ、あたしといっしょに大貫《おおぬき》へゆきましょう、あたし一生あんたの面倒をみるわ」

正太郎は唸《うな》り声をあげ、ばたんと足を投げだした。そして無意味に喚《わめ》いて、黙った。

「大貫には兄さんが網元をやってる、ほんのちっぽけな、七枚ばかりの網元よ」おたみは遠くを見るような眼をした、「木更津にお父っさんの古い友達がいて、やっぱり網元だったけれど、あたしそこへ嫁にゆくことになったの、でもゆく気にはなれなかった、殺されてもいやだと思ったわ、あたしはこんな性分だし、お父っさんは云いだしたらきかないし、とうとう家をとびだしちゃったの」

おつまはふと、畳の上から結び文を拾った。すぐ前にあったのを、なにげなく拾ったのである。そして、なんのつもりもなくそれを披《ひら》きながら、正太郎のほうへ話し続けた。

「どんなことがあっても、お父っさんがいるうちは帰るまいと思った、そのお父っさんが、今年のお正月に亡《な》くなったのよ、そして兄さんから帰って来るようにって、使いまでよこして諄《くど》く云うの」おつまは持っている文を膝《ひざ》の上にひろげた。

「ねえ正さん、いっしょに大貫へゆきましょう、ここはあんたのいる処《ところ》じゃあないわ、ここはこんなに繁昌《はんじょう》だし、繁昌なところにはいやな事が多いものよ、それでも折り合ってゆけるならいいけれど、あんたのような気性では無理だわ、ここにいればあんたはみじめになるばかりよ、……平さんならやってゆける、あの人なら、二度とはしないと約束をしたのに、こうしてまた手紙をよこすほど、しんの強いところが……」

おつまはふいに口をつぐんだ。囃しの音が急調子に聞えて来た、おつまはあっと云った。

「あら、正さん」叫びながら振返った、「これはあんたおたみさんの手紙じゃないの、平さんのじゃなく、おたみさんから平さんにやる手紙よ」

おつまは正太郎を起こそうとした。しかし思いとまって、また文をとりあげた。部屋の中はうす暗くなっていた、おつまは立って障子をあけ、外の光りでそれを読んだ。

——このあいだは嬉しかった。

手紙はそういう書きだしで始まっていた。文句は簡単であった。この秋に平吉は店を出る、八王子という処に堺屋の支店が出来て、彼はそこの支配人になるらしい。おたみは二三日うちに家出をし、一年ばかり身を隠して、いい頃《ころ》をみて八王子へゆく。……お互いにまわり道をしたけれど、とうとういっしょになれるようになった。それを思うと幸福で胸がいっぱいである、どうかこの幸福が本当であってくれるように。……そして、身を隠しておちついたら、居どころを知らせる、と文句をむすんであった。

「そうだったのね」おつまはそっと呟《つぶや》いた、「あの人たちはあの人たちで、こんな話になっていたのね、それでわかったわ、さっきの平さんのそわそわしたようすが、……だからお金も出す気になったんだわ、でも、……このほうが本当だわ」

おつまは暫く茫然《ぼうぜん》となった。それから、その文を元のように結んだ、結びながら、はっきり心をきめたようであった。おつまは手を叩いた。三度目に返辞が聞えて、さっきの女中とはべつの、小女《こおんな》があがって来た。「御酒ですか」

「いいえお勘定」おつまは立ったままで云った、「それから駕籠《かご》を二挺《ちょう》たのむわ」

「はい、どちらまでですか」

「芝浜までと云ってちょうだい」

女中はおりていった。

おつまはこっちへ入って来た。小屏風《こびょうぶ》を片よせて、そこにたたんである滝縞の着物と帯が見えるようにし、その上に結び文を置いた。それから膳《ぜん》の脇《わき》にある三枚の小判を、紙に包んで、同じように結び文と並べて置いた。

「こうして置けば、あとで平さんが来たときすぐに見えるわ」

おつまは独りで頷《うなず》いて、それから正太郎の側《そば》へそっと戻った。

「これでいいでしょ、正さん、あの人たちを仕合せにしてあげましょう、あんたにもこのほうがいいの、これでみんながうまくゆくのよ」

おつまは膝ですり寄った。黄昏のほの明りが、彼女の横顔にさびた光りを当てている、囃しの音は終りに近づいて、ゆるやかな調子に変った。

「いっしょに大貫へゆきましょ、浜の人間はあらっぽいけれど、あんたの気性には却《かえ》って合うと思うわ、いやなことがあったら海へ出るの、海はきれいよ」おつまはうたうように云った、「網を編んだって暮してゆけるし、あんた一人ぐらい、あたしの力でだって養ってみせるわ、……ね、あたしのくにへゆきましょ、そうすれば気が楽になってよ、あんたは手に負えないなどといわれながら、自分がいちばん苦労して来たんじゃないの、どんなに辛い思いをしたか、あたしにはよくわかってよ、正さん」

おつまはゆっくりと、正太郎の背中を撫《な》でた。正太郎はよく寝込んでいて、身動きもしなかった。おつまの頰《ほお》に涙がながれた。

「あたしといっしょにゆきましょ、大貫へゆけば、こんどこそあんたもおちつけるわ、あたしが付いていて、決して苦労はさせないわ、ゆくわね正さん」

おつまは片手で眼を押えた。

「これから芝浜まで」鼻に詰ったような声で、おつまは囁《ささや》いた。「……芝浜から、木更津へゆく船が出るのよ」

正太郎は低く呻《うめ》き、寝返りをうった。

もう外も暗くなっていた。あけてある障子の間から高い空が見えた。そこにはまだ残照に染まっている雲があったが、それも濃い牡丹色《ぼたんいろ》で、殆《ほと》んどあるかなきかの色であった。薬研堀《やげんぼり》を隔てた、向うの家にも灯《ひ》がつき始め、やがて、女中のあがって来る足音が聞えた。

おつまは手早く涙を拭いて、帯の間から紙入を抜き出した。その手の白く動くのが、暗いなかで仄《ほの》かに見えた。……囃しの音が止《や》んだ。

（「キング」昭和二十七年六月号）

深川安楽亭

一

その客は初めて来た晩に「おれはここを知っている」と云《い》った。人の多い晩で、夕方から若い者がみんな集まっていた。与兵衛、定七、政次、由之《よしの》助《すけ》。それから「灘文《なだぶん》」の小平が人を伴《つ》れて来ていたし、釜場《かまば》には仙吉と源三もいた。この安楽亭は、知らない人間ははいれない。「うっかりあの島へはいると二度と出て来られない」といわれているくらいで、その客がはいって来たとき、誰か気がついていたら断わった筈《はず》である。だが店が混んでいたために、誰も知らなかった。彼はコの字なりになっている飯台の、いちばん隅《すみ》に腰をかけ、独りで黙って飲んでいたが、みんなの話がちょっととぎれたとき、ふっと、「おれはここを知っているぜ」と云った。その声はかなり高かったので、みんなそちらへ振向き、初めてそこに、見知らぬ客のいることに気づいた。

いちばん近くにいた定七は、暫《しばら》く相手を眺《なが》めていて、それからおやじの幾造を見た。幾造は飯台の向うで酒の燗《かん》をしながら、「灘文」の小平と話していたが、その客の言葉は聞えたにちがいない。しかし、定七がうかがうように見ると、幾造は「構うな」

というふうに、黙って首を振った。

次にその客が来たのは、まだ明るい時刻で、店には幾造の娘のおみつがいた。おみつは燗鍋《かんなべ》の下の火をもしつけていたが、はいって来た客を見ると、団扇《うちわ》の手を止めて立ちあがり、片手の甲で汗を拭《ふ》きながら、じっとその客を見まもった。客はこのまえと同じ隅へいって腰をかけ、おみつに向って「酒だ」と云った。おみつは客を見まもっており、客は腰から莨入《たばこいれ》を取って、巧みに燧石《ひうちいし》を使いながら、煙草《たばこ》を吸いつけた。

彼の年は四十から四十五のあいだくらいにみえた。中肉中背であるが、病気でもしたあとのように頬《ほお》がこけ、ぶしょう髭《ひげ》の伸びた顔は、ひどく疲れて精をきらしたような、乾いた土け色をしてい、眼の色も暗く濁って力がなかった。

「済みませんが」とおみつがついに云った、「うちでは知らない方はお断わりしているんですけれど」

「そうらしいな」と彼が云った。

だが、立つようすはなく、黙って煙草をふかしているので、おみつはうしろの縄暖《なわの》簾《れん》をくぐって、奥へゆき、父親にその客のことを告げた。縄暖簾の向うは鉤《かぎ》の手になった土間で、煮炊きをする釜場があり、それと向き合って四帖半《よじょうはん》の小部屋と六帖が続いている。そこは親娘《おやこ》の寝起きするところであるが、幾造は六帖のほうで、若い者たち三人と、賽《さい》ころ博奕《ばくち》をしていた。

「こないだのやつだ」とおみつの話を聞いて政次が立った、「きっとこないだのやつにちげえねえ」

政次は土間へおり、いそいで暖簾口から覗《のぞ》いてみて、すぐに戻《もど》って来ながら、幾造に頷《うなず》いた。

「どうしよう」と政次が訊《き》いた。

幾造はおみつに、「飲ましてやれ」と云った。

「だって」と政次が云った。彼の唇《くちびる》の端がよじれるようにまくれて、歯が見えた、「いぬかもしれねえぜ、親方」

「頭を冷やして来い」

由之助がくすっと笑った。幾造の前には与兵衛と源三と仙吉がいて、他の者は知らぬ顔をしていたが、由之助だけが忍び笑いをした。

「可笑《おか》しいか」と政次が由之助を見た。彼の唇がまたまくれあがった、「おめえなにか知ってるのか」

「ここへはどんないぬも来やあしねえ」と幾造が云った、「おみつ、飲ましてやれ」

そして賽ころの壺《つぼ》を取った。

その客はおそくまでいた。ほかには誰も人の来ない晩で、定七もいなかった。その客は黙って手酌《てじやく》で飲み、ほかの者には眼《め》もくれなかった。およそ八時ごろだったろうか、由之助は仙吉をつかまえて、いつものお饒舌《しやべ》りをしていた。与兵衛はむっつりと飲みながら、ときどき口の中でなにか呟《つぶや》いては、同時に左手の指で、呪禁《まじない》でもするように、額を横に撫《な》でていたが、ふと眼をあげて、隅のほうを見た。

その客が低く笑っていた。——その客は飯台へ凭《もた》れかかり、肱《ひじ》をついた両手で、盃《さかずき》を捧《ささ》げるように持ったまま、手首のところへ額を押しつけて、く、く、と喉《のど》で笑っていた。——政次と源三がそっちを見、幾造が振向き、由之助と仙吉も気がついた。みんなはすぐに、その客が笑っているのではなく、嗚咽《おえつ》しているのだということを知って、互いに眼を見交わした。

たしかに、その客は嗚咽していた。

それは異様な、心うたれるものだった。この安楽亭のような店の、うす暗い飯台の片隅で、そのくらいの年配の男が、そんなふうにすすり泣いている姿は、異様であり、人の心をうった。

「おじさん」と政次が呼びかけた、「そこのおじさん、どうかしたのかい」

幾造が咳《せき》をし、政次に向って「黙れ」という眼くばせをした。政次は黙り、まもなくその客は帰ったが、帰りぎわに、客は飯台の上へ、幾らか置きながら「みんなで一杯飲んでくれ」と云った。

「そりゃあいけねえ」と幾造が首を振った、「そういうことはよしてもらおう」

「いや」と客は云った、「金はあるんだ」

みんな口をつぐんで、客のうしろ姿を見送った。客が橋を渡りきったと思われるころ、政次が、「うん」と溜息《ためいき》をついた。

「いい年をして泣くなんて」と政次は云った、「おかしなやつだが、人間は悪かあねえらしいな」

「おんば（乳母）そだちよ」と云って由之助がくすくす笑った、「いいぬじゃねえらしいや」

三度めに来たとき、その客はひどく酔っていた。こんども例の片隅で、独りで十時ごろまで黙って飲んでいたが、帰るちょっとまえに、初めて来た晩と同じようなことを、誰に云うともなく呟いた。

「おれはこのうちのことを知っている」とその客はもつれる舌で云った、「ここがどんな店かってことは、ずっとまえから知ってるんだ」

定七がそれを聞きつけた。彼はその客のほうへ振向き、ほそめた眼で、相手を見た。

「おめえそれを、本当に知ってるのか」と定七が訊いた。

「おれは近くに住んでたんだ」とその客は云った、「五年まえまでな、このすぐ近辺にいたことがあるんだ」

「それで――どうだっていうんだ」

「なんでもないさ」と云って、その客は酔った眼であたりを眺めまわした、「おれはここが好きなんだ」

「こっちはおめえなんか好きじゃねえぜ」

「怒ったのか、あにい」

「おい」と定七が沈んだ声で云った、「帰ってくれ」

その客は訝《いぶか》しげに定七を見た。それから、よくまわらない舌で、「帰れっていうのか」と反問した。定七はまた「帰れ」と云った。その客は暫くじっとしていて、やがて、突っかかるように、「どうしてだ」と訊いた。

「どうしていけないんだ、おれがなにか悪いことでもしたのか」とその客は云った、「それとも、おれがいてはなにかぐあいの悪いことでもあるのか」

定七が立ちあがり、幾造が「定」とするどく制止した。

「親方、――」と幾造はその客に云った、「飲みに来るのは構わねえが、よけいなことは饒舌らねえほうがいいぜ」

その客はぐらっと頭を垂れた。

「ここへ来るなら、見ず、聞かず、云わずだ」と幾造が云った、「諄《くど》くは云わねえ、それができなかったら来ねえでくれ、わかったか」

「なんでもねえ」とその客は頭を垂れたまま答えた、「わかったよ」

定七は静かに腰をおろした。

それから毎晩のようにその客は来た。いつも手酌で飲んでいて、誰にも話しかけず、酔ってくるとよく独り言を云った。泥酔《でいすい》したときには突然「ひっ」というような声をあげたり、飯台に俯伏《うつぶ》して嗚咽したりした。「おしまいだな、うん、おしまいだ」とか、「くたばれ、くたばってしまえ」などという言葉が、しばしば独り言のなかで繰り返された。

「いったいどういう人なんだろう」とおみつが云った、「堅気のようでもあるし、ぐれているようにもみえるし、見当のつかないような人じゃないの、おかみさんや子供はいるのかしら」

それは「荷操《にと》り」をする晩で、若い者はみんなそこに揃《そろ》っていたが、おみつの言葉に答える者はなかった。

「そんなことを気にするな」と父親の幾造が云った、「こっちには縁のねえこった」

するとと由之助がくすくす笑って、「おんばそだちさ」と云った。ほかの者はなにも云わなかった。まったく興味がないというふうに、黙って酒を啜《すす》ったり、低い声で話しあったりしてい、やがて、奥で時計が鳴りだすと、与兵衛が「九つ（午前零時）だな」と云い、定七と政次を見て立ちあがった。

「提灯《ちょうちん》が三度だぞ」と幾造が云った。

「二度なら帰って来る」と与兵衛が陰気な調子で云った、「わかったよ」

「気をつけていけ」と幾造が云った。

そして三人は裏から出ていった。幾造はうしろの掛け行燈《あんどん》を消し、由之助と源三は、仙吉を「おい、寝るんだ」とゆり起こした。飯台に凭れて眠っていた仙吉は、ううと唸《うな》り、首を振って、

「ねむってえよ」とうわ言のように云った。

「これで年は十九だとよ」と由之助が云った、「へっ、笑あせやがる」

二

かれらはその客に馴《な》れ、その客の存在を忘れた。この「島」にいる者は、自分に関

係のない限り、他人のことには無関心であった。その客に対しても、初めは疑惑と強い警戒心をもったが、五度、六度と顔を見るうちに馴れてしまい、するとまったく興味を失って、転げている石ころほどにも感じなくなったようであった。

久し振りに「荷操り」のあった、翌日、――夕方に酒樽《さかだる》がはいり、肴《さかな》の材料がはいり、そして「灘文」の小平が来た。小平は一人で来て、しきりに幾造をくどいていた。幾造は肴を拵《こしら》えながら「若い者しだいだ」と答えていた。

「このまえあんな事があったんでな」と幾造が云った、「正太と安公が死んだんで、みんな縁起をかついでるらしいから」

「こんどの荷は嵩《かさ》がないんだ」と小平が云った、「一人五両ずつで六人、頼むよ親方」

幾造は「若い者しだいだ」と答え、小平はなおもねばった。

「うるせえな」と幾造は手を止めて小平を睨《にら》んだ、「おれは庖丁《ほうちょう》を使うのが道楽だ、これだけがおれの楽しみなんだ、おれが庖丁を使ってるときにはそっとしといてくれ」

小平は口をつぐみ、それから「悪かった、済まない」と云って黙った。

灯《ひ》をいれるとすぐ、あの客が来て、いつもの隅におちついた。まもなく、若い者たちが集まって来、賑《にぎ》やかに飲みだした。与兵衛だけがみえなかったが、幾造が訊くと、定七が「いろのところだろう」と云った。小平は誰かをくどくつもりらしく、隙《すき》をみてはかれらに話しかけるが、誰も相手にする者はなかった。

「なにか話をしよう」と由之助は定七に云っていた、「こないだの話はよかった、おれはああいう話をするのが好きだ、ああいう話をしたあとは、おれは自分がえらくなったような気持がするんだ」

「腹のほうはどうだ、話で腹のほうもくちくなるか」

「どんな話でもいいんだ」と由之助は熱心に云った、「たとえば、どうしてこの世には将軍さまや乞食《こじき》がいるか、ってことなんかさ」

「どうして女がいるか、ってのはどうだ」

「そいつはだめだ、女の話となると、おめえは悪態をつくばかりだから」

「勝手にしろ」と定七は云った。

「いつもそう思うんだが」と由之助は一と口飲んで定七を見た、「どういうわけでそう女の悪口ばかり云うのか、おれにはとんとげせねえんだが、おめえなにか、恨みでもあるのか」

「ふ、――」と定七は肩を竦《すく》めた、「女なんてみんなけだものだ、鼻もちのならねえほど臭えけだものだ、それっきりのこった」

「そうかもしれねえが、それでもこの世に、女ってものがいなければ、人間が絶えちまやあしねえか」と由之助は云った、「おめえだっておふくろさんが女だったからこそ、この世へ生れてきたんじゃあねえのか」
「おふくろはべつだ」
「おふくろさんは女じゃあなかったのか」
「よせ、――」と云って、定七は眩暈《めまい》にでもおそわれたように、眼をつむり、片手で飯台のふちをつかんだ、「それだけは云うな」と彼はしゃがれ声で云った、「おふくろのことだけは云うな」
「よすよ」と由之助は眼をそむけ、自分の盃に酒を注《つ》ぎながら、そっと呟いた、「こういうのをムジンっていうんだがな」
「ムジンてなあなんだ」と左側にいた政次が訊いた、「無尽講のことか」
「そんなんじゃあねえ、唐《から》の話だ」と由之助が云った、「ずっと昔、唐にムってえ国とジンてえ国があった、そのムとジンとで戦争をしてみろっていうんだが、ところがおめえムとジンとは、じつはおんなじ国のおんなじ人間なんだ」
「おれにはよくわからねえ」
「こうだ」と由之助は向き直った、「――つまり、ムの国の人間はジンの国をけなすし、ジンの国の人間はムの国をけなした、お互いにこっちが天下一だってえわけよ、そこでなんとかいう意地の悪い皇帝がいて、皇帝ってなあ禁裏《きんり》さまみてえなもんなんだが、それが、そんならどっちが天下無敵かためしてみろ、戦争をしてみろってお云いなすった」彼はそこでちょっと上眼づかいをした、「うう、たしかそういうことだったろう」

「それで戦争をやらかしたのか」

「できやしねえさ、同じ国の同じ人間なんだから、つまりこうだ」と由之助は政次のほうへ躯《からだ》を曲げ、声をひそめて云った、「定のやつがいま、女はみんなけだものだって云ったろう、そんならてめえのおふくろもけだものの筈だが、それだけはべつだっていうんだ、そんな理屈があるか」

「それがつまりムジンか、話が少しこみいってて、おれにゃあよくわからねえ」

そのとき与兵衛が帰って来た。

みんなは飲んでいて気がつかなかったが、与兵衛は誰かを抱えてはいって来た。死んだようにぐったりとなった若者を、殆《ほと》んど肩でかつぎながら、店をぬけて、土間を奥へとはいっていった。すると、小部屋の四帖半にいたおみつが気づき、「どうしたの」と呼びかけた。

「う、――」と与兵衛はあいまいに云った、「拾って来たんだ」

「酔ってるのね」

「気を失ってるらしい」と与兵衛は肩をゆりあげた、「踏んだり蹴《け》ったりされていたんで、可哀《かわい》そうなもんだから」

おみつは立って土間へおりた。

「いますぐに灯を持っていくわ」とおみつが云った、「とっつきの部屋がいいでしょ」

幾造が暖簾口から、「なんだ」と云って覗いた。おみつはなんでもないと答えて、行燈に火を移した。親娘の住居《すまい》とは土間を隔てて、六帖の部屋が四つ並んでいた。四部屋とも土間に面しており、その土間は裏へぬけるのであるが、おみつが行燈を持って、とっつきの部屋へゆくと、「うーん」という苦痛の呻《うめ》きが聞えた。

与兵衛は若者を坐《すわ》らせ、その着物をぬがせていた。若者は泥《どろ》だらけで、頭から顔まで、乾きかかった血がこびり付いていた。おみつは行燈をそこへ置き、若者が裸にされるのを見ていた。――若者の肌《はだ》は白く、なめらかであったが、右の脇腹《わきばら》や、肩や腕に、大きな青痣《あおあざ》が幾ところもできていた。おみつは顔色も変えなかった。こんなことには馴れているようすで、与兵衛が傷の有無をしらべ、若者が苦痛のためにするどい呻き声をあげても、その眼をそむけようとさえしなかった。

「躯のほうは打身だけね」とおみつがやがて云った、「その血は頭の傷でしょ」

与兵衛は「らしいな」と云った。

おみつは小部屋から、父の着物と三尺を持って来、それから金盥《かなだらい》に湯を汲《く》んだり、手拭《てぬぐい》や晒《さら》し木綿や、傷薬などを運んで、「あとはあたしがするからいい」と云った。

与兵衛はそこをどいて、おみつのすることを暫く見ていたが、やがて、「じゃあ——」と云うと、土間へおり、着替えをするために、自分たちの六帖へはいっていった。

与兵衛が店へ出て、飯台に向って腰をかけると、幾造が、「どうしたんだ」と訊いた、「唯飲《ただの》みだそうだ」と与兵衛は云った、「仲町に平野っていう小料理屋がある」

「おめえのいろのいる店だ」と定七が口をいれた。

「その平野でやられてたんだ」と与兵衛は続けた、「朝から飲みどおしで、一分幾らとかの勘定に一文なし、そのうえ当人が財布を盗まれたというんで」

「ばかな野郎だ」と仙吉が向うから云った、「岡場所でそんなことを云えば、半殺しにされるのはあたりめえじゃねえか」

「子供は黙ってろ」と由之助が云った、「それでおめえ、助けて来たのか」

「ゆきどころがねえっていうんだ」

「宿なしか」と政次が云った、「やくざだな」

与兵衛は「お店者《たなもの》らしい」と云った。

定七は「灘文」の小平にくどかれていた。小平は、こんどの荷は嵩ばらないとか、手当は一人五両ずつ、ことによったらもう少し色をつけよう、などとくいさがった。定七は「気乗りがしねえな」と云うばかりで相手にならず、しまいには返辞もしなくなった。それで、小平は諦《あきら》めたらしく、「じゃあほかを当ってみよう」と、思わせぶりに腰をあげた。

「しようがない、越前堀《えちぜんぼり》か」と小平は聞えるように呟いた、「越前堀の徳兵衛に当ってみるかな」

だがみんな冷淡な、そ知らぬ顔をしていた。小平はすっかりしょげてしまい、やがて、ぐずぐずと不決断に帰っていった。そのすぐあとで突然「金か」とどなる声がした。いちばん隅にいる、例の見知らぬ客であった。

「金か」とその客はどなった、「金ならあるぜ」

みんなそっちへ振向き、店の中がいっときしんとなった。政次の唇の端が、よじれるようにまくれあがって、歯が見え、定七の眼が細くなった。定七の眼は、膜でもかかったように鈍い色を帯び、瞳孔《どうこう》が動かなくなって、上の瞼《まぶた》がさがった。そして、定七が立ちあがると、幾造が「定」と云った。幾造は政次と定七を睨み、するどく

「政」と云い、「定、――」と云った。政次は動かずにいた。定七は立ったままで、それからゆっくりと、まるで毀《こわ》れ物でもおろすように、ゆっくりと腰をおろした。

「おれはばかだ」とその客は飯台に凭れて、嗚咽した、「おれは畜生だ、おれは畜生にも劣るやつだ」

みんなはその客から眼をそむけた。

おみつが縄暖簾をくぐって出て来、与兵衛の前へいって、「寝かしたわ」と云った。

与兵衛は黙って頷いた。

「頭に晒しを巻いて、頬《ほっ》ぺたや顎《あご》には膏薬《こうやく》を貼《は》っといたわ」とおみつは云った、「よく寝ついたようだから、たいしたことないでしょう」

そしておみつは、隅で嗚咽している客をちょっと見てから、「名は富次郎というそうだ」と云った。

三

それから二日めの、午後二時ころ、――二人の男が吉永町の堀端に立って、その「島」を眺《なが》めていた。朝から鬱陶《うっとう》しく曇った日で、空は鼠色《ねずみいろ》の動かない雲で掩《おお》われ、底冷えのする風が、堀の水を波立たせていた。この辺はもう深川の地はずれにちかく、貧しい家のたてこんでいる吉永町を、ちょっと東へゆくと、田と葦《あし》と沼地とが、砂村新田から中川まで続いていた。

二人のうち、一人は吉永町の夜番で、勝兵衛という老人であったが、一人は四十歳ばかりの、ひとめで、定廻《じょうまわ》りの役人と見当のつく男だった。軀は小づくりであるが、固ぶとりで逞《たくま》しく、きれいに剃刀《かみそり》を当てた顔は、鞣《なめ》した革のような色をしていて、細くてすばやく動く眼と、一文字にひき緊《し》めた薄い唇《くちびる》とが、冷酷な、隙《すき》のない性格をあらわしているようであった。——男は腕組みをした片ほうの手で、肉の厚い顎を撫でながら、老人のほうは見ずに、「こっちが松平さまだな」と云った。堀の向うの、左側が松平大膳《だいぜん》、右側が黒田豊後《ぶんご》、いずれも抱屋敷《かかえやしき》で、塀《へい》はまわしてあるが建物は見えない。その二つの抱屋敷の中に挟《はさ》まれて、その「島」はあった。

「へえ」と勝兵衛は答えた、「そっちが松平さま、こちらが黒田さまでございます」

「中はどうなっている、人はいるのか」

「中がどんなふうか、よく存じませんが、どちらにも番の方がいらっしゃいます」

その「島」は、まさしく島というにふさわしかった。左右の屋敷もそうであるが、「島」の四方は堀で、吉永町のほうにだけ橋が架けてあり、ほかに出入りをするみちがなかった。その辺は堀が縦横に通じており、南へぬければ木場であった。

「いい足場だな、誂《あつら》えたような場所だ」と男は呟《つぶや》いた、「中川から荷を入れるにも、ここから荷を出すにも、堀から堀とぬけてゆけるし、人の眼にもつかない、ふん、まったく申し分のない足場だ」

勝兵衛は「へえ」とあいまいに笑い、横眼で男のようすを見た。男はじっと「島」を見まもった。橋を渡ると、僅《わず》かな空地をおいて、軒の低い古びた家があり、その家のうしろに、板葺《いたぶ》き屋根の小屋が見えている。前の家は左右が櫺子《れんじ》窓で、出入り口の油障子に「安楽亭」と書いてあるのが読めた。——約三百坪ばかりの土地に、建物はその二棟だけで、あとは雑草の生えている空地に、白く乾いた毀《こわ》れ舟が伏せてあったり、放りだされた空樽《あきだる》や、物干し場が眼につくくらいで、いかにも荒涼としたけしきであった。

「あれが安楽亭だな」と男が云った、「——よし、案内しろ」

勝兵衛は「えっ」といい、そして、身じろぎをしながら、髪の灰色になった頭を横に振った。

「どうした、案内するのはいやか」

「それだけはどうか」と老人は云った、「あそこへはへえれねえことになっているもんですから」

「御用でもか」と男が云った。

勝兵衛は「へえ」と頭を垂れた。そのとき安楽亭の中から、娘が一人出て来て、干し物をとりこむのが見えた。着物はじみであるが、端折《はしょ》った裾《すそ》から出ている二布《ふたの》と、かけた襷《たすき》の鮮やかに赤い色とが、荒涼としたけしきの中で、不自然なほど活《い》き活きと、嬌《なま》めかしく眼をひいた。

「あれは安楽亭の女か」

「へえ」と老人が答えた。「おみつといってあのうちのひとり娘でございます」

男は娘を見ていて、それから「よし」と勝兵衛に顎で頷《うなず》き、一人で、ゆっくりと橋を渡っていった。

干し物をおろして、おみつが家の中へはいると、そのうしろから、男も静かにはいっていった。特徴のある静かな歩きぶりで、雪駄《せった》をはいているためもあるだろうが、殆《ほと》んど足音が聞えなかった。男は店の中の土間に立って、あたりを眺めまわした。櫺子窓からさしこむ光りで、店の中は片明りに暗く、コの字なりの飯台も、板壁も柱も、土間の踏み固められた土までも、酒や、煮焼きした物などの、酸敗したしめっぽい匂《にお》いが、しみついているように感じられた。

「おい――」と男が呼んだ、「誰かいないのか」

男は少し待った。奥のほうで人の話すのや、笑う声が聞え、男はもういちど呼んだ。奥の話し声がやんで、すぐに、暖簾口《のれんぐち》からおみつが覗《のぞ》いた。男はふところから朱房の十手を出し、それをおみつに見せて、「主人を呼んでくれ」と云った。おみつはなにか珍しい物でもみつけたように、男の顔と十手とを眺めていて、やがて、「ちょっと待って下さい」と奥へ引込んだ。

男は飯台のほうへ歩みより、そこへ腰をかけて、十手をこつんと飯台の上へ置いた。まもなく、幾造が縄《なわ》暖簾をかきわけて出て来、男の向うへ来て立った。彼は四十七になるのだが、年よりずっと老《ふ》けてみえ、固く肥えているのに、顔は皺《しわ》だらけであった。

「おまえが幾造だな」男は顎をしゃくった、「奥にいる者に動くなと云え」

「旦那《だんな》」と幾造が呼びかけた。

「動くなと云うんだ」と男が云った。

「その心配はありません」と幾造がおとなしく云った、「私が許さない限り、あいつらは外へ出るようなことは決してありません、しかし旦那、――」

男は「かけろ」というふうに顎をしゃくった。幾造は不審そうな、おちつかない眼つきで男をみつめながら、飯台を隔ててさし向いに腰をおろした。

「八丁堀《はっちょうぼり》の岡島という者だ」

「旦那だということはわかってますが」と幾造が云った、「ここへおいでになっちゃあまずいんです。近藤の旦那がよく御存じの筈《はず》なんだが」

「そうらしいな」と男は云った。その岡島という、八丁堀の同心らしい男は、唇を動かさずに、抑えたような低い声で云った、「ここへは八丁堀の手もはいらなかった。どんな役人もここへ足をいれた者はない、だがそれは今日までのことだ、これからはそうはいかないぞ」

「近藤さまが御存じなんですがね」

「近藤のことは諦《あきら》めろ、彼はお城詰めになった」と岡島は飯台の上へ片肱《かたひじ》をつき、からかうような眼で幾造を見た、「あいつは利巧者だし、いい金蔓《かねづる》があったようだ、相当な金蔓だったらしい、それであいつはうまくのしあがった、ひらりっとな」彼は肱をついたほうの手先をひらっと振った、「あいつはおれより年が下だが、与力《よりき》にあげられ、こんどはお城詰めになった、おれだっていつまで同心でいたいわけじゃないんだ」

幾造は振向いて、「おみつ」と呼び、おみつが暖簾口から覗くと、すばやく眼くばせをした。

「おい、幾造——」と岡島が云った、「近藤はなにを知ってたんだ、あいつはなにを御存じだったんだ」

　幾造はちょっと黙っていて、それから、「ここにいる若いやつらのことです」と云った。岡島は肱をついたまま、手をそっと飯台の上へおろして、「ふん」といった。

「あいつらのことはわかってる」と岡島は指で飯台を叩《たた》いた、「ついこのあいだ、さるところで二人を片づけた」

　幾造は眼を伏せた。

「二人とも死んだが、手向いをしたからだ、あいつらは骨の髄からの悪党だ」

「悪党というより、けものに近いやつらです」

　岡島は、「けもの」と云って幾造を見た。

「あいつらは人間じゃあありません、もちろん五躰《ごたい》は満足だし、見たところはほかの人間と同じだが、考えることやすることはけものも同様です」と幾造が云った、「――一つだけあげても、あいつらは悪いことをしながら、それが悪いことだとは思わない、どんな悪いことをしても、悪いことをしたとは決して思わねえのです、しかも、親の躾《しつけ》がわるかったとか、まわりの者にそそのかされたとか、飢えていたからとかいうのではなく、初めからそういう性分に生れついているんです」

　育ちや環境のために悪くなったのなら、それを変えれば撓《た》め直すこともできよう。

だがかれらはそうではない。かれらには生れつき自制心がなく、衝動を抑える力がない。仕事をしようとする意志も、能力もないし、極度にまで自己中心で、他人と融和することができない、と幾造は云った。――おみつが酒肴《しゅこう》をのせた盆を持って出て来、それを岡島の前へ置いて去った。幾造は燗徳利《かんどくり》を持って、「お茶代りに一つ」と云い、岡島は黙って盃《さかずき》を取った。

「云ってみればあいつらは片輪者です」と幾造は続けた、「軀の片輪な者はべつに悪事もせず、世間の人も気の毒がってくれるが、性分の片輪な人間は哀れなものです、世間へ出てもまともに生きることができない、世間でもあいつらを庇《かば》ってはくれないし、あいつらも世間と折合ってゆくことができねえのです」

しかも、それはかれらの罪ではない。かれらが好んでそういう人間になったのではなく、そんな人間に「生れた」のである。することなすことが世間と抵触するため、かれらは人間をも世間をも信じなくなった。かれらはなかまと寄りかたまる、だが、なかま同志でも決してうちとけない。寄り集まっていながら、一人一人がまったく孤独で、心からうちとけるということがない。愛情には人一倍飢えているが、その愛情でさえも信じないのである、と幾造は云った。

「あいつらはすぐ独りになります」と幾造は岡島に酌《しゃく》をしてやりながら続けた、「いまここでなかまと話していたかと思うと、すっと出ていって、河岸《かし》っぷちに独りでしゃがみこんだまま、じっと水を眺めていたり、草の中で寝ころんで、いつまでも空を見ていたりするんです、——そういうときのあいつらの姿は、ちょうど山のけものが山を恋しがっている、っていうふうに私には思えるんですよ」

四

岡島は手酌で飲んだ。

「あいつらは世間へは出せません」と幾造は続けて云った、「もしもお上《かみ》でひとまとめにして、どこかの島ででも暮すようにすればいいが、このまま放っておけば世間に迷惑をかけるばかりです」

「それでおまえが面倒をみているというのか」

「近藤の旦那が御存じですよ」と幾造は頷いた、「私があいつらを押えている、世間へ出て悪いことをしないように、私があいつらを引受ける、そう旦那にお約束したんです」

「そして抜荷《ぬけに》をやらせるのか」

岡島の声は低かったが、その調子は剃刀の刃のように冷たく、するどかった。幾造は深く息を吸いこみ、それからゆっくりとその息を吐いた。

「お説教は聞いた、説教は聞いたが、おれは近藤じゃあねえ」と岡島は伝法に云った、「おれはそんな説教を聞いて、はした金を握らされてひきさがるような人間じゃあねえんだ、幾造、おれはみんな知ってるんだぞ」

幾造は黙っていた。

「中川へ抜荷船がはいる、その荷をおろすのはこのうちのやつらだ」と岡島が云った、「おろした荷はここへ運んで来て、必要なときまで隠しておき、そのときになればここから運び出す、荷主は呉服橋そとの灘文、灘屋文五郎だということもわかっているんだ」

幾造は首をかしげた、「灘屋というと、公儀をはじめ大名がたの御用達をしている、あの店のことですかい」

岡島がさっと十手を取った。非常にすばやい動作で、さっと、朱房の十手をつかみ、そして立ちあがった、幾造はそれには眼もくれず、うしろへ振向いて「おみつ」と云った。「はい」と返辞が聞えた、「いま持ってゆきます」

岡島は十手の尖《さき》を、そっと飯台におろした。こつんという音がし、彼はじっと幾造を見まもったが、すぐに、ひきむすんだ唇がゆるみ、彼はあたりを眺めまわした。

「このうちの本業は」と岡島はちがった声で云った、「縄蓆《なわむしろ》の売買だったな」

「酒と一膳飯《いちぜんめし》のほうも繁昌《はんじょう》してます」

おみつが出て来た。燗徳利をのせた盆を持っていて、こっちへ来、岡島の前へ徳利を置いて、黙って奥へ去った。そのとき、奥で時計の鳴る音がした。

「あれは時計だな」と岡島が云った。

「そうだそうです」

「縄蓆と一膳飯でか、――時計は大名道具だぞ」

「預かり物でしてね」と幾造は燗徳利を持った、「熱いのが来ました」

「家の中を見よう」と岡島が云った。

幾造は静かに頭を振った。

「家の中を見るんだ」と岡島は云った、「それとも、見せることはできないというのか」

幾造は燗徳利を置いた、「およしなすったほうがいい、危のうございますぜ」

「案内をしろ」

「危のうございますよ」

岡島は幾造を睨《にら》んでいて、それから、土間を奥のほうへまわっていった。幾造が腰かけたまま「定、――」と呼んだ。岡島がはいってゆくと、若い者たちがそこに並んでいた。仙吉だけは見えず、他の五人が、小部屋のあがり框《がまち》に腰をかけていた。岡島は右手に十手を持ったまま、そっちへいって、かれらの前で立停《たちどま》った。五人はまったく無表情に彼を眺め、彼は端から順に、五人を仔細《しさい》に見ていった。

「おい」と彼は与兵衛に云った、「おまえの名を云え、名前はなんというんだ」

与兵衛は自分の名を告げ、問われるままに年も二十八だと、正直に云った。源三も、政次も、冷やかに名と年齢を答えたが、由之助はとぼけた。

「名前ですか」と由之助は首をかしげた、「よく覚えてねえんだが、みんなは由公っていってますよ」

「どこの生れで、年は幾つだ」

「そいつは難題だ」と由之助は他の四人を見た、「誰か知ってるか」

政次が「おんばそだちさ」と云い、由之助は「ちげえねえ」と頷いてくすくす笑った。すると定七が欠伸《あくび》をして立ちあがり、岡島が「おい」と呼びかけた。定七はゆっくりと振向いた。

「おまえの名はなんていうんだ」

「おれか」と定七がま伸びのした口ぶりで答えた、「名は定七、年は二十六だ、――

なにか用か」

いきなり、岡島は彼に平手打ちをくわせた。一歩前へ出ながら十手を左へ持ち替え、右手をあげて定七の頬《ほお》を殴った。動作もすばやかったし、力のはいった殴りかたで、ぱしっという高い音と同時に、定七の軀がぐらっとかしいだ。

「御用だぞ、まともな返答をしろ」

みんなが急に沈黙し、動かなくなった。みんな急に温和《おとな》しくなったようにみえた。与兵衛は静かに顔をそむけ、源三は頭を垂れた。政次の唇がまくれて、白い歯が見え、定七の眼が細くなった。眸子《ひとみ》がねむたげに曇り、上の瞼《まぶた》がさがった。暖簾口にいたおいつが店へ出てゆき、幾造が覗いて、「定」と云った。定七は岡島をみつめたまま、垂れている手の、手先だけ、ゆっくりと幾造に振ってみせた。

「定七」と幾造が云った。

「なんでもねえんだ」と定七が云った、「この旦那がちょっと景気をつけただけさ。旦那、なにか用があるんでしょう、家捜しをするんじゃあねえんですか」

岡島は冷笑した。幾造は引込み、岡島は定七から他の四人へと、順に眼を移しながら、云った。

「念のために云っておくが、この島へ来るには来るだけの手が打ってあるんだ、油を背負って火の中へとびこむほど抜けちゃあいねえ」そして彼はふところから、紐《ひも》の付いた呼子《よびこ》笛を出して、みんなに見せた、「こいつが鳴るのを待ちかねている人数がある。それを忘れるな」

「ゆき届いた旦那だ」と云って、由之助がくすくす笑った。

「葬式にも手不足はねえさ」と政次が云った。岡島は二人を睨んだ。岡島は塵《ちり》ほどの弱みもみせなかった。鞣《なめ》した革のような色艶《いろつや》の顔は、依然として無表情に冷たく、薄い唇にもするどい眼つきにも、動揺の色は少しもなかった。彼はもういちどあたりを見まわしてから、「案内しろ」と定七に顎をしゃくった。

岡島は念入りにしらべた。土間に沿って並んだ四つの部屋を、いちいちあがって、押入や納戸《なんど》の隅《すみ》までさぐった。とっつきの六帖《じょう》には、富次郎という若者が寝ていたが、頭を巻いた晒《さら》しの木綿や、頰や顎《あご》に貼《は》ってある膏薬《こうやく》を見ると、岡島はふんと鼻を鳴らし、「十手をくらったな」と呟《つぶや》いて、「起きろ」と云った。富次郎は怯《おび》えたような顔になり、定七を見ながら起きあがったが、岡島は夜具をどけて、その下をしらべると、富次郎には眼もくれずに土間へおりた。――それから、幾造とおみつの部屋を捜したあと、四人の者に、「動くんじゃあねえぞ」と云って、土間を裏へとぬけていった。裏の戸口から三間ばかりはなれて、低い二階造りの、がっちりとした板張りの小屋が建っていた。二階の左右に、金網を張った窓があり、下の入口の引戸はあけたままで、薄暗いがらんとした土間が、外から見えていた。

岡島は小屋の周囲をまわった。縦に長い三百坪ばかりのその「島」には、安楽亭の店と小屋のほかに建物はなく、砂礫《されき》や貝殻《かいがら》まじりの空地には、枯れかかった雑草が、ところ斑《まだら》に生えていた、堀端をまわってゆくと、南側に小さな荷揚げ場があって、そこに小舟が三艘《そう》もやってあるのを、岡島は見た。荷揚げ場は小さいが、石でたたんだ段があり、岸に沿って舟を繋《つな》ぐための、太い杭《くい》が五本ばかり並んでいた。――岡島は振返って、小屋のほうを見やった。荷揚げ場から小屋までの、距離を目測したらしい、定七は黙って眺めていた。

「よし」と岡島は頷いた、「小屋の中を見よう」

二人は引返した。

小屋の中は薄暗く、ひんやりしていて、半分は土間、半分は板張りの床になっており、土間には藁屑《わらくず》や、縄の切れっ端などがちらかっていた。岡島は土間の隅ずみを眺め、それから床の上へあがって、床板を踏んで歩いた。あげ蓋《ぶた》でも捜すらしい。そうして、二階へあがる梯子《はしご》を見た。

「荷はこの上にあるのか」

「なんの荷です」と定七が訊《き》き返した。

「中川から積みおろして来た抜荷よ」

定七がゆっくり答えた、「あがってみたらいいでしょう」

「先へあがれ」

定七は相手を見、唇で微笑しながら、先に梯子を登っていった。

二階も板張りに板壁で、左右の窓からはいる光りが、積みあげてある縄束や蓆を、明るく照らしていた。岡島はするどい眼であたりを眺めまわし、そこと見当をつけたのだろう、積んである蓆の側《そば》へ歩みより、持っている十手を、その蓆の中へさし込んだ。そのとき、定七がうしろへ忍びよった。猫のように柔軟な動きで、すっと近よってゆき、ふところから右手を出した。九寸五分の匕首《あいくち》がきらっと光り、定七は身を跼《かが》めると、岡島の軀《からだ》へうしろからぶっつかって、ぐいと強く腰をあげた。両手で、なにかを持ちあげるような動作で、そのまま、岡島の軀を蓆へ押しつけた。岡島は声もあげず、抵抗もしなかった。蓆へ押しつけられたまま、やがて、喉《のど》から溜息《ためいき》のような息がもれ、硬直した軀から、しだいに、力のぬけてゆくのが感じられた。定七がはなれると、岡島の軀はずるずると横倒しになり、背中の右の、ちょうど帯のすぐ上のところに、突刺さっている匕首の柄《つか》が見えた。

定七は脇《わき》のほうへ唾《つば》を吐き、さばさばしたような眼で、暫《しばら》く岡島の軀を見まもっていたが、やがて岡島のふところをさぐって、呼子笛を取り出すと、窓のところへゆき、外へ向ってするどく、その呼子笛を吹いた。

五

定七は呼子笛を三度吹いて、外のもの音に耳をすました。まもなく、下へ走りこんで来る人のけはいがし、「ここだ」と定七が呼ぶと、政次と由之助が梯子を登って来た。かれらはすぐに、倒れている岡島をみつけ、由之助が「へえ」といいながら近よっていった。

「こいつが呼子笛を吹きゃあがったのか」

「吹いたのはおれだ」

「おめえだって」と政次が定七を見た、「どうしてだ」

「触るな由公」と定七が云《い》った、「匕首はそのままにしておけ」

「もういっちゃってるぜ」

「そっとしておけ、いま抜くと床がよごれるんだ」と云って、定七は持っていた呼子笛を、岡島の頭のところへ放りだした、「――捕方《とりかた》が待っているなんて云やあがって、こんなこったろうと思った」

「それでためしたのか」

「わかってたさ」と云って定七は、さっき殴られた頬へ手をやった、「ふん、あめえ野郎だ」

三人は下へおりていった。

店にはあの客が来て、飲んでいた。定七は「手を洗って来る」と云って、表へ出ていった。幾造はちらっと見ただけで、なにも云わずに酒の燗をつけていた。そのとき、――おみつは釜場《かまば》で飯を炊《た》いていて、政次と由之助が、小部屋へあがるのを見た。二人は呼子笛の鳴るまで、与兵衛や源三たちと、そこで賽《さい》ころ博奕《ばくち》をしていたのである。

おみつは二人を見て、なにか訊《き》きたげに立ちあがったが、そっと首を振っただけで、また竈《かまど》の前に跼んだ。すると、とっつきの六帖の障子をあけて、富次郎という若者が、土間へおりて来た。

「済みません」と彼はおみつの側へ来て云った、「お世話になりました」

おみつは振返り、「どうしたの」と訝《いぶか》しそうに彼を見た。

「いつまでお世話になってもいられませんから」と富次郎は口ごもった、「もうそろそろ、なにしようと思いまして」

おみつは竈の火をひいた。釜がふきだしたので、燃えている薪《まき》を取り出し、一本ずつ桶《おけ》の水で消すと、燠《おき》のぐあいを覗き、釜の蓋をずらして、立ちあがった。

「どこへ帰るの」おみつが訊いた、「あんたゆくところがないって云ったじゃないの」

富次郎は俯向《うつむ》いて、片手を腿《もも》へこすりつけた。おみつはじっと彼を見て、彼が岡島という同心の来たことで、怯えているのだと推察した。

「どこかゆくところがあるの」

「ええ」と富次郎は聞きとれないくらいの声で答えた、「自首して出ようと思って」

おみつはなお、彼の顔をみつめていた。

「いまあんな人が来たからね、そうでしょ」

俯向いている富次郎の、白い晒し木綿を巻いた頭が、土間の薄暗い光りの中で、かすかに頷《うなず》いた。

「いったい、なにをしたの」

彼はおずおずと云った、「主人の金を、遣いこんだんです」

「どのくらい」

「十五両」と彼は低く、呻《うめ》くように云った、「十五両に少し欠けるだけです」

「どうしてまた」とおみつが溜息をついた、「――なんでまたそんなに遣っちゃったの」

彼は答えなかった。なにかわけがあるのね、とおみつが訊いた。彼は黙っていて、それから重たげに手をあげ、手の甲でそっと眼《め》を拭《ふ》いた。

「云えないようなわけがあるの」

富次郎は首を振った。

「あがってらっしゃい」とおみつが云った、「自首するつもりならいそぐことはないわ、あとであたしにわけを話してちょうだい」

そして、いまの役人のことなら心配には及ばないと、安心させるように付け加えた。

富次郎が部屋へ戻ると、おみつは釜の蓋を直して、暖簾口から店を覗いた。

店には定七が帰っており、飯台のところに立って、幾造になにか見せていた。

「裏の堀に落ちてたんだ」と定七は云っていた、「水へ落ちて、ばしゃばしゃやってたんだ、それで揚げ場の石段のところへいって、おれが手をこう出して呼んだら、ばしゃばしゃこっちへやって来たんだ」

「まだこどもだな」と幾造が云った、「満足に飛べなかったんだろう」

「どうして堀なんかへおっこちたんだろう、親はいっしょじゃあなかったのかな、どうしよう、親方」

「おふくろが捜してるよ」と隅《すみ》にいるあの客が云った、「きっとおふくろが捜してる、きっと気違いみたいになってるぜ」

おみつは店へ出ていった。定七は手にのせているものを見せた。彼の手の中で、一羽の子雀《こすずめ》が、濡《ぬ》れて毛羽立って、ふるえていた。定七はおみつにも同じことを話した。おみつは指で、そっと子雀に触ってみながら、「呼んだら来たって、なんていって呼んだの」と訊いた。

「手をこう出して」と定七が云った、「ちょっちょっていったんだ」

「猫を呼ぶみたいじゃないの」

「それでも来たんだ、助けてもらえると思ったんだな、きっと、――ひどくふるえてるが、どうしよう」

「おふくろが捜しに来るよ」と隅にいる客が云った、「庇《ひさし》の上へ目笊《めざる》で伏せておけばいい、きっとおふくろが捜しに来るから、そのとき笊から出してやればいいんだ」

定七は客のほうへ振向き、それから幾造の顔を見た。そうしてみな、と幾造が頷き、客は「朝になってからだぜ」と云った。定七はおみつに、目笊を貸してくれ、と云いながら、土間をまわって釜場のほうへいった。

「朝になってからだぜ」と客がうしろから念を押した、「気をつけねえと猫だの鳶《とんび》なんぞに狙《ねら》われるぜ」

そしてその客は頭をぐらぐらさせ、きっとおふくろが捜しに来る、と呟いた。鳥でもけものでも、人間と同じことだ、「母親というものはそういうものだ」と独り言のように呟き、それから、だらしなく飯台へ俯伏してしまった。

夜の八時ころ、——定七は由之助を伴《つ》れて、裏から外へ出ていった。

「潮はひくさかりだ」と出てゆきながら定七が云った、「二つ入《いり》のみお（澪木《みおぎ》）で流せばいいだろう」

おみつはそれをとっつきの六帖で聞き、あれを片づけにゆくのだなと思った。おみつは少しまえから、その六帖で富次郎と話していた。——富次郎は芝新網《しばしんあみ》の生れで、今年二十三歳になる。親は小さな下駄《げた》屋であったが、彼は十一の年に、日本橋槙町《まきちょう》の近江《おうみ》屋という質屋へ奉公に出た。彼は六人きょうだいの二男で、末にはまだ七歳の弟がいた。三年まえに父が死んだあと、母と兄とで下駄屋を続け、あと三人の弟と妹とは、それぞれ奉公に出ていた。

「私はあと一年お礼奉公をすれば、暖簾を分けてもらえるんです」と富次郎は云った、「うちへ仕送りをしたので、店を持つほど金は溜《た》まりませんでした、それでも主人が貸してくれるので、戸納質《とだなじち》から始めるつもりだったし、おふくろや兄は、それを頼みの網のように待っているんです」

そこへ思わぬことが起こった。

同じ新網の裏長屋に、幼な馴染《なじみ》のおきわという娘がいた。父親はきまった職がなく、酒好きの怠け者で、暮しは母の賃仕事で立てていた。母親はおろくといい、躯が逞《たくま》しく、はきはきした性分で、「子供が一人きりだというだけがめっけもんさ」などというほかは、ぐちらしいことも云わずに、よく稼《かせ》いだ。

富次郎は少年のころからおきわが好きであった。おきわのほうでも好きだったらしい、彼が藪入《やぶい》りで帰るたびに、付いてまわって離れず、「あたし富ちゃんのあんちゃんのお嫁になるのよ」などとよく云ったものであった。もちろんそれはごく小さいじぶんのことであるが、育ってゆく彼女を見るにしたがって、富次郎もまた「おきわを嫁にもらおう」と思うようになった。

「はっきり口に出して云ったことはありませんが、去年の暮にうちへ帰ったとき、年期があけたことと、お礼奉公が済んだら、小さくとも店を出すことができる、と話したんですが、そのときのようすで、私の気持がわかったように思いました」

そしてつい七日まえ、昏《く》れがたになって、おきわが近江屋へ彼を訪ねて来た。それまでに三度ほど来たことがあるので、べつに気にもとめず、かかっていた用を片づけてから、勝手口へいってみた。おきわは暗い庇合《ひあわい》に立っていたが、「済みません、ちょっと」と云って路次を出ていった。ようすがいつもと違うので、富次郎もそこにあった下駄をつっかけて、あとを追った。

おきわはおちつかない足つきで、外堀のほうへゆき、人けのない堀端で立停《たちどま》った。

——どうしたんだ、なにかあったのか。

富次郎が訊くと、おきわは前掛で顔を掩《おお》って、泣きだした。暫《しばら》くはなにを訊いてもただ泣くばかりだったが、やがて、「あたし売られるの」と云った。

——あたし売られるのよ。

そう云って、またひとしきり泣き続けた。

富次郎には知らせなかったが、夏のはじめに母が倒れた。母親のおろくは仕立物を届けにいって、帰る途中で倒れ、戸板で担《かつ》ぎこまれたが、半身不随になっていた。その母が死んだ。一昨夜の十時ごろ、煎薬《せんやく》を飲むと噎《む》せて、激しく咳《せ》きこんだと思ったら、それで急変してあっけなく死んでしまった。

——ちっとも知らなかった。

と富次郎が云った。

——けれども、それでどうして、おきわちゃんが身を売るんだ。

六

母親が倒れてからも、父の亀吉の怠け癖は治らなかった。ときたま僅《わず》かな銭を稼いでは来るが、あとはおきわに任せきりであった。そのあいだの家賃や、医薬代や、米屋、酒屋などの借金が溜まって、おろくの葬式を出すこともできない始末になっていた。

そして昨夜、亀吉はおきわに身売りの相談をした。相談とは口先のことで、すでに女衒《ぜげん》と話が纏《まと》まり、内金として五両受取っていた。

——あたし明日、その人につれてゆかれるんです、それでひとめ逢《あ》ってゆきたいと思ったものですから……。

そう云っておきわは微笑した。泣いたりなんかしてごめんなさい、こんなこと話すつもりではなかったのよ、ただひとめ逢っておきたかっただけよ、とおきわがいった。

富次郎は逆上したようになり、おきわの肩をつかんで、「そんなことはだめだ」そんなことをさせるものか、金は幾らだ、とどなった。

——私はおまえを嫁にもらうつもりでいた、だから、もうすぐ店が出せるということも話しにいったんだ、わからなかったのか。

——わかってたわ、あたしうれしかったのよ。

おきわはまた微笑した。うれしかったけれども、本当にそうなれるような気はしなかった。それまでになにか悪いことが起こるだろう。きっとなにか邪魔がはいって、いっしょになることはできないだろう。そんな気がしていたのだ、とおきわは云った。

富次郎は彼女の肩をつかんでゆすぶり、「金は幾らだ」と訊き続けた。

——おまえに身売りなんかさせやしない、金は私が都合する、幾らあればいいんだ。

おきわが父から聞いた額は十二両だった。富次郎は「よし」と云った。今夜というわけにもいかないが、明日の、おそくも午《ひる》までには持ってゆく。必ず持ってゆくから、それまで決して動くな、誰になんと云われても家から出ずにいてくれ、と念を押した。

「そうして、おきわに別れて店へ戻ると、私はすぐにそのことを主人に話しました」

主人はものわかりのいい人で、店の者たちにはもちろん、同業者なかまでも徳人といわれていた。しかし、富次郎の話を聞くと、首を振った。そんなたいまいな金は出せない、というのである。富次郎はとりのぼせていたから、「十二年も奉公していて預けた金もある、その金なら渡してもらえる筈《はず》だ」と云った。

——金ではない、おまえの一生のことだ。

と主人が云った。質屋というものは、ほかの商売と違って僅かな利息で稼ぐものだ。

そんな父親が付いていれば、ここで十二両渡してもそれだけでは済まない。これからさきも必ずせびりに来るだろう、そうなれば夫婦の仲だってうまくはゆかなくなる。世間には幾らでも例のあることだ、その娘のことは諦《あきら》めるがいい、と主人は云った。

「私には返す言葉がありませんでした」

主人の云うとおりである。妻が生きているうちは妻に稼がせ、妻が死ねば、三日と経《た》たないうちに娘を売ろうとする。そんな父親の付いた娘をもらって、家がおさまってゆく筈はない。慥《たし》かにそのとおりであるが、それだからこそおきわが哀れだった。さきのことはともあれ、そんな父親のために、おきわは身を売られようとしている、「いま売られようとしている」のである。おきわの一生がいま、めちゃめちゃになろうとしているのだ。

「私は決心しました」と彼は云った、「主人に預けた金は十両にちょっと欠けますが、店を出すときには、溜めただけの金高を、主人からべつに貸してくれることになっているんです、もちろんそれは利を付けて返すのですが、とにかく、私の分として二十両ちかい金がある筈なんです」

おみつは黙って頷いた。

「私は金を持ち出そうと思いました」

だが主人も彼の気持を察したとみえて、翌日いっぱい、その隙《すき》を与えなかった。富次郎は身を灼《や》かれるような気持で刻《とき》を過したが、日が昏れてからまもなく、ほんの僅かな機会に帳場から金を取り出し、そのまま夢中で新網へ駆けつけた。

「おきわはいませんでした」と富次郎は頭を垂れた、「家には親の亀吉と、知らない男が二人とで酒を飲んでいて、おきわはもういってしまった、おきわにちょっかいを出すな、と云うだけなんです」

彼はおきわの売られた先を訊いた。女衒の宿も訊いたが、亀吉はなにも知らないの一点張りで、そのうちに男の一人が口をはさみ、「おれは鍾馗《しょうき》の権六《ごんろく》という人間だが、いんねんをつけるならおれが相手になろう」と云いだした。

「とてもだめだと思って、私はそれから捜しにかかったのです」と彼は続けた、「近くの神明《しんめい》から始めて、廓《くるわ》、岡場所を次つぎに廻《まわ》りました、私はそういう場所を知りませんから、駕籠《かご》に乗って、駕籠屋におしえてもらい、組合や会所で訊いてから、それとおぼしい家を訪ねたんです」

「むりだわね」とおみつが首を振った、「――それですっかりお金を遣っちゃったのね」

「深川へ来たときには、まだ少し残っていたんです」と彼は弱よわしく云った、「まだ一両ちかく持っていた筈なんですが」

「むりだわ、そんなこと」とおみつが云った、「そんなふうに捜しまわって、たとえその家にぶっつかったところで、ここにいるなんて云いっこないわ」

「じゃあ、ほかにどうしたらいいでしょう」

「遣ったお金は十五両ね」と云って、おみつはなにか考えるような眼つきをした、「――お店へは帰れないわね」

「自首して出るほうがましです」

「ちょっと待って」とおみつは眼をあげた、「あんたいま、鍾馗のなんとかって云ったわね」

「権六、たしか鍾馗の権六といいました」

おみつは口の中で、その名を繰り返し呟《つぶや》いた。富次郎は俯向き、借り着の袷《あわせ》の褄《つま》を、ふるえる指で撫《な》でた。

「その晒《さら》しを取替えましょう」とやがておみつが立ちあがった、「そしてもう寝るほうがいいわ、もしかするとおきわさんのいる家がわかるかもしれないから、あんまり気を病まないようにしていらっしゃい」

富次郎はびっくりしたようにおみつを見た。

「もしかしたらよ」とおみつは云った、「——いま晒しと薬を取って来るわ」

十時ちかくになって、定七と由之助が帰って来たとき、隅《すみ》にいた見知らぬ客が、いつもの「金はあるぜ」をどなっていた。五十、百の金がなんだ、金なんてくそみてえなもんだ、「欲しけりゃあ呉《く》れてやるぜ」などと喚《わめ》き、泥酔《でいすい》のあまり土間へ転げ落ちた。——そこには与兵衛と源三、政次と仙吉がい、「灘文」の小平が来ていた。かれらは飯台に向って飲んでいたが、その客には眼もくれなかった。どなる声にも耳を貸さず、土間へ転げ落ちても知らぬ顔でいた。

小平は次の荷操《にと》りを告げに来たもので品書を幾造に渡すとまもなく、定七たちと入れ違いに帰っていったが、帰り際《ぎわ》になってから、「荷おろしを頼めないだろうか」と云った。

こんども誰も返事をしなかった。

「船は三四日うちにはいるんだ」と小平はくどいた、「荷は嵩《かさ》のないものだから、五人でいけなければ三人でもいいんだ」

「越前堀はどうしたんだ」とからかうように政次が訊いた、「越前堀が請負ったんじゃねえのか」

「ねえ親方、頼むよ」と小平は幾造に云った、「三人でもいいんだ、三人でも五人分の手当を出すがね、どうだろう親方」

幾造は答えなかった。小平は与兵衛を見、政次を見た。かれらはそっぽを向いたまま飲んでおり、土間にころげている客が、みじめに嗚咽《おえつ》し始めた。小平はしょげて、

「じゃあまた、――」と云って出ていった。

定七と由之助が、奥から手を拭きながら出て来、飯台に向って腰をおろすと、定七が与兵衛を見て、「おめえ権のやつを知ってたな」と訊いた。与兵衛は振向いて定七を見た。

「権、――権六か」

「いまおみつさんに訊かれたんだ、おめえ知ってたんじゃねえのか」

「知ってた」と与兵衛が云った。

「鍾馗の権六ってんだっけな」

「いやな野郎だ」

「女衒をやってやあしねえか」

与兵衛は自分の盃に酒を注《つ》いだ、「どうだかな、そのくらいのことはやりかねねえ野郎だが、うん、やりかねねえな」

「いどころはわかるか」

「わからねえことはねえだろうが、野郎に用でもあるのか」

「おみつさんに聞いてくれ」と定七は云った、「おめえの伴《つ》れて来た男、富次郎とかいうあの男のことで、——まあいいや、おみつさんから聞いてくれ」

幾造が彼と由之助の前に、酒と肴《さかな》を出してやった。土間にころげている客の、嗚咽の声が、そのまま荒い鼾《いびき》に変っていた。

七

明くる朝。定七は店の東側に立って、庇の上を見あげていた。庇の上には、目笊をかぶせた四角な板がのせてあり、その中には昨日の子雀がはいっていた。子雀は小さくふくらんだまま、鳴きも動きもせず、さっきからじっと身をちぢめている。小さな、まだ黄色っぽい嘴《くちばし》のすぐ前に、飯粒の固まりが置いてあるが、それさえ啄《ついば》もうとはしなかった。

「待ってな」と定七は呟いた、「いまにおっ母さんが来るからな、おめえ鳴けばいいんだがな、鳴けばおっ母さんに聞えるんだが、——おめえ鳴けねえのか」

店から与兵衛とおみつが出て来た。与兵衛はまっすぐに橋を渡ってゆき、おみつはごみ箱のほうへ来て、定七をみつけた。

おみつは勝手のごみを捨てると、「あきれた人ね」と云《い》いながら、定七のほうへ近よって来た、「いつまで立って見ているの」

「まだ親が来ねえんだ」と定七は庇《ひさし》の上をみつめたまま云った、「こいつが鳴かねえもんだから、親にわからねえんじゃねえかと思うんだ」

「わかったって人間が側《そば》にいたんじゃあ来やしないわよ、はいってらっしゃいな」

定七は口ごもって云った、「だっておめえ、猫だの鳶《とんび》なんかが狙うって云ったぜ、あの大きな三毛のやつは悪い猫だからな」

「人間がいちゃあ親は来ないことよ」

「はなれていればいいか」

定七は独り言のように云うと、足もとから石ころを幾つか拾い、堀端のほうへはなれていって、そこに伏せてある毀《こわ》れた小舟へ腰をおろした。おみつは笑って、「あきれた人だ」と云いながら、店の中へはいっていった。

その夜十時ごろ、与兵衛が帰って来たとき、店の中はがらんとしていた。源三が飲んでおり、おみつが燗番《かんばん》をしているだけで、いつも隅へ陣どるあの客もみえなかった。

「そうか」とはいって来るなり与兵衛は云った、「今夜は荷操《にと》りだったな、もう舟は出ちゃったろうか」

「まだでしょう、お父っさんがまだ裏にいるから」とおみつが云った、「どうだったの、みつかって」

「うん、あとで話す」

そう云って与兵衛は裏へ出ていった。

小屋のところまでゆくと、荷揚げ場のところに提灯《ちょうちん》の光りと、人の動いている姿が見えた。与兵衛は走っていった。そこには仙吉と政次がいて、政次はこっちへ来ようとするところだった。与兵衛が「定は」と訊くと、小屋で荷を出しているという。与兵衛は政次といっしょに戻り、小屋の中へはいった。幾造と定七は二階で、大きな絨《じゅう》毯《たん》を包んでいるところだった。

「おそくなっちまった」と与兵衛が云った。

「今夜はおれと政でいいんだ」と定七が云った、「どうかしたのか」

「あいつがみつかったんだ」

「みつかったって、誰が」

「鍾馗の権六だ」と与兵衛が云った、「それから娘のいどころもわかった」

定七は訝《いぶか》しそうに与兵衛を見た。そして初めて思いだしたように、「そうか」と頷《うなず》き、包んだ絨毯へ縄をかけた。

「それで相談があるんだ」と与兵衛が云った、「小平の話の荷おろしをやろうと思うんだが、どうだろう」

「危ねえな、危ねえもんだな」と定七は身を起こしながら云った、「正太と安公のときはひどかったぜ、おれはまだあれが眼《め》についてはなれねえんだ」

「おれたちに危なくねえ橋はねえさ」

定七は与兵衛の顔をみつめた、「なにかわけがあるのか」

「手当の三十両だ」

幾造は黙って蓆《むしろ》を直していた。荷を出したあとへ、元のように蓆を積みあげ、蓆の端をまっすぐになるように直した。定七はなお与兵衛をみつめたまま、「娘の身《み》の代《しろ》金《きん》か」と訊いた。

「二十両だ」と与兵衛が答えた、「娘はまだ無垢《むく》だった、もう二三日客へ出すなと断わって来たんだ」

幾造は横眼で定七を見ていた。定七はやがてあっさり頷いた。

「じゃあそう云おう」と定七は云った、「これからいって、小平に会ったら云うよ」

「気がすすまねえんじゃあねえだろうな」

「危なくねえ橋はねえさ」と云って、定七は包を肩へ担《かつ》いだ、「小平にそう云うよ」

三人は下へおりた。

定七と政次は舟のほうへ去り、幾造と与兵衛は家へ戻った。与兵衛が土間をまわって店へゆき、飯台に向って腰をおろすと、仙吉が駆けこんで来て、「腹がへった」と云った。

「腹ばかりへらしてやがる」と源三が珍しく口をきいた、「飯なら向うで喰《た》べろ」

「そして寝ちまえか」と仙吉が云った、「いいつらの皮だ」

おみつが酒と肴を持って、与兵衛の向うへ来、酌《しゃく》をしながら、「どうだったの」と訊いた。与兵衛はうんといって、静かに二つ飲み、盃を持ったまま、おみつを見た。

「権を捜すのに手間がとれた、糸をたぐっていったら、ばかな話でこっちにいやあがった」と与兵衛は云った、「櫓下《やぐらした》に瘤金《こぶきん》ていう女衒《ぜげん》がいるんだが、そこのめしをくってたんだ」

「それでおきわさんていう娘は」

「本所の安宅《あたけ》だった」

「岡場所なのね」

「岡場所だ」と与兵衛は頷いた、「さんぴんだの折助がはばをきかすところだ」

おみつは彼に酌をし、幾造は黙って、酒の燗をしていた。

与兵衛はおきわに会ったこと、その主人に掛合った始末を語った。おきわはあまりいい縹緻《きりょう》ではない、色が白く、ぼっちゃりしているだけで、気の弱そうな娘だった。親に渡した金は話のとおり十二両だが、雑用《ぞうよう》が出ているので、身の代金は二十両だという。娘はまだ客を取っていないそうだし、足元をみられているから、二十両はやむを得まい。金を持って来るまで、二三日店へ出さずに待っていてくれ、「そう念を押して来た」と与兵衛は云った。

「本当に客を取らせないでおくかしら」

「ここの名を云っといた」と与兵衛は一と口飲んで幾造を見、「――ここの名はあらたかだぜ、おやじ、安楽亭の者だと云ったら、ぎくりとしやあがった」

「あの人に話して来るわ」とおみつが云った、「よかったわ、どんなによろこぶかわからないわ」

「あんまり望みをもたせるな」と幾造が云った、「その娘を現に引取るまでは、どうなるかわからねえ、どこでどんな手違いが起こるかわからねえ、かげんして云っとくほうがいいぜ」

おみつは頷いて奥へはいった。

「ここの名なんぞむやみに口にするなよ」と幾造が与兵衛に云った、「この島の内なら引受けるが、よその土地で十手をくらっても、おれにはどうにもならねえからな」

「わかってるよ」と与兵衛が云った。

暫くして、富次郎があらわれた。彼はひきつったような顔つきで、与兵衛の側へやって来ると、ひどく吃《ども》りながら、「ほんとですか」と問いかけた。与兵衛は彼がふるえているのを認め、そして彼のしんけんな眼つきに気づくと、「礼には及ばねえ」と云ってそっぽを向いた。

「本当にあれは無事でしたか」と富次郎はせきこんで訊いた、「当人に会って来て下すったんですか、なにか云いませんでしたか」

「うるせえな」と与兵衛が云った、「おみつさんに話したほかに云うこたあねえ、あっちへいってくれ」

富次郎は「済みません」とおじぎをし、それから、もういちどおじぎをして、しょんぼりと奥へ去っていった。

明くる朝、定七が子雀を庇《ひさし》へあげていると、吉永町の勝兵衛がやって来た。ひどくおずおずしたようすで、定七に挨拶《あいさつ》をし、「一昨日《おとつい》あたりここへ誰か来た者はないか」と訊いた。定七は目笊《めざる》のぐあいを直しながら、誰かとは誰だ、と訊き返した。

「おらあよく知らねえんだが」と老人は口ごもった、「なんでも八丁堀の人らしいんだが」

「八丁堀がどうしたって」

「おらあなんにも知らねえんだ、いま人が来て、訊いて来いと頼まれたもんだから」

と老人は云った、「来たか来ねえかだけわかればいいんだ」

「そいつも八丁堀か」と定七が云った、「自分で来いと云ってやれ、自分で来られねえくらいなら、つまらねえ詮索《せんさく》をするなってな、わかったか」

「わかったよ、そう云うよ」と老人は追従《ついしょう》するように笑った、「そのとおり云ってやるよ、邪魔をして済まなかった」

勝兵衛は去った。

「お、今日は元気だな」と定七は子雀に話しかけた、「今日は喰べるじゃねえか、そうだそうだ、喰べなくちゃいけねえ、もうすぐおっ母さんが来るからな、おっ母さんもおめえのことを心配していらあ、ひとりでどこへはぐれちまったかってよ、いまにきっと捜し当てて来るぜ」

子雀は目笊の中で、しきりに飯粒を啄んでいた。定七は石ころを幾つか拾うと、「おめえ鳴けばいいんだがな」と云いながら、そこをはなれてゆき、堀端の毀れ舟へ腰をおろした。半刻《はんとき》ばかりして、おみつが洗濯物《せんたくもの》を干しに来、定七を見て、「飽きないわね」と独り言を云いながら首を振った。定七は向う岸を見ていた。吉永町のほうでは、家並の上で雀たちが騒いでいた。やかましく鳴き交わす声も聞えるし、飛び立ったり舞いおりたりするさまが、朝の薄陽《うすび》の光りの中で小さく見えていた。

「あの中にいねえのかな」と定七は心もとなげに呟いた、「きっといるんだろうが、どうしてこっちへ来ねえのかな」

食事のときには、定七は子雀を家の中へ入れ、食事が済むとまた庇へのせた。そして日の昏《く》れるまで、石ころを握って、辛抱づよく見張りを続けた。

翌日も同様で、夕方になり、子雀を自分の部屋へ入れると、店へ来て、「どうしたんだろう親方」と幾造に訴えた。幾造は肴を拵《こしら》えていて、質問の意味がわかると、「いいかげんにしろ」と渋い顔をし、それから、「荷おろしは今夜だったな」と定七を見た。

八

「こっちを九つ（午前零時）にでかける約束だが、月が心配なんだ」と定七が云った、「おとついの晩も照ってやがったし、いやに天気が続きゃあがるから、——今日は十三夜ぐれえじゃねえかな」

「十三日だ」と幾造が云った。

「中川はだだっ広いから、あんまり月がいいとまるっきり見とおしになっちまう」

「灘文で手を打つさ」

「安公たちのときもその筈《はず》だったぜ」と定七が云った、「あのときもちゃんと手が打ってあるって云ってた、ところがあのとおりだ、船番所は出なかったが町方が張ってやがって、正太と安公がいかれちゃったぜ」

「そいつはおめえが片づけたさ」と幾造が云った、「そのとき張ってたのが、このあいだ来た岡島ってえ同心だろう、二人のことを話していたように思うがな」

「あめえ野郎さ」と云って、定七は脇《わき》のほうへ唾《つば》を吐き、自分の手を見た。

そこへ与兵衛が出て来た。彼は湯あがりで、艶《つや》つやと血色のいい顔をしてい、定七に向って、「ちょうどいい加減だぜ」と云った。定七はゆっくりと首を振り、「おれは酒にする」と答えた。与兵衛は飯台に向って腰かけ、手拭《てぬぐい》で額から頸《くび》のまわりを拭《ふ》きながら、「そうか」と頷いた。

「そうか、おめえは荷おろしのまえには、湯にはへえらなかったっけな」

定七は屹《きっ》と振向いた、「可笑《おか》しいか」

「――よせよ」と、まをおいて与兵衛が云った、「気に障《さわ》ったのか」

「なんでもねえさ」と定七は眼をそらした。

やがて、店が賑《にぎ》やかになってきた。

あの客が来て、例のとおり隅で飲みだし、政次と由之助と源三が、湯からあがった順に出て来た。仙吉はいちばんあとだったが、ひどくうきうきしたようすで、おまけに、しかつめらしく構えようとしていた。かれらは小部屋で博奕《ばくち》をしていたのだが、仙吉は一人で勝ったし、今夜の「荷おろし」に伴《つ》れていってもらえるのである。彼にとっては初めてのことで、ようやくいちにんまえになれる、という自負とうれしさのために、自分で自分を扱いかねているというようすだった。

定七が半刻ほどして寝にゆくと、与兵衛が富次郎を呼びだして来た。その朝、富次郎は頭の晒《さら》し木綿もやめたし、月代《さかやき》を剃《そ》り、洗ってもらった自分の袷《あわせ》に角帯をしめて、さっぱりとお店者《たなもの》らしくなっていた。――与兵衛は自分で呼びだしにゆき、店へ伴れてくると、飯台へ並んで掛けさせて、酒をすすめた。定七が神経を尖《とが》らせていたように、与兵衛も平生とは違ってみえた。いつもはむっつりしている彼が、その夜はよく飲んだし、活潑《かっぱつ》に話したり笑ったりした。

「おれたちはこんな人間だが、堅気な者の気持だってわかるぜ、堅気ないろ恋っていうやつも悪かあねえ」と与兵衛は繰り返し云った、「一生を棒にふるようないろ恋なんて、話か芝居にしかねえもんだと思ってた、そんなものにぶっつかったためしがねえからな、それでこっちもつんときたらしいや」

「安心しろ、大丈夫だ」と与兵衛は富次郎に酌をしてやった、「金はもうできたも同様だし、あの娘もきれいなままで引取れる、いっしょになったら仲よくやるんだぜ、こういう苦労をして夫婦になったってことを、生涯《しょうがい》、忘れるんじゃあねえぜ」

富次郎はすすめられる酒を、舐《な》めるように啜《すす》りながら、しきりに眼を拭いていた。

「そうだ、忘れるんじゃあねえ」と隅であの客が云った、「この世はみんないっときのまだってことをな――石は泣きゃあしねえんだ」

由之助が振向いて「石がどうしたって」と訊いた。

「石は泣きゃあしないっていうのさ」

由之助は「どういう洒落《しゃれ》だ」と訊き返し、客は黙って、頭をゆっくりと右へ左へと振った。

「へ、――」と由之助が呟いた、「よく水を差すようなことばかり云うおやじだ」

十時ごろに定七が起きて来ると、その客が帰っていった。いつものとおりふらふらに酔っていて、いちど引返して来、油障子をあけて、なにか云いたそうに店の中を眺《なが》めていたが、すぐにまた障子を閉めて、帰っていった。――そのあとで、定七と与兵衛が、仙吉を伴れて舟の支度をしに出た。舟は猟舟の小型のもので、水押《みよし》が高く、櫓《ろ》が三挺《ちょう》かけられる。かれらはそれへ蓆や、麻縄《あさなわ》や手鉤《てかぎ》などを積み、蓆の中には長脇差《ながわきざし》を二本隠した。

「雲はあるが、こころぼせえな」定七は気にして幾たびも空を見た、「こころぼせえ雲だ、晴れちまいそうだな」

与兵衛はだまっていた。

「晴れると昼間みてえになるぜ」と定七は舟から岸へあがりながら云った、「どうしてこう天気が続きゃあがるんだろう、頭の芯《しん》まで乾いちまったような気持だぜ」

与兵衛は定七を見たが、やっぱりなにも云わなかった。仙吉が岸へあがって、陽気に鼻唄《はなうた》をうたいだすと、定七は「野郎、静かにしろ」と叱《しか》りつけ、拳《こぶし》で頭を小突いて、また空を見あげ見あげ、苛《いら》いらした足どりで店のほうへ去った。

仙吉は舌打ちをして、「定あにいどうかしているぜ」と云った。

「おれだって同じこった」と与兵衛が舟からあがって来て云った、「荷おろしに出るときは誰だってそうだ、てめえにもいまにわかるさ」

「あにいも同じだって」

与兵衛が云った、「荷おろしのときはな」

かれらは時計が十二時を打ってからでかけていったが、定七はでかけるまで、子雀のことを諄《くど》くおみつに頼んでいた。朝になったら庇の上へあげてやってくれ、飯粒はやわらかく煮返すこと、庇へ上げたら猫や鳶に気をつけてくれ、などということを、繰り返しおみつに頼んだ。

「わかったわ」とおみつは微笑しながら頷いた、「雀のほうでいやがりさえしなければそのとおりにするわ」

そして三人は出ていった。

明くる朝、――おみつは起きるとすぐに、かれらの部屋を覗《のぞ》いたが、三人は帰っていなかった。それで雀のことを思いだし、外へ出してやろうとすると、その雀は死んでいた。目笊の上に掛けてある風呂敷をとってみると、子雀は両肢《りょうあし》を伸ばして横に倒れており、嘴《くちばし》のすぐさきに、ひと固まりの飯粒が乾いていた。

おみつは息をひそめた。すると隣りの六帖《じょう》で「誰だ、定か、――」という政次の声がした。寝床の中にいるらしい、おみつは「あたしよ」と答え、雀をのせた板を持って、裏へ出ていった。

「怒るわねきっと」とおみつは独りで呟《つぶや》いた、「どうしようかしら、見るとおもいが残るわ、いっそ見せないほうがいいわね」

すぐに決心したようすで、棒切れを拾うと、空地の土の柔らかなところを掘り、雀を埋めて、その上へ枯れかかった藜《あかざ》の小枝を挿《さ》した。おみつは裾《すそ》を直して跼《かが》み、その小さな墓に向って手を合わせたが、ふと自分の子供らしいしぐさが恥ずかしくなったとみえ、いそいで立ちあがって、家のほうへ戻った。釜場《かまば》では父親の幾造が顔を洗っていて、「帰ったようすはないか」と訊いた。

「ええまだらしいわ」とおみつが答えた、「雀が死んでたんで埋めて来たのよ」

幾造はぎょっとしたように、濡《ぬ》れた顔のまま娘のほうへ振返った。なにか悪い前兆でも聞いたような眼つきで。だがすぐに、手拭で顔を拭きながら、「そうか」と云った。

――荷おろしは失敗した。

幾造のそう思っていることが、おみつにはよくわかった。うまくいったとすれば、おろした荷を此処《ここ》へ運んで来る筈である。中川から此処までには、芦田《あしだ》の水路が幾らもあるが、日なかに舟を隠して置けるような場所はなかった。荷おろしは失敗したのだ、失敗することは珍しくはないが、午後になり、日が昏れてからも、三人の帰るようすがなかった。

政次も由之助も源三も、むろんそのことは察しているらしい。三人の帰らないことも気になっているのだろうが、誰もそのことに触れようとはしなかった。幾造やおみつはもとより、みんなにごともなかったような態度で、むしろいつもより陽気になり、灯《ひ》がはいるとすぐ、富次郎まで呼びだして、賑やかに店で飲み始めた。

　あの客の来たのは七時ころであるが、油障子のあいたとたん、みんな急に口をつぐんで、振向いた。賑やかな店の中が突然しんとなり、はいって来た客はたじろいだ。異様なほどの沈黙と、みんなの注目をあびてたじろいだようすだったが、「大きな月が出ているぜ」と誰にともなく云い、土間をまわって、いつもの隅へいって腰をおろした。

「断わっておくが」と幾造がその客に云った、「今夜は肴《さかな》はなしだぜ」

「いいとも」と客は頷いた、「ごらんのとおりもう酔ってるんだ」

「おじさん」と政次が呼びかけた、「いつも飲んでいられて、いい御身分だな」

「おんばそだちさ」と云って、由之助が笑った。

　それから半刻《はんとき》ほど経ってから、小部屋のほうでおみつが叫び声をあげ、「お父っさん」と呼ぶのが聞えた。幾造が立ちあがると、政次、源三、由之助たちもとびあがり、先を争うように奥へ走りこんだ。

「置いてきぼりか」と客は云って、残された富次郎に呼びかけた、「こっちへ来てつきあってくれないか、富さんとか聞いたが、金の心配はいらないぜ」

富次郎はぼんやりした眼で、その客を見まもった。

「金はあるんだ」と客はふところを押えた、「ここに持ってるから大丈夫だ、こっちへ来てつきあってくれないか」

富次郎は自分の盃を持って立ち、その客のほうへいった。もうかなり飲んでいて、顔が蒼《あお》ざめ、ちょっとふらふらした。

「おまえさんの話は聞いたよ、——まあ一ついこう」客は富次郎に酌をした、「おまえさんのことは聞いた、こっちはいつも酔ってるし、ごくとびとびだったがね、あらましのことは聞いてた、——どうしたんだ、飲まないのかね」

富次郎は黙って飲んだ。

九

小部屋ではみんなが与兵衛を囲んでいた。

与兵衛は頭から顔半分と、右の肩から二の腕へかけて晒し木綿が巻いてあり、どちらにも血が滲《にじ》んでいた。血はどす黒く乾いているが、かなりな傷であることは、滲んでいる血痕《けっこん》の大きさで察しがついた。

「番所じゃあねえ、やっぱり町方《まちかた》だ」と与兵衛はひどくかすれた声で、喘《あえ》ぎ喘ぎ云った、「二つ入《いり》のところで待伏せていやがった」

「水を飲まねえか」と由之助が訊いた。

「酒を呉れ、酒を冷で呉れ」

「だめだ、酒はいけねえ」と幾造が云った。

「いいんだ、傷なら心配はねえ」と与兵衛は云った、「手当をするときに見た、焼酎《しょうちゅう》で洗うときにすっかり見てあるんだ」

「手当はどこでした」

「仲町の平野だ」

「おめえのいろのいるうちだな」と政次が訊いた、「あそこのかみさんがやったんだろう、あのかみさんは尻《しり》に刺青《いれずみ》があって、その刺青のある尻を捲《まく》って啖呵《たんか》を切るんだ」

幾造が「政」と云い、政次は黙った。

「傷は大丈夫だから、酒を持って来てくれ」

幾造はおみつに頷《うなず》いた。おみつは店へいって酒を湯呑《ゆのみ》に注《つ》いで戻った。与兵衛は一と息にそれを呷《あお》った。

「定と奴《やっこ》はだめか」と幾造が訊いた。

「五はいの舟で囲まれた」と与兵衛は湯呑を持ったまま云った、「おれは待伏せをくったと思ったから、とびこんで逃げろとどなった、どなりながらおれは三尺を解き、もういちど、とびこめってどなった」

仙吉はうろうろしていた。初めてのことでのぼせあがってしまったらしい、与兵衛は着物をぬぐと、仙吉を突きとばしながら、自分もいっしょに川へとびこんだ。

「暫《しばら》くもぐっていて、それから顔を出して見ると、定のやつが舟の上にいた」と云って、与兵衛は深い息をした、「月がいいから、よく見えた、野郎は肌《はだ》ぬぎになって、長脇差を抜いて暴れていた、すぐに捕方《とりかた》の舟が取巻いて、姿は見えなくなったが、それでも二度か三度、長脇差を振りまわすのが見えた、ほんのちょっとのまだったが、ぎらっ、ぎらっと光るのが見えた、ほんのちょっとのまだった、そして、捕方のやつらが、刺股《さすまた》や棒でめった打ちに撲《なぐ》りつけ、凄《すご》いような悲鳴が聞えてからも、気ちげえみてえに撲りつけてやがったが、急にばたりと静かになった」

「いかれたんだな」と由之助が呟いた。

政次の唇が、よじれるようにまくれて、白い歯が見えた。幾造はおみつに「店へいっててくれ」と云い、おみつはすなおに店へ去った。

「ところがおれは、自分のことを忘れていた」と与兵衛が続けた、「定のほうに気をとられて、自分のうしろを見なかったが、うしろに捕方の舟がいたんだ、向うのほうが先にみつけたんだろう、ひょいと気がついたときには、髪の毛へ袖搦《そでがらみ》をひっかけられた。それがまたうまくひっかかりやがって、あっというまに引きよせられると、頭のここを、十手で三度ばかり、思いっきりやられた」

彼は眼が眩《くら》み、頭がぼうとなった。捕方に舟の上へひきあげられ、そこへ放りだされたが、動くこともできずにのびていた。

——もう一人いた筈だな、

——あっちで押えた。

捕方たちのそんな会話が聞え、近くの舟から、「痛え、痛えよう」という、仙吉の叫び声が聞えた。定はやられ仙吉も捉《つか》まった、そう思うと、吐きけのするほど怒りがこみあげてきた。怒りというよりも嘔吐《おうと》のこみあげるような気持で、いきなりはね起きると、側《そば》にいた捕方の一人にとびつき、その男と折重なって、川の中へとびこんだ。「すばやくやったつもりだが、とびこむまえに腕を斬られたらしい」と与兵衛は、片肌ぬぎになっている、右の腕を見た、「とびこむときかもしれねえ、いつやられたか気がつかなかったが、あとで見ると、この辺からここまで、ぱっくり口があいてやがった、――たしかに刀傷なんだ」

「小平のちくしょう」と政次が呟いた、「あのちくしょう、生かしちゃあおかねえぞ」

「すっこんでろ」と幾造が云った、「灘文はおれがいいようにする、てめえなんぞの出る幕じゃあねえ」

与兵衛が幾造を見あげた、「あのお店者、富次郎っていう、あの男のことをどうしよう」

「そんな心配はするな」

「いやそうじゃねえ、約束したんだ」と与兵衛は首を振った、「娘のことは引受けた、安心しろって、おれはあの男に約束した、そのために三十両稼《かせ》ごうと思ったんだ」

「おめえの罪じゃねえさ」と幾造がまた遮《さえぎ》った、「とにかく横になって休め、その話はあとのことだ」

与兵衛はなお、「親方」と呼びかけたが、幾造は政次たち三人に、「伴れてって寝かしてやれ」と云い、自分は土間へおりて、店のほうへ出ていった。

店ではあの客と富次郎が飲んでおり、おみつが燗番《かんばん》をしていた。幾造はおみつに代り、おみつは奥へはいったが、立ちあがったときすばやく、「話しといたわ」と幾造に呟いて、富次郎のほうへ眼をはしらせた。荷おろしが失敗したことを話したのだろう。幾造は頷いただけで、おみつが去ると、富次郎のようすをそれとなく見まもった。

富次郎はおちつきを失っていた。顔は蒼ざめて硬《こわ》ばり、盃を持った手のふるえているのが見えた。酒は飲まず、客の話すのを聞いているが、まったくうわのそらで、あたまをほかのことにとられているのがよくわかった。――そのうちに客は立ちあがり、裏へ手洗いにいって戻ると、「外はいい月だぜ」と云った。

「浮かねえな、富さん」と客は富次郎のうしろへいって肩を叩《たた》いた、「ひとつ外へ出て、月を眺めながら飲もうか」

富次郎はぼんやりと客を見た。客はもういちど彼の肩を叩いて、「元気をだせよ」と覗きこんだ。

「おめえもおれも、ここではよそ者だ」とその客は云った、「よそ者はよそ者同志で飲もう、向うに松の生えてる土堤《どて》があるんだ」そして幾造のほうを見て訊いた、「親方、――あの松の生えてる土堤はまだあのままか」

「あのままだ」と幾造が答えた。

幾造の眼が鈍い光りを放ち、追っかけて云った、「あそこは月見酒にはもって来いだ」

「なあ、いこう富さん」

「ゆくなら若い者に案内させるぜ」と幾造が云った、「足場が悪いから案内をさせよう、大事な持ち物があったら預かって置くぜ」

「そんな心配は御無用だ」

「だって金を持ってるんだろう、いつもそう云ってたように思うぜ」

「金は持ってる」とその客はふところを叩いた、「ここに、胴巻でしっかり括《くく》りつけてあるさ、ほんとだぜ、親方」

「そいつは預けてゆくほうがいいや」

幾造は富次郎が振向くのを見た。殆《ほと》んど怯《おび》えたような眼で、振向いて幾造を見た。幾造はその眼に頷《うなず》いてみせ、客に向って、云った、「少しばかりならいいが、胴巻へ入れるほど持ってるなら預かっておこう、場所が場所だからな、そのほうが安心して飲めるぜ」

「なんでもねえさ」とその客は手を振った、「そんな心配は御無用、——ゆくか、富さん」

富次郎は口がきけなかった。舌でもつったように、口はあいたが声が出ず、頭で、ぎごちなく頷いた。

「よし、酒を頼むよ、親方」とその客が云った、「肴は、ねえんだっけな、ここに出ているこいつでいいや、この目刺の焼いたのでいいから、ちょっと竹の皮かなにかに包んでくれ」

「酒はもうこれでいいだろう」と幾造は五合徳利を見せた、「盃は湯呑のほうがいいな、——おみつ、竹の皮があったら持って来てくれ」

富次郎は黙って眺めていた。まったく血のけを失った顔は、仮面のように硬ばり、歯をくいしばるたびに、顎《あご》の肉が動いた。——幾造は黙って支度をし、おみつはそっと奥へ去った。なにかしらぎらぎらするような、一種の気分が店ぜんたいにひろがってゆき、富次郎はその重さに耐えかねたかのように、自分の喉《のど》へ手をやりながら、ひそかに喘《あえ》いだ。

幾造は酒徳利と、二つの湯呑と、竹の皮包をそこへ出して、「政、——」と奥へ呼びかけた。すると富次郎が、「あ」と声をあげた。

「私がゆきます」と彼は吃《ども》りながら云った、「いや、案内はいりません、この人と私と、二人だけで大丈夫です」

「そうだ、案内には及ばない」とその客が首をぐらぐら振った、「場所はおれが知ってるさ、おめえ残りを持ってくれ、富さん」

客は酒徳利を持った。富次郎がこっちへ来ると、客は徳利のくびに付いている細い縄を指にひっかけ、「いって来るぜ、親方」と云いながら、足もとの危なっかしい足どりで、先に外へ出ていった。

「いいのか」と幾造が富次郎の眼を見た、「おめえで大丈夫か」

「ええ、大丈夫です」と彼は二つの湯呑を袂《たもと》へ入れながら、深い息をして云った、「どうせ同じことですから、自分でやります」

幾造はじっと彼をみつめ、それから手早くなにかを包んで、「これを持ってゆけ」と飯台の上へ置いた。富次郎は案外しっかりした手つきでそれを取ると、顔をそむけながらふところへ入れ、竹の皮包を持って、客のあとを追った。

その客は橋の上で待っていた。

「安楽亭か」と客は云っていた、「洒落《しゃれ》たおやじだ、ここでどんな事があるか、およそおれは知ってるが、それに安楽亭とは皮肉な名を付けたもんだ、洒落たおやじだぜ」

そしてふらふらと歩きだした。

富次郎は客のうしろからついていった。客は暢気《のんき》に鼻唄をうたったり、富次郎に話しかけたりしながら、吉永町の堀端を右へ、ふらふらと歩いていった。吉永町がきれて、――橋を渡ると、土盛りをした更地が一画あり、そこから先には家がなかった。

遠くのほうはわからないが、ゆくにしたがって左右がひらけ、月をうつして光る沼地や、芦の繁《しげ》みや、雑草の伸びた荒地などが続き、やがて向うに、ぼんやりと黒く、横に延びている並木のようなものが見えた。

「あれが土堤だ」と客が指さして云った、「ときに、おれはなんの話をしていたっけかな」

富次郎は唾《つば》をのんで答えた、「この辺のことです、昔よくこの辺へ来たという話ですよ」

客は喉で笑い、それから云った、「――あいびきにな」

十

二人は松の下の、枯れかかった草の上に腰をおろした。酒徳利を倒れないように置き、竹の皮包をひらき、それぞれ湯呑を手に持った。

富次郎は飲まなかった。客もそれほど欲しくないのか、ときどき舐めるように啜りながら、また逢曳《あいびき》の話をしていた。富次郎はときどきふところへ右手を入れるが、決断のつかないようすで、その手をそろそろと出し、ゆっくりと深く息を吐いた。松の枝からもれてくる月の光りで、彼の顔は石のように硬く、頰《ほお》の肉がそぎおとされでもしたように、くぼんで影をつくっているのが見えた。

「そっちを芦田というんだ」客が急に話を変え、前へ顎をしゃくりながら云った、「生えてる芦はいまに刈取って、葭簾《よしず》やなんかに使うんだ、知ってるか」

「ええ、いいえ」と富次郎は首を振った、「知りません」

土堤の向うには、遠くまでずっと芦が茂っており、それらが月光の下で、畑のようにきちんと、畝《うね》作りになっているのがわかった。その芦の間で、突然ばしゃばしゃと高い水音がし、客はどきんとして「ええ吃驚《びっくり》する」と呟いた。

「吃驚させやがる」と云って、客は湯呑を口へもっていった、「魚じゃあねえな、魚にしちゃあ音が大きすぎる、川獺《かわうそ》だな、きっと川獺だぜ」

富次郎が顎をひきしめ、右手をすっとふところへ入れた。すると客が「それには及ばねえ」と云った。

「そんな物を出すことはねえ」と客は静かに振返った、「そんなことをしなくっても、金はおまえにやるよ」

富次郎は息を詰め、がたがたとふるえた。そして恐怖に憑《つ》かれたような眼で、客のすることを眺めていた。客は両手を袂からふところへ入れ、なにかの結び目を解くと、片方の袖から長い胴巻を抜きだした。そしてそれをくるくると巻いて、両手で重さを計るように、ゆらゆらさせてから、「さあ取ってくれ」と富次郎のほうへさしだした。

「五十両と少しある、取ってくれ」

富次郎は戸惑いをし、喉にからまるような声で、「だってそんな、そんな大枚なお金をどうして」と吃り吃り云った。

「おれには用がねえからだ」と客は遮《さえぎ》って云った、「用がないばかりじゃあない、おれはこの金が憎いんだ、さあ取ってくれ」

客はまるめた胴巻を、富次郎の手へ押しつけた。富次郎は化かされたような顔で、それを受取ったが、それは重みのために、彼の手から落ちそうになった。

「なにかわけがあるんですね」

「それを聞いてもらいたいんだ」と云って、客は湯呑に酒を注《つ》ぎ、ぐっと半分ほど飲んだ、「おれは向うの、木場に勤めていた、さっき話したあいびきの相手、――おつじというんだが、それと世帯《しょたい》をもって、紀の国屋という店の帳場をやっていた、……ごく短い話だが、聞いてくれるか」

富次郎は「ええ」と頷いた。

世帯をもって五年、子供が三人生れた。生活は楽ではなかったが、おつじはやりくりがうまく、平板ながら穏やかな暮しが続いた。そのままでいればなにごともなかったが、彼はふと、「妻や子供たちにもう少しましな生活がさせてやりたい」と思い、材木の売買に手をだした。それが初めから思惑はずれだったし、帳場の金に二十両ばかり穴をあけた。彼は紀の国屋に十六年勤めていたのだが、主人が息子の代に替ったあとで、「しめしがつかないから」と暇を出された。家じゅうの物を洗いざらい売り、知人から借り集めた十両ほどの金を入れたが、若い主人は「不足の分もなるべく早く返してくれ」と云うだけであった。

一家は平野町の裏長屋へ移った。売れる物は残らず売ったあとで、親子五人が、その古長屋の六帖に坐《すわ》り、壁ひとえ隣りで赤児《あかご》の泣く声を聞いたとき、彼は口惜《くや》しさと絶望のために泣いた。

――気を強くもってよ、これからじゃないの。

妻のおつじが明るい声で励ました。あたしは平気だ、貧乏には馴《な》れている、あなたといっしょになら、どんな貧乏だって平気だ。お互いにまだ若いし、幸いみんな丈夫だから、やろうと思えばどんなことだってできる。気を強くもって、初めからやり直してみよう、とおつじは繰り返した。

「女房の云うことをきけばよかった、けれどもおれはきかなかった」と客は云った、「どうしても自分のしくじりを取返して、ひとしんしょう作りたかった、纏《まと》まった金をつかんで世間をもみかえし、女房や子供にもいい暮しがさせてやりたかった、どうにもじっとしていられなかったんだ」

　彼は江戸を出ていった。

　三年のあいだ辛抱してくれ、と彼は妻に頼んだ。金が出来ても出来なくても、三年経《た》ったら帰って来る。苦しいだろうが、三年のあいだ辛抱してくれ、と頭をさげて頼んだ。おつじは初め反対した。親子、夫婦がいっしょならどんな苦労でもする、お金もたくさんは欲しくないし、いい暮しをしたいとも思わない。どうか思いとまってくれ、と泣きながらくどいた。けれども、彼の決心が動かないと知ると、こんどは思いきりよく承知して、それほどの決心ならやむを得ない、留守のことは引受けようし、三年と限ることもない、これでよしと思うまでやってみるがいい、「あとのことは決して心配はいらないから」と云った。

　そして彼は木曾《きそ》へいった。

「木場で育ったし、大きく儲《もう》けるには木出しかないと思った」と客は続けた、「木曾から紀州へまわり、また木曾へ戻り、京、大阪ととび歩いた、一年経ち、二年経ったが、元手なしの仕事だから思うようにいかない、もう半年、もう半年と、手紙で延ばし延ばし、とうとう五年経ってしまった」

今年がまる五年めで、偶然の機会から二百両ちかい金をにぎった。もうひと稼ぎと思ったが、いちど妻子の顔を見るつもりで、江戸へ帰って来た。上方《かみがた》のほうの払いを済ましても、金は百二十両ばかりあった。それを妻に渡して、すぐ引返すつもりだったが、平野町の長屋には妻も子もいなかった。

「裏長屋は人の出替りの多いものだ、こっちは引越してすぐに旅へ出たから、むろん知った顔はなかったが元の家には他人がはいっていて、それも一年まえに移って来たそうで、おれの女房子のことはなにも知らなかった」

差配《さはい》を訪ねると、差配も変ってい、元の差配は下谷《したや》のほうへ越していったという。長屋じゅうを訊《き》きまわり、家主を訪ねた。そして、家主から元の差配の住所を聞いて、下谷の竹町へとんでいった。

「元の差配はそこにいた」と客はひと息ついて云《つ》った、「差配は知っていた、――おつじのやつは、おと年の暮に、二人の子供を伴れて、大川へ身投げをして、死んだというんだ」

富次郎は「え」といった。客は坐り直し、両手で膝《ひざ》を抱えて、その膝がしらへ額を押しつけた。

「暮しもひどかったらしい」と客は含み声でゆっくりと云った、「ずいぶん苦しかったようだが、二番めの五つになる娘が、はやり病いで死んでから、すっかり気おちがして、暫くは正気をなくしたようになっていたそうだ、そして十二月の末ちかい或《あ》る晩、——残った二人の子といっしょに」

そこで言葉を切ったまま、かなり長いこと黙っていた。

「金がなんだ、百や二百の金がなんだ」と客は呻《うめ》くように云った、「女房や子供が死んでしまって、百や二百の金がなんの役に立つ、金なんぞなんの役に立つかってんだ」

彼は気が狂いそうになり、狂ったように酒浸りになった。彼は自分を呪《のろ》い、その金を呪った。その金が妻子を殺したようなものである、彼がいれば妻子は死にはしなかったろう、彼は側《そば》にいなかった。何百里もはなれた遠い土地にいた。生活の苦しさ、幼い娘の死、それを妻はひとりで背負い、背負いきれなくなって死んだ。どんなに辛かったろう、どんなに苦しく、悲しいおもいをしたことだろう。そう考えると、「いっそおれも死んでくれよう」と幾たびか思った。

「どうして安楽亭へゆく気になったか、自分でもよくわからない」と客は顔を伏せたまま続けた、「古くからあの島の噂《うわさ》は聞いていた、いっそ死んでくれよう、という気持が、あそこへゆくきっかけだったかもしれない、そうではなくって、あそこの罪人臭さにひかれたのかとも思う、この金のために、——おれは妻子を殺したも同様だからな」

客は顔をあげ、月光をあびた芦田のかなたを、暫《しばら》くのあいだ眺《なが》めていた。

「これで話は終りだ」とやがて客が云った、「その金を使ってくれ、娘さんを請け出して、遣いこんだ金をお店へ返しても、少しは余るだろう、ほんの少しだろうが、もしもそれまでにあったら、望みの戸納質《とだなじち》を始めるんだ」

富次郎がなにか云おうとし、その客は首を振って「いやなにも云うな」と遮った。

「おれのことはおれが承知している、また上方へいってやり直すかもしれないし、このままのたれ死にをするかもしれない、どっちにしろ、富さんには縁のないこった、しかしただ一つ、一つだけ断わっておくことがある」そう云って客は富次郎を見た、「——その人と夫婦になったら、はなれるんじゃあねえぞ、どんなことがあっても、いっしょに暮すんだぜ」

富次郎は固くなって「ええ」と頷いた。

「どんなことがあってもだぜ」

「ええ」と富次郎が云った、「きっと仰《おっ》しゃったとおりにします」

「約束するな」

「約束します」

「よし、――じゃあいってくれ」と客は酒徳利を取りあげた、「おれはもう少しここで飲むから、おめえは先に帰ってくれ」

「私も待っています」

「先に帰ってくれ」と客はするどい声で云った、「ここはおれとおつじのあいびきをしたところだ、邪魔をしねえでいってくれ」

そして乱暴に、湯呑へ酒を注いだ。富次郎は不決断に立ちあがり、「それではまた、あとでおめにかかります」と云い、不決断に、そこをはなれて歩きだした。――土堤をおりようとして、ふと、その客の名前さえ知らなかったことに気づき、立停《たちどま》って戻ろうとした。暗い松の樹《こ》蔭《かげ》に、斑《まだら》な月光をあびて、その客はぽつんと坐っていた。

「あとにしよう」と富次郎は呟いた、「あとで帰ってから訊けばいい、いまはそっとしておこう」

そして彼は土堤をおりていった。

明くる日の夕方、――ちょうど灯《ひ》ともしごろに、富次郎とおきわが、揃《そろ》ってその島から出ていった。おきわは背丈も低く、まる顔の、ごく平凡な娘だったが、富次郎にたよりきったようすや、富次郎のこまかい劬《いたわ》りかたは、いかにもつつましやかできれいにみえた。

安楽亭の表には、幾造とおみつが見送っていた。与兵衛は寝ており、政次、源三、由之助の三人は、店で飲んでいた。かれらにはもう、富次郎やおきわのことなど、まるで関心がないようであった。

「あの二人が初めてね」とおみつが父親に云った、「よそからここへ来て、きれいなままで出てゆくのは、あの二人が初めてよ、――仕合せになれるといいわね」

幾造はあいまいに「うう」といった。

あの客は戻らなかった。土堤からどこかへいってしまったらしい、その夜も戻らなかったし、二度と安楽亭へはあらわれなかった。もし誰かが、あの松の生えている土堤へいってみれば、そこに五合の酒徳利と、二つの湯呑が残っているのを、みつけたことだろう。あの客はついに名前も知れず、どこへ去ったかもわからずじまいであった。

（「小説新潮」昭和三十二年一月号）

あすなろう

一

うすよごれた手拭《てぬぐい》で頰冠《ほおかぶ》りをした、百姓ふうの男が一人、芝金杉《しばかなすぎ》のかっぱ河岸《がし》を、さっきから往《い》ったり来たりしていた。日はすっかり昏《く》れてしまい、金杉川に面したその片側町は、涼みに出た人たちで賑《にぎ》わっていたが、誰もその男に注意する者はなかった。やがて、「灘久《なだきゅう》」と軒提灯《のきちょうちん》のかかっている、かなり大きな居酒屋から、職人ふうの男が出て来、それを認めたこちらの百姓ふうの男が、すばやく近よっていった。二人は並んで歩きだし、百姓ふうの男がなにか訊《き》いた。片方は首を振った。二人はなおも囁《ささや》きあったが、町木戸のところで引返し、こんどは百姓ふうの男が、「灘久」の縄《なわ》暖簾《のれん》を分けてはいっていった。

二

「おめえ少し饒舌《しゃべ》りすぎるぜ」

「これも女をものにする手の一つさ」若いほうの男が云《い》った、「冗談じゃあねえ、あにいだってゆんべは結構しゃべったじゃあねえか」

「ちぇっ、ゆんべだってやがら」年上のほうの男は右手の指の背で鼻をこすった、「おれがゆうべなにを饒舌った」

「この辺の生れで、なんでも大きなお店《たな》の二男坊だったとか、二階造りの家に土蔵が三戸前もあったとか、小さいじぶんから暴れ者で、近所の者はもちろん、可愛《かわい》い妹まで虐《いじ》めてよく泣かしたとか」

年上の男は笑いながら首を振った、「でまかせだ」

「本気で云ってたぜ」

「でたらめさ、酔ってたんだ」と年上の男は酒を啜《すす》ってから云った、「生れたのは宇田川町、うちは小さな酒問屋だった、蔵《くら》というのは古い酒蔵が二棟で、一つは半分壊れかけていたっけ、子年《ねどし》の火事できれいに焼けちまったそうだがね」

「すると、うちの人たちは」

「酒が来たぜ」

小女《こおんな》が燗徳利《かんどくり》を二本、盆にのせて持って来た。年上の男が肴《さかな》を注文し、若いほうの男は酒を調合した。空いている徳利へ、新しい徳利の酒を二割がた移し、脇《わき》に置いてある土瓶《どびん》から薄い番茶を注《つ》ぎ足すのである。つまり番茶を二割がた混ぜたうえで、その酒を飲むのであった。

「おめえはふしぎなことをするな」と年上の男が云った、「そんなものを飲んでうめえか」

「松あにいは知らねえんだ、尤《もっと》も初対面から三日しか経《た》っちゃあいねえからな」と若いほうが云った、「こいつは番太のじじいに教わったんだが、こうして飲むと中気にならねえっていうんだ、茶が酒の毒を消すんだってよ、じじいは八十まで丈夫で、いつも安酒を絶やしたことがなかったが、現に中気にもならず胃を病んで死んだよ」

「するとおめえも、中気になる年まで生きてるつもりか」

「百までもな」と若いほうはやり返した、「生きられるだけ生きてたのしむつもりさ、たのしく生きる法を知ってる者には、この世は極楽だぜ」

「人を泣かして、てめえだけ極楽か」

「あにいは知らねえ、女ってものは泣くのもたのしみのうちなんだ」と若いほうは云った、「——おらあこれまでに、そうさ、十五人ばかり女をものにし、たのしむだけたのしんでから売りとばした、おかしなことに、どの一人とも夫婦約束はしなかった、夫婦にゃあならねえと初めから断わったもんだ」

　この店の広い土間には、差向いに六人掛けられる飯台が三つ、四人で掛けるのが三つ、左右の壁に沿って、片方だけに七八人掛けられるのが二つあった。——いま忙しい時がひとさかり過ぎたところで、この二人のほかに、三人組と二人組の客があり、べつの飯台に百姓ふうの男が一人いた。その男はもう半刻《はんとき》以上にもなるのに、突出しの小皿を前に置いたきり、一本の酒を舐《な》めるように、大事に啜りながら、ときどき松あにいと呼ばれる男のほうを、すばやい眼《め》つきでぬすみ見していた。——三人組と二人組の客たちは、どちらも相当に酔って、高ごえで話したり笑ったり、ときには唄《うた》をうたったりするので、こっちの二人はしばしば話を遮《さえぎ》られた。

「おれがこんな人間になったのも女のためなんだ」と若いほうが云っていた、「男ってものは赤ん坊からだんだん育ってゆくだろう、五つの年には五つ、十になれば十ってぐあいにさ、ところが女はそうじゃあねえ、女ってやつは立ち歩きを始めるともう女になっちまう」

「男だって生れたときから男だろう」

「そうじゃあねえんだ」若いほうはそこからうまい言葉をみつけだそうとでもするように、持っている盃《さかずき》の中をじっとみつめた、「いろけづく、——でもねえな」と彼は首を捻《ひね》ってから、考え考え云った、「つまりこんなふうなんだ、男にはねえが、女にはおませな子っていうのがあるだろう、女の子はこんなちっちゃなじぶんからへんにしなを作ったり、横眼で人を見たりすましたりするが、おませになるともうおとなとおんなじだ、いろっぽいところも小意地の悪いところも、男にちょっかいをだすところまでおんなじなんだ」

「いやなやつだな、おめえは」

「松あにいは知らねえか」

「おれは文次ってんだ」と年上の男が云った、「なにを聞き違えたか知らねえが、名まえは文次ってんだから覚えといてくれ」

「おかしいな」と若いほうが云った、「初めにおれが政だと名のったら、あにいは慥《たし》か」

「文次だ」と彼は押っかぶせるように云った、「職は指物師《さしものし》、名めえは文次、わかったか」

「わかったよ」と政は頷《うなず》いた。

「それで」と文次が促した、「おれがなにを知らねえって」

「なんだっけ、ああ――」政は一と口啜ると、飯台へ片肘《かたひじ》を突き、文次を斜《はす》から見あげるようにして云った、「あにいは小さいじぶん、女の子にちょっかいをだされたことがねえかっていうんだ」

「ねえな」と文次は答えた、「おれのほうから乱暴をして泣かしたことはあるが、女の子にちょっかいをだされたなんて覚えはねえ」

「おれは幾たびもあるんだ、いちばん初めは四つの年だ」彼は追憶を舐めるような口ぶりで云った、「相手は同じ町内の娘で、年は六つか七つだったろう、増上寺《ぞうじょうじ》の境内へ遊びにいって、竹やぶの中で仰向《あおむ》きにされて押っぺされた、そのとき背中で竹の枯葉がごそごそ鳴ったのと、竹の葉の匂《にお》いがしたのをいまでもよく覚えているよ」

文次は無感動に聞いていた。

「その娘には何度もそんなことをされたが、何度めかに町内の筆屋の路地で、炭俵へこう倚《よ》っかかったまま押っぺされているところをおふくろにみつかった」政は肱《ひじ》を突いた手で頬《ほお》を支えながらくすっと笑った、「――おふくろにこっぴどく叱《しか》られたっけ、こっちはなんにも知っちゃあいねえ、ただその娘の云うなりになってたんだが、おふくろに叱られてからそれが恥ずかしいことで、人に知られては悪いんだってことに気がついた」

「四つや五つでか」

「四つの年の夏だったよ」

「おめえはいやなやつだ」文次は顔をしかめた。

「おれがか」政は身を起こした、「おれはなんにも知らなかったんだぜ」

「突きとばしてやれ」と文次が云った、「四つだって男だろう、そんなことをされたら、はり倒すか突きとばしてやればいいんだ」

「それがそうはいかねえんだ、こっちはわけがわからねえのに、相手はおとなみてえになってる」政は唇《くちびる》を舐めた、「——おれがぐれ始めて、娘をひっかけるようになってから気がついたんだが、六つか七つでいながら、そういうときに云ったりしたりすることはおとなとおんなじなんだ、ほんとだぜ」

小女が肴の皿を持って来て置き、あいている皿や小鉢《こばち》を重ねて、脇のほうへどけ、酒の注文を聞いて去った。

「いちどこんなことがあった、これはいま云った筆屋の娘で八つくらいだったかな、いい物を見せてやるから来いって云うんだ」政は一と口啜って続けた、「そうよ、慈《じ》光院《こういん》の裏に空地《あきち》があって、隅《すみ》のほうに高さ三尺ばかりの笹《ささ》やぶが茂ってる、その中へ伴《つ》れこんだと思うと、その娘が坐《すわ》って、両足をこう、ぱっと左右へ」

「どこかで聞いたような話だぜ」

「まあさ」と政はなお続けた、「まあそれはいいんだ、それはよくあることかもしれねえが、おれの云いてえのはそのときの娘の眼だ、こうやってぱっとひろげてから、おれの顔をじいっとみつめてやがる、ひろげて見せるだけじゃあねえ、それを見ておれがどんな顔をするか、ってえことに興味があったんだな、ずっとあとで、そういうまねをすることの好きな女にたびたび会ったが、そういう女たちと、八つの娘の眼つきが殆《ほと》んどおんなじなんだ、ほんとだぜあにい」

「それで、つまり」と文次が云った、「女は子供のときから女だってえわけか」

「現にこの身でぶっつかったことなんだ」

「ほんとだぜ、か」と文次は首をゆっくりと振った、「おめえはいやなやつだ」

　三人組の客が勘定を命じ、そこへ四人伴れの客がはいって来た。その四人はもうひどく酔っていて、三人組が去ったあと、却《かえ》って店の中はそうぞうしくなった。二人組の客はいちど口論を始めたが、喧嘩《けんか》にはならず、互いに慰めたりなだめたりしながら、また仲よく飲み続けていた。

「くどくってね、へっへ」と政が話していた、「女をくどくなんてばかなこった、へたにくどいたりするから女は用心しちまうんだ、女をものにしたかったら軀《からだ》を責めりゃあいい、いきなり抱きついて口を吸う、いやだって云ったらもういちどやる、二度、三度とやりゃあ女は黙っちまうもんだ」

「子供を騙《だま》すようなもんか」

「但《ただ》しみんながみんなじゃあねえぜ、中にゃあ田之助が裸で抱きついたって、石みてえにびくともしねえ女がある、そいつを見分ける眼がねえとしくじるんだ」
「おめえはしくじらねえんだな」
「そんなのには手を出さねえからな」
「情《じょう》にほだされるこたあねえか」
「初めから夫婦にならねえと断わるくれえだぜ」と云って政は可笑《おか》しそうに含み笑いをし、文次のほうへ半身を近よせた、「——面白《おもしれ》えんだ、あにい、女をものにしていよいよそうなるだろう、するとな」そこで彼はまた含み笑いをした、「或《あ》る女はどうしても口を吸わせねえ、これだけはきれいにして嫁にゆきてえ、って云うんだ、またべつの女は乳に触らせねえ、乳だけは亭主になる人へきれいなまま持ってゆきてえ、って云うのよ」
「その次は臍《へそ》か」
「嘘《うそ》じゃねえってば」と政は口を尖《とが》らして云った、「口だけはとか、乳だけはとか、嫁にゆくときの自分の気慰めだろう、どうしても触らせねえ女が幾人かいた、けれども、肝心なところを除《よ》けた者は一人もなかった、ほ、いやこいつは正真正銘のことなんだよ」
「どっちでもいいが、ほんとだとすれば罪な野郎だ」と文次が云った、「そうやって女をものにして、たのしむだけたのしんだあとは売りとばすか」

「それも女のおかげさ、四つか五つから女の子にちょっかいをだされて、十四五になるともう女のほかになんにも興味が持てなくなっちまった」政はなんの感情もない微笑を唇にうかべた、「どんなに惚《ほ》れた女でも、ものにしちまうともうそれっきりさ、すぐに次の女が欲しくなり、その女をものにするためにこっちの女を売る、考えてみればなさけねえようなもんだ、まったくのところ、自分で自身がなさけなくなるときがあるよ」

「今夜また一人やるとか云ってたが、そういう口でうまく騙したんだな」

「本当になさけなくなることがあるんだ、あにいにゃあそんなこたあねえか」

「今夜はなさけなかあねえんだな」

「業《ごう》ってもんかもしれねえ」

「あまえたことを」と文次が云った。

「暫《しばら》く土地を売って、息抜きがしてえんだ」と政は遠くを見るような眼つきで続けた、「その娘は二十六になる、下に妹が二人あって、その二人は嫁にいっちまった、姉のそのおむらというのはいちばん縹緻《きりよう》よしなんだが、縁不縁というやつか、今日まで売れ残っていたんだ」

「ひっかけるにゃあもってこいか」

「息抜きがしてえって云ったろう、その娘は百両持って来る筈《はず》だ」と政は続けた、「うちは大店《おおだな》だし、二十六にもなる娘を嫁にやるとなれば、軽くやっても二百両や三百両はかかるだろう、それを百両で片がつくんだし、娘は初めて男の味を知るわけだ」

「礼でも云ってもらいてえか」

「木更津《きさらづ》に遠い親類がいるんだよ」政は徳利を振ってみて、残り少ないのを盃に注ぎながら云った、「そこへいって半年か一年、暢《のん》びりくらして来てえと思うんだ」

「ひとくちに百両って云うが、いくら大店だって百両は大金だ、娘なんぞに持ち出せるようなところへ放って置きゃあしねえぜ」

「それが金を扱うしょうばいなんだ、質と両替を兼ねているんでね、五百両ぐれえの金なら、いつでも手の届くところにあるんだ」

「質と両替だって」

「金杉本町じゃあ一番の店構えだ」

文次がなにか云おうとしたとき、向うで一人で飲んでいた百姓ふうの男が、こっちへやって来て政に呼びかけた。

「いい景気らしいな政」とその男は云った、「なんでそんなに儲《もう》けた」

「和泉《いずみ》屋の親分ですか、ちっとも気がつかなかった」と政はきげんを取るように云った、「お掛けんなりませんか」

「願いさげだな」男は眼の隅で、文次をぬすみ見ながら、云った、「おめえの酒は女っ臭《くせ》え、しゃれて云えば女の涙で塩っ辛《かれ》えからな、――伴れがあるようだが友達か」

「ええ、指物職でね」

「名めえは文次だ」と文次が云った、「住居《すまい》は京橋白魚河岸《しらうおがし》の吉造店《だな》で、年は二十九、ほかに訊くことがあったら云ってくれ、答えられることならなんでも答えるぜ」

「そうむきになるなよ、親方」と男は皮肉に云った、「怒るとせっかくの酒がまずくなるぜ」

「あにい」と政は文次に一種の手まねをし、頭をさげながら云った、「たのむよ」

文次はそっぽを向いた。

「そうだ、そのほうがいい」と男は云った、「こんなところで男をあげたって三文の得にもなりゃあしねえ、政、――邪魔あしたな」

「とんでもねえ、親分」

「よしゃあがれ、てめえに親分なんて呼ばれるほど落ちゃあしねえや、こんど親分なんて云ったら承知しねえぞ」

「黙ってろよ」と文次が政に顎《あご》をしゃくった、「ふところに十手を呑《の》んでれば天下さまだからな」そして男に云った、「おまえさんのこっちゃあねえぜ、和泉屋の親分」

「ありがとうよ」と男は冷笑した。

男は元のところへ戻って勘定をし、そのまま外へ出ていった。小女が酒を持って来、政はまた茶と調合しながら、いったいどうしたことだと文次に訊いた。

「あんなに突っかかってよ」と政は云った、「先はなんにも云わねえのに、こっちから突っかかるなんて気が知れねえ、おらあはらはらしちまったぜ」

「岡っ引はでえ嫌《きれ》えだ」文次は土間へ唾《つば》を吐いた、「世の中に岡っ引くれえ嫌えな者はありゃあしねえ」

「なにかあったのか」

「この干物はまずいな」文次は箸《はし》で肴を突つき、「こいつはくさやの」と云いかけて、その言葉を刃物ででも断ち切るように、ぴたっと唇をひきむすんだ。

政も同時に「これはくさやの」と云いかけ、文次が急に口をつぐんだので、彼もあとは云わずに文次を見た。すると、文次はその不審そうな政の眼に気づいて、てれたような、どこかあいまいな微笑をうかべた。

「よせよ」と文次は云った、「そんなんじゃあねえぜ」
「なにがさ」
「嫌えな十手のあとでくさやに気がついたから、いやなこころもちになっただけだ」
「十手とくさやと縁があるのか」と云って政も思い当ったのだろう、丈夫そうな黄色い歯を見せて笑った、「――そうか、くさやは三宅島《みやけじま》かどっかで、流人《るにん》が作るって聞いたっけ」
「おれは悪い野郎だ」文次は続けて二杯飲んだ、「生れつきの性分なんだろう、手に負えねえ乱暴者でしょっちゅうまわりの者を泣かした、いちばん好きなやつ、可愛いやつほど虐《いじ》めたもんだ、どういう気持なんだかわからねえ、いちばん可愛い妹の巾《きん》着《ちゃく》から銭をくすねたり、大事にしている玩具《おもちゃ》を毀《こわ》したりしたもんだ、そうして親に叱られるとうちをとびだし、どっかの物置とか、薪小屋《まきごや》なんぞへもぐり込んで寝て、二日も三日もうちへ帰らねえ、そんなことを数えきれねえほどやった」
「それが」と彼は手酌《てじゃく》で一つ呷《あお》って続けた、「うちで綿の厚い蒲団《ふとん》にくるまって寝るより、そうやって物置なんぞで寝るほうがおれにはうれしかったんだ、――おやじもおふくろもいい人だったし、兄貴や妹たちもいいきょうだいだった、ところがおれだけはそんな性分で、それをどうしようもなかった、自分で自分がどうにもならなかったんだ」

「わかるよ」と政がまじめに頷き、大事そうに盃の酒を舐めた、「それじゃあ岡っ引が嫌えな筈だな」

「十四の年にうちをとびだした」と文次は云った、「それからこっち、岡っ引とか十手なんぞがむやみに憎くなった、悪い事をする人間はある、だがたいていえは気の弱いやつか、どうしようもなくってやっちまうんだ、やったあとでは自分で自分の骨を嚙《か》むほど後悔するんだ、おめえだってそうだろう」

政は黙って自分の盃を見まもっていた。

「気違えはべつだ」と文次はなお続けた、「しかしまともな頭を持っていて、それでも悪い事をする人間は可哀《かわい》そうなんだ、悪い事をするたんびに、十手で殴られ捕縄《とりなわ》で縛られるより、もっともっと自分で自分を悔んでるんだ、——おれだってまともな性分に生れたかったよ、あたりまえに女房を貰《もら》って家を持ちてえ、一日の仕事から帰ると湯へいって汗を流し、女房子といっしょに晩めしを喰《た》べてえ、それが人間に生れて来たたのしみってえもんだ、そんなふうにして飲む一本の酒は、料理茶屋で十両使って飲む酒よりうめえだろう、それがおれにはできなかった、おれにはそうすることができなかったんだ」

四人伴れの客は、さっきから唄をうたいだし、皿小鉢を叩《たた》きだしたので、小女がよしてくれと止めにいった。一人がいきなり立ったが、伴れがなだめて皿小鉢を叩くのはよした。けれども唄のほうは代る代る、もっと高ごえでうたい続けた。そこへ二人伴れと三人伴れの客がはいって来、さっき口論した二人伴れが出ていった。

「こんなことを云うのはへんだが」と政がそっと云った、「よかったらあにい、おれたちといっしょに木更津へいってみねえか」

「どうして」

「木更津にだって指物師の仕事はあるだろう、半年でも一年でも江戸をはなれて、田舎ぐらしも気が変っていいもんだぜ」

「おれの話がそんなふうに聞えたか」

「今夜十時に、百両持って娘が来るんだ、芝浜から出る木更津船には二人分の船賃も払ってある、あにいの分さえ払えばそれで木更津へゆけるんだよ」

「その娘のことを諦《あきら》めるか」

「どうして」

「おらあかどわかしの片棒を担《かつ》ぐなあまっぴらだ」と文次が云った、「尤《もっと》も、百両というのも怪しいし、娘の来るっていうのも怪しいがな」

「嘘じゃねえ正真正銘だってば」
「本金杉で質両替っていえば徳銀だろう」と文次が云った、「あれだけの物持のうちの娘が、こんな見えすいた手に乗るたあ思えねえ、案げえおめえのほうで一杯くわされてるんじゃあねえのか」
「じゃあためしてみねえな」と政はむっとした口ぶりで云った、「この向うに天福寺ってえ寺があるだろう」
「天福寺は知ってる」
「その境内に大きな檜《ひのき》があるが、そこで十時におち合う約束なんだ」
「おめえは間違ってる」
「まちげえなしだってばな」
「間違ってるよ」文次は二杯続けて呷った、「あの木は檜じゃあねえ、あすなろう、あすなろうっていうんだ」
「なんだ、木の話か」と云ってから、政は文次を見た、「――あすなろう、へんな名じゃあねえか、初めて聞いたぜ」
「小せえときはひばっていうんだ、檜に似ているが檜じゃあねえ、大きくなるとあすなろうっていう、あしたは檜になろうっていうわけさ、ところがどんなに大きくなってもあすなろう、決して檜にゃあなれねえんだ」

政は眼を伏せ、なんの意味もなく、茶のはいっている土瓶《どびん》を指で突ついた。

「おれたちみてえだな」と政が呟《つぶや》いた。

文次が彼を見た、「なんだって」

「あにいもいま云った、まともなくらしがしてえって」と政は力のない声で云った、「おれだってそう思わねえこたあねえんだ、それがどうしてもそうはいかねえ、――ちょうど、あすなろうみてえに、この世じゃあまともなくらしはできねえようだ」

文次は笑ったが、すぐに笑いやめ、政のほうへ身をのりだした。

「そう気がついたら徳銀の娘を諦めろ」と文次は云った、「おめえはまだ若え、この辺で立直れば深みへはまらずに済むぜ」

「それができればとっくにやってるさ」

「いっしょに木更津へゆこう」と文次は感情をこめて云った、「ぐれた同志だからお互《たげ》えが力になれる、田舎へいって地道に稼《かせ》いで、よごれた軀《からだ》をきれいにしようじゃねえか」

「あにいにそんなことを云われようたあ思わなかったな」政は渋い顔をした、「せっかくだがそいつはだめだ、娘はもうのぼせあがって、おれとならどんな苦労でもする気になってるし、なにしろ百両ってものが付いてるんだからな、そんな大金を手にするのは生れてこのかた初めてなんだから」

そのとき店へ、三人の男がはいって来た。一人は四十がらみで、目明しとすぐにわかる風態《ふうてい》であり、他の一人はさっきの百姓ふうの男、もう一人は職人のような恰好《かっこう》をしていたが、店へはいって来るなり、目明しとみえる男が「みんな静かにしろ」とどなった。その声の異様なするどさに、騒いでいた四人伴れをはじめ、みんなが話をやめて振向いた。すると、目明しとみえる男は、ふところから十手を出してみせた。

「御用である」と男は云った、「みんなそこにじっとしてろ、動くんじゃあねえぞ」

政は文次を見た。文次はやんわりとした動作で、立ちあがった。

三

「その野郎」と目明しふうの男は、十手を文次に向けながら叫んだ、「動くなと云ったら動くな、じっとしていろ」

文次は振向きもせず、軀が宙にでも浮いているような、軽い、なめらかな動作で、すっと板場のほうへ消えていった。極めてなめらかではあるが、板場と店とのあいだに掛っている縄暖簾《なわのれん》の向うへ、彼の姿が消えたとき初めて、それがどんなにすばやく、的確な動作であったかがわかった。

　目明しふうの男は呼子笛《よびこ》をするどく吹き、他の二人は文次のあとを追った。板場では二人の喚《わめ》く声がし、店の客たちは固くなって、それぞれの飯台に向ったまま、しんと息をころしていた。目明しふうの男は政の側《そば》へ来、彼の肩を十手で押え、「動くなよ」と云って、板場へはいっていった。

「金さんだいじょぶよ」と小女の一人が、あとから来た二人伴《づ》れの客の一人に云った、「あんたふるえてるじゃないの、飲んでたってだいじょぶよ」

「おれがふるえてるか」

「ふるえてるわよ」と他の小女も云い、小さな肩をすくめて含み笑いをした、「そら見なさい、お猪口《ちょこ》が持てないじゃないさ」

　客の伴れが笑って云った、「ふるえるのは金公の持病だ、酒の中毒でな、酔えばすぐにおさまるんだ、なあ」

「よしゃあがれ」金公と呼ばれた男が云った、「おらあふるえてなんぞいやあしねえや」

　政は飯台に凭《もた》れたまま、そっと自分の両手を見た。顔には血のけがなかったし、手指はひどくふるえていた。指をひろげると、右手の中指と薬指とが、ふるえのために触れあうほどであった。

板場は静かになっていた。裏手のほうで三度ばかり呼子笛が聞えたが、三度めのはかなり遠く、そのあとは聞えなかった。客たちがほっとすると、仕切の縄暖簾から、この店のあるじが顔を出して、「お騒がせしまして済みません」とおじぎをした。

「どうぞ召上っておくんなさい、もうそうぞうしいこともないでしょうから」

「いまの男はどうした」と三人伴れの客の一人が訊《き》いた、「うまく捉《つか》まったか」

「どうですかね」とあるじが答えた、「なにしろすばしっこい男で、あっしの脇《わき》をぬけて裏口へ出ていったんだが、まるっきり煙でもながれてくようなあんばいでしたよ」

「帰ってもいいのかな」と向うから客の一人が云った。

「済みませんが待っておくんなさい」とあるじが云った、「誰も動かすんじゃあねえって云ってましたから、どうかもうちょっとそのままでいておくんなさい」

そして、もういちどおじぎをして、あるじは板場へ戻った。

「ひでえめにあうぜ」と客の一人が云った、「人間なんてどこでどんなめにあうかしれたもんじゃあねえ、嬶《かかあ》の親類が来ていて、今夜はおらあもうけえっていなくちゃあいけねえんだ」

「また始めやあがる」とその伴れの一人が云った、「こいつは口を開けば嫖だ、どうしてそんなに嫖が気になるんだ」

「気になるなんてなまやさしいもんじゃねえ」と他の一人が云った、「こいつはかみさんに惚《ほ》れてやがるんだ、いっしょになって十年の余も経《た》つてえのによ、いやなやつさ」

政は手酌で一つ飲んだ。

——どうしよう。

恐怖と混乱した気持が、彼の表情にそのままあらわれていた。追い詰められ断崖《だんがい》の端に立って、逃げ場のないことに狼狽《ろうばい》しているような顔つきであった。まわりの客たちはしだいに陽気さをとりもどし、店の中は器物の音が賑《にぎ》やかに、話したり笑ったりする声を縫って、小女たちの注文をとおすきんきんした声も聞えだした。政にはなにも耳にはいらないらしい、彼はからの盃《さかずき》を持ったまま、幾たびも太息《といき》をつき、幾たびも自分の手をみつめ、また、寒さでも感じるように絶えず衿《えり》をかき合せていた。

どのくらい刻《とき》が経ってからだろう、肩に手を置かれて、政は殆《ほと》んどとびあがりそうになり、妙な声をあげながら振返った。彼が和泉屋の親分と呼んだ、百姓ふうの岡っ引が来てい、彼の脇、——文次が掛けていた反対の側へ腰を掛けた。

「あっしはなんにも知りませんよ」政は吃《ども》りながら云った、「どうするんです、親分」

「──政、水を呉《く》れ」岡っ引は振向いて小女を招き、水を拭《ふ》いた、「取って食うわけじゃあねえ、まあおちつけよ」岡っ引は振向いて小女を招き、水を呉《く》れと云ってから、ふところに突込んであった手拭《てぬぐい》を出して汗を拭《ふ》いた、「──政、おめえいまの男とどんな関係があるんだ」

政は口をあいたが、すぐには声が出ないようすで、あいた口を閉じ、唾をのみこみながら、強く頭を左右に振った。

「なんにも、関係なんかありません」とようやく政は答えた、「ただ、さそわれたからいっしょに飲んだまでです」

「おめえはうすっきたねえ悪党だ、悪党の中でもいちばんうすっきたねえどぶ鼠《ねずみ》だ」と岡っ引は云い、小女の持って来た湯呑の水を飲んで、とんと、湯呑を飯台の上へ置いた、「──てめえみてえな野郎に騙《だま》される女も女だが、五躰揃《ごたいそろ》ったいちにんめえの男が、弱い女を食いものにして、女に泣きをみせて生きてゆくたあ、聞くだけでも肝が煮えるぜ」

政は黙って低く頭を垂れた。他の客たちはまた静かになり、眼を見交《みかわ》したり、囁《ささや》きあったりしていた。

「御定法ではてめえを引っ括《くく》るわけにゃあいかねえ、それが残念だ」と岡っ引は続けた、「本来なら押込み強盗より罪が重いんだ、おらあできることならてめえを八つ裂きか、鋸《のこぎり》引きにでもして殺してやりてえくれえだ、いつかおれの手で、きっとそうしてやりてえと思ってるんだぞ、政、聞いてるのか」

「へえ、ええ」政は吃驚《びっくり》したように顔をあげ、いそいで、何遍も頷いた、「聞いてます、ええ、ちゃんとこうして、うかがっています」

「おい、おまえさんたち」岡っ引は客たちに向って云った、「こいつは見世物じゃあねえんだぜ、みんな飲み食いに来たんだろう、そんなら飲んだり食ったりしてえるがいい、こっちに気を使うこたあねえんだぜ」

客たちは顔をそむけ、急に思いだしたように、徳利や盃を取った。そこへ小女が、酒と肴《さかな》の小皿を盆にのせて持って来、岡っ引の前へ並べた。

「帳場からです」と小女が云った、「どうぞ召上ってくださいましって」

「水をもう一杯くんな」と岡っ引は云った、「大きい湯呑のほうがいいぜ」

小女は去った。

「政、――」と岡っ引は云った、「四光《しこう》の平次とどんな仕事をした」

政は腑《ふ》におちない顔で相手を見た、「四光の平次ですって」

「しらばっくれるな」

「知りませんよ、あっしはそんな人間は見たこともありません」

「しらばっくれるなってんだ」岡っ引の上唇が捲《まく》れて、莨《たばこ》のやにの付いた歯が見えた、「てめえが昨日からいっしょだったことは、ちゃんとこの眼で見ているんだぞ」

「だってあっしは」と云いかけて政は眼をみはった、「――いまの、文次ですか」

「四光の平次だ」

「だってあれは、京橋白魚河岸の、指物師《さしものし》で」

　小女が大きな湯呑を持って来、岡っ引の前へ置いて去った。岡っ引は並べてある酒と肴の皿を押しやり、水を二た口、喉《のど》を鳴らして飲んだ。

「あいつは左の腕に、花札の四光の刺青《いれずみ》をしている、それで四光の平次と云われてるが、二人も人をあやめた兇状持ちだぞ」

「二人もあやめた」

「一人は藤沢宿《じゆく》、もう一人は川崎、どっちも十手を預かる御用聞だ」岡っ引は片手を伸ばして政の衿を摑《つか》んだ、「――さあ吐いちまえ、てめえ平次とどんな仕事をした」

「知らねえ、あっしゃあなんにも知らねえ」

「番所へしょっぴこうか」

「おらあ、あっしは三日めえに品川の升屋《ますや》で会った、ほんとです、初めて升屋で会って、向うからさそわれて飲みだしたんで、それからずっと酒のつきあいをしていただけです、嘘はつきません、本当にそれっきりのつきあいなんです」

「泊ったのはどこだ」岡っ引は摑んだ衿をねじりあげた、「野郎、ごまかすと承知しねえぞ」

「さいしょは品川の万字相模《まんじさがみ》」と政は喉の詰った声で云った、「ゆんべは高輪《たかなわ》の松葉屋という安宿です」

「今夜はどうする手筈《てはず》だった」

「なんにも」と政は首を振った、「まだなんにも相談しちゃあいません、相談する暇がなかったんです」

「平次の荷物は松葉屋か」

「知りません、ずっと手ぶらでした」

「まちげえはねえだろうな」

政が頷くと、岡っ引は衿を摑んでいた手を放し、湯呑の水を飲んだ。彼は他の客たちを横眼で眺《なが》め、政はふるえながら衿をかき合せた。

「平次はなにを饒舌《しゃべ》った」岡っ引は向き直って政に云った、「いまどんなことをしているか、これからなにをしようとするか、平次の饒舌ったことを残らず話してみろ」

「これってほどのことは云いませんでした」と政は頸《くび》を撫《な》でながら、思いだそうとするように頭を片方へかしげた、「あっしの聞いたのは、宇田川の生れで、うちは酒問屋だったって、なんでも十二三からぐれだしたあげく、長いこと上方《かみがた》から越後《えちご》のほうとか、指物職をしながらいろんなところをまわり歩いたが、親きょうだいの顔が見たくなって帰って来た、そんなことを云ってました」

「親きょうだいに会ったと云ったか」

政は首を振った、「その宇田川町の家が子年《ねどし》の火事できれいに焼けちまって、親たちのゆくえも知れねえっていう話でした」

「なんていう屋号だ」

「さあ、なんて云いましたか」考えてみてから、政は答えた、「そいつは聞かなかったようだな、ええ、屋号のことは云いませんでしたよ」

「白魚河岸の長屋ってのは」

「そう云うのを聞いただけです、いまになってみると嘘かもしれませんが」

「それでみんなか」

「これで残らず申上げました」

「隠しだてをしてあとでばれるとお縄にするぞ」と岡っ引は云った、「平次は人殺し兇状、ちっとでもてめえにかかりあいがあれば、これまでの罪をきれいに背負わせてやるぜ」

「ええ、そうして下さい」政は弱よわしく答えた、「あっしにもし罪があるなら、いつでもお縄を頂戴《ちょうだい》しますよ」

岡っ引は唇をひき緊《し》め、いまにも唾《つば》を吐きかけそうな顔で、屹《きっ》と政を睨《にら》みつけたが、ようやく舌打ちをして立ちあがった。

「もう一つ云っておく」と岡っ引は歯と歯のあいだから云った、「こんど平次に会うか、いどころがわかったら知らせるんだ、いいか、きっと知らせるんだぞ」

「わかりました」と政はきまじめに答えた、「そんなことがあったらきっと知らせにあがります、きっとそうしますよ」

岡っ引は出ていった。

このあいだに三人伴れの客がはいって来、一と組が勘定をして出ていった。かれらは高ごえに話しだしたが、政のほうは見なかったし、いまの出来ごとには触れないように、つとめて話題を避けているのが感じられた。

「いやなやつ」と小女の一人が政のほうへ来て云った、「親分づらをしていばりくさってさ、あたしあいつ大嫌《だいきら》いだわ、気にすることなんかないわよ政さん」

「なんでもねえさ」と政はうす笑いをもらした、「あのしょうばいは嫌われるからな、ときどきいばりたくなるんだろう、へえへえしていりゃあごきげんなんだから、あめえもんさ」

「これ飲みなさいよ」小女は岡っ引の前に置いた燗徳利を取って、政のほうへ差出した、「おかみさんにうるさいから持ってゆけって云われたのよ、いつもならあたりまえなような顔で飲むくせに、今夜は珍しく手をつけなかったわ、お酌しましょう」

「いま何刻《なんどき》ごろだろう」政は酌を受けながら訊いた、「五つ《こ》(午後八時)になるかな」

「いま天福寺で五つが鳴ったばかりよ」と云って小女は媚びるような眼をした、「これ、あったかいのと取替えて来ようか」

政はそっと小女の手に触った、「おめえもそういうことに気がつくようになったんだな、縹緻《きりよう》もぐっとあがったし、気がもめるぜ」

「うそよう」小女は政の手を叩《たた》いた、「政さんはすぐ、それだもの、あたしみたいな田舎者は本気にしちゃうわよ」

「初ちゃん」と向うから小女の一人が呼んだ、「こちらでお呼びよ」

「やいてるのよ」と肩をすくめ、初と呼ばれたその小女は、政からはなれながら囁いた、「あったかいのを持って来るわね」

政は頷《うなず》いて盃を口へもっていった。

「彼岸に鯊《はぜ》を釣《つ》るみてえだ」と彼は独りごとを云った、「向うからくいついて来るんだから世話あねえや、あの文次に逃げられてどうしようかと思ったが、これでこの勘定もしんぺえなしか、いい辻占《つじうら》だぜ」

四

櫛形《くしがた》の月が空にかかっていた。天福寺の本堂が影絵のように見え、風はないが海が近いので、空気に汐《しお》の香がかなりつよく匂《にお》っていた。寺の裏にあるその空地は秋草がまばらに茂ってい、虫の鳴く音がやかましいほど高く聞えた。――空地のほぼ中央に、さしわたし二尺あまりのあすなろうの樹《き》があり、その脇に、小舟をあげたのが伏せてあった。舟は古く、すっかり乾いていて、底板が一枚剝《は》がれ、その穴から草の穂が伸びていた。

空地へはいって来た政は、片手に持った風呂敷包を、その小舟の底の端へ置き、片手で底板を押してみた。すると、その板はひとたまりもなく、脆《もろ》い音をたてて裂けた。

「そういうことか」と彼は舌打ちをした、「もう勤めあげたってわけだな」

政は月を見あげ、あくびをして、うしろ頸にとまった蚊を叩いた。

「いよいよとなると、ちっとばかりこころぼそくなるな」と政は独りごとを云った、「——生れてっから芝をはなれたことがねえんだからな、木更津か、……天気の日には芝浜からぼんやり見える、海の向うといってもほんの一と跨《また》ぎだそうだが、——そこでくらすとなるとこいつ、やっぱりちっとこころぼそいような気持になるな」

政のまわりで、虫の音が急にやみ、あすなろうの樹のうしろから、誰か出て来た。

「ええ」と政はとびのいた、「ええ吃驚した、おどかすな、誰だ」

出て来た男は「しっ」と手を振り、藍色《あいいろ》に染めた頰《ほお》かぶりをとった。あまり明るくない月の光で、それが文次だということがわかった。

「お、あにい」政は仰天《ぎようてん》したように一歩さがった、「おめえどうして、こんなところへ」

「大きな声を出すなよ」と文次が云った、「おめえさっき、ここで徳銀の娘と逢《あ》うって云ったじゃあねえか」

「そりゃあ云うことは云ったが」

「疑わしけりゃあ来てみろとも云ったぜ、まあおちつけよ、まだ暇はたっぷりあるぜ」

文次は伏せてある小舟の端の、風呂敷包をどけて、そこへ浅く腰を掛けた。

「そいつはがらっといくぜ、あにい」
「ここんとこは大丈夫さ、そっちは脆くなってるがね、おめえも掛けねえか」
「だってあにいは」と云いながら、政は文次の脇へ蹈《かが》んだ、「いまあにいは、こんなところでぐずぐずしていちゃ危ねえんじゃあねえか」
「気にするな」と文次は云った、「あんな駆けだしの岡っ引に捉まるようなどじじゃあねえや、それとも、おれがここにいちゃあまずいか」
「そんなこたあねえ、まずいなんてこたあねえが」政はちょっと口ごもった、「――じつを云うと、あの岡っ引にだめを押されたんだ」
「あいつが、戻っていったのか」
政は頷いた、「正直に云うが、あにいのことはすっかり聞いた、おっ」と政は片手をあげ、その手先を振りながらいそいで云った、「おりゃあ知らねえ、おれの知ったこっちゃあねえ、おらあただ聞いただけなんだから」
「そう慌《あわ》てるなよ」と文次が遮《さえぎ》った、「それより野郎はどうだめ押しをしたんだ」
「あにいに会うか、いどころがわかったらきっと知らせろ、さもねえときゃあかかりあいにしてひっ括るってよ」
文次は低く笑った、「いいじゃあねえか、おらあ現にこうやってここにいるんだ、すぐ知らせにいったらどうだ」
「冗談じゃあねえ、ばかにしなさんな」政は脛《すね》を叩き、そこをぼりぼり掻《か》きながら立ちあがった、「いくらおれがなんだって、あにいをさすほど腐っちゃあいねえつもりだ」
「三日酒の義理か、あんげえ堅えところがあるんだな、そいつあ知らなかったぜ」と云ってから急に頭を振った、「いや、そうじゃあねえ、危なく感じ入るところだったが、おめえがさしにいかねえわけはほかにある、おい政、ごまかすな」
「かたなしだな」と政は太息《といき》をついた、「あっちじゃあしらばっくれるなと云われ、こっちじゃあこっちでごまかすなか、ぜんてえどんな弱いしりがあって、おれがあにいをごまかすんだ」
「徳銀の娘よ、名はおひろと云ったけな」
「おむらだよ」と政が云った、「おむらがどうして」
「おめえたちは今夜ここでおちあって、船でいっしょに木更津へ逃げるんだろう」と云って文次は頬の蚊を叩いた、「――とすりゃあ、岡っ引のところへ駆込むわけにゃあいかねえ、いけば木更津ゆきがおじゃんになるからな、どうだ、図星だろう」
「そうか」と政は考えてみてから云った、「そいつは気がつかなかった、なるほど、そういうことになるか」
「そりゃあまあいいや」文次は持っている手拭で、うるさそうに蚊を払い、「そいつあいいとして、相談があるんだ」とゆっくり云った、「こりゃあほんの相談なんだが、おめえ聞いてくれるか」
「木更津へいっしょにゆくって話か」
「おれとおめえと、二人でだ」文次はさりげなく立ちあがり、ぶらぶら往《い》ったり来たりしながら続けた、「おれもよごれた人間だが、おめえもずいぶん罪なことをやって来た、女に金を持ち出させ、さんざんなぐさんだうえ売りとばす、おむらという娘も同じように料《りよう》ってしまえば、また次の娘にかかるだろう、いつまでもそんな罪を重ねていればろくなことはありゃあしねえ、そういう女たちの怨《うら》みだけでも、畳の上で死ねやしねえぜ」
「その話はさっきも聞いたよ」と政はむっとした口ぶりで云い返した、「断わっておくがね、あにい、おらあ生れつき強情っぱりで、人の意見なんぞ聞いたこともねえし、意見なんぞされればよけえ強情が張りたくなるんだ、どうかおれのこたあ放っといてくんな」
「――だろうな、だろうと思うよ」と文次はまたゆっくりと云った、「やることは違っても、おれたちの性分にゃあ似たところがある、たぶんそんなこったろうと思ったが、相談するだけは相談してみたかったんだ」

「ほかのことならともかく、そいつだけあ勘弁してくれ、それだけあできねえ相談だ、もうその話はやめにしてもらうぜ」

「わかったよ、そう云うものをどうしようがある」文次はふところへ手を入れながら、さりげない足どりで政のほうへと近よった、「おめえの気持がわかればいいんだ、もう話すこたあねえさ」

文次の手が颯《さっ》と政の胸へはしった。

「なんだ」と政が吃驚した、「いきなり人を小突いたりして」

片手で胸を押えながら、そこまで云うと政は「う」と息を詰らせた。文次の右手がもういちど政の軀《からだ》へとび、政は「うう」と呻《うめ》きながら、前へよろめいた。がくんと、片方の膝《ひざ》が曲って地面へつき、立ち直ろうとしたが、前のめりに倒れて、両足をちぢめた。

「なんの恨みだ」と政がくいしばった歯のあいだから云った、「おれがなにをした」

「堪忍《かんにん》しろ、政、こうしなけりゃあならなかったんだ」

「わけを聞かしてくれ」

「生涯《しょうがい》に一度、いいことがしたかった」文次は踊んで、持っている匕首《あいくち》の刃を、草の葉へこすりつけた、「これまでの罪を償うたあ云わねえ、こんなことで罪がなせるたあ思わねえが、もうおれも運が尽きた、こんどはどうあがいてもだめだろう、どうせなくなる命なら、生涯に一度、人だすけがしたくなった」

「これが」と政はきれぎれに云った、「どうして人だすけだ」

「あの娘をたすけてやりたかったんだ」

「聞えねえ」

「それにおめえだって、罪を重ねて生きているより、このへんでおさらばをするほうが安楽だ」と文次は云った、「おれもおめえも、しょせんいちど死ななけりゃあ真人間にゃあなれねえ、おたげえにさんざ勝手なことをして来たんだ、いっしょにこの世をおさらばとしよう、なあ政、わかるだろう」

「聞えねえ」と政は身もだえをした、「おれにゃあ、よく聞えねえよ」

「おめえ一人はやりゃあしねえ」文次は政の側《そば》へいって踊み、相手の耳へ口をよせて云った、「――政、おれもあとからすぐにいくぜ」

政の両手が文次の腹へとんだ。文次が膝を突くと、もう一度、政の手がひらめき、同時に、文次もまた政の胸を刺した。政は喉をごろごろ鳴らし、仰向きになったが、すぐに上半身だけ横になり、匕首を持った両手が、静かに草の上をすべって伸びた。

——そのとき寺で、四つ（午後十時）の鐘を打ち始めた。鐘楼は本堂の向うにあるのだが、鐘の音はかなり高く、空地ぜんたいをふるわせるように聞えた。文次は手拭をまるめてふところへ入れ、傷口の血を止めると、着物の上から押えながら、静かに立ちあがった。

「こいつが、こんなことを」と彼は呟《つぶや》いた、「こんなことをしようとは、思わなかった、うまく嵌《は》められた、しゃれた野郎だ」

そのとき寺の脇から、提灯《ちょうちん》の光が一つ、半分は袖《そで》で隠されて、こっちへ近よって来た。文次は頭を振り、眼をそばめて、それが提灯の火であり、その光に照らされて見えるのが、娘の顔だということを知ると、あっといって右手を前へ出した。

「いけねえ、おひろ」と彼は叫んだ、「こっちへ来ちゃあいけねえ、そのままうちへ帰るんだ」

娘はいちど立停《たちどま》ったが、すぐ足早にこっちへ来た。

「あんた、だれ」と娘が訊《き》いた、「政さんじゃないわね」

「ここへ来ちゃあいけねえ、早く帰るんだ」

「あの人はどうしたんです、政さんは」娘はせきこんで訊いた、「あんた政さんと会ったんでしょ、どうしてあの人は来ないの、なにか間違いでもあったんですか」
「おまえさんは騙《だま》されてる」と文次は顔をそむけながら云った、苦痛のため言葉が切れ、あとを続けるまえに、彼は深い呼吸をした、「——あいつはおまえさんを騙して、百両という金を持ち出させ、いっしょに木更津へ逃げようと云った」
「これはあたしのお金なのよ、お嫁にゆくときに持ってゆくことになっていた、あたしのお金なのよ」
「ああ」文次は首を振った、「あいつは、おまえさんを女房にはしない、その金のあるあいだは遊んでいて、金がなくなればおまえさんの身を売っちまうんだ」
「あんたは誰なんですか」
「誰でもねえ、そんなことはどっちでも、おまえさんはうちへ帰るんだ」文次は歯ぎしりをして空をふり仰ぎ、そのままで云った、「あんな人間の屑《くず》みてえなやつにかかわっちゃあいけねえ、あいつのことは諦《あきら》めて、早くここから」
「あ、——」娘は提灯をかかげて文次を見、口をあけて、それから、するどく叫んだ、
「あんた兄さんじゃないの」
「違う」文次は顔をそむけながら首を振った、「おらあそんな者じゃあねえ」
「いまあんたはおひろって呼んだわ」と娘は云った、「どうしてその名を知ってるの

よ、あたしは軀が弱かったので、十四の年におむらと名を変えたのよ、あんたは兄さんだわ、あたしが十二の春に家出をした文次兄さんよ、そうでしょ」

文次はよろめき、片手であすなろうの幹につかまって、危うく身を支えた。

「ちがう、おらあそんな者じゃあねえ」

「顔を見せて、顔をよく見せてちょうだい」

娘は提灯をもっと近よせた。そしてとつぜん、片手で鼻を掩《おお》うと「血だわ」とふるえ声で云って脇《わき》へとびのき、なにかに躓《つまず》いて転びそうになった。抱えていた小さな包が落ち、提灯もとり落しそうになったが、そのとき初めて、そこに横たわっている死《し》躰《たい》をみつけた。

「触るな」と文次が云った、「触ると身のけがれだ、着物もよごれるぞ」

娘は死躰を見おろしていた。口の中で「政さん」と云ったが、舌がつって殆《ほと》んど言葉にはならなかった。全身が誰かの手で揺すぶられるようにおののき、膝ががくがくした。娘は口をあいて喘《あえ》ぎながら、そっと片手を伸ばし、死躰の顔へあてがっていたが、やがて、なにかを切り裂くように、喉をしぼって悲鳴をあげ、うしろさがりに、死躰からはなれた。

「死んでいる、あの人は死んでいる」娘はふるえながら、振返って文次を見た、

「――あんたが殺したのね」
「そいつは悪党なんだ」
「どうしてなの、どうしてあの人を殺したの」
「おれもいっしょにいくんだ」文次は胸を押えた手に力を入れた、「おれもあいつも、この世ではまともに生きることのできねえ人間なんだ」
「あたしこの人が好きだったのよ」
「おめえは知らねえんだ」
「知ってるわ、みんな知ってるわ」と娘は乾いた声ではっきりと云った、「この人がどんないけないことをしたか、世間でこの人をなんて云ってるか、あたしちゃんと知ってたわ、でもあたしはこの人が好きだった、あたしならこの人をまともな人間にしてあげられると思ったし、そうでなくっても、この人のためならどんなに苦労してもいい、どんな悲しいおもいをしてもいいと思ってたのよ、それを兄さんは殺しちゃったのね」
「ちがう」と文次は首を振った、「おらあおめえの兄なんかじゃあねえ」
「あんたは昔からひどい人だった」と娘は構わずに続けた、「小さいときから手に負えないことばかりして、うちじゅうの者がいつも肩身のせまいおもいをしていたわ、それぱかりじゃない、あんたはあたしのお小遣《こづかい》をぬすんだり、あたしを虐《いじ》めて泣かしたり、あたしの大事にしている人形を幾つも壊したりしたじゃないの、忘れやしないでしょ」

そこで娘は泣きだしたが、言葉はもっと冷たさときびしさを増した。

「あたしこの人が好きだった」と娘は叫ぶように云った、「生れて初めて好きになった人なのよ、二十六になるまで男の人なんか見るのもいやだったのに、この人だけは、生れて初めて恋しいと思ったのよ、——それを兄さんは殺してしまった。昔あたしの大事にした人形を壊したように、兄さんはこの人まで殺してしまったのね、あんまりじゃないの」

「人ちげえだ、おらあおめえの兄なんかじゃあねえ」

「そうよ、兄さんなんかであるもんですか」と娘は云った、「あんたはただの悪党、ただの人殺しだわ、誰よりもむごい、血も涙もない人殺しよ」

文次はあすなろうからはなれ、力のぬけた足を庇《かば》うように、よろめきながら、ゆっくりと歩きだした。

「どなたか来て下さい」と娘はつんざくように絶叫した、「ひとごろし、——誰か来て下さい、人殺しですよう」

「おらあ兄きじゃあねえ」と歩きながら、文次はうわごとのように呟いた、「そんな者じゃあねえ、人ちげえだ」

傷は痛まなくなったようだ。けれども出血は止らないとみえ、歩いてゆく足跡が、一歩ずつ血に染まった。

「木更津だったな」と彼はまた呟いた、「船賃も払ってあるって云ったっけ、――待ってくれ、政、いっしょにゆこうぜ」

娘はまだ叫んでい、やがて、文次の去ったほうから、幾つかの提灯の火が、こちらへ駆けつけて来るのが見えた。

五

空は白みかけていた。波の音もしない芝浜は、いちめんに濃い乳色の霧に包まれ、ときどき波のよせる音が聞えるほかは、海も、汀《なぎさ》も見わけがつかなかった。夜釣《よづり》から帰った漁師が五人、船をあげ終ると、一人が砂浜の上になにかみつけ、伴《つ》れの四人を呼んだ。かれらは集まっていってなにかを取囲み、一人が高い声で、べつの船の漁師を呼んだ。霧が濃いので、かれらの動きは影絵のようにしか見えないが、やがてその人数はしだいに多くなり、なにか云いあう昂奮《こうふん》した声が聞えた。そのうちに、中年の漁師が二人、こっちへいそぎ足にやって来た。

「やくざの喧嘩《けんか》だな」と一人が云った、「どっかこの近所でやって、ここまで逃げて来て死んだんだろう」

「おい気をつけろ」と伴れが地面を指さして云った、「そこはよごれてるぞ、そら、こっちもだ、踏まねえようにしろよ」

初めの漁師は脇へよけ、注意ぶかく歩きながら云った、「番所で面倒なことがなけりゃあいいがな」

二人は霧の中を歩み去った。


（「小説新潮」昭和三十五年八、九月号）

十八条乙

一

その事のおこる五日まえ、西条庄兵衛《さいじょうしょうべえ》は妻のあやに火傷《やけど》をさせた。切炉《きりろ》で手がすべって湯釜《ゆがま》を転覆させたとき、ちょうどあやが火箸《ひばし》を取ろうとしていて、その右手の先へ熱湯がもろにかぶってしまったのだ。叫び声をあげたのは脇《わき》にいた母のたえであった。あやはなにも云《い》わず、庄兵衛は狼狽《ろうばい》して、すぐに薬箱を取りに立った。母はあやの手にあり合う布を巻き、やけどの手当なら知っているからと、女中を呼びながら台所へいった。そしてうどん粉を酢でこねたものを作り、それをあやの手へ塗って、上から晒《さら》し木綿《もめん》を巻いた。

「わるかったね、おれの粗忽《そこつ》だ」と庄兵衛は繰り返し詫《わ》びた、「痕《あと》にならなければいいが、大丈夫だろうか」

「大丈夫ですとも」気丈なあやは明るく頰笑《ほほえ》んだ、「湯をかぶっただけですもの、そんなにおおげさに仰《おっ》しゃらないで下さい」

結婚して二年、まだ子を産まないせいか、あやは二十二歳になるのに娘らしさがぬけていない。実家の安田は三百石の寄合職《よりあいしょく》で、父の勘五左衛門《かんござえもん》は隠居し、家督した長兄の又次郎には二人の子があった。あやは五人きょうだいの三番めであり、唯《ただ》ひとりの女だったから、きびしい躾《しつけ》とともに、あまやかされて育った明るさと、暢《のん》びりした楽天的なところをもっていた。西条家は二百三十石、亡《な》くなった父の世左衛門は大番がしらで勘定方取締を兼ねていたが、庄兵衛は郡奉行《こおりぶぎょう》が兼務であった。姉がいたのだが生れるとすぐに死んだそうで、彼は一人息子だから、あまり丈夫でない母はあとの子が望めないと思ったのか、特に大切に育てようとし、父は反対に、そんなことでは侍にはなれぬと云って、ことさら手荒い躾をした。そのためか、それとも生れついた性分か、彼はいくぶん神経過敏で、こらえ性のない欠点があり、自分でもそれを撓《た》めようとして、父の死ぬまえには、永平寺へいって百日ほど参禅したこともあったし、いまでも禅に関する書物は熱心に読んだ。

　あやの手は夜になると痛みだし、庄兵衛はむりに医者へゆかせた。笈川玄智《おいかわげんち》という、祖父の代からかかりつけの老医で、武家町からひとまたぎの松屋町に住んでいた。女中を伴《つ》れていったあやは、帰って来ると母のいないところで、手当が間違っていたためひぶくれになるそうだと告げた。

「うどん粉を酢で練ったのは、筋の腫《は》れやなにかに使うので、火傷には却《かえ》ってわるいのですって」とあやは云った、「油でも塗って布で巻いて、すぐに来ればひぶくれにはしないで済んだ、と云っておいででした」

「すると痕になるのか」

「できるだけのことはやってみるそうです、でも先生はね」とあやは肩をすくめながら忍び笑いをした、「もう結婚していることだし、片輪になるわけではないから、痕ができるくらいどうでもよかろう、それより早く子を生むように心掛けるがいい、ですって」

「暢気《のんき》なじいさまだ」庄兵衛は笑わなかった、「手の先のことだからな、ひっつれになると困るよ」

五六日はかよって来いと云われたそうで、毎日一度、朝の片づけ物が終ると、あやは女中を供に松屋町へかよった。――こうして、五日めになった日の夜、およそ十一時すぎたころに、伊原友三郎が逃げこんで来た。母はもう眠ったあとで、あやも寝間《ねま》へはいり、庄兵衛も自分の寝間で夜具にはいったまま、碧巌録《へきがんろく》の一冊を読んでいた。――窓の戸をそっと叩《たた》く音を聞き、外で呼びかける囁《ささや》き声を聞いて、庄兵衛は起きあがっていった。

「誰かいるのか」と彼は云った。

「入れてくれ、伊原だ」と外で答えた、「伊原友三郎だ、人に知れては困る、静かに、早くたのむ」

「縁側へまわってくれ」

「こっちだったな、わかった」

庄兵衛は寝衣《ねまき》の上へ羽折《はおり》をひっかけ、襖《ふすま》をあけて居間から縁側へ出ると、端の雨戸をそっと辷《すべ》らせた。外は雪で、庭の木も石燈籠《いしどうろう》もまっ白に蔽《おお》われ、なおはげしく降っていた。伊原は戸のあくのを待ちかねたように、雪まみれのまま縁側へ転げこみ、そこに横倒れになって苦しそうに喘《あえ》いだ。

「たいへんな血だぞ」と庄兵衛が息をひいて云った、「どうしたんだ」

「たのむ、庭の血の痕を消してくれ」と伊原は囁いた、「裏の木戸からはいった、川の中をあるいて来たから外はいい、木戸から中には痕があるかもしれない、たのむ」

庄兵衛はそのままとびだした。まもなく戻って来ると、羽折をぬいで足を拭《ふ》き、軀《からだ》の雪をはらいながら、妻を起こすために寝間へいった。伊原友三郎は妻の従兄《いとこ》に当るし、そうでなくとも、妻の手を借りなくてはどうしようもないと思ったのだ。

二

傷は脇腹に二カ所、一つは殆《ほと》んどかすり傷だが、一つは相当な深手で、医者の治療を要することが明らかだった。しかし伊原は朝まで待つと主張した。追手が出ているからいまはだめだという、夜が明けるまで急場の手当だけで辛抱しようと云い張った。

あやは傷を見たときちょっと蒼《あお》くなったが、すぐに気をとり直したようすで、敏捷《びんしょう》に立ちまわり、庄兵衛のぶきような手当ぶりをよく助けた。伊原は絶えず戸外の物音に耳をすませていて、なにか聞きとめると、反射的に神経を緊張させ、眼をぎらぎら光らせた。

「御政道のため或《あ》る男を斬《き》ろうとして失敗した」と伊原は告げた、「だがなにもきかないでくれ、西条にはかかわりのないことだし、事情を知らなければ紛争にも巻きこまれずに済む、佐野を――いや或る人物を斬ろうとしたと云ったことも、この場かぎり忘れてもらいたい、わかったな」

「しかし、これからどうするつもりだ」

「ようすをみて江戸へゆく、おれはここで捕えられたり死んだりするわけにはいかないんだ、おれは大事なからだなんだ」そう云って彼は庄兵衛を見、あやを見た、「おれが江戸へぬけだせればよし、さもなければ取返しのつかないことになるだろう、ことによると、――いや、口でこんなことを云ってもしようがない、ただどうかおれが江戸へ脱出できるように力をかしてくれ」

「傷に障《さわ》るといけません、もうお話はなさいますな」とあやが云った、「少しでもお眠りになるほうがようございます、わたくしたちでなにかよい方法を考えますから」

伊原を庄兵衛の寝間に寝かせ、二人はあやの寝間へはいった。それから殆んど眠らずに、伊原を脱出させる相談をし、外が白みはじめたのに気づくと、下男の加助を松屋町へやって、笈川老医に往診を頼んだ。母のたえがあやまって手にけがをし、出血がひどいからという理由で。玄智老が来るまで、庄兵衛は庭へおりて血痕《けっこん》の始末をした。

母には告げたが、家士や召使たちには、できる限り知れないようにした。伊原は「追手が出ている」と云ったので、街には騒ぎが弘《ひろ》まっているものと思ったが、玄智老はなにも知らないようすで、――友人と口論のうえ誤ってけがをした、ということを疑うようすもなかった。

「刀傷は吟味され、場合によっては私闘のお咎《とが》めを受けます」と庄兵衛が云った、「それで母がけがをしたと申したのですが、どうかこのことは内聞に願います」

「御家法二十六条によると、侍の刀傷は大目付へ届け出なければならない」と笈川医師は云った、「それがこの領内の医師の義務になっているが、私はもはや余命いくばくもない老骨だ、どんなことがあっても口外しないから安心するがよい」

そして明日また来るが、縫合した傷口を動かさないよう、特に注意しろと云って帰った。

庄兵衛は定刻に登城し、役所で事務をとりながら、なにか噂《うわさ》が聞けるかと期待していたが、平生どおり変ったこともなく、下城するまでそれらしい話さえ出なかった。伊原にそのことを告げると、却って不安がましたようすで、すぐにもこの城下から出たいと云いだした。

「傷は縫ったから、あとは膏薬《こうやく》とさらしの取替えだけすれば充分だ」と伊原は云った、「そうでなくとも、城下を出てから必要なら医者にかかれる、今夜のうちにぬけだそう」

伊原はそう主張してきかなかった。そこでその夜半、庄兵衛は伊原を背負い、必要な金と品物の包をあやが持って、裏木戸から家を出た。夜空は晴れて星がいちめんに見えたが、地面は雪が五寸くらいも積っているため、木戸を出たところで小川にはいり、流れの中を地蔵橋までいった。流れは早いが水は浅く、底は小石まじりの砂だから、あるくのに苦労はなかったが、伊原を背負っている庄兵衛は、重いのと緊張とでへばってしまい、軀じゅうに冷汗をかいた。――その橋には名がない、すぐ傍《かたわ》らに地蔵堂があるので、俗に地蔵橋と呼ばれているのだが、庄兵衛はその地蔵堂で伊原をおろし、納屋町《なやまち》へ駕籠《かご》をたのみにいった。その駕籠屋の弥右衛門《やえもん》というのは、もと西条家の下僕《げぼく》を勤めていたもので、いま勤めている加助はその伜《せがれ》であった。事情は話せないが極秘でたのむと云うと、この弥右衛門の首でも差上げましょうかと笑い、どんな理由にしろ秘密は守ると誓った。

駕籠屋を伴って戻ると、あやはそこから家へ帰らせ、庄兵衛は小楯山《こだてやま》の上まで、伊原の乗った駕籠を送っていった。

「礼は云わない」と別れるときに伊原友三郎は云った、「西条のしてくれたことはおれのためではなく、藩ぜんたいのためなんだ、まもなくすべてがはっきりするだろう、まもなくな」

三

五六日のち、あやの里の安田で長兄が中老職に呼びだされ、大目付の立会いで吟味を受けた、ということが伝えられた。吟味の内容がどんなことだったか、きびしく口外を禁じられたそうでわからず、次に原田十内と伊原やえ、同じくむすめの七緒《ななお》が呼びだされた。原田十内の妻は安田勘五左衛門の妹で、あやの叔母に当り、友三郎は原田十内と叔母とのあいだに生れた二人兄弟の弟であったが、伊原へ婿《むこ》にいって七緒と結婚した。伊原やえは友三郎の義母であり、以上の三人は城中とめ置きになった。

これらのほかに、十数人の家臣が吟味を受け、城中とめ置きになった者の中には、重職もいるなどという噂さえあったが、なに一つ公表されないため、どこまでが真実であるか見当もつかなかった。城代家老の布令《ふれ》がしばしば出て、政治に関する批判や論議を禁じ、三人以上の集会を禁じ、日没後は公用以外の外出を禁じ、やがて指名者のほかは登城まで差止めの布令が出た。

月があけて十二月五日、西条家へ大目付の滝沢忠太夫《ちゆうだゆう》が来て、萩岡左内《はぎおかさない》から出頭せよとの書状を示し、すぐ同行するようにと促された。萩岡は上席中老で、安田又次郎を呼びだしたのも彼であった。——城中へゆくのかと考えていたら、連行されたのは三の丸下にある大目付役宅で、着くとすぐに大小を取られたうえ、火鉢《ひばち》もない狭い部屋へ入れられた。そのまま三日間なんの沙汰《さた》もなく、庄兵衛はその薄暗くて狭い、火の気のない部屋ですごした。朝と夕方の二度、下役の者が食事をはこんで来、片づけに来たが、なにを問いかけても黙ったままで、一と言の返辞もしなかった。そして四日めの、およそ午《うま》の刻かと思われるころ、初めて吟味部屋へ呼びだされた。

そこは二十帖《じよう》ばかりの広さで、上段があり、その下に滝沢忠太夫と、二人の与力《よりき》がいた。侍の吟味には役支配の列席する規定がある。庄兵衛の正役は大番組だから、寄合がしらが出ていなければならないのだが、そんなようすはみえなかったし、書き役の机さえもなかった。——やがて萩岡中老が、ただ一人あらわれ、上段に坐《すわ》った。滝沢と与力二人は礼をしたのち、庄兵衛のほうへ向き直り、穏やかな口ぶりで、これは正式ではなく仮の吟味だから、やかましい規則は省略する、そちらも楽にしてよろしいが、言葉だけは改めると云った。

「先月十六日の夜、そのほう居宅に伊原友三郎が逃げこみ、匿《かくま》ってくれと頼まれたそうだが事実であるか」と滝沢が訊問《じんもん》した、「——答えるまえに申し聞かせるが、すでにそのほうの母たえ、並びに妻あやの両名を吟味し、口書爪印《こうしょつめいん》が取ってある、これらとそのほうの返答に相違のある場合には、上《かみ》を偽る者として処罰されるだろう、そこをよくよく胸にとめて答えるように」

庄兵衛はためらわずに、その夜のことをすべて答えた。伊原はなにも話さなかったし、西条には関係のないことだと云った。妻の従兄に当る者が負傷して逃げこんだ、理由は云わないからわからないが、縁につながる者として捨てておけず、手当をしてやったうえ、翌日の夜まで自宅に寝かして置いた。とありのままに述べた。

「彼の逃亡にも手を貸したか」

「手を貸しました」と庄兵衛は答えた、「傷が軽いものでなく、自分では充分に動けないようすでしたから」

滝沢は頷《うなず》いて、上段の萩岡中老を見た。庄兵衛は不安になった。本当に母や妻が吟味されたとして、はたして事実を申し述べたであろうか。もしかしてへたにとりつくろって、ありもしないことを云ったのではなかろうか。そう思うと後者の場合のほうがいかにもありそうなことのような気がし、不安のため胸苦しくさえなった。

「次にたずねるが」と滝沢が云った、「伊原友三郎はひごろより御政道を批議し、おのれの意を立てんため御城代佐野図書《ずしょ》どのを暗殺しようと計った、そのほうこの仔細《しさい》を知っていたかどうか」

「存じません、伊原とは殆んどつきあいがございませんし、十六日の夜も彼はなにも話しませんでした」と庄兵衛が答えた、「そのようなことはいまうかがうのが初めてです」

「誓ってそう申せるか」

「誓ってそう申上げます」

滝沢はまた萩岡左内を見あげ、それから庄兵衛に向って、吟味は済んだと告げた。元の部屋へ戻るとほどなく、与力の一人が大小を持って来て返し、帰宅していいが、当分は謹慎しているようにと、穏やかな調子で注意した。正式の命令かと、問い返そうと思ったけれど、母や妻のことが気になるので、庄兵衛は温和《おとな》しく役宅を出ていった。

四

帰ってみると母も妻も家にいた。二人が萩岡中老に呼びだされたのは事実であり、笈川玄智が訴状を出したというので、あったことの始終を語った。二人の吟味はそれぞれべつにおこなわれたが、返答にくいちがいのないのがよかったのだろう、半日ほどで帰宅を許された、ということであった。

「これで済むのでしょうか」とあやは心もとなげにきいた、「それともなにかお咎めがあるのでしょうか」

「ここではっきり断わっておくが、この話は口にしないことにしよう」と庄兵衛は自分にはらを立てているように云った、「私はふだんから政治には関心をもたなかった、祖父に壱岐《いき》どの騒動の話を聞いてから、藩内の権力争奪のみにくさといやらしさに、少年ながらうんざりしたものだ、政権の争いはしたいやつがすればいい、私は自分の勤めだけに専念するときめた」

こんどの出来事も好んでしたわけではないし、紛争の内容は知らない。罪に問われるかもしれないしこのままで済むかもしれない。いずれにもせよ西条一家には関係のないことだから、今後どんなことがあってもこの話はしないことにする。もし罪せられるようなことになったら、避けがたい災難だったと諦《あきら》めるだけだ。庄兵衛は怒りを吐きだすような口ぶりでそう云った。

雪の中で年があけ、正月になった。そのとき藩主下総守《しもうさのかみ》詮芳《あきよし》は江戸にいたが、藩主不在のときでも、三日には祝儀《しゅうぎ》のため登城しなければならない。謹慎するようにと云われたのが正式の申し渡しなら登城はできないが、内意ぐらいだったとしたら登城しなければ咎められる。現にあれ以来、彼は役所への出仕も控えており、必要な事務があれば下役の者が連絡に来ている状態なので、謹慎はほぼ正式なものだと思われたが、それでも念のために、家士の一人を大目付へやって慥《たし》かめた。大目付では「登城に及ばず」ということであった。その午後、妻のあやが里の安田へ年賀にゆき、帰って来るとせきこんで、こんどの事について聞いた話をしようとした。妻のようすで、なにを話しだすかわかったのだろう、庄兵衛はきびしい調子で、約束を忘れたのかときめつけた。あやはどきっとし、謝罪するように、そっと眼を伏せて黙った。

「ちょっとその手をおみせ」庄兵衛はすぐに声をやわらげて云い、妻のほうへ手をさし伸ばした、「その火傷《やけど》をした手だよ」

あやは膝《ひざ》の上で、その右の手を左の手で隠した。庄兵衛はすり寄って、押えている手をはなし、右手を取ってみた。拇指《おやゆび》はぜんぶ、他の四本は第二関節以下、そして手の甲から手首まで、みにくいひきつれになった皮膚が光っていた。

「知らなかった、こんなになってしまったのか」庄兵衛はするどい痛みを感じたように顔をしかめた、「治療にはちゃんとかよったのだろうね」

「もういいと云われるまでかよいました」

「あのごたごたでつい忘れたんだな、私が知っていたら医者を変えるとか、湯治にゆくとかなにか方法を考えたろうのに、どうして私に云わなかったんだ」

「火傷はむずかしい病気ではありませんもの」あやは頰笑《ほほえ》みながら云った、「なにかいい方法があれば玄智さまがそう仰《おっ》しゃったでしょう、片手をなくしたわけではないのですから、そんなに大事がらないで下さいまし」

「私の罪だ」庄兵衛はあやが放そうとする手をなお握ったままで云った、「こんな手にしてしまって、これではもう嫁にゆけないじゃないか」

あやの眼が良人《おっと》の顔へ吸いつくように動いた。庄兵衛は冗談めかして、しかし感情のこもった声で云った。

「もう嫁にゆけないとすると、不都合なことがあっても離縁はできない、これは高価なものについたぞ」

あやも冗談のように、「では安心してわがままができますね」と云った。

正月十七日、庄兵衛は城へ呼びだされ、閉門永蟄居《えいちっきょ》と、家禄《かろく》の内百石の削減を申し渡された。伊原友三郎を匿い、その逃亡を助けたことが重科に当る、というのである。申し渡しは評定所でおこなわれ、城代家老の佐野図書はじめ、中老、年寄の人たちが立会った。

抗弁や異議の申し立てなどはむろんできない。庄兵衛が下城すると、大目付の者がついて来て、裏門を閉め、青竹を打った。閉門蟄居となれば家士も置けないし、西条家の身分では召使も一人ときまっていたから、下僕加助のほかはみな暇をやった。

「さて、島流しになったわけか」庄兵衛は皮肉に笑って云った、「こうなってみると、伊原の無事を祈り、その計画というのが成功するように祈るほかはないな」

五

日用の買物に下僕が出るだけで、家人は一歩も外出できないし、親の死はべつだが、親族知友との往来も禁じられる。庄兵衛の云った島流しとは少しも誇張ではなく、その字義どおりの生活が続いた。家禄を削られたから実収入は約百石になったが、他家の交際もないし余分の入費は不用なので、家計が苦しいようなことはなく、ただ、なにもしないで閑居していることに慣れるだけが、なんにたとえようもなく苦しかった。

　五十日ころがもっともひどかった。神経が苛《いら》だって食欲もなく、夜も眠れず、些細《ささい》なことに怒って妻を叱《しか》りつけたり、物を投げたりした。

「伊原はどうしたんだ」と突然どなりだすこともあった、「生きているのか死んだのか、自分で事を起こし、迷惑をかけないと云いながら、その結果はこのありさまじゃないか、これでも迷惑をかけないというのか」

　そんなとき母は仏間へこもり、あやは黙って忍び泣くばかりであった。五十日が過ぎると少し気がしずまり、彼は禅の書物を読み耽《ふけ》ったり、坐禅《ざぜん》をするようになった。巻紙を縦にして「薬病相治」と書き、これを柱に貼《は》ったのに向って坐るのである。どういう意味かとあやがたずねたら、なんの意味もないと庄兵衛は答えた。

「永平寺で参禅したとき、これを公案《こうあん》にもらったんだ」と彼は云った、「答案はできずじまいだったがね、こんどはたっぷり暇があるから、なんとか片をつけてみるつもりだ」

　百日目ぐらいにまた荒れる時期があり、十日ばかりは側《そば》へも寄れないような状態が続いた。

「お父さまがあの世で、それみたことかと仰しゃっているでしょう」と母は泣きながら云った、「そんなにみれんな、とり乱したまねをするのも、みなこの母があまやかして育てたからです、いまになってそれを後悔しようとは思いませんでした」

「永蟄居の味がどんなものかわかっても」と庄兵衛は云った、「父上はなお、それみろと仰しゃるとお思いですか」

けれども彼はすぐにあやまり、これからは慎みますと誓った。

日の経《た》つにしたがって、庄兵衛と妻とのあいだに微妙な感情が生れた。あやの里である安田から、なにか援助とかちからづけがあっていい筈《はず》だ。公式には往来も文通も禁じられているが、そうするつもりがあれば意志を通ずる方法がないわけではない。ことに、伊原友三郎の実母は安田家の出であり、当主の又次郎は伊原と従兄弟《いとこ》なのだ。自分の従兄弟に責任のあることだから、そのためにでもなにかつぐないをする気になるのが当然である。庄兵衛がそう思っていることは、あやにもおよそ察しがついた。里の長兄が事なかれ主義の、ひどく気の小さい人柄《ひとがら》であることを、あやはよく知っていた。友三郎の生家である原田、養家である伊原、両家はもちろん罰せられているだろう。したがって、へたになにかすれば安田にも累《るい》が及ぶ、そう考えて息をひそめているに違いない。あやにはそれが眼に見えるように思い、けれども口にだしては云えないため、良人に対して絶えずひけめを感ずるのであった。

その年の十一月に、母親たえが急死した。或《あ》る朝、いつまでも起きるようすがないので、あやが寝間へみにいったら、仰向きに寝たまま死んでいたのである。平穏な顔で、苦しんだようすはまったくないし、夜具をのけてみると、寝衣《ねまき》の裾《すそ》も乱れてはいなかった。届けによって大目付から、与力が下役人と医師を伴れて来た。医師は「衝心《しょうしん》」と診断した。悪性の脚気《かっけ》によくあることで、これは脚気ではないが心臓に故障がおこり、衝心のため急死したのだと云った。

母の実家である渡井《わたらい》と、安田家とに通知をすることはしたが、弔問は許されず、通夜《つや》をした翌日の昏《く》れがたには、葬式を出さなければならなかった。これも寺までゆけたのはあやと下僕の二人で、庄兵衛は門の中から見送っただけであった。――母の急死がよほどこたえたのであろう、庄兵衛は人が変ったように温和しく、穏やかになった。彼は生臭物《なまぐさもの》を断ち、朝と夕方には仏壇に向って、半刻《はんとき》あまりも供養《くよう》をし、殆んどの時間を読書によってすごした。

こうして五年という月日が経った。

六

伊原友三郎が事を起こしてから六年めに当る、享保《きようほう》十九年二月に、下総守詮芳が帰国して重職の交代を命じ、藩庁の内外に思いきった粛清をおこなった。城代家老の佐野が家禄没収のうえ一家追放になったのをはじめ、重臣二人が閉門、その他十余人が重科に問われ、軽い咎《とが》めや役替えぐらいで済んだ者は、およそ二十余人に及んだ。これは二十年以上もまえ、この藩にあった「壱岐どの騒動」という、領主の継嗣《けいし》をめぐる政争以来の騒ぎで、すべてが落着するまでに一年あまりを要した。

庄兵衛には詳しいことはわからなかった。定期的な見廻《みまわ》りに来る大目付の役人、――それはもう以前の滝沢忠太夫やその部下ではなく、新しく任命された者だったが、かれらが言葉少なに語ることで、およその経過を知るだけであり、また、かれ自身それ以上その紛争の内容などには関心がなかった。騒ぎがおちついてから、伊原友三郎が中老になり、国許《くにもと》留守役を兼務することになった、ということがわかった。彼は三年以上も身を隠したまま、江戸や国許のお為派《ためは》と連絡を続け、こんどの御改新に多くの功績があったという。庄兵衛はそんな話はどっちでもよかったが、伊原の異例な出世にはよろこんだ。

「永蟄居もこれで終るか」と庄兵衛は太息《といき》をついて云った、「七年、いや、もう八年ちかく経ったな、ひどいもんだ、われながらよくがまんしたものだと思う、いろいろなことがあった中で、いちばんこたえたのは母に死なれたことだ、肩身のせまい日蔭《ひかげ》ぐらしのままでね」

あやはそっと、良人の手の上へ自分の手をかさねた。

定期的な見廻りはあるが、閉門蟄居についてはなんの沙汰もなかった。騒ぎはおさまり、家中《かちゆう》は平穏になった。見廻りに来る与力《よりき》の話によると、萩岡左内一派によって処罰された者は許され、放国された者は帰藩した。友三郎の生家である原田では、食禄を加増されたということであった。だが、西条家は忘れられたように、ぜんぜん音も沙汰もないのだ。庄兵衛はおちつかなくなり、怒りっぽくなった。交代した重職たちは気がつかないということもある。だが伊原が忘れるということはない筈だ。

「ことによると忘れたのかな」庄兵衛はなんどもそう云っては首をかしげた、「騒動のあと始末もあるし、新任の役目に追われて、つい忘れているということも考えられる、とにかくいちど手紙をやってみようか」

庄兵衛は伊原に宛《あ》てて手紙をやった。五日待ち、十日待ったが、返辞もないしたずねて来るようすもなかった。庄兵衛は自分のもとの上役である城本内蔵助《きもとくらのすけ》に訴状を出した。しかし、訴状は封のまま戻され、戻す理由さえわからなかった。次に与力が見廻りに来たとき、彼は大目付の手から城代家老に渡してくれるようにと、訴状を託した。そのとき知ったのだが、交代した城代家老は安倍頼母《あべたのも》といい、江戸から赴任した人物だそうで、このときの訴状は「閉門蟄居ちゅうの者が訴状を出すことはできない」という理由で、大目付から封のまま返されてしまった。このあいだに年があけて享保二十一年となり、四月には年号を「元文《げんぶん》」と改元された。

庄兵衛は伊原に宛てて、もういちど手紙を書き、こんどはあやに持たせてやった。もちろん妻の外出は禁に触れることだが、いまでは監視もゆるんでいるし、庄兵衛には法を守るような気持はなくなっていた。

「実際にあったことを詳しく話せ」と彼は妻に云った、「手紙にも書いたが、文字では実際の気持はとうてい伝えられない、おまえの口からじかに云うんだ、あしかけ九年にも及ぼうとする、このみじめな罪人の生活、その中で母に死なれたことも、なにもかも残らず話して聞かせるんだ、遠慮することはないんだぞ、いいか」

あやは眼を伏せたまま頷いた。

さすがに世間を憚《はばか》って、日が昏れてのちあやをでかけさせた。加助を供に、提灯《ちょうちん》もつけずにいったあやは、一刻ばかりして帰って来たが、そのようすを見て、結果のよくなかったことが明らかに推察された。

「伊原は会わなかったのか」

「おめにかかりました」あやは眼をあげて良人を見、その眼を伏せながら答えた、「——手紙は見なくともわかっているし、決して忘れているわけでもない、けれども動かしがたい御家法があるので、いますぐにはどうすることもできない、もう暫《しばら》く辛抱してくれるようにと、仰しゃっておいででした」

「御家法、——」庄兵衛は詰めよるように反問した、「動かせない御家法とはどういうことだ」

あやは封書を出して良人に渡した。「伊原さまが写して下すったものです」

庄兵衛はすぐに披《ひら》いてみた。この藩の家法は四十二条ある、それは第十八条の乙項を抜き書きにしたものであった。

七

要旨は「お為筋により不埒《ふらち》の行動をした者は、その趣意が藩家お為にかなった場合、不埒の行動による罪を赦免されることがある。これに対し、その筋にもあらず、お為の趣意なくして不埒の行動を助けた者は、お為にかなわざるゆえに、罪もまた赦《ゆる》されることはない」というのであった。――つまり、政権転覆を計った者は、政権の転覆によって罪を赦されるが、その計画に加わらなかった者が、計画者を助けた罪で処罰された場合には、その罪は計画そのものとは無関係だから、政権転覆が成功しても、赦されることはない、というのだ。庄兵衛は怒って、その抜き書きを引き千切った。

「御家法がなんだ」と彼は叫んだ、「あの夜かれはなんと云った、もし自分が江戸へ脱出できなければ、計画のすべてがだめになる、なんとしてでも生きて脱出できるように、方法を考えてくれと云ったではないか」

「おれは政治は嫌《きら》いだ」とすぐに彼は続けた、「政治なんぞには爪《つめ》の先ほども関係したくなかったが、伊原はけがをしていたしおまえの従兄《いとこ》だ、妻の縁者であり重傷を負っている者を、いやだと追い払うことができるか、断わると云って、あの雪の中へ追い返せばよかったというのか」

「おれは伊原を背負って、あの川を脛《すね》まで浸してあるいた」庄兵衛はしだいに激昂《げっこう》しながら云った、「そして別れるときに、伊原はなんと云った、――西条のしてくれたことは、おれにしてくれたのではない、この藩ぜんたいのためにしてくれたことになるんだって、おまえも聞いていたろう、伊原はその口でこのとおりのことを云ったんだ、そうではなかったか」

庄兵衛は立ちあがり、刀を持って庭へとびおりた。庭には若木の八重桜が一本、もったりとおそ咲きの花をつけていた。彼は刀を抜き、鞘《さや》を縁側に置くと、足袋《たび》はだしのままそっちへいって、絶叫しながら刀を振った。珍しいほどよく晴れた夜で、月の光が明るく、庄兵衛の刀はその光を映してきらめき、若木の八重桜は花をつけたまま、中ほどから切断されて倒れた。

あやは袂《たもと》で顔を掩《おお》い、けんめいに泣くのをこらえていたが、桜の切り倒された音を聞くと振返って、立ちあがるなり自分も庭へ走り出ていった。

「あなた、気をおしずめ下さい」

「うるさい寄るな」庄兵衛は妻の手を乱暴に振放した、「おれはこの藩が憎い、伊原友三郎が憎いし伊原と血のつながるおまえも憎い、おれはここを出てゆくぞ」

庄兵衛は泥《どろ》まみれの足で家の中へとび込んでゆき、金包とみえる物を持って戻った。刀をぬぐいもせずに鞘へおさめ、居間へはいったと思うとすぐに、袴《はかま》をはきながら出て来た。あやは庭にはだしで立ったまま、良人のすることを黙って見ていた。十余年もの夫婦ぐらしで、庄兵衛の気質はよくわかっている。いまなにか云えば、却《かえ》って怒りを煽《あお》るだけだろう。そう考えたのであるが、まもなく、縁側へあらわれた庄兵衛が笠《かさ》を持ち、草履《ぞうり》を持っているのを見て「あ」と口を押えた。

「閉門の身だからな」彼は草履をはき、刀を腰に差し、笠を持って庭へおりた、「門からも木戸からも出ない、罪人は罪人らしく、塀《へい》を乗り越えてゆくぞ」

「あなた」とあやがふるえる声で云った、「それはご本心ですか」

「見ていればわかる」と彼は云った、「他国へいって乞食《こじき》になろうとも、こんなばかげた土地にいるよりはましだ、まっぴらだ」

「待って下さい」あやは良人の袖《そで》にすがりついた、「いいえお止めは致しません、あなたが出ていらっしゃるのならわたくしもまいります」

「おれはおまえを憎んでいるんだぞ」

「それでお気が済むなら憎んで下さい、わたくしあなたの妻ですから、あなたが出ていらっしゃるならわたくしもまいります」

「放せ、うるさいぞ」

「放しません、わたくしごいっしょにまいります」

庄兵衛は妻を突きとばした。あやはうしろへよろめいて膝を突き、庄兵衛は笠木塀のほうへ歩み寄った。そして、木戸になっている笠木のない部分へ手を掛けると、それを外へ乗り越えようとした。そのときあやが走って来、庄兵衛の着物の袖を摑《つか》んだ。力いっぱいな摑みかたで、振放すことができない。庄兵衛も袖のこっちを握り、袖が千切れないようにして塀の外へおりた。すると、その力を利用したのだろう、あやははずみをつけて伸びあがり、塀の上へ両手でしがみついた。

「あなたはあやを置いてはゆけない筈です」とあやは悲鳴のように叫んだ、「わたくしの、この右の手を見て下さい」

庄兵衛は振向いた。月がま上にあり、塀にしがみついたあやの手を照らしていた。あやの右手にある大きな火傷の、ひきつれになった痕《あと》が、雲母《きらら》でも貼《は》ったように光ってみえた。

「あなたはいつか仰しゃいましたわ」とあやはふるえる声で云った、「こんな手にしてしまって、もう嫁にはいけないなあって」

庄兵衛の顔がみにくくしかめられた。

「嫁にゆけなくなったとすると」あやは続けた、「不都合なことがあっても離縁はできないなあって」

庄兵衛の持っていた笠が、その手から落ちた。

「あなた」とあやが叫んだ、「そこにいらっしゃるんですか」

彼は「いる」と答えた。

「御家法も人が定めたものです」あやは云った、「御改新があったのですから御家法もやがて変ることでしょう、もう暫《しばら》く辛抱なすって下さい、それがだめならあやを伴《つ》れていっていただきます」

庄兵衛はふり仰いで月を見た。

「あなた」とあやがまた呼びかけた。

「やめたよ」と庄兵衛が答えた、「――おれの負けだ、その手はやっぱり高くついたな」

高価についたとは、支払いでか、それとも受取りの意味でか。

庄兵衛自身でも、どちらにつくかは知らないようであった。

（「オール讀物」昭和三十七年十月号）

枡《ます》落《おと》し

一

――ねえ、死にましょうよ、ねえ、おっ母さん。

とおうめが思いつめたように云《い》った。二人でいっしょに死にましょうよ、ねえ、おっ母さん。

表通りから笛や鉦《かね》や太鼓の、賑《にぎ》やかな祭囃《まつりばや》しが聞えてきた。下谷御徒町《したやおかちまち》の裏にいたときで、秋祭の始まった晩のことだった。

――あたし独りで死ぬのは怖いの、ねえ、おっ母さんもいっしょに死んで。

あのお囃しは備前《びぜん》さまのお屋敷の、こっちの角にある屋台でやっているのだ、と仕事をしながらおみきは思った。ここへ移って来てから五年とちょっとのあいだに、親子心中が三度もあった。今年の春あんなことがあってから、自分も娘といっしょに死んでしまおうと、幾たび考えたかわからない。あたしたち貧乏人は、どうしてすぐに死にたがるのだろう、生きているより死ぬほうが楽だと思うからだろうか。本当に、生きているよりも死ぬほうが楽なのだろうか、とおみきは思った。

――町をあるいていると、みんながあたしの顔を見るの、あれは人殺しの子だって、あそこへゆくのは人殺しの娘だよって、そういう眼《め》つきでじろじろ見るの、あたしにはそれがはっきりわかるのよ。

表通りでは賑やかに、あんなに元気よく祭囃しをやっている。屋台の上の若者たちの、活気に溢《あふ》れた顔が見えるようだ。そして、ちょっと裏へはいったここでは、悪い父親を持ったために、死のうと思いつめた娘がいる。珍らしいはなしではない、広い江戸の市中では、同じようなことが幾らも起こっているにちがいない。あたしも三十日ばかりまえなら、ことによるとおうめといっしょに死んだかもしれない。けれどもいまはもう死ぬ気はない、生きていられなくなったらわからないが、いまはもう死ぬのはいやだ、生きられる限り生きて、これまで苦労した分を取り戻すのだ、とおみきは思った。

――悪いことをしたのは、あんたでもおっ母さんでもないでしょ、とおみきは娘に云った。自分がしもしないことで、世間の眼なんかに恐れることはないじゃないの。

――おっ母さんはあの人たちの眼つきを知らないからよ。

あたしはあの人の女房ですよ、世間の者がどんな眼で見、どんなふうに耳こすりをするか、知らないとでも思ってるの、女房のあたしを見る眼が、娘のおまえを見るより棘《とげ》がないとでもいうの、とおみきは思ったが、口には出さなかった。

――死のうと思えばいつでも死ねるわ、でもいったい死んでどうなるの、ごらんよ人殺しの女房と娘が、世間に顔向けがならなくなって死んだって、そこらの人たちの笑い話になるだけじゃないの。

——それでもあたし、もう生きているのがいやになったのよ、おうめは泣きだしながら云った。これまでだって、人並に生きたような日はいちんちもなかった、あたしもうたくさんよ。

——ここを出てゆくのよ、とおみきは仕事を続けながら静かな口ぶりで云った。引越しをするの、知っている者のいない土地なら、いやな思いをすることもないでしょ。

——だって人別《にんべつ》は付いてまわるでしょ、それに仕事のほうはどうなるの。

——むずかしいわね、おみきは娘にではなく、独り言のように云った。むずかしいけれど、二人で死ぬことに比べれば、やってみる値打はあるでしょう、あたしすぐ差《さ》配《はい》さんに相談してみるわ。

差配の吉兵衛は首をひねった。というのは、それまでに三度おみきは町奉行所《まちぶぎょうしょ》へ呼び出された、町役《ちょうやく》と家主が付添いで、二度は与力《よりき》の吟味だったが、三度めには壱岐守《いきのかみ》とかいう町奉行がしらべに当り、おみきを叱《しか》りつけた。それほど激しい口ぶりではなかったけれども、はっきりした言葉でおみきを責め、叱りつけた。——差配は家主からそのことを聞いていたので、移転させていいものかどうか迷ったらしい。だが、家主や町役に事情を語り、行先さえはっきりしていればよかろう、ということになり、十月のはじめに、この浅草猿屋町《さるやまち》へ移って来たのであった。引越しは差配のよろず屋藤吉と、「伊予邑《いよむら》」の職人の芳造が手伝ってくれたが、町内の人たちは知らぬ顔で、一人として手を貸そうという者はなかった。

町内には親しくつきあっていた家族が少なくない。良人《おっと》の千太郎がお縄《なわ》になるまで、こっちの衣食を削ってでも、できるだけのことはしてやった。むろんたいしたことではない、子が生れてもおむつのない夫婦に、自分や娘の古浴衣《ふるゆかた》をやったり、仕事にあぶれて晩めしの食えない家族に、粥《かゆ》にでもと一合二合の米を持っていったり、鰯《いわし》の安いときには、それさえ買えない人たちに少しずつ分けたり、手作りの牡丹餅《ぼたもち》やこわめしを届けたり、下の物さえないというかみさんに、古くて洗いざらしではあるが、自分や娘の物をそっと持っていったりした。田舎から出て来て、勝手道具をなに一つ買えない家族のために、欠けてはいるが土釜《どがま》や、茶碗《ちゃわん》、皿、箸《はし》などを揃《そろ》えてやったこともあった。たいしたことではない、口に出して云えばこっちが恥ずかしいようなはなしだし、そうしようと思えば誰にだってできることだろう。誰もしてやらないからしてやったまでで、こっちにそれを誇ったり、自慢したりするほどのことではなかった。――けれども、こっちは亭主の千太郎が悪くぐれていて、自分や娘の内職稼《かせ》ぎはみんな掠《かす》っていってしまうし、しばしば夜具や着ている物まで剝《は》いでゆくという、はなしにもならない状態の中でしたことであった。云うまでもないことだが、それを恩にきせたり、有難がってもらおうなどという気持は爪《つめ》の先ほどもなかった。ただ、しなければならないからそうしたまでのことであるが、亭主の千太郎が人殺し兇状《きょうじょう》でお縄になったとたん、まるで風見車が北から南へ変ったように、一人残らずそっぽを向いてしまった。——引越しによけいな手はいらなかった。古い茶簞笥《ちゃだんす》と、僅《わず》かな勝手道具と、柳行李《やなぎごうり》が二つと、古夜具が二た組しかない。あとは亭主の千太郎がいつも持ち出してしまうので、差配の藤吉と「伊予邑」の芳造だけでも、充分に手がたりた。実際には少しも手伝ってもらう必要はないのだが、それまでのことを考えると、ひと言の慰めも劬《いたわ》りの言葉もなく、そっぽを向いたままで、さも「これで厄払《やくばら》い」をしたとでも云いたげな人たちに、おみきは肝の煮えるようなおもいをしたものであった。

——そんなふうに思ってはいけない、とおみきは心の中で自分をなだめた。みんな自分が大切なのだ、田舎からこの江戸へ出て来て、どこでどのようなくらしにありつけるか、この江戸で、はたして生きてゆけるかどうか、という考えでいっぱいなのだ、人のことなど構っていられないのが、あたりまえじゃないかと。

「おっ母さん」とおうめが云った、「家主さんがおいでですよ」

おみきは仕事の手を休めて、振り返った。家主の喜六が上《あが》り框《がまち》のところに立って、着物の衿《えり》をくつろげ、片手で顔を拭《ふ》きながら、扇子で胸元をあおいでいた。十二月だというのに、堅太りの顔は油でも塗ったようにぎらぎらと、赤く張りきっていて、こっちまでが暑くなるように思えた。

「あの角のね」と家主の喜六が云った、「今月いっぱいで空くので、そのあと、あんたたちにはいってもらいたいと思うんだがね」

「あの角というと、版屋さんのいるうちですか」

「ええ、あれがねえ」喜六は顔の汗を拭きながら云った、「わ印《じるし》（猥本《わいほん》）を刷っていたことがわかって、ところ払いになったのは、おとついのこったがね、それで、そのあとへおまえさんにはいってもらおうと思うんで、それで来たんだがね」

どうだろうと云われて、おみきは返辞に困った。その家はこのろじを出た横丁の角で、部屋も三部屋あり、井戸はすぐ裏で、西側にむくの樹《き》が枝を張っていた。いかにも住みよさそうではあるが、店賃《たなちん》も高いだろうし、角家《かどいえ》で自分たち親子には晴れがましかった。

「おらおめえさんたちにはいってもれえてえんで、店賃はここと同じでいいんだ、遠慮することあねえんだよ」

「考えさせて下さい」とおみきは云った、「御親切はよくわかりますけれど、御存じのとおりの貧乏ぐらしですから」

「だから店賃はここと同じでいいって」

「店賃も店賃ですけれど」

「あとは云いなさんな」と喜六は片手で顔の汗を拭き、片手で胸を煽《あお》ぎながら遮《さえぎ》って云った、「よろず屋からあらましのことは聞いているんだ、おまえさんたちが世間を狭くしている気持はわかるが、それにもほどということがある、いつまでそんなにいじけていたってなんの役に立つもんじゃあねえ、おんめさんももうとしごろだし、稼ぎは男にも負けねえほどあるんだ、もう大手を振って世間づきあいをしてもいいじゃねえだろうか」

おみきは眼が熱くなり、俯向《うつむ》いて、両方の眼がしらを袖《そで》でぬぐった。——家主の縄屋喜六は、御徒町の差配吉兵衛の幼な友達であり、吉兵衛の世話で、この長屋の一軒を借りたのであった。そのとき人殺し兇状で、伝馬町《てんまちよう》の牢《ろう》に入れられている亭主のことも話したのだろう、六十日ほど経《た》つ今日まで、ずいぶん親切にしてもらった。亭主が人殺し兇状で入牢していることなども、決して人にはもらさないし、親子の過去についてはなにも話してはいなかった。縄や蓆《むしろ》やわら束などを売るのがしょうばいで、五尺そこその肥えた軀《からだ》で、十二月だというのに吹き出るような汗をかく躰質《たいしつ》だった。癇性《かんしょう》というのだろうか、いつも赤い顔をして怒りっぽく、いちにちじゅうどこかでどなり声が聞えているというふうであった。

二

そのとき「伊予邑」の芳造がはいって来、家主さんの云うとおりにするがいいじゃないか、と云った。彼のとしは二十三歳、小僧から伊予邑に奉公し、そのころからの出入りで、おうめとは兄妹《きょうだい》のように仲が良かった。膚《はだ》は浅黒く、瘦《や》せがたで眉《まゆ》が濃く、いかにもきかぬ気らしい顔つきをしているし、温かい気持とは反対に、態度や口ぶりはずけずけと荒っぽく、無遠慮であった。

「せっかく家主さんがそう云ってくれるんだ、それにここじゃあ誰もあの事を知ってる者はねえんだし、いつまで肩をすぼめてくらしてることたあねえじゃねえか」

「でもねえ、女世帯《おんなじょたい》で角店《かどだな》に住むなんて、少し晴れがましすぎると思うから」

「女世帯だって誰の世話にもなっているわけじゃあねえ」芳造はいきまくように云った、「じみちに人一倍よく稼いでいるんじゃあねえか、少しはおんめちゃんのことも考えて、世間なみのくらしをしてもいいじゃねえか」

「そんなにぽんぽん云うなよ」喜六は苦笑いをしながら芳造に云った、「おめえは慥《たし》かべっこう屋の職人だとかいったな」

「日本橋本町三丁目の伊予邑の職人です」

「よくここの面倒をみてくれるようだな、家主のおれからも礼を云うぜ」

「よしてくんな、こっ恥《ぱ》ずかしい、こっちはまだ半人めえ、ここのおかみさんは江戸に幾人という腕っこきだ」

「芳《よ》っさん」とおみきが手で叩《たた》くまねをした、「そんなばかなこと云わないで」

「話はきまった」と喜六が胸を煽ぎながら云った、「引越しはあさって、掃除をして待ってるぜ」

そしておみきの返辞は聞かずに、芳造の肩を叩き、「いい娘だな」と囁《ささや》いて出ていった。芳造の浅黒い顔がちょっと赤くなり、眼をぱちぱちさせながら、上り框に腰をおろし、水を一杯くださいと云った。そしておうめが立ってゆくうしろ姿をちらっと見、しんけんな表情でおみきに云った。

「じつは、お上《かみ》のお触れで、たいまいを使っちゃあいけねえことになるらしいんです」

「ええ」とおみきは頷《うなず》いた、「贅沢《ぜいたく》禁止とかで、たいまいを使ってはいけないという、お触れが出るって、湯屋でちょっと耳にしました」

「そうだとすると」芳造は頭を掻《か》き、うしろ首を撫《な》でた、「本当にそうなるとすると、おばさんの腕がすたっちまうことになる、おらあそれにがまんがならねえんだ」

おうめが湯呑《ゆのみ》に水を持って来た。彼はひと口にそれを呷《あお》って、「もう一杯」と云い、おうめは勝手へ去った。

「ねえ芳っさん」おみきはなだめるように云った、「三年まえにも金箔《きんぱく》が御停止《ごちょうじ》になったでしょ、色刷りの錦絵《にしきえ》が御停止になったり、縮緬《ちりめん》の下布《したの》が御停止になったり、そのときどきでお上からいろいろ御禁制が出たわ、それでも一年か二年も経てばうやむやになってしまうし、御禁制の裏をくぐって、こっそり仕事を続けている者も、少なくないことは知ってるでしょ」

「そこなんだ」と芳造は云った、「おらあおばさんにそんな事をしてもらいたくはねえ、たいまいの代りに青海亀《あおうみがめ》を使ったらどうかと思うんだ」

「聞いたことがないわねえ」

「おっ母さん」とおうめが云った。

「いいんだいいんだおんめちゃん」と芳造は手を振った、「青海亀ってのはねおばさん、赤海亀っていう駄物《だもの》と違って、瑇瑁《たいまい》にいちばん近い甲羅《こうら》を持ってるんだ」

でも青海亀の甲羅は斑《ふ》の形も、たいまいとはまるで違うじゃないの。この際それもしようがねえんだよ。あたしは瑇瑁しかやりません、たとえ御禁制が出ようが出まいが、あたしは自分の仕事を続けてゆくつもりです。

「それじゃあ」芳造はちょっと口ごもった、「お二人のくらしをどうなさいます」

おみきは胸を叩いた、「その心配はないの、まだ半年ぐらいはだいじょぶよ」

「そのあとだよ」

「そのあとならたいまいの御禁止も解けるでしょ」おみきは振り向いて娘に云った、「お茶と栗饅頭《くりまんじゆう》があったでしょ」

「おらあいそぐんだ」と云って芳造は腰をあげた、「じゃあ大丈夫なんですねおばさん」

「こっちはだいじょぶよ、本当にいそぐことなんかないのよ」とおみきは云った、「――御禁制だっていつまで続くものじゃないでしょ、いまも云ったとおり、たいてえな御禁制が、いつのまにかうやむやになってしまうわ、世の中ってたいていそうしたものなのよ」

「おばさんには口返しができねえや」芳造は頭のうしろを掻いた、「――念には及ばねえだろうが、そのあいだに、もしも困るようなことがあったら、うちの親方がなんとでもするからって」

「いいの、いいのよ」とおみきは片手を振って云った、「そんな心配はちっともないって、親方に云ってちょうだい」

「なんだか、どうも」と芳造はまた頭のうしろを掻いた、「小僧の使いみてえになっちまったが、とにかくそういうことだから」

「有難うよ、親方によろしく云ってちょうだい、おこころざしは本当にうれしゅうございましたってね」

「なんだか引込みがつかねえが、それじゃあ親方にそのとおり云っておきます」

「おうめ」おみきは娘に眼くばせをした、「その包みを持ってその辺まで送っていっておあげ」

それにゃあ及ばねえ、と芳造は慌《あわ》てて云ったが、おうめは待っていたように、包みを持って立ちあがった。

「困るよ」と芳造は強い調子でなく云った、「女といっしょにあるいたりすれば、町の連中のいい笑い者になるばかりだ」

「ここは浅草だよ芳っさん」とおみきが微笑しながら云った、「御徒町とちがって、若い二人伴《づ》れなんか珍らしいこっちゃありゃあしない、いいからまあいってごらんなさいよ」

二人が出てゆくのを、うっとりした眼で見送ってから、おみきは仕事台に向かって坐《すわ》った。おうめは十七、芳造は二十三。あたしとあの人とは七つ違いだった、七難九厄などということは信じもしなかったけれど、やっぱりそれが当ってしまった。——あの人も初めからあんなではなかった。お父っつぁんに見込まれて養子になり、あたしと夫婦になったころは、まじめで仕事熱心で、酒もタバコも口にしない、素っ堅気な職人だった。それが、お父っつぁんが亡《な》くなってからぐれだし、仕事はそっちのけで酒びたりになり、悪遊びに浸りきるようになった。

「どうしてだろう」とおみきは仕事を続けながら呟《つぶや》いた、「もともとそういう性分で、猫をかぶっていたのが、お父っつぁんが亡くなったので本性をあらわしたのだろうか、それとも、——なにかほかにわけがあったのだろうか」

そのじぶんは日本橋石町《こくちょう》に店があり、職人も七人、下女、飯炊《めした》きなど、十一人の家族であった。父は新五郎、母はなかった。おみきが三歳のとき死んだそうで、おみきは顔も覚えてはいない。父はおみきを溺愛《できあい》した。おまえはおふくろにそっくりだ、と云っては晩酌《ばんしゃく》の向うに坐らせて、酒や肴《さかな》を喰《た》べさせた。おみきは五歳ぐらいから、酒の味に馴染《なじ》んだものだ。父は女にも博奕《ばくち》にも手は出さなかった。母がどんな人だったか、おみきは知らない、父はひとことも語らなかったし、近所の人たちも決して母のことを聞かせてはくれなかった。けれども、黙ってさみしそうに酒を飲んでいる姿を見ると、いつまでも父の心は母のことでいっぱいなのだ、としか思えなかった。

――おまえはおふくろにそっくりだ。

という父の口ぶりにも、膳《ぜん》の向うに坐らせて酒を啜《すす》らせたり、肴を喰べさせるようすにも、そこに亡き母の俤《おもかげ》を追っているように感じられたものだ。

おみきが十六歳のとき、千太郎が養子にきまり、まもなく二人は祝言《しゆうげん》をした。彼は二十三歳、職人なかまのつきあいもせず、仕事だけに精いっぱいうちこんでいた。肉の緊《しま》った小柄《こがら》な軀で、口かずが少なく、いくらかぶあいそなところがいかにも男らしくて、おみきも嫌《きら》いではなかった。

父は肝の臓が悪いそうで、医者から酒を節するように云われた、焼酎《しようちゆう》を薄めたもののほうがまだいいと。それから米のめしやうどんをやめて麦粥《むぎがゆ》とか、鳥の卵などを常食にするほうがよいとも。しかし父は医者の忠告など聞くようすもなく、酒はますます量が増すばかりだし、制限された食物も好きなだけ喰べた。

――人間はいつかなにかの病気で死ぬものだ、先月は将軍家の子だって亡くなったろう、と父は口ぐせのように云った。それに、酒は人間が作りあげたいちばん尊《たっと》い宝物だ、毛物《けもの》にも鳥にも魚にも作れやあしなかった、酒が人間の害になるなんてえのは、えせ医者のたわごとよ。

人間はいつかなにかの病気で死ぬものだ、どんなに養生に凝っても、人間は死ぬことから逭《のが》れることはできないのだ。父はいつもそう云っていた。そして四十歳そこそこで、吐血をして死んだ。医者は酒毒だと云ったけれど、おみきは定命《じょうみょう》だと心の中で思った。父の心は亡くなった母のことでいっぱいだった、あの不養生も早く母のところへいきたいためだったのかもしれない。

千太郎が跡目を継ぐと、職人たちはみな店から出てしまった。

――あんな朴念仁《ぼくねんじん》の下で働かされちゃあ息の根が止まっちまう。

職人たちはそう云って、半年ばかりのうちにみんな去っていってしまった。

三

角店へ移ってから五六日して、縄屋喜六がやって来た。

「どうしたんだね」と彼はふきげんな口ぶりで云った、「この出窓を塞《ふさ》いだら、うちの中へ陽《ひ》がはいらないじゃないか、どういうつもりなんだね」

「仕事のためなんです」とおみきは伏眼になって答えた、「あんまり明るいと、仕事がしにくいんです」

喜六は上り框に腰を掛け、タバコ入れと燧袋《ひうちぶくろ》を出しながら、太い溜息《ためいき》をついた。

「おらあまた」と彼は云った、「まだ御亭主のことを恥じて、せっかくの出窓まで閉めてしまったのかと思った」

おみきは「まさか」と口の中で云った。

「こんなことをきくのはてれくせえが」と喜六はタバコをふかしながら云った、「窓が明るくっちゃあぐあいが悪いって、いったいどんな仕事なんだね」

「そんなにむずかしい事じゃないんですよ、ちょっとあがってみて下さいな」

おうめにお茶を淹《い》れて、と云いながら、おみきは喜六を家へ招き入れた。その家は六帖《じょう》と四帖半二た間に、厠《かわや》と勝手という造りだった。裏長屋は総後架《そうこうか》（いまでいう共同便所のようなもの）といって、厠は二十軒に一つしかない。ここへ来てから、おみき親子のもっとも困ったのはそのことだった。それだけでもこの角店へ移ったことは有難いことであった。

出窓のある六帖には茣蓙《ござ》を敷いて、腰高のがっちりした台と、脇《わき》に道具棚《だな》が二つあった。おみきは台に向かって坐り、亀の甲のような物を台の上に固定し、道具棚から薄刃でゆるい三日月なりの刃物を取った。三日月なりというよりもっとゆるやかで、両端に握りが付けてあり、刃は極めて薄く、鋭く磨《みが》きあげられてあった。

「たいまいの甲羅は十三枚重なっているんです」とおみきは云った、「これを一枚ずつに剝《は》がして、斑《ふ》のあるところと、斑のないところを切り分けるんです」

それから押しをして干し、鼈甲屋《べっこうや》へ渡すのであるが、斑のある部分と斑のないところを分けて切るところに、小刀《さすが》の使いかたがあるのだ、とおみきは云った。父が江戸でも指折りの人だったし、おみきも小さいころから見よう見まねに手順を覚えた。そして父が亡くなったあと、出ていった職人たちの、台と道具棚を取りだして、自分もこの仕事をやり始めた。

「いま考えると、それがいけなかったのかもしれません」とおみきは云った、「わたしの作った生地《きじ》が、鼈甲屋に売れるようになると、まもなくうちの人はぐれだしたんです」

「強い風のために、枝の折れる木もあり、びくともしない木もある」と喜六はタバコをつけ替えながら、呟くように云った、「風のためじゃあねえ、木のたちだと思うがな、へたな譬《たと》えだけれど」彼はちょっと渋い顔をした、「——人間はさまざまだ、稼ぎのある女房を持つと、亭主はだめになるっていう、俗に髪結いの亭主ってやつだが、そうばかりでもないんだな、あっしの知っている者の中にも、二人でよく稼いでいる夫婦が幾組かある、つまるところ、人間それぞれの性分じゃあねえかな、どっちにしろ、おまえさんのせいでねえことは慥かだよ」

「有難うございます」とおみきは頭をさげた、「そう云って下さると気が楽になります」

おうめが茶を淹れて来、喜六はそれをひとくち啜ると、自分が云い過ぎたことを恥じるように、用があったらいつでもいって来てくれ、と云いながら去っていった。

「人間はさまざまだって」とおみきは茶を啜りながら、ぼんやりと呟いた、「――そうかもしれない、そうではないかもしれない」

「なあにおっ母さん」とおうめが云った、「なにがそうではないっていうの」

「なんでもないのよ」おみきはちょっと髪を撫で、そして娘の顔を見た、「――いつかきいてみたいと思ったんだけれど、あんた芳っさんが好き、それとも嫌い」

おうめは答えずに、茶道具を片づけた。その動作のあいだに、「好きよ」と恥ずかしそうに囁いた。おみきは呼びかけようとして急にやめた。おうめも父のためにどんなに苦労をしてきたか、忘れてはいない筈《はず》であるし、人間の性分はさまざま、どんな注意や意見をしてみたところで、実際の役にたつことはないだろう。芳造はいい男らしい、女房に泣きをみせるようなことはないと思うが、自分の亭主の千太郎も初めはそうだった、それがぐれだしたのは、自分が稼ぎだしたからではないかと思うが、家主の喜六に云わせれば、やはりその人間によるのだという、だとすれば、娘になにを助言することがあるだろうか。

「たいていの夫婦はうまくいっている」とおみきは呟いた、「あたしたちの場合は珍らしいのだろう、本当にひどいとしつきだった」

——そのほうは婦道ということを知っているか、と町奉行のなんとか壱岐守という人が云った。夫婦は一心同躰《どうたい》、良人《おっと》がぐれだしたとみたら、命を賭《か》けてもそれを止め、戒め励まして、常道に返らせるのが妻のつとめではないか、そのほうは千太郎の悪事を知っていた筈だ、それと気づいたとき、蹴殺《けころ》されてもいいという覚悟でいさめたら、こんなことにはならなかったとは思わないか。

ほかにも云われたことはあるが、要点は女の道に外れていた、ということであった。そうかもしれない、そういう点では自分はいい妻ではなかったかもしれない。けれども、あの人は諫《いさ》めたくらいで納得するような性分ではなかったし、こちらも二十三になるやならず、父に溺愛されて育ったから、ぐれたあの人をどうやって引戻せるか、なんの知恵も思いうかばず、まったく途方にくれるばかりであった。おまけに六つになったばかりのおうめに乱暴でもされてもし間違いでもあっては、という心配もあった。

——千太郎の罪の幾分かは、そのほうにもあるということを忘れるな。

町奉行はそうきめつけた。夫婦となり、いっしょに生活していれば、善悪ともに共同の責任がある、それはそのとおりであろう、けれどもそれが全部だろうか、人はさまざまだと家主が云った。夫婦のかたちもいちようではない、どんなにうまくいっている夫婦でも、或《あ》るときひょっと狂ってしまうことがある。一心同躰というのは言葉で、本当には育ちも性分もまちまちな、女と男がいっしょにくらしていれば、いい事ばかりはないのが自然であろう、それがうまく納まるか、だめになってしまう場合もある。それにしても、自分たちの場合はひどかった。

石町の家は父の物であった。千太郎はいつかそれも売ってしまい、おみきやおうめの着物まで売るようになった。鼈甲の生地作りはいい手間賃になる、千太郎はむろんそれを知っていて、毎日のように酒をせびり、銭をしぼった。ちょっと拒んだりすればば、障子襖《ふすま》を蹴やぶったり、火鉢《ひばち》をひっくり返したりしてあばれた。妻や娘には手を出さなかったが、千太郎があばれだすたびに、二人ははだしで逃げだすより仕方がなかった。

それが十幾年も続いたのだ。ぐれだしてからの千太郎はおみきに触れたこともなく、おうめを抱いたこともなかった。金の必要なとき帰ってくるだけで、あとは寄りつきもしない。そしてたまに帰ってくれば、金や金になりそうな物を奪ってゆくのである。近所でも評判になり、町役人からもたびたび注意をされた。

——なにが原因だろう、とおみきはいつも考えていた。なにが気に入らないのだろう、あたしを嫌いなのだろうかと。じかに幾たびかきいてもみたが、千太郎はなにも答えなかった。いってみれば縁もゆかりもないならず者が、ときどき踏み込んで来ては、うちの金や物を掠《さら》ってゆく、というかたちであった。いちばん困るのは、千太郎のいないときに、ごろつきのような男が泥酔《でいすい》して泊り込むことで、そういうときには懇意にしていた近所の家へ頼んで、母子が泊めてもらうより仕方がなかった。

どうにも風儀が悪いので、近所の人たちが町役へ訴えたのだろう、どこかへ移ってくれと云われた。家も自分の物ではなくなったし、しいて居据《いす》わる気はなく、まもなく下谷《したや》御《お》徒町《かちまち》の裏店《うらだな》へ引越したのであった。

差配《さはい》のよろず屋藤吉がたいそうひいきにしてくれ、亭主とは離別して、新らしいくらしを考えなさい、としばしばすすめられた。千太郎のことなら役人に願って、ちゃんと離別させてみせるから、とも云った。むろんおみきにそんな気は爪《つめ》の尖《さき》ほどもなかった。男と聞いただけでも、身ぶるいが出るくらいだったのだ。役人がどうしようと、たとえ人別から抜いてしまおうと、千太郎はおみきからはなれはしないだろう。こっちへ移って来てそこそこ五年、あの出来事があってお縄《なわ》になるまで、千太郎は五日おき十日おきというふうにやって来て、金がなければ物、それも満足な物がなければ、襖障子を蹴やぶったり、貧しい家具を打ち毀《こわ》したりして暴れた。

そして千太郎が人殺し兇状《きょうじょう》で牢《ろう》へ入れられると、近所の人たちの母子を見る眼が、冷やかで嘲笑《ちょうしょう》的な、軽侮するようなものに変った。それまで親しくつきあい、同情したり親切にしてくれたりした人たちがである。これが世の中だ、これが人の心というものだ。おみきは自分の血の一滴一滴でそう感じた。

「おうめにこのことをよく云っておかなければならない」とおみきは呟く、「芳っさんはいい人らしい、十年以上も知っているけれど、働き者で、まじめで、悪い噂《うわさ》なんぞこれっぽっちもない、伊予邑では誰にも負けない職人になったのに、いまでも小僧のように生地を自分で取りに来る、——うちの人もぐれだすまでは同じようだった、ぐれだすまえまではね」

あの人のことはもういい、賭場《とば》で二人を刺し、一人を殺した。ながいあいだの博奕《ばくち》兇状もしらべあげられたし、たとえ死罪にはならなくとも、佐渡へ送られるか遠島《えんとう》はまぬがれまい。二度と世間へ戻っては来られないだろう。

「いま肝心なのはおうめと芳っさんのことだ、おうめは芳っさんのことが好きだという」おみきは大きく溜息をついた、「向うではもっとおうめが好きなようだ、芳っさんがあんなにきまじめな働き者でなく、世間なみの、——少しは道楽もするような人だったら、安心なんだけれどね、どうしていいか、あたしにはわからない」

四

「おばさんはそれを心配しているんだね」

おうめはそっと頷《うなず》いた。頭は少しも動かさなかったが、頷いたということは、芳造にはよくわかった。

「にんげん堅すぎてもいけず、道楽者でもいけず、むずかしいもんだ」と云って芳造は冷たくなった茶を啜った、「けれどもね、おれたちとおんめちゃんのおばさん夫婦とは、二つ、大きな違いがあるんだ、その一つはおれの育ちさ」

自分はあんたたちに劣らず、小さいときからひどい育ちようをした、と芳造は云った。彼の場合は父親ではなく、母親のために苦労させられたのだ。彼は玉川在の百姓の子に生れた。上の二人は女、男は彼一人だった。田が三段に畑が一段という貧しい百姓で、みのりのいいとしでも、親子五人のくらしは楽ではなかった。

「おやじは温和《おとな》しいいっぽうの、酒もタバコも口にしない、ほとけさまみたいな人だった」と芳造は云った、「百姓だけではやっていけないから、玉川でしじみをとったり、季節の川魚をとったりして売りあるいたもんだ、そのあいだおふくろはどうしていたと思う、ひる日なかから村の若い者を呼んで、酒を飲んだり悪ふざけをしたり、唄《うた》をうたったりして、のうのうとくらしてたんだ」

おれが六つ七つになったころには、上の姉二人は出奔してしまった。氷のような玉川の水にはいって寒蜆《かんしじみ》をとったり、それを父といっしょに宿場《しゅくば》へ売りにいったりするのに、耐えられなくなったのであろう。それともほかにわけがあったのかもしれない、幼ない彼にはわからなかったが、二人の姉はいなくなり、まもなく、父親も頓死《とんし》した。

「おれが七つになったとしの正月、川崎の宿《しゅく》でしじみを売りあるいているうち、急に血を吐いて倒れたんだって、――戸板で担《かつ》ぎ込まれたとき、おふくろは村の若者たちを集めて酒を飲み、陽気に騒いでいたんだ」と云って芳造は唇《くちびる》を歪《ゆが》めた、「――人間には定命《じょうみょう》ってものがあるそうだ、おやじは定命だったかもしれない、だがそうじゃあなかったかもしれない、働きづめに働いて、なんのたのしみもよろこびもなく、往来の土の上へぶっ倒れ、血を吐いて死んでしまった」

戸板でその死躰《したい》が運ばれて来たとき、妻は村の若者たちと酒に酔って騒いでいた。しかしそれは珍らしいはなしではないのだし、父の死とは関係のないことだ。芳造はいまでもそう思っていると云った。たとえ母がそのとき慎しくしていたとしても、父はやはり死んだろうからだ。ただそのあと、——と芳造が話し続けようとしたとき、障子の向うで声をかけてから、女中がはいって来た。そして茶道具を片よせ、二人の前へ食膳《しょくぜん》を据えたのち、おはちをおうめの脇へ置いて、お願いしますと云った。おうめはすっかり戸惑い、顔を赤くして芳造を見た。女中が去ってから、芳造は頷いた。

「こういう店ではね」と彼は云った、「男と女の二人伴《づ》れの客には、気をきかせて給仕をしないものらしいよ、聞いたことだけれどね」

「ではあたしたち、そんなふうに思われてるのね」

「めしにするかい」

「話のあとを聞きたいわ、こんなうちへあがったの初めてだし、あたしなんにも喰《た》べられそうじゃないの」

「おれも初めてさ、話には聞いていたけれどな」芳造は苦笑いをした、「けれども、ゆっくり二人で話すのには、どこがいいかわからなかったんだ」

「あんたは市村《いちむら》座の芝居へさそってくれたわ、それでおっ母さんが出してくれたんだけれど、芝居小屋ではいけなかったの」

「らしいな」と芳造はあいまいに答えた、「おらあ猿若町《さるわかちょう》はおろか、浅草奥山《おくやま》の掛け小屋芝居さえ覗《のぞ》いたことはないんだから」

おうめは眼を伏せた。祖父が生きていたじぶん、おうめは芝居さえあいていれば、市村座と中村座へはいつも伴れていってもらった。そして、そこで喰べた弁当のうまさは、いまでも忘れることができない。まだごく幼ないころであったし、祖父が亡《な》くなって、父の代になってからは、一度もそんなことはなく、ただ苦労の味しか覚えなかったけれど、幼ない記憶のどこかに、芝居小屋の華やかな、うきうきするような気分は、おぼろげに残っていた。

「あとを聞かせて」とおうめが云った、「それからどうしたの」

芳造はちょっと考えた。どこまで話したか、すぐには思いだせなかったのだ。

「ああ」とやがて彼は云った、「おやじが死んだところまでだっけ、おやじはのたれ死に同様に死んだ、すると、その葬式を済ませるなり、おふくろはおれに、しじみをとって売りにゆけと云いだした」

おうめは眼をみはった。十二月か正月か、いまではよく覚えていないが、玉川の水は氷のように冷たく、七つ八つの彼には、どこで蜆がとれるのかわからなかった。寒さのためにがたがたふるえながら、彼は川の中へ膝《ひざ》までつかりながら、底の砂をしゃくってまわった。川岸に沿って、枯れた葭《よし》や芦《あし》が生えてい、それが肌《はだ》を刺すような風に吹かれて、乾いた葉ずれの音をたてていた。

「おらあ泣きゃあしなかった、泣くようなゆとりもなかった」と芳造は云った、「しじみをとらなきゃあならない、しじみはどこにいるんだろうと、それだけで頭はいっぱいだった」

初めは三十か五十しかとれなかったが、そのうちに五十がらみの男が、やはり蜆をとりに来ていて、可哀《かわい》そうだと思ったのだろう、しじみはこういうところにいるんだ、と教えてくれた。嘘《うそ》ではなかった。その男の教えてくれたところには、蜆がいくらでもいた。

「おらあ大名にでもなったような気持で、うちへとんで帰っておふくろに見せた」と芳造は云った、「――そのとき、おふくろがなんて云ったか考えられるかい、おふくろは温たかそうな綿入れの半纏《はんてん》をひっかけ、ふところ手をして出て来ると、そのまますぐ売りにいってこいと云った、しじみをとるのは朝の暗いうちに限るといわれているからめしは喰べていないし、しじみをとるあいだにも、腹はぐうぐう鳴るほどへっていた」

そのまま売りにいってこいと云われたとき、彼は空腹で眼がまわりそうだった。しかし母親にさからうことは絶対にできなかった。彼は頰冠《ほおかむ》りをし直してでかけた。まだ霜柱の立っている道を、小一里もゆかなければ街道へは出られない、畑にさえ一人の百姓の姿も見えなかった。空腹と寒さとで手も足も痺《しび》れてしまい、涙が頰を濡《ぬ》らした。

「お父っつぁん、っておらあ泣きながら云ったもんだ、あれはおいらの本当のおっ母さんかい、ってね」芳造は微笑しようとしたらしいが、唇のあいだから、丈夫そうな歯がちらっと覗いただけであった、「――まだ七つかそこいらの子供のことだ、皮肉でも恨めしさでもない、おれは本気で、死んだおやじにそうきかずにはいられなかった」

蜆が売れ残ったときのことは、思いだすのもいやだ、と彼は云った。食事の差別や、酒に酔った母親のだらしなさも、いまになって思えばいちがいに非難する気はない。世間をよく見てみれば、それほど珍らしいことではないからだ。けれど、どうしてもがまんのならないことが起こった。彼が九つになったとしの春、母親に男ができたのである。

「こんな話は聞きたくないだろう、おれも本当のところ話すのはいやだ」と芳造は云った、「けれどもおれがどんな育ちかたをしたかって、いうことを知ってもらうためには、どうしても聞いてもらわなければならないんだ」

「そんなことないわ」とおうめはよわよわしくかぶりを振った、「なにを聞かなくったって、あたしには芳っさんがどんな人だかわかってるんですもの」

芳造は首を振った。おうめがどう云おうと、これだけは話さずにはいられない、という感情が、かたくななほどその顔にあらわれていた。これまで秘めに秘めてきて、いま初めて聞いてもらえる相手、うちあけて話すべき相手をみいだした、という強い意志が感じられた。

「それまでは村の若者たちと、酒に酔ってふざけるだけだった」と芳造はおうめの言葉を聞きながして云った、「――それが急に、若者たちは姿を見せなくなり、代って、見知らない四十がらみの肥えた、いつも眼の赤い男が一人だけ、三日に一度ずつ来るようになった、そして男が来ると、おふくろはおれに、外へいって遊んでこいって云うんだ」

男はたいてい夜になってから来る。外へいって遊んでこいと云われるが、外へ出ても遊ぶ相手などいるわけはなかった。彼は夜の畦道《あぜみち》や草原をあてもなく、ぶらぶらあるいたり、草原に腰をおろして、ぼんやり月や星を眺《なが》めるだけである。月や星が出ていればのはなしだ、――もういいだろうと、ころあいを計ってうちへ帰ると、男が去っていることもあり、まだそこにいることもある。まだ男がいるときには、そっとあと戻りをして、まっ暗な草原や畦道をあるきまわるほかはない。いちど彼は失敗をした。帰ってみると灯《ひ》が消えてい、母親の苦しそうな呻《うめ》き声と、いまにも死ぬかと思うような荒い呼吸が聞えた。

――おっ母さんが病気なんだ。

彼はそう直感して家の中へ走り込み、おっ母さんどうしたのと叫んだ。すると呻き声がぴたっと止まり、やがて、へんにしゃがれた声で母親が云った。いまじぶんなにをのそのそ帰って来るんだ、外で遊んでこいって云ったのを忘れたのかい。それがどんな意味をもつ言葉なのかわからなかったが、彼はいそいで外へとびだした。

「なにかたいへん悪いことをしたような気持だった」と芳造は云った、「もう夜なかにちかかった、おらあ砂でも嚙《か》んだように、唾《つば》を吐き吐き草原のほうへ戻った」

「わけはわからなかったが、それからおれは用心するようになった」と芳造は続けた、「もう男はいっちまったろうと思って帰っても、うちの外に立って、中のようすをよくよく慥《たし》かめてからでなければ、うちの中へははいらないようにした」

五

蜆売りは相変らず続けていた。それで、うちへかよって来るその男が、川崎の宿の、飯盛《めしも》り女郎を多く置くので有名な、「越中屋《えっちゅうや》」という大きな宿屋の主人であることがわかった。名は勝兵衛、女ぐせの悪い性分で、いつもよそに妾《めかけ》を囲って置くが、続くのはせいぜい半年か一年。ちょっと飽きがくれば、なさけ用捨《ようしゃ》なしに棄《す》ててしまう、ということであった。

「おれは恥ずかしさで、道をあるくのにさえ顔もあげられなくなった」と芳造は云った、「としは九つだったが、飯盛り女郎とか妾とか、囲われ者とかいう言葉のもつ、世間の軽侮や嘲笑の意味は、おぼろげながら知っていたからだ、おれはおふくろをけがらわしいと思った、おふくろもおふくろのいる家も、そのまわりの田や畑や、草原や畦道までがけがらわしくなった、そしておれはうちへ帰ることはできないと思い、そのままとびだしちまった」

目的はなかった。ただ家へ帰りたくないだけで、江戸のほうへ漠然《ばくぜん》とあるいていった。喉《のど》が渇《かわ》いても空腹に耐えられなくなっても、どうしていいかわからず、鈴ケ森あたりまでいくとふらふらになり、大きな松の下にある茶店のところでへたばってしまった。

「その茶店で、伊予邑の番頭さんに拾われたんだ」と芳造は云った、「太吉さんていう人だが、四国までたいまいの買付けにいった帰りだったそうで、おれのことを病人だと思ったらしい、おれは孤児で空腹のあまりあるけなくなった、と嘘を云った」

あとにも先にも嘘をついたのはそのとき一度きりだ、と芳造は云った。それが縁で、彼は伊予邑の小僧になることができた。

「わかったろう、おれはこういう育ちかたをしたんだ」と彼は云った、「――いままおれは、血反吐《ちへど》を吐いて死んだおやじや、けがらわしいおふくろを忘れることができない、立派な職人にならなくともいい、金も欲しくはない、けれども女房や子供には、どんなことがあっても、おれのようなみじめな思いをさせやあしねえと誓った、どんなことがあっても」

「それからもう一つ」と芳造はすぐに続けた、「おばさんは好きで千太郎という人と夫婦になったんじゃあねえ、おやじさんに云われていっしょになったんだ、それでも無事安穏《あんのん》にいく夫婦もあるだろうが、二人はそうはいかなかった、おばさんに罪があるとは云わないが、千太郎という人がぐれだしたのにも、それなりのわけがあったのかもしれない、――そこなんだ、おんめちゃん、おらあおめえが好きだ、一生を賭けてもおめえを仕合せにしてやりたいんだ、――おばさんは千太郎という人がぐれだすまで、なんの苦労も知らなかったが、おれはこんな小さいじぶんから、みじめなくらしをいやっていうほどあじわってきた、おばさんは親のすすめで男と夫婦になったけれど、おらあ好きで好きでたまらなくって、おんめちゃんといっしょになりたいんだ、この二つの違いは、おばさんにもわかってもらえるんじゃあないかと思う」

おうめは黙って、膝の上で両手の指をこすり合わせていたが、やがて低い声で、囁《ささや》くように云った、「――まえにも云ったでしょ、おっ母さんはあたしに、おまえ芳っさんが好きかえって、きいたことがあるって、――好きよ、ってあたし答えたことも、云った筈よ」

おうめが耳まで赤くなるのを見て、芳造も赤くなり、片手の拳《こぶし》で自分の膝を叩《たた》いた。

「二年うちに」と彼は昂《たか》ぶった声で云った、「おらあ自分の店を持つよ、少なくとも二年うちにな、待っていてくれるかい」

おうめはあるかなきかに頷いた。それからふと顔をあげて芳造を見、玉川在のおっ母さんはどうしているの、ときいた。

「知らねえな」と芳造は答えた、「知りたいとも思わない、もう一生、逢《あ》うこともないだろうさ」

ほぼ同じころ、猿屋町の家では、おみきが妙な男と話していた。――猿屋町は近くに天文台などのある、おちついたしもたや町で、まわりには大名屋敷や旗本の小屋敷があり、表通りでもあまり人の往来はなかった。これは御徒町の差配が、おみき親子のために選んでくれたもので、ここなら顔を知られた者に出会うこともあるまい、と差配の吉兵衛が云ったし、おみきもそうだろうと信じていた。今日はひるちょっと過ぎに、伊予邑の芳造が来て、市村座の木戸札を二枚貰《もら》ったからと、おうめを芝居見物にさそった。おみきは承知をし、おうめに支度をさせて出してやった。

――もうこの二人をさくことはできない、とおみきはまえから思っていた。人間のゆくすえは神ほとけにもわかるまい、実際に生きてみるほかはないのだ、かなしいけれど人間とはそういうものなのだ。

芳造が本当に芝居見物に伴れてゆくのか、それともほかに目的があるのか、どちらとも判断はつかなかった。けれどもおみきは、そんなせんさくをしようとは思わなかった。おうめがよろこんでいっしょにでかけた、それが事実なのだ。親が子供のためを思ってどんなに心をくだいても、子の一生を左右することはできない。もしそうなれることなら仕合せになってもらいたい、と祈るよりほかはなかった。――おみきは二人を出してやったあと、むだな思案から遁《のが》れるため、仕事に没頭した、そしてそこへ、その男がたずねて来たのだ。

――あなたが千太郎あにいのおかみさん、おみきさんでございますね、と男は云った。あっしは千太あにいと同じ牢にいた幸助っていうけちな野郎です、ずいぶんお捜し申しましたよ。

おみきは息が止まるかと思った。頭にかっと血がのぼり、全身がふるえた。幸助と名のる男は、瘦《や》せた貧相な軀《からだ》に、古いめくら縞《じま》の袷《あわせ》、よれよれの三尺に、鼻緒のゆるんだ藁草履《わらぞうり》をはいていた。前歯が二本抜けていて、口をきくときそこから息が洩《も》れるし、ときどきその抜けた歯のあいだから、きみの悪いほど赤い舌の尖《さき》が覗いた。

――あっしゃあ大事な話をもって来たんですよ、男は上《あが》り框《がまち》へ斜《はす》に腰を掛けて云った。じつはね、と男は声をひそめた。千太あにいは無実の罪でお縄《なわ》になったんでさ、人殺し兇状《きょうじょう》なんぞたあとんでもねえ、まったくの無実だったんですよ。

おみきは眼を細めて男を見た。

——いったい、それはどういうことですか。

——済みませんが、と男は歯の抜けた口で卑屈にあいそ笑いをした。ちょうど切らしちまってるんだが、タバコがあったら一服だけふるまっていただけませんかね。

——うちにはタバコを吸うような者はおりません。

——そうですか、ほんの一服でいいんだが、と男はみれんがましく部屋の中を眺めまわした。この辺にタバコを売る店はありませんかね。

おみきは黙って仕事台に坐り直した。幸助という男は諦《あきら》めたのだろう、腰掛けている足を組み替え、とりいるような、けれどもしんけんな口ぶりで云った。

——本当に千太あにいは無実なんですよ、あにいは人をあやめるようなことのできる人じゃあねえ、それはいっしょに牢ぐらしをしていた、このあっしが証明しますよ。

——御用というのはそれだけですか。

——大事なのはこれからでさ、男は上半身をのりだし、いっそう声をひそめて云った。じつはね、おかみさん、その殺しの現場を見ていた証人がいるんです、ええ。

おみきは仕事台の前でゆっくりと振り向いた。男は少しおろかしいほど人の好《よ》い目つきで、自分の言葉の真実さを強めるように、大きく頷いてみせた。

——そうなんです、生き証人がいるんです、と男は云った。自分で云うのもなんだが、あっしはけちな野郎で、ほんのつまらねえしくじりのために伝馬町《てんまちょう》へ送られ、ひと月めえやっと御放免になったんですよ。

どんな罪で牢へ入れられたか、そして三十日ほどまえに牢を出てからなにをしてきたか、いまどんな仕事をしているか、ということについてもまったく触れなかった。それが自然なのだろう、とおみきは思った。こういう人たちは自分のことは話したがらない、話すとすれば嘘か、巧みな拵《こしら》えごとになってしまう。それは良人《おっと》の千太郎や、そのなかまたちのことで、飽き飽きするほど思い知らされていた。しかしかれらはなかまのことになると、驚くほどしんけんになることがある。いま男は千太郎が無実であり、その現場を見た生き証人がいる、ということには真実らしさが感じられた。自分のことは語らず、あにいと呼ぶ千太郎のために、なにかをしようという言葉には、おみきも心を動かされずにはいられなかった。

――詳しく話して下さい、とおみきは用心ぶかく云った。その人の云うことは慥かなんですか。

――そいつは大蛇《だいじゃ》の辰《たつ》といって、軀ぜんたいに大蛇の刺青《いれずみ》のある、博奕打《ばくち》ちなかまでは相当に顔の売れた男ですよ、あっしが御放免になって十日ばかり経《た》った或《あ》る日、本所業平《なりひら》のほうのめし屋でひょいと出会ったんでさ、辰あにいはあっしより二十日ばかりまえ、御放免になっていたんです。

辰は珍らしくいいきげんで、久しぶりで飲もうと云い、梯子酒《はしござけ》をやって、本所二つ目にある木賃宿でいっしょに泊った。そのとき辰が云いだしたのだ、と幸助は云った。夜なかに辰が幾たびも大きな溜息《ためいき》をつき、寝苦しそうに、あっちこっち寝返りばかりうっているので、いったいどうしたのかと幸助がきいた。

――辰あにいは返辞をしなかった、と幸助という男は云った。それから三日間、あっしたちはいっしょでした、あっしは博奕のことは知らねえので、ただ側《そば》で見ているだけだったが、辰あにいの腕のいいのと、顔の売れてるのには吃驚《びっくり》したもんです。三日めの晩、二人はまた梯子酒をした。博奕をしているあいだ、辰は決して酒を口にしないが、飲みだすとつぶれるまで飲む。その夜も軀じゅうが酒臭くなるほど飲み、水天宮《すいてんぐう》の近くの安宿へ、倒れ込むようにして泊った。

――すると、もう明けがた近くだったでしょうか、変な声がするのであっしは眼がさめました、辰あにいが起きあがって、腕組みをして考えこんでいるんでさ、あっしがどうしたのかってきくと、いやな夢をみてうなされたっていう、三十に手の届こうという男が、夢をみてうなされたっていうのは可笑《おか》しかった、辰あにいはおれのほうをじろっと睨《にら》みました、もともとどすのきいた男ぶりなんだが、あっしを睨んだそのときの顔は、肝がちぢむような凄《すご》みを帯びていましたっけ、ほんとですよええ。

千太あにきのことだ、笑いごっちゃあねえぞ、と辰は眉《まゆ》をしかめながら云った。そして、しかめた眉をもっとしかめながら、千太郎の人殺し兇状は無実であり、本当の下手人はほかにいること、それを自分は現場で見ていたし、自分が見ていたのを千太郎が知っていたのだという。牢の中で千太郎に問い詰められたとき、大蛇の辰は口がきけなかった。千太郎はべつに咎《とが》めるようすはなく、牢から出てその気になったら、本当の下手人がほかにあり、それがいまでも御府内にいることを、どういう方法でもいいから証明してくれ、と云った。千太郎はその場に辰がいて、事実を見ていたことを知っていたのだ。

六

「ただいま」と格子《こうし》をあけておうめの呼びかけるのが聞え、「おっ母さんいて」

おみきはぼんやり「ああ」と答えた。

「どうしたの」おうめはあがって来ながら云った、「こんなに昏《くら》くなったのに明りもつけないで、気持でも悪いの」

「そうだったね、ちょっと考えごとをしていたもんだから、うっかりしてたよ」

「芳っさんが送って来てくれたのよ、ああ、行燈《あんどん》はあたしがつけるわ」

おみきは立って、土間に立っている芳造に礼を述べ、あがって下さいと云った。芳造はてれたように、ここでもう失礼すると云ったが、おみきにすすめられると案外すなおにあがって来た。おみきはそれとなく芳造の顔を見た。酒に酔ってでもいるのではないかと思ったのであるが、芳造は少しそわそわしているだけで、酒を飲んでいるようすはまったくなかった。おそくなって済みません、めしを喰《た》べてきたもんですから、と彼は云った。そして坐りながら、なにか変ったことでもあったんですか、ときいた。おみきはどきっとし、おうめの持って来た行燈の火皿のぐあいを直しながら、芝居はおもしろかったかとき返した。そのときおうめが、紙に包んだ折りを持ってこっちへ来た。

「はい、芳っさんからのお土産」と云っておうめはそれを母に渡した、「並木町の山城屋のかば焼よ」

「まあそんなことまで」おみきは芳造に眼で礼を云った、「いろいろ散財させちゃって済みません」

「その折りのまんまでね」芳造はいそいで話をそらした、「皿へのっけて蒸すんだって、葉蘭《はらん》が敷いてあるから、蒸しあがったら折りから出さずに、喰べるんだそうです」

蒲焼《かばやき》の折詰は山城屋が初めてくふうしたものであり、ほかの鰻屋《うなぎや》ではまだどこでもやっていないのだ、と芳造は云った。

「芳っさんが注文しておいて、あたしたちはべつの料理屋で喰べたの」おうめは珍しくうきうきと云った、「あたしね、このごろおっ母さんが寝酒を飲むことを話したのよ、そしたら芳っさんがそんならかば焼がいいだろうって、それで」

「いやだね、みっともない」おみきは娘をにらんだ、「寝酒を飲むなんて、大げさなこと云うもんじゃないよ」

そんなことはない、決してそんなことはない、と芳造はちからをこめて遮《さえぎ》った。ながいあいださんざん苦労してきたのだ、寝酒くらい飲むのはあたりまえだし、そのほうがきっと軀にもいいにちがいない、と云った。そう云う言葉つきには、これまでにない親身な、情愛と劬《いたわ》りが感じられ、おみきは娘と彼のあいだに、なにか新らしい変化が起こったのだなと思った。

「おっ母さん晩ごはんまだなんでしょ」と手早く着替えをしながら、おうめが云った、「かば焼を蒸しましょうか」

「ありがと、もう少しあとにしましょう、なんだかいまは喰べたくないの」そして芳造を見た、「芳っさんもうおそいわ、お店《たな》へ帰らなくっちゃいけないんでしょ、せきたてるわけじゃないけれど、お店にいるあいだは」

「いまお茶を淹《い》れるところよ」

「お茶はいいよおんめちゃん」芳造はそう云ってから、おみきに微笑した、「店のほうは休みだから構わないんだけれど、おんめちゃんを送り届ければ役目は済んだんだから、これでもう帰らしてもらいます」

「おっ母さんたら」とおうめがこっちへ出て来ながら云った。

「いいんだ、いいんだよ」芳造は手を振って云った、「門口《かどぐち》まで送って帰るって云ったろう、それがつい、おばさんの顔が見たくなったもんであがり込んじまったんだ」

「でも、もしよかったら」とおみきが口ごもった。芳造は頭を振り、また微笑した。

「女世帯のうちに若い男が、うろうろしているのはみっともねえもんだ、おんめちゃんは慥かにお届け申しました、わたしはこれで帰ります」

いまお茶を淹れるのに、とおうめが云い、芳造は立ちあがった。気を悪くしたんじゃあないだろうね、とおみきも立ちあがったが、それ以上ひきとめようとはしなかった。芳造は明るい調子で別れを述べ、あっさりと帰っていった。

「ひどいわおっ母さん、芳っさんはもう少しここにいたかったのよ」とおうめは脇《わき》を見ながら涙声で云った、「——あの人はおっ母さんのことを、自分のおっ母さんのように思ってる、ずっとまえからそう思ってたって云ってたのよ」

おみきは自分の気持をひき緊《し》めるような、しらじらとした口ぶりできいた、「市村座の番付は、買って来ておくれだったかい」

「忘れちゃったわ」おうめは火鉢《ひばち》の火に炭をたしながら云った、「初めて聞いたんだけれど、芳っさんは悲しい育ちかたをしているんだって、生みのおっ母さんというのがひどい人で、芳っさんに七つぐらいのとしからしじみ売りをさせたんですって、そして自分は御亭主をこき使いながら、よその若い衆《しゅ》と酒を飲んで」

「よしてちょうだい」おみきはおどろくほどきっぱりと遮った、「話だけ聞いて人のよしあしを云うもんじゃないよ、人間にはみんなそれぞれの事情があるもんだ、その人の心の中へはいってみなければ、本当のことはわかりゃしない、——御徒町にいたとき、二人でいっしょに死のう、と云ったときのことを考えてごらん、まさか忘れたわけじゃあないだろうね」

おうめは火鉢の火を直しながら頷《うなず》いた、「はい、おっ母さん」

「芳っさんの話はいつかまた聞くよ」おみきは言葉をやわらげて云った、「かば焼を温ためてもらおうかね、一杯飲みたくなっちゃったよ」

もう夜半に近いだろう、昏くした行燈の光が、雨漏りの跡の斑《まだら》にある古い天床板《てんじょういた》を、ぼんやりと照らしていた。蒲焼で五勺《しゃく》ほどの酒を啜《すす》り、早く寝たおみきは眼がさめて、そのまま眠れなくなった。並べて敷いた隣りの夜具では、おうめの気持よさそうな寝息の声が聞えていた。

——五両でさ、五両だけでいいんでさ、と幸助という男は云った。辰あにいが証人になって名のって出れば、事実を知りながら黙っていたというかどで、少なくとも三十日くらいは牢《ろう》へ入れられるでしょうな、ええ、地獄のなんとかも金しだいと云って、幾らかでも持っていれば、牢屋のくらしも少しは楽になるんです、ええ、ほんとなんですよ。

そうかもしれない、そんな話を聞いたような気もする、とおみきは思った。大蛇の辰はいま水天宮の近くの「佐野屋」という安宿に泊っている。千太郎のことを思いだしたら、それが気になるのだろう、博奕場へもゆかず、朝から酒浸りになっている。よほどこたえているらしいから、いまなら証人として名のって出るだろう。五両できなければ三両、いや二両でもいい、辰あにいの気の変らないうちに、「佐野屋」まで届けてもらいたい、と幸助は云った。

拵えごととは思えなかった。幸助は御徒町の長屋を足がかりに、辻番所《つじばんしょ》や差配《さはい》や町《ちょう》役《やく》に当り、苦労してこの猿屋町の家をつきとめたという。まる三日がかりだった、というのも嘘ではないようであった。

——その人が本当に証人になってくれれば、あの人は無実で放免されるかもしれない。

本当に無実だったら、そのままにしておくわけにはいかないだろう、とおみきは思った。いまでもなにがし壱岐守《いきのかみ》という、町奉行《まちぶぎょう》の言葉を忘れてはいなかった。——夫婦は一心同躰《どうたい》という、良人がぐれだしたと知ったら、命を賭《と》してもいさめ励ますのが妻のつとめではないか、と奉行は云ったのだ。

「そうかもしれないわ」おみきは天床を見まもりながら呟《つぶや》いた、「——あたしはお父っつぁんの云うままにあの人と夫婦になった、けれども愛情というものは感じたことがなかった、おうめが生れてから、おうめには身も細るような愛情を感じたし、咳《せき》ひとつしても、心配で眠れないようなことがあった、そんな気持を、あの人にもったことがあるだろうか、いいえ、あたしはあの人が、自分の亭主だと、はっきり感じたことさえなかったようだ」

あの、なんとか壱岐守というお奉行さまの仰《おっ》しゃったことは、本当かもしれない。

あの人がぐれだしたのも、あたしの愛情がたりなかったのかもしれない。おみきはそう思って眼をつむった。まだ少し残っている酔いと、夜半ということのためかもわからないが、おみきは自分のたりなさを咎め、千太郎を哀れだと思った。夫婦は一心同躰だとか、一命を賭《か》けても励ましいさめるものだとかいう、町奉行の言葉が、いつまでも、しつっこく、耳の奥で叫ばれているように感じられた。

——四五日うちに頼みます、辰あにいの気の変らないうちにね、と幸助という男は抜けた前歯から息の洩れる声で云った。水天宮の脇にある佐野屋ときけばすぐにわかりまさ、あっしの名を云って下さいよ、辰あにいに臍《へそ》を曲げられるとおじゃんですからね。

五両なんてむりだ、とおみきは思った。たいまいが御禁制になり、それがいつ解けるかわからない。青海亀《あおうみがめ》などという物は手がけたこともなし、それでたいまいに似せた生地《きじ》などを作るくらいなら、いっそほかの仕事をみつけるほうがいい。残っている五つのたいまいを作り終ったら、御禁制の解けるまで生地作りはやめるつもりでいるし、そのために少しは貯《たくわ》えもある。わけを話せば伊予邑でも貸しては呉《く》れるだろう、けれども五両という金はむりだ。

「とてもむりだ」とおみきはまた呟いた、「二両くらいでもいいと云った、そのくらいならすぐにでも出せるけれど」

けれどと呟いておみきは眼をつむった。裏の長屋のほうで、なにか大声でどなりあう男たちの声が聞えた。酔って暴れているのか、それとも喧嘩《けんか》でもしているのか、はなれているのでよく聞きとれなかったが、その声を聞いているうちに、おみきはやがて眠ってしまった。

七

おうめは仕立物の針をはこばせながら、芳っさんから聞いた話はこれでぜんぶよ、と云った。

「可哀《かわい》そうにね」とおみきはぼんやりと云った、「でも世間には、もっと悲しい育ちかたをした者も、少なくはないのよ」

母の気持がうわのそらだということに、おうめはまだ気がつかなかった。

「おっ母さんがあたしたちのことで心配しているのを、芳っさんはまえから知ってたんですって」とおうめは続けた、「けれどね、おっ母さんたちとは二つだけ、まったく違うところがあるというのよ」

祖父が亡《な》くなるまで、母は世間知らず、苦労知らずに育ち、祖父の云うままに結婚した。しかし自分たちはどちらも苦労して育ち、世間の荒く冷たい、用捨《ようしゃ》のない波風にもまれてきた。そうして、もっとも大切なのは、芳造が心から自分を好いていてくれること、自分も芳造が好きだけれど、芳造のほうがもっと強く、自分に愛情をもっていることなどを、おうめは控えめではあるが臆《おく》せずに語った。

「そうらしいね」とおみきはまたぼんやりと云った、「あたしもそうじゃないかと思っていたよ」

「あの人ね、二年くらいで自分のお店を持つんですって」とおうめは云った、「おそくとも二年うちにはって云うの、そして、おっ母さんもいっしょに来てもらいたいって、自分は母親の味を知らないし、まえからおっ母さんを、本当の親のようだと思っていたんですってよ」

「そうらしいね」おみきは同じようなことを繰返した、「あのこの眼つきで、そうじゃないかと感づいてはいたのよ」

「じゃあ、おっ母さん、——いいのね」

おみきはゆっくりと振り向いて、「なにがよ」と云った。その表情と声とで初めて、母が自分の言葉をよく聞いていなかったのだ、ということにおうめは気がついた。

「おっ母さん」とおうめは恨めしげに云った、「あたしの云ったこと、聞いてくれなかったのね」

おみきは娘の顔を見て、苦いような微笑をうかべながら、脇のほうへ向いた。

「聞いていたわよ」とおみきは力のない、だるそうな口ぶりで云った、「でもね、それにはいまむずかしいことが起こってるの、おまえは芳っさんが好きなようだし、芳っさんはいい人だと思うわ、それには心配はないと思うんだけれど」

「ほかになにか、都合の悪いことでもあるの」

「そうせっつかないでおくれ」おみきは云った、「おっ母さんにはいま、考えなければならないことがあるのよ」

おうめは訝《いぶか》しげに眉をひそめた、「――おっ母さん、それどういうことなの」

「ああ、いいんだよ」おみきは急にわれに返ったように、頰笑《ほほえ》みながらかぶりを振った、「いいんだよ、おまえとはかかわりのないことなんだから」

「なにがかかわりのない、ことなの」

「せっつかないでおくれって云ったでしょ、芳っさんがお店を持つまでには、少なくとも二年はかかる、とか云ってたそうじゃないの」

「でもなにかむずかしいことがあるって」

「だから」おみきはそっぽを向きながら、強い調子で云った、「それはあんたの知ったことじゃないっていうのよ、たのむからうるさくしないでちょうだい」

おうめは息を詰めて母を見た、母の口ぶりがこれまでになく強く、きっぱりとしていたからである。おうめは口をつぐんで、仕立物の針をすすめた。胸がどきどきし、なにか悪い事が起こったにちがいない、いったいどうしたことだろうと、昂《たか》まる不安を抑えることができなかった。珍らしくおみきは仕事もせず、勝手へ立ったり、茶を啜《すす》ったりしていたが、やがて帯をしめ直しながら、ちょっと用達《ようたし》にいってくるからと、手ぶらのまま、なにか思いあぐねたように出ていった。

「どうしたらいいだろう」あるきながらおみきは呟いた、「――本当に無実なら知らん顔をしてはいられない、どんなに悪くぐれたって良人《おっと》だもの、知らないうちならともかく、証人がいると聞いた以上、そのままにしてはおけない、あたしにも、いけないところがあったのかも、しれないのだから」

けれども、おうめは芳っさんと、まもなく夫婦になるのだし、あの人の性分が変るとは思えない。とすると、――とすると。おみきはうなだれた。頭のどこかで祭囃《まつりばや》しが聞えている、鉦《かね》や笛や太鼓の、賑《にぎ》やかな、うきうきするような囃しの音だ。そしてその音に混じって、「二人でいっしょに死にましょうよ」というおうめの、思い詰めたような声が聞えるのである。――生き証人がいて、本当にしんじつの事を訴えるというなら、それを拒むのは人情に外れる。どんなに悪ぐれても良人は良人、婦道というものはべつとしても、十幾年のあいだ夫婦だったのは慥《たし》かなことだ。

「どうしたらいいだろう」あるき続けながら、おみきは途方にくれたように呟いた、「——芳っさんとおうめを早くいっしょにして、どこかほかへうちを持たせ、あたし一人で待っていたらどうだろう、人別《にんべつ》を抜くことは抜いてもらったけれど、あの幸助という人でさえ捜し当てたくらいだし、うちの人がその気になれば、猿屋町のうちをつきとめるのはぞうさもないことだろう」

狂ったような顔をして、襖《ふすま》や障子を蹴《け》やぶったり、家財道具を叩《たた》き毀《こわ》したりする千太郎の姿が、まだ生々しく記憶に残っている。人別を抜かれていようといまいと、千太郎の帰って来ることに間違いはない、そして、おうめや芳っさんのうちも捜しだすだろう。あたしは夫婦の縁があるからしかたがないとしても、娘夫婦まで捲《ま》き込むわけにはいかない。どんなことをしたってあの二人にそんな思いをさせることはできない。では生き証人のいることに眼をつぶり、耳を塞《ふさ》いでやりすごすとしようか。そうすれば、なにもかもうまくいくだろう。自分たちにとっては、それが第一のことだ。けれどもそれでいいだろうか、本当に人殺し兇状が無実で、にもかかわらず佐渡か八丈ケ島へ送られるとして、それを黙って見ていてもいいだろうか。

「お父っつぁん」おみきは祈るように眼をあげた、「あたしどうしたらいいの」

危ねえよ、どいたどいた、と云うどなり声でわれに返ると、右の脇をすれすれに、四《よ》つ手《で》駕籠《かご》が走りぬけてゆき、そこが蔵前《くらまえ》の通りであることに、おみきは気がついた。御蔵は云うまでもなく幕府の貯米倉庫で、八棟の長い蔵が大川に築き出ており、各棟と棟のあいだには、回米船の出入りする掘割が通じ、空俵《あきだわら》や縄《なわ》や蓆《むしろ》を入れる、大きな小屋があった。猿屋町の家主のなわや喜六から、その小屋のことを聞いていたので、おみきは掘割に沿ってその小屋の端までゆき、河岸《かし》っぷちの石垣《いしがき》のところでしゃがんだ。

波の静かな大川の上を、大きなにたり船や、ちょき舟、ひらた舟、屋根舟などが、あるいはゆっくりと、あるいは早い櫓拍子《ろびょうし》で、のぼったりくだったりしていた。屋根舟はひよけ舟と呼ばれるもので、季節がすっかり春になったのだな、ということを感じさせた。

「餡《あん》がうまくなくなったわ」おみきはぼんやりと、そらごとのように呟いた、「島屋のまんじゅう、——職人でも変ったのかしら」

それは意識しない独りごとであり、頭の中は千太郎のことでいっぱいだった。あの人をみすてるわけにはいかない、それは人間の道に外れたしかただ。無実の罪だということが立証されて、牢から出られるようになったら、あの人の性分も変るかもしれない。そしてもとの、ぐれだすまえのような、よく稼《かせ》ぐあたりまえな人間になってくれるかも、しれないではないか、――もちろんその逆も考えられる、ぐれたやくざな、悪いとしつきは長かったし、無実の罪で牢へ入れられた恨みも深いことだろう、出てきたらもっと悪くなることもないとはいえない。いや、あの性分がよくなって出て来るよりも、その反対のほうがいちばん現実的だ、と思わなければならないだろう。――良人がぐれだしたとしたら、いのちを賭けてもいさめ励ますのが、妻のつとめではないか。

なにがし壱岐守とかいう町奉行の言葉が、そのままではないかもしれないが、おみきの記憶にまたよみがえってきた。そうだ、いのちを賭けても。それでいいのなら、あの人が悪いままで帰って来、まえのように乱暴をするようだったら、あたしがあの人を殺し、自分も死ねばいいのだ。

「あの人を殺す、どうやって」おみきはぞっとし、身ぶるいをした、白くなった唇《くちびる》を嚙《か》み、両手を拳《こぶし》にしたが、その拳もふるふるとふるえた、「――そんなことができるかどうか、わからない、でもその覚悟をしなければならない、いざとなれば女は強くなるというじゃないの、いざとなればあたしにだって」

そのときのことを想像したのだろう、おみきの顔から血のけがひき、唇をもっときつく嚙みしめながら、よわよわしくかぶりを振った。

「だめだわ、あたしにはそんなことはできない、とてもできそうもないと思うわ」とおみきは呟いた、「あたしがそういう気持になったとしても、あの人のほうがもっとすばやいだろう、あたしがなにかしようとするより先に、あの人のほうであたしを、足腰も立たないようなめにあわせるにちがいない」

おみきはふるえながら肩をすぼめた。いざとなれば女は強くなるという。けれども、千太郎がどんなことをしてきたかを考えると、それだけでもう全身が竦《すく》むようであった。できない、とおみきは首を振った。あたしにはとてもできない。ではどうしたらいいのか、あの人をみすてようか、佐野屋という宿屋へゆかなければ、幸助という人は諦《あきら》めるだろうか、大蛇の辰とかいう人はどうするだろうか。わからない、なにもかもわからない。おみきは眼をつむった。いちばん大事なのは、おうめと芳造の生活をそっとしておくことだ、あたしなんかどうなってもいい、殺されたっていいけれど、あの二人の仕合せだけは守らなければならない。それにはどうしたらいいか、どうしたらそうできるだろうか。

「あたしにはわからない」とおみきは呟いた、「――おおやさんに相談してみようかしらん、なわやの喜六さんは事情を知っているのだから、そうよ、おおやさんなら、なにかいい知恵があるかもしれないわ、そのほかにどうしようもないわ」

おみきは立ちあがった。ながいことしゃがんでいたので、ちょっとよろめき、両方の膝《ひざ》がしらをゆっくりと揉《も》んだ。

八

「そうですか、そんなことがあったんですか」と芳造は頷《うなず》き、それから眼をあげた、「そして、それはいつのことですか」

「おとついのことだったそうだ」となわや喜六が答えた、「ここへ相談に来たのは昨日の夕方だったがね」

芳造は自分の足許《あしもと》をみつめ、暫《しばら》く黙っていてから、親方はどう思うか、と反問した。

「わからねえな」と喜六は首を振った、「わからねえ、千太郎という人間のことは、御徒町《おかちまち》の吉兵衛から詳しく聞いているが、もし無実だとして帰って来るとすると、また面倒なことが起こるんじゃないかとね」

芳造はまた頷き、また頷いて、自分の足許を見た。

「尤《もっと》もこれはおれの考えで、千太郎ってやつは、ことによるとまじめな男になっているかもしれねえ、そこのところはなんとも云えねえが、正直なところ、――いや、わからねえな、わからねえって云うよりしようがねえな」

芳造は口ごもりながらきいた、「――水天宮の近くの、佐野屋とかいいましたね」

「安宿だそうだ、たぶん木賃はたごのようなものだろう」

芳造は顔をあげて空を見、唇を噛みながら、片手でうしろ首を押えた。

「その、――」と芳造は考え考えながら云った、「その男に、おれが会ってみたらどうかと思うんだけれど、どうだろう親方」

「おれもいっしょにいこうか」

芳造は手を振った、「それにゃあ及ばねえ、おれ一人で充分ですよ」

「相手が相手だからな、あんまり高飛車に出ねえほうがいいぜ」

そうします、有難うと、芳造は云った。

彼はおうめ親子の家へは寄らず、そのまま日本橋かきがら町の水天宮へ向かった。なわやがよく呼び止めてくれた、そうでなければおばさんはなんにも云ってはくれなかったろう、と彼は思った。もしも生き証人がいて、あの人の無実だったことがわかり、牢から出て来るとしたら、おれにとってもお父っつぁんだ。どんなに悪い人にもせよ、こっちがお父っつぁんとして大事にすれば、それほどあくどいことばかりする筈《はず》はないだろう。人間はときによってぐれることもある、それが生れつきならべつだが、あの人はぐれだすまえにはきまじめで、口かずも少なく仕事に精をだしていたそうだ。おれはよくは知らない、ぐれだしてからのことしか知らないが、伊予邑の店の者からよく聞いたものだ。

「ためしてみるのもいいじゃないか」と芳造はあるきながら呟いた、「――あの人も人間だ、こっちのやりかたによれば、世間なみなくらしに戻れるんじゃあないか」

そんな望みのないことはわかっていた。彼は千太郎がどんなことをしたかをよく知っている、ぐれだしたのに理由はなかった。舅《しゅうと》が死んで、怖い者がいなくなったとたんに、本性をあらわしたという感じであった。それから十余年、仕事には手も触れず、おばさんから金をせびって博奕場《ばくちば》へ入りびたりで、金や物のないときには、まるで鬼か悪魔のように暴れた。

「あれはなにか理由があったからではない、本性だ、生れつきの性分だ」と芳造は呟いた、「あれはなおらない、こっちがどんなにやってみてもだめだ、だめだろうというほうが本当だと思うな」

佐野屋という安旅籠《やすはたご》はすぐにわかった。幸助という男もいて、猿屋町から来たと云うと、すぐにあらわれた。貧相な軀《からだ》に、眼のきょときょとした、物欲しげな顔つきで、芳造を見るとどきっとしたように口をあいた。

「おまえさんが猿屋町の」

「いずれは婿《むこ》になる男です、名めえは芳造、おまえさんが幸助と仰しゃる人ですね」

幸助は口をもぐもぐさせて云った、「ちょっと外へ出ましょう」

「あっしは大蛇の辰っていう人に会いたいんだ」と芳造は云った、「小判で三両、ここに持って来ました、辰っていう人はいるんでしょうね」

「それがね」と幸助は口ごもった、「それがその、ここにゃあいねえんでね」

「じゃあどこにいるんです」

「ゆうべまではいたんだが、ゆうべおそく賭場《とば》から使いがあって、でかけたまんままだ帰らねえというわけで」

「じゃあまた出直して来ます」

「ちょっ、ちょっと」幸助は慌《あわ》て、そこにある草履《ぞうり》を突っかけて土間へおりた、「まあそう云わねえで、辰あにいがここへ帰って来ることは間違いはねえんだから、ちょっとそこまで出て話すことにしよう」

芳造がなにか云おうとするのを、手まねで遮《さえぎ》りながら、押し出すように外へ出、水天宮のほうへいった。宿屋の多い町並で、前に馬を繋《つな》いでいる宿が幾軒かあった。幸助は休みなしに饒舌《しやべ》った、辰あにいはいちど賭場へゆくと、二日や三日は帰らないとか、けれどもひと区切りつけば必ず自分のところへ帰って来るとか、いったさきはおよそ見当がついているから、迎えにいってもいいとか、たっぷり蜜《みつ》をきかせた甘いような調子で、すらすらと饒舌り、もしよかったら三両の金を持って、呼出しにいってもいいが、と云った。

「そうですか」水天宮の境内へはいってゆきながら、芳造はさりげなく云った、「――おまえさんに見当がつくのなら、あっしもいっしょにゆきましょう、じかに会って、話が本当かどうか慥かめてみたいと思いますからね」

幸助は急に立停《たちどま》って振り向いた、「すると」と彼は反問した、「するとおまえさんは、おれの云うことが信用できねえってのかい」

「あっしはただ、大蛇の辰とかっていう人に会いたいだけですよ」

幸助は横眼で芳造をちらっと見た、「その、三両の金は本当に持って来たんだな」

「ここにありますよ」芳造はふところを押えてみせた。

「いやみなことを云うようだが」幸助は石の大燈籠《おおどうろう》の脇《わき》へ寄りながら云った、「賭場なんてのはしろうと衆のゆくところじゃねえ、これはおいらに任せといてくれるほうがいいと思うんだがな」

「つまるところ、その人に会わせたくないんですね」

「なんだって」

「大蛇の辰なんていう人間はいねえんじゃねえのか」芳造はそう思って云ったのではなく、直感的に口から出たのだが、云ってみてから、それが本当ではないかという気がした、「――ええ、そうじゃあねえのかい」

「へん」幸助は咳《せき》をし、横眼であたりを見まわした、「おめえ、おれにいんねんをつける気か」

「いんねんをつけられる弱味があるのかい」

幸助はあいそ笑いをした、「おどろいたよ、おめえは度胸がいいんだな」

「辰とかいう人に会えばいいんだ」

「三両の金は、そこに持ってるんだな」

「ここにあるよ」

幸助はまた横眼で、すばやくあたりを見まわし、唇を舐《な》めた。参詣人《さんけいにん》もなく、境内はしんと静まり、春の陽《ひ》がいっぱいに照りつけていた。

「その、――」と幸助はうしろ首を掻《か》きながら、上眼づかいに芳造を見た、「辰あにいに会わせるのはいい、しろうと衆のゆくところじゃあねえが、おめえがそう云うんならいっしょにゆこう、だが、——金は先にみせなくちゃあいけねえ、その金をおいらに預からしてくれねえか」
「そうくるだろうと思った」
「なんだって」
「大蛇の辰なんて人間はいねえんだろう」と芳造は伝法《でんぽう》な口ぶりで云った、「——そうじゃあねえのか」
「いせえがいいな、あんちゃん」幸助はまた横眼であたりを見た、「おめえ、そんな大きなことを云っていいのかい」
「そんなら辰に会わしてもらおう」芳造はふところを叩いた、「おまえさんたちにははけちな金かもしれねえが、三両といえば堅気の職人にはたいした金なんだ、ちゃんと本人に会って、生き証人になれるかどうかを慥かめたうえでなくちゃあ、渡せねえってのはあたりめえじゃあねえか」
「つまり」と幸助はまた横眼で左右を見た、「要するにおれが信用できねえってことだな」
「信用するかしねえかじゃあねえ、辰っていう人とじかに会いてえっていうことだよ」

「なめるな、若僧」と幸助は云った、「おらあ辰あにいからじかに聞いて、それならと猿屋町のうちまで捜し当てていったんだ、日当にしたってちっとやそっとのたかじゃあねえんだぜ」

芳造は思わず、にやっとした、「日当ね、なるほど」

「なにが可笑《おか》しい、なにを笑うんだ」

「笑やあしねえ、正直に日当なんて云われたんでほっとしたんだ」と芳造は云った、「その辰っていう人に会わせてくれたら、おまえさんの日当はべつに払ってもいいぜ」

幸助は眼を細め、唇を舐めた、「とにかく金を見せてもらおう」

「辰っていう人に会うのが先だ」

「どうしても信用できねえっていうんだな」

「それはおまえさんしだいだ」

なめるなと云うなり、幸助はふところへ手を入れ、匕首《あいくち》を抜いて左へ廻《まわ》った。芳造は蒼《あお》くなった。匕首のぎらっとした光が、彼を恐怖心でちぢみあがらせたのである。しかし同時に、弱い人間ほど人を威《おど》しにかける、ということが頭のどこかにひらめいた。すぐ刃物をひけらかすようなやつに強い人間はいない。

「そんなおもちゃはしまっとけよ」と芳造は云った、「なにもむずかしい話じゃあねえ、考えてもわかるだろう、たいまい三両という金を、その人にも会わずに渡せると思うか、なめるんじゃねえとはこっちの云うせりふだぜ」

「おれにゃあおれの流儀があるんだ」と幸助はやり返した、「その金を出すか、それともこいつをずぶっとくらいてえか」

「おれは鼈甲屋《べっこうや》の職人だが、刃物はまいにち使いつけてるんだ」芳造は片方の裾《すそ》を捲《まく》って帯にはさんだ、「やる気なら用心してやんな、おめえ足がふるえてるぜ」

野郎と云いざま、幸助は匕首をまっすぐに持って突っかけて来、芳造は軀《たい》を右にひらいてそれを躱《かわ》すと、のめってゆく幸助の背中をうしろからすばやく、力いっぱい突きのめした。

九

「大蛇の辰なんていう人間はいませんでした」と芳造はぬるくなった茶を啜《すす》りながら云った、「——幸助という男は大牢《たいろう》で、おじさんといっしょにくらし、身の上話なんぞもしたんでしょう、そこからこんどのような話をでっちあげたんだと思います」

いつかもおうめちゃんと話したんだが、この世に生きていると、思いがけないところに枡落《ますおと》しがあって、うっかりするとそれにひっかかるって。いちど金を渡せば、幸助というやつはなんとか理屈をつけてはせびりに来るでしょう。しかしこれでその心配もなくなりましたよ、と芳造は云った。

「でも、うちの人はどうなの」とおみきがきき返した、「まだ伝馬町《てんまちょう》にいるとすると」

芳造は手を振って遮った、「なわやの親方に頼んで、いっしょに北（町奉行所）へいってもらいました、そして調べてもらいましたら、あの人は五十日もまえに八丈ケ島へ送られたそうです、人別を抜かれたあとだから知らせはしなかったということですが、島送りの書類も見せてもらいましたよ」

「ではもう大丈夫なのね」

「なにしろ八丈ですからね」と芳造は表情をひき緊《し》めて云った、「――あっしは八丈がどこにあるかも知らねえが、いのち懸《が》けでも島抜けはできめえってこってすよ」

「ありがと」とおうめが云った、「みんな芳っさんのおかげよ、本当にありがとう」

おみきもちょっと頭をさげたが、口ではなにも云わなかった。憎い、悪い男だったけれど、亭主は亭主、あの人が島流しになって、自分たちの生活は安泰になるだろうけれど、これからの一生、鳥もかよわぬといわれる八丈ケ島で、囚人ぐらしをしなければならないあの人の気持はどんなだろう。そう思うと、おうめのように、すなおに礼を云う気持にはなれなかったのだ。

「それで」とおみきはきいた、「その幸助っていう男はどうしたの」

「弱い野郎でね、二つ三つ拳固《げんこ》をくらわしてから、松島町の番所へ突き出してやりました」と芳造は云った、「——匕首で威したぐらいのこったから、まあ五六十日で出てくるでしょうがね、もう二度とこのうちに迷惑をかけには来ねえと思います」

「でも危なかったわ」とおうめは芳造の手をいたいたしげに見た、「——匕首だなんて、もしけがでもしたらどうするのよ、これからは決してそんなまねはしないでね」

「相手によるさ、——と云いてえところだが、いいよ、わかったよ、これからは決して乱暴なまねはしねえよ」

「きっとよ」

「ああ、きっとだ」

おみきは二人を見て頬笑《ほほえ》んだ。この二人なら仕合せにやってゆけるだろう、おうめは苦労の味を知っているし、芳っさんは慥かな人だ。生みの母親からも愛されず、小さいじぶんから蜆《しじみ》をとり、それを売りあるいた経験もある。そしてなによりも、おうめを愛しているということが大切だ。あたしとあの人のあいだには、——よくはわからないけれど、——およそ愛情というものを感じたことがなかった。そこがあたしのいけないところだったかもしれない、あたしが女として、あの人を男として愛することができたら、あの人も悪くぐれることはなかったのではないか。あの人の悪いところの半分以上は、あたしの責任かもしれない、とおみきは思った。
「いろいろお世話になりました」とおみきはおじぎをし、おうめに云った、「おまえそこまで送っていっておあげ」

「よかったわ、ほんとによかった」あるきながらおうめは芳造をながし眼に見た、「みんなあなたのおかげよ、芳っさん」
「その芳っさんだけはよしてくれねえかな」
「あらどうして」
「どうしてってこともねえが、なんとなく子供っぽいようでな、ずいぶんなげえこと云われてきたもんだから」
「そうね」おうめは肩をすくめて、くすっと笑った、「そうだわ、あたしこんな小さなじぶんからそう呼び続けてきたわ、もうそろそろ変えてもいいころだわね」
「舌ったらずな口で、芳っさんと呼ばれたことはいまでも覚えてるぜ」
「こんどはなんて呼ぶの」と云ってから、おうめは赤くなった顔を片袖《かたそで》で隠した、「――あらいやだ、恥ずかしい」

「よせやい」芳造もちょっと赤くなり、うしろ首を掻いた、「へんなことを云うなよ」
「ごめんなさい、でも――」
「いいよ、いいよ、いまっからそんなことを考えることはねえさ」芳造はてれたようにいそいで云った、「めしでも食おうか」
「向島《むこうじま》までゆくにはおそいかしら」
「そんなことはねえさ、けれども花はもうおしめえだぜ」
「牛の御前《ごぜん》へゆきたいの」とおうめがそっと云った、「亡《な》くなったお祖父《じい》さんはあそこが好きで、暇さえあれば牛の御前へあるきにいったんですって」
「そうだ、あそこには腰掛け茶屋があって、酒も飲ませるそうだからな」
「お祖父さんはそんなにお酒飲みじゃなかったわ」
「そうは云やあしねえ、そういうわけじゃあなく、そういう掛け茶屋で一本の酒をちびちびやる、っていうこともたのしみの一つだということさ」
「あたしお祖父さんに云いたいの」おうめはあるきながら眼を伏せた、「――牛の御前へいって、みんなうまくおさまりましたって、それだけを云いたいの、日本橋石町から御徒町、それから猿屋町って、引越してばかりいたでしょ、だから牛の御前にいちばんお祖父さんの心が残っているように思えるのよ」

「わかるよ、竹屋の渡しでいこうか」
「危ないっ」おうめは芳造を押しやった、「四つ手駕籠《かご》よ、気をつけてちょうだい」
「もうかみさん気取りか、渡し場はこっちだぜ」

（「小説新潮」昭和四十二年三月号）

解説

木村久邇典

わたくしの知人に、古くから山本周五郎ファンの個人商店主がいる。昨今はご多分にもれず人手不足で、優秀な店員がみつからず、たいへん悩んでいた。店主夫妻には子供がなく、身寄りがなくても信頼できる青年がいたら、学校にも通わせ、店の後継者にしてもよい――と考えていたそうであった。

「たまたま、そういう若者がみつかったんです、夜間の大学へいっていて、勤務態度も真面目《まじめ》そのもの。わたしたちは、彼に店を譲ろうと話合っていました」

と店主はいった。そして、人世教育のつもりでその青年に、山本周五郎の作品を読んでごらん、世の中をみる目が、ぐんと違ってくるはずだ、とすすめてやったそうである。

「――ところがある日、彼がわたくしに真剣な目つきでいうんですよ。ぼくは山本作品に本当に感激しました。これまでの私のひとさまに甘ったれた生き方が恥ずかしくなりました。たいへんお世話になりましたが、店を辞めさせてください。真実、自分ひとりでどれだけがんばれるか、今後の人生に賭《か》けてみたいんです、そう云《い》って、いくら引止めても聞かずに、とうとうよしてしまいました。予期しなかった逆効果でしたねえ。もっとも彼は退職後も、なにか悩みがあると、親類同様に、わたしのところへ相談にやってくるんですが――」

店主はそこで肩をすくめ、笑いながら云った「あの青年に辞められるくらいなら、山本さんの小説を読めなんてすすめなければよかった。いや取消し取消し。いまのは冗談ですよ。わたしは、彼が山本作品の真意を正しく読取って、本当に立派な人間に成長することを願っています」

ここにも山本さんが、祈念してやまなかった、現実に生きている〝小説の効用〟の一例がある、とはいえないだろうか。

『内蔵允留守《くらのすけるす》』（「キング」昭和十五年十一月号）は、〝武家もの〟に類別される作品である。さらに細分すれば、道の奥義《おうぎ》の探究をテーマとする『薯粥《いもがゆ》』『壺《つぼ》』『油断大敵』などがあり、『内蔵允留守』は、それらのなかでのもっとも早く書かれた作品である。剣道修業の志願者である岡田虎之助《とらのすけ》がたずねていったさきの別所内蔵允は長旅に出たあとで、虎之助は近くの老農夫方に止宿して内蔵允の帰りをまつうち、畑仕事の手伝いをはじめる。そして老農夫から「耕作の法を人の教えに頼るような百姓がいたら、それはまことの百姓ではありません、いずれの道にせよ極意を人から教えられたいと思うようでは、まことの道は会得《えとく》できまいかと存じます」とさとされ、老人こそ内蔵允そのひとであることを知り、剣を捨てて土に生きようと決意する。ただ剣の免許を得て立身出世の方途としようとする無頼の青年武士たちや、内蔵允の孫娘などの色模様を配して、娯楽性や教訓性もゆたかに盛りこんだところに作者の力量がよく示されているといえよう。執筆された昭和十五年秋は、太平洋戦争勃発《ぼっぱつ》の前年にあたり、戦時体制のいよいよ強化されつつある時世であった。名利の追求を第一義とする青年と、土に還《かえ》る若者を対比させる構図に、当時の時局を批判する作者の姿勢が寓《ぐう》されているように思われる。

『蜜柑《みかん》』(「キング」昭和十六年九月号)原題は『奉公身命』。戦前の作者の〝武家もの〟のなかでも佳編に位置する作品である。己《おの》れのみ正し、として一心不乱に忠節をはげむ青年源四郎の、ゆとりのない忠義のありようが俎上《そじょう》にのせられている。こういったテーマの選択は、作者の好むところだったらしく、『蕭々《しょうしょう》十三年』『討九郎馳走《ちそう》』などでも、角度を変えて扱われている。あるいは、当時東京大森区の馬込《まごめ》(文士が大勢居住していた)にあって、容易に仲間の文士連と和合せず、日夜創作ひとすじに打込んでいた作者自身の余裕のない勉励ぶりに、みずから鞭《むち》をあてようとしたものだったかもしれない。源四郎の忠勤に対する批判者安藤帯刀《たてわき》と、理解者紀伊頼宣《きいよりのぶ》の対置は、やや定式的であるとはいえ、源四郎の士道開眼にいたる布石としてまことに巧みだ。牢人召抱《ろうにんめしかか》えに関する幕府の疑惑を解くべく大任を負って江戸へ向う源四郎が、帯刀の墓に参って蜜柑を供えて奉公を誓う情景は深い感動をさそう見事なフィナーレである。

『おかよ』(「講談雑誌」昭和十七年五月号) 原題は『花さく日』、わたくしの好きな一編である。うだつの上がらない足軽弥次郎《やじろう》は、みなしごでひっこみ思案で、臆病《おくびょう》でもある。茶店の娘おかよは、みなしご同士の境遇から弥次郎と親しくなり、島原へ出陣する彼に鎌倉八幡宮のお札だ、といって自分の臍《へそ》の緒《お》を包んで贈るのだ。その負託に応《こた》えるべく彼は勇を奮って決死隊を志願し、一番乗りを果して重傷を負うが、味方を勝利にみちびく殊勲をたて二百石の士分に昇進する。だが凱旋《がいせん》してきたときおかよは茶店から姿を消してしまっている。「……女というものは」「自分の一生を捧《ささ》げた人のためにいちどだけでも本当に役立つことができれば、それで満足できるものだとあたしは思います……」目黒の不動尊あたりの茶店で、店の女がふたりしずかに話している幕切れは、いかにも切なく、哀《かな》しく美しい。最後の「……花は咲けども、様は来もせず……」という隆達節《りゅうたつぶし》をうたう年嵩《としかさ》の女の声がげんに聞えてきそうな感じがする。おかよの心が凛々《りり》しく描かれているだけに、哀れの余韻は深いのである。

『水の下の石』(「新武道」昭和十九年五月号)は、はじめ『あご』の題名で発表された。愚直なだけでいつも要領のわるい加行小弥太《かぎようこやた》は朋輩《ほうばい》の安倍大七《あべだいしち》がずんずん出世してゆくのに比して、今なお鉄砲組の兵にすぎない。だが大七はかれのなかの優れた気魄《きはく》を信じ庇《かば》い励まし続けてきた。興福寺城の攻略に加わった両名は、共に暗夜の敢死隊に参加するが、小弥太は不運にも焼けた橋桁《はしげた》といっしょに濠《ほり》に落込み大きな水音をあげる。敵兵はその音に気付いて松明《たいまつ》で照らし出したが、濠はそのまま静まり返っているのであきらめてしまう。そのために敢死隊の攻撃は予期以上の成功を収めた。——戦闘ののち水底を探ってみると、大きな石に抱きついたまま死んでいる小弥太が発見される。「あごらしいな」と仲間は不手際《ふてぎわ》な彼の死を嗤《わら》うが、隊長の竹沢図書助《ずしよのすけ》は次のように云ってたしなめる「水底を潜っていって遠い場所へ浮くとか、石垣《いしがき》へ貼《は》りついて首だけ出しているとか、いまここで考えれば方法は無くはない、しかし……決して発見されないとは断言ができないだろう、ただ一つ、水底で死にさえすれば確実だ、……万一の僥倖《ぎようこう》をたのむよりおのれを殺すことがその場合もっともたしかな方法だった」「戦場にはいつも、こういう見えざる死が必ずある、……つわものの一人ひとりにこの覚悟があってこそ戦に勝つのだ、そしてこれこそはまことに壮烈というべきなのだ」。手柄《てがら》功名など一切ふり捨て、生死を超越してひたすらに国を愛して闘う無名の戦士たちの姿に感動しない読者は、おそらくないであろう。山本さんが〝庶民の作家〟と称された基本態度は、このころすでに確固として根付いていたのである。『内蔵允留守』『蜜柑』『おかよ』と『水の下の石』四編は、昭和十五年から十九年に至る戦前作品である。そしてこの時点においても十分に、それなりの技術的完成に達していたことに注目ねがいたい。したがって戦後の作者の新境地の開拓は、それだけに、極めて困難だったことも理解されるはずである。

『上野介正信《こうずけのすけまさのぶ》』（「小説新潮」昭和二十三年六月号）山本さんは戦後まもなく、『新読物』という中間小説のハシリだった雑誌に『蜆谷《しじみだに》』『評釈堪忍記』『艶妖記《えんようき》』などの作品を発表していたが、『上野介正信』がいわゆる大手の中間小説誌に執筆した最初の短編である。若干の気負いも感じられるなかなかの力作だ。

「――かれらには泰平が信じられるのだ、最も多数の者の犠牲で贅《ぜい》を尽しながら、わが世の泰平を謳《うた》っていられるのだ」その夢をさましてやりたい、できることなら謀叛《むほん》をしてでも、と思いつめた佐倉城主上野介正信の、悲劇的な生涯《しょうがい》がテーマに据《す》えられている。よろずに開明的だった正信がついにお預けの身となり、淡路《あわじ》島《しま》の洲本《すもと》城の謫《たっ》居《きょ》で、鋏《はさみ》の折れで自害する経緯はいたましい。庭番茂助《もすけ》だけが正信の真意に共鳴し、暇を出されたのちも旧恩忘じがたく正信の生涯を蔭《かげ》ながら温かく見守りつづけ、最後に好物だった干柿《ほしがき》を携えて洲本に到《いた》り、正信の遺体に対面するという〝報告書〟の結構になっている。正信と茂助の激情が、しっとりとした文体のうらにはげしく息づいており、作者のシリアスな文学姿勢をよく表わしている。

『真説吝嗇記《りんしょくき》』(「新読物」昭和二十三年六月号)作者の代表的な〝こっけいもの〟の作品である。吝嗇を励行することが人生の目的であるような鑓田宮内《やりたくない》(遣り度《た》くない)の迎えた新妻が、さらに何枚も上手《うわて》の女、という抱腹の設定に加えて、そんな男にもアキレス腱《けん》のような飛田門太《とんだもんた》(飛んだもんだ)という叔父があって、これが相当程度の浪費家――という人物地図が生々と動き始め、宮内の頓死《とんし》後、家産整理にあたった門太は、一策をめぐらして「自分の吝嗇は己れのためではない、(中略)自分亡《な》き後は生涯の蓄財をあげてお上へ献上する覚悟だ、不勤な自分にとって忠節の一つだと信ずる」旨《むね》の遺書を偽作して重臣たちを感動させ、みずから鑓田家へ復籍してまんまと巨額の財産を相続する――というめでたい首尾で結んでいる。作者は叔父の工作を終末で愛敬《あいきょう》たっぷりに暴露して読者に笑いをサービスしているが、吝嗇というものに対する作者の嘲笑《ちょうしょう》が耳元に聞えてくるような感じもする。

『百足ちがい』(「キング」昭和二十五年八月号)も〝こっけいもの〟と〝武家もの〟に両

属している。「参つなぎ」という奇妙な人生哲学を教えこまれ、思考と行動とを三日、三十日、三カ月、三年といった、三に因《ちな》んだ時間をさし挟《はさ》んで引離してしまうように、万事、百足ちがいに育てあげられた青年が、往時、彼を嘲弄《ちょうろう》した悪党どもをこらしめて溜飲《りゅういん》を下げると同時に、藩内のこれまでの評価を覆《くつがえ》させて御側用人《おそばようにん》に任命される――というメルヘンだが、こうした純粋の娯楽小説は、登場人物の性格造型がしっかりしていなければ、とかく底の浅い荒唐無稽《こうとうむけい》のつくり咄《ばなし》に堕してしまいがちなものである。作者は独特のリズミカルな文体で各人の性格を描きわけてこころたのしい一編の物語にまとめあげ、すぐれた技巧派の側面を遺憾なく発揮している。

『四人囃《よにんばや》し』(「キング」昭和二十七年六月号)〝下町もの〟であると同時に〝一場面もの〟にも仕分けられる作品である。奥野健男《たけお》氏が〈正太郎ははじめ全くの悪に描かれているだけに惚《ほ》れたおつまの目からみた反逆的正義派正太郎像への逆転は印象的だ〉と評しているのはさすがに鋭い。正太郎は感情の抑制がきかない性質でその行動は恣《し》意的であり、子供が芥箱《ごみばこ》をあさっているのをみると、自分の店から銭を盗み出して与えてやる――といったふうだ。父母や世間の目からすると、彼がすることは大抵いけないことであった。そして、正太郎に惹《ひ》かれているおつまもまた親にすすめられた嫁入り口を殺されてもいやだといって家出したという強情な女である。反抗的な常識はずれの行動のうらには、正義感が脈搏《みゃくう》っているのだが、いわゆる〝世間〟は彼らを反社会的行為ときめつけて疎外《そがい》してしまう。そういった〝似たもの同士〟の性格的な負《ふ》を結びつけて正《せい》の未来を匂《にお》わせて作者の多様な人間愛を巧みに語っている。小屏風《こびょうぶ》の端から女の着物の裾《すそ》さきを僅《わず》かばかりのぞかせる――といった発端の情景からして〝悪仕立て〟に設定されているのはこころ憎い。

『深川安楽亭』(「小説新潮」昭和三十二年一月号)は『暴風雨の中』『砦山《とりでやま》の十七日』とともに代表的な〝一場面もの〟である。抜け荷の拠点である深川安楽亭は、人間も世間も信じず、仲間同士でも打ちとけようとしないほど孤独で、そのくせ人一倍愛情に飢えている命知らずの無頼な若者たちのたまり場でもある。そうした疎外者たちが形造る一種の無法地帯に、恋人の身請金を店から盗み出して袋叩《ふくろだた》きにされた徒弟が運び込まれると、すでに良心のかけらも喪失してしまっていると思われた若者たちは、彼のために、命がけで、今まで断わりつづけていた危険な抜け荷の仕事を引受ける。さらにこの〝島〟にふらりとまぎれこんできた〝客〟も辛苦のすえに貯《たくわ》えた大金を気前よく徒弟に与えて投身するのである。作者がもっとも訴えたかったのは〝客〟の「金がなんだ、百や二百の金がなんだ」「女房や子供が死んでしまって、百や二百の金がなんの役に立つ、金なんぞなんの役に立つかってんだ」という痛恨であった。客は貧乏から逃れるべく、妻子と別れて上方《かみがた》へ出稼《でかせぎ》にでたのだが、ようやく金をつくって江戸に戻ってみると、妻子は生活苦に押しひしがれて心中してしまったあと――という身の上だったのだ。無頼な青年たちと〝客〟で二重にやきつけた「無償の奉仕」。密輸資本と結託する腐敗した官僚機構……。物語の舞台が、いかにも不気味な雰囲気《ふんいき》をたたえているために、徒弟の恋に加勢する彼等の善意が、まぶしいほどの光芒《こうぼう》を放つように思われる。

『あすなろう』（「小説新潮」昭和三十五年八、九月号）「小せえときはひばっていうんだ、檜《ひのき》に似ているが檜じゃあねえ、大きくなるとあすなろうっていう、あしたは檜になろうっていうわけさ、ところがどんなに大きくなってもあすなろう、決して檜にゃあなれねえんだ」と文次がいうと、政が呟《つぶや》く「おれたちみてえだな」「おれだってそう思わねえこたあねえんだ、それがどうしてもそうはいかねえ、――ちょうど、あすなろうみてえに、この世じゃあまともなくらしはできねえようだ」。この会話が本編のテーマである。一般にアスナロウは〈明日はヒノキになろう〉という希望をうしなわぬ向上心を説く場合に引用されることが多い。しかし作者は、冷徹に、しょせんアスナロウはアスナロウで、どんなに装いをこらし奮励したとしても、ヒノキになることはできないのだ、と客観する。そこにこの作品の、もってゆきどころのない性格悲劇が残酷に浮彫りにされるのである。この点で『四人囃し』の男女の性格悲劇の結末が光明を暗示しているのに対して、いっそう残酷といえるであろう。だが、救いようもない〝悪い種子〟である兇状《きようじよう》もちの文次（実は平次）にも、女衒《ぜげん》の政を刺殺してその魔手から妹をまもるという無償の奉仕を敢行させるのである。あるいは文次の生涯でただ一度の善行であったかもしれない。自らも命を断つ文次に、妹が「そうよ、兄さんなんかであるもんですか」「あんたはただの悪党、ただの人殺しだわ、誰よりもむごい、血も涙もない人殺しよ」と叫び、翌日、その死骸《しがい》が濃い朝霧の芝浜にころがっている――という無情な突き放しのフィナーレは、それゆえにいっそうふかい人生の余韻を感じさせる〝下町もの〟だ。

『十八条乙』（「オール讀物」昭和三十七年十月号）は作者が〝法〟というものに向って問いかけた注目すべき〝武家もの〟の問題作である。西条庄兵衛は妻のあやの縁辺である革新派の伊原友三郎が傷ついて助けを求めにきたので手当てをしてやる。友三郎は江戸へ出て行方をくらますが、やがて庄兵衛が彼をかくまったことが知れ、閉門永蟄《えいちつ》居《きよ》と家禄《かろく》削減というきびしい処分をうける。庄兵衛はもともと藩政改革などには全く無関心派。だが、今となっては伊原の無事と計画の成功を願うしかない。庄兵衛の蟄居はつづく。そして六年目、ようやく伊原らは志を果して藩政の主流におさまる。やっと自由になれる、と庄兵衛は喜んだものの一向に音沙汰《おとさた》がない。しびれを切らした彼は伊原にあてて訴状を出すが御家法十八条乙項によって却下されてしまう。それは政権転覆を計った者は目的を達すれば罪を赦《ゆる》されるが、計画に加わらなかった者が計画者を助けた罪で処罰された場合には、その罪は計画とは無関係ゆえに政権転覆が成功しても赦されることはない——というのであった。結局、庄兵衛は永蟄居からぬけ出すことはできぬわけである。憤激のあまり、脱藩を決意してわが家の塀《へい》をのりこすが、引きとめようと後を追ってきた妻の右手の大きな火傷《やけど》が月に照らされているのをみて思いとどまる。それは彼が粗相をして妻に与えた火傷だったからだった——。理不尽きわまる法律だが、法は法である。あるいは日ごろ、作者が抱いていた法律不信が、こうした掟《おきて》によって疎外されていく人間の過程を、小説という形で訴えようとしたのであったろうか。正直者は馬鹿をみる。しかし、絶対権力の表現である〝法〟の拘束よりも、ふかい夫婦愛のほうが力強く、おかしがたくたっといのだ、と説いているようにも読めるのである。

『枡落《ますおと》し』(「小説新潮」昭和四十二年三月号)作者がこの作品を書上げたのは昭和四十一年の十二月、雑誌の発売されたのが四十二年一月二十二日だったたという。作者の急逝《きゆうせい》する二旬あまり前のことで、完結した作品として発表された最後の小説であり、練りぬかれた文章は、まさにいぶし銀のような底ふかい光沢を放っている。ただ、結果論的な印象かもしれぬが、長年にわたる作家活動で積み重なったダルな疲労が感じられるように思うのである。犯罪者の夫をもって肩身せまく暮す母娘《おやこ》に寄せる長屋の家主、娘のおうめをにくからず思ってなにくれとなく尽してくれる芳造。夫は無実であり、それを証言する男を紹介してやろうといって金をせびりにくる幸助。下町のこまごまとした生活が、確実に生々《なまなま》しく描かれている。善意のもの、悪意のもの、なべてみつめる作者の目は、おのれの倚《よ》るべきところに倚って描くという確信に支えられて、一点一画のおろそかもない。〝下町もの〟最終作品として記念すべき作物であろう。

（昭和四十八年六月、文芸評論家）

表記について

新潮文庫の文字表記については、原文を尊重するという見地に立ち、次のように方針を定めました。

一、旧仮名づかいで書かれた口語文の作品は、新仮名づかいに改める。
二、文語体の作品は旧仮名づかいのままとする。
三、旧字体で書かれているものは、原則として新字体に改める。
四、難読と思われる語には振仮名をつける。

なお本作品中、今日の観点からみると差別的ととられかねない表現が散見しますが、作品自体のもつ文学性ならびに芸術性、また著者がすでに故人であるという事情に鑑み、原文どおりとしました。

（新潮文庫編集部）

山本周五郎著

大《おお》炊《いの》介《すけ》始末

自分の出生の秘密を知った大炊介が、狂態を装って父に憎まれようとする姿を描く「大炊介始末」のほか、「よじょう」等、全10編を収録。

山本周五郎著

日本婦道記

厳しい武家の定めの中で、愛する人のために生き抜いた女性たちの清々しいまでの強靭さと、凛然たる美しさや哀しさが溢れる31編。

山本周五郎著

日日平安

橋本左内の最期を描いた「城中の霜」、武士のまごころを描く「水戸梅譜」、お家騒動をユーモラスにとらえた「日日平安」など、全11編。

山本周五郎著

おごそかな渇き

〝現代の聖書〟として世に問うべき構想を練った絶筆「おごそかな渇き」など、人生の真実を求めてさすらう庶民の哀歓を謳った10編。

山本周五郎著

つゆのひぬま

娼家に働く女の一途なまごころに、虐げられた不信の心が打負かされる姿を感動的に描いた人間讃歌「つゆのひぬま」等9編を収める。

山本周五郎著

ひとごろし

藩一番の臆病者といわれた若侍が、奇想天外な方法で果した上意討ち！ 他に〝無償の奉仕〟を描く「裏の木戸はあいている」等9編。

新潮文庫最新刊

サガン
河野万里子訳
ブラームスはお好き
パリに暮らすインテリアデザイナーのポールは39歳。長年の恋人がいるが、美貌の青年に求愛され――。美しく残酷な恋愛小説の名品。

S・ボルトン
川副智子訳
身代りの女
母娘3人を死に至らしめた優等生6人。ひとり罪をかぶったメーガンが、20年後、5人の前に現れる……。予測不能のサスペンス。

磯部　涼著
令和元年のテロリズム
令和は悪意が増殖する時代なのか？　祝福されるべき新時代を震撼させた5つの重大事件から見えてきたものとは。大幅増補の完全版。

島田潤一郎著
古くてあたらしい仕事
「本をつくり届ける」ことに真摯に向き合い続けるひとり出版社、夏葉《なつは》社《しゃ》。創業者がその原点と未来を語った、心にしみいるエッセイ。

小林照幸著
死の貝
―日本住血吸虫症との闘い―
腹が膨らんで死に至る――日本各地で発生する謎の病。その克服に向け、医師たちが立ちあがった！　胸に迫る傑作ノンフィクション。

野澤亘伸著
絆
―棋士たち　師弟の物語―
伝えたのは技術ではなく勝負師の魂。7組の師匠と弟子に徹底取材した本格ノンフィクション。杉本昌隆・藤井聡太の特別対談も収録。

深《ふか》川《がわ》安《あん》楽《らく》亭《てい》

新潮文庫　や - 2 - 24

昭和四十八年十一月三十日　発行
平成二十三年七月五日　四十八刷改版
令和六年五月五日　五十三刷

著者　山《やま》本《もと》周《しゅう》五《ご》郎《ろう》

発行者　佐藤隆信
発行所　株式会社　新潮社
郵便番号　一六二―八七一一
東京都新宿区矢来町七一
電話　編集部(〇三)三二六六―五四四〇
　　　読者係(〇三)三二六六―五一一一
https://www.shinchosha.co.jp

価格はカバーに表示してあります。

乱丁・落丁本は、ご面倒ですが小社読者係宛ご送付ください。送料小社負担にてお取替えいたします。

印刷・錦明印刷株式会社　製本・錦明印刷株式会社
Printed in Japan

ISBN978-4-10-113424-6 C0193